U0865534

吴越霓裳曲

春叁拾郎 著

重庆出版集团
重庆出版社

图书在版编目(CIP)数据

吴越霓裳曲 / 春叁拾郎著. —重庆：重庆出版社，2021.1

ISBN 978-7-229-15366-3

Ⅰ.①吴… Ⅱ.①春… Ⅲ.①长篇历史小说—中国—当代 Ⅳ.①I247.5

中国版本图书馆CIP数据核字(2020)第206635号

吴越霓裳曲

WUYUE NICHANGQU

春叁拾郎 著

选题策划:李 子 汪建华

责任编辑:李 雯 汪建华

责任校对:廖应碧

版式设计:侯 建

重庆出版集团
重庆出版社 **出版**

重庆市南岸区南滨路162号1幢 邮政编码:400061 http://www.cqph.com

重庆一诺印务有限公司印刷

重庆出版集团图书发行有限公司发行

E-MAIL:fxchu@cqph.com 邮购电话:023-61520646

全国新华书店经销

开本:890mm×1240mm 1/32 印张:10 字数:300千

2021年3月第1版 2021年3月第1次印刷

ISBN 978-7-229-15366-3

定价:49.00元

如有印装质量问题,请向本集团图书发行有限公司调换:023-61520678

版权所有 侵权必究

目录

望江南

五代十国末年，大宋取代后周，扫平天下诸侯。江湖传言，数十年前与后唐皇帝李从珂一同消失在玄武楼的传国玉玺就隐藏在东南之地，谁能得到传国玉玺，谁就能号令群雄、争夺天下。赵光义登基后，意欲从被软禁的李后主处得到传国玉玺的线索，同时派高手潜入东南。吴越之地，暗流涌动。

望江南

闲梦远，南国正芳春。船上管弦江面绿，满城飞絮混轻尘。愁杀看花人。

闲梦远，南国正清秋。千里江山寒色暮，芦花深处泊孤舟，笛在月明楼。

望江南

第一章

乐天公子

大宋太平兴国二年秋，开封城郊。

绿树掩映下一座偌大庄园。

庄中书斋，有人吟诵："闲梦远，南国正芳春。船上管弦江面绿，满城飞絮混轻尘。愁杀看花人。闲梦远，南国正清秋。千里江山寒色暮，芦花深处泊孤舟，笛在月明楼。"大宋陇西郡公李煜一袭素袍，清瘦俊逸，执笔临窗。国破家亡已两年，李煜被送到开封，被太祖皇帝封为"违命侯"，当家天子赵光义即位后给他升了一级，封为陇西郡公。

岁月涤人心。李煜本就是佳公子，当年与大周后出游，每回都引得金陵全城轰动，贵人平民争相围观，而今远离尘嚣国事二载，每日里粗茶淡饭，日出读书，日落歇息，让不惑之年的李煜身体康健，更显儒雅从容。

李煜是雅士，治国庸碌，可他并不傻。他知道大宋皇帝在担心什么，也知道一个亡国之君该怎样表现。大宋太祖皇帝一代雄主、光明磊落，他活着的时候，李煜并不担心一家人的安危。连南汉刘𬬮这等荒淫无道之主都能得到善待，更何况他这个低眉恭顺之人？可当今官家跟他兄弟不同。赵光义人称"潜龙"。潜龙者，喜阴善蛰。与太祖皇帝相比，他心思细腻，也更不好伺候。几番挖苦嘲弄，他忍了；招他与刘𬬮去见契丹使臣，明为礼遇，实则羞辱，他忍了；小周后多次进宫，数日才放回，他也忍了。他必须用忍辱偷生，来换取赵光义的一丝宽容。

四十而不惑。不惑者，七情六欲，皆无所欲。偶有情致，思虑所及，便提笔挥就一首。至于你们看后如何想，便由得你们了。除了……

“作词作词，除了作词，你还会做什么？”身后传来小周后的声音。

李煜心中暗叹，当初温婉可人的小女子，怎会变成这般?

小周后惯来一袭碧衣，只是奢华不再、妆饰简约。她依旧很美，不然当年李煜也不会在大周后病重时把持不住。要知道那时她可只有十四岁啊，就已让六宫粉黛无颜色。十四年过去了，当初含苞待放任君采撷的小娇娘，已然盛放多时。

“就不能让官家放我们离开？”小周后一心想着的就是离开开封，离开那个高高在上、让人憎恶的衣冠禽兽。

李煜摇头。她怨，她恨，他都知道，可他无能为力。为了家族和子孙，他不可能去违逆皇帝的意思。你说我无用，那便无用。人为刀俎，我为鱼肉。至于他想要的那件东西，找不到，兴许才是最好的局面。

就在李煜写下半个月来唯一一首新词时，快马三骑沿土路飞驰而至，在庄园前的岔道口停下。大树下闪出两个农夫打扮的精壮汉子来，手持棒叉，挡在路中。

“今日可有新作？”马上为首之人锦袍纱冠、白面无须、嗓音沙哑，居高临下，颇有几分颐指气使的架势。

精壮汉子并不怵他，只道：“未有新作。”

为首之人道：“既无新作，我便亲自去催一催。”

精壮汉子道：“我等奉命守护，那位但有新作，自会有人交于我等，等闲不得叨扰陇西郡公一家。”

“大胆！”为首之人嗓音变得尖厉，“宫里已经等了多日，特命本使前来催促！”

精壮汉子硬邦邦道：“职责所在，还请中使在此等候。”

中使，便是宫中来人，皇帝近臣。而他们奉命看护的陇西郡公，正是李煜。太祖皇帝倒不怕李煜一大家子逃跑，将他们安置在开封城郊这处景致宜人的庄子里，派了卫士暗中看护。赵光义即位后对李煜一家子更为关注，时不时派中使前来探视，或请他进宫，或请小周后进宫。

中使奉命而来，自然不能空手而回，正要发作，忽听前方庄子里一片喧哗。

“有刺客！”精壮汉子反应极快，转身就朝庄子奔去，同时吹响铜哨，放出警报。

“刺客？”中使大惊，陇西郡公李煜可是官家时常惦记着的人物，他若有个闪失，自己少不了担上干系，本想跟过去，转念一想，若那刺客被擒，自然是护卫的干系；若突围跑出来，他们正好守株待兔、抓个正着，便生生收住脚步。

书斋里，两个闻声冲进来护主的护卫被个梁上君子击倒，口喷鲜血。

小周后吓呆了，跌坐在软榻上。皇帝他，要来杀他们了吗？

李煜没动。一支笔悬在半空，一张纸捏在指下。皇帝要杀他们，断不会是这等粗暴套路。一杯毒酒，三尺白绫，足矣，何须派杀手刺客？

来者重创护卫，头戴面具，手持短刀，狰狞可怖。侍女书童倒在外间，战战兢兢，不敢靠近。

“拿来！”杀手抬起另一只手，透过面具，目光冰冷。

“保护郡公！”有庄内护卫闻讯赶来。庄子很大，庄丁护卫散落各处，一时间难以集结。

杀手从容不迫，三两招就将他们击倒，重新抬手，道：“拿来！”

李煜从容而立，道：“此间贫，无金银。”

杀手道：“不要金银。”

李煜道：“亦无珠玉。”

小周后简直要疯了，人都杀到面前了，还在那儿不慌不忙。

杀手道：“新词，拿来。”

李煜恍然，放下笔。

杀手微微侧身，伸出去的手竟有些颤抖——他在庄上潜伏多日，吃尽苦头，但见李煜反反复复画同一个美人，却从未填词。昨晚他见天有异象，便赌李煜今天会有灵感，天没亮就不吃不喝趴在房梁上，终于盼到他提笔填词。真真是苍天有眼，不枉他受罪多时，从梁上扑下来抢夺时还闪了一下腰。

李煜双手捏起那张写有新词、墨迹初干的宣纸，递到他面前道："一首词罢了，你要，给你便是，何须伤人性命？"

杀手一眼扫过，简简单单的两行字，笔法清隽。大家真迹，名不虚传。他收刀，从身后解下一支竹筒，拧开。

李煜将纸卷起，放入筒中。

杀手背上竹筒，转身要走。

"这位郎君。"李煜唤道。

小周后气得浑身颤抖。人都要走了，你喊他作甚！

杀手一愣，郎君，听起来咋这么别扭？转身，再看李煜，端的是佳公子一枚，名不虚传。

李煜道："我这里客人少，更少有为了要一首词专程跑来打打杀杀的。你难得来一趟，要词，我这里还有不少，你且一看。"说完，径直走到墙边书柜旁打开书柜，露出满满当当的一柜子诗词画卷来。

小周后别过脸去，不想再看。

杀手也蒙了，李煜是被关傻了吗？

李煜道："可惜你来迟了，正本都被官家要走了，这里的都是副本。你拿去，纵是不看，也好卖几个钱，也省得靠杀人越货来营生。"

杀手狠狠吐了一口气，只觉面具里都是潮乎乎的，转身就走。

又有护卫从四面八方赶来，其中不乏高手，庄子里一阵鸡飞狗跳，一刻钟后方才平息。有人过来向李煜请安。

那位中使是第二拨。他们没堵着杀手，只好进来看看。

"郡公无恙，本使便放心了。"中使假惺惺道。

"中使是来要新词的吧？"李煜当面揭穿他。

中使勉强笑道："既有新词，不如由本使呈给官家。"

"被拿走了。"李煜道。

“被……拿走了？”中使身子一晃，险些跌倒。

“正是，本公给他的。不给他，便要伤本公性命。本公想，新词身外之物，去了一首还能再写，若是丢了性命，中使如何去给官家复命？故忍痛割爱，还望中使体恤。”李煜不慌不忙道。

中使被噎死。“本公给他的”，你倒是心人。想了想道：“不知郡公能否再默写一份，本使也好回去复命。”

“忘了。”李煜道。

中使简直要抓狂。

李煜一本正经道：“中使有所不知，吟诗作赋，填词作曲，皆靠灵悟。灵心所至，明悟所开，提笔可一挥而就；反之，三年不出一文。中使来前，本公灵悟顿开，方填词一首，妙手偶得。而今看这院中，满地血腥杀伐之气，哪里还有心思再写东西；就是写过的，也被那杀手惊得统统忘掉，片字不存。”

“片字不存？！”中使心想不就是让你默写一遍吗？你给本使东拉西扯一通，官家问起来，叫我如何交差？心下恼火，奈何李煜简在帝心，又是堂堂郡公，当面不好发作，只好威胁道，“本使会如实回禀官家。”

李煜道：“本公拳脚不济，未能留下那位梁上君子。中使若是带来高手，当可速去追他。”

中使道：“此事本使自会安排。”说完连车马费都懒得讨要，抬脚就走。

李煜看他气鼓鼓地远去，不忘叮嘱道：“中使千万当心，真迹只那一份，切莫叫他给毁了！”

两刻钟后，垂拱殿中。

中使伏在玉阶前，将庄中发生的事情和李煜的话一五一十地复述一遍。

赵光义面朝屏风，负手而立。巨大的屏风上画着山河一统图。大宋江山，雄踞中原，偏偏东缺一块，北少一片，上头还有个辽国压着，叫他好不心塞。兄长雄才伟略、南征北战，一统中原，可惜天不假年，未完成天下一统的宏愿。

“大哥，你未完成的两大心愿，就由我来继续。”赵光义心道。赵匡胤最大的遗憾，其一是来不及荡平天下。河东的北汉有契丹人支持，暂时动它不得，那就继续沿用先南后北的国策，把南方几个小国给平了。放眼南方，余者皆是蝼蚁，唯有吴越，最为狡猾。占着两浙膏腴之地，不称帝、只称王，无年号、不铸钱，事中原如父兄，恭顺至极。当朕不晓得你们钱家的小心思吗？割据，偏安，继续当你的太平国王。以为送点儿财货珠宝朕就不忍心对你们动手了？殊不知朕定年号太平兴国，就是要把你们这些草头小王一个个给扫平了，兴我大宋国运！

其二，便是未能寻得后唐时失踪的传国玉玺！传国玉玺，得之为正统。不得呢？

赵光义比他哥更想得到传国玉玺。因为有人觉得他的皇帝位子是从侄子手里抢来的。抢，哼，换个人来抢试试？这叫天命所归！只消平了吴越、福建，灭了北汉，赶跑契丹，再拿到传国玉玺，谁会再说朕得位不正？谁敢再说？

吴越、福建、北汉，他一个都不会放过，就连契丹也早晚要收拾。玉玺，他更是志在必得。而玉玺的线索……

他转身，盯着玉阶下的中使。

中使仿佛感受到那两道冰冷的目光，瑟瑟发抖。

“朕要的，不是废物。”

“臣知罪，臣愿将功折罪，为陛下追回新词！”

“多带几个玄武堂的人去，不论哪里都要给朕追回来！”

越州城，百花楼中，人声鼎沸。有着江南第一说书人之称的吴铁嘴正在大堂戏台之上绘声绘色地讲述前朝故事：“话说那三晋之地，那可是人杰地灵、豪杰辈出。晋王李克用麾下十三太保，个个骁勇善战。李从珂的养父、后唐庄宗李嗣源位列十三太保之首，麾下左右两员骁将，便是李从珂和石敬瑭。李从珂和石敬瑭都是战功赫赫，谁都不服谁。李从珂当了皇帝，当然不放心石敬瑭，就想把他调离三晋。三晋是什么地方？那可是大唐龙兴之地。石敬瑭一代枭雄，岂会心甘情愿地被调离这风水宝地？他见李从珂派大军前来讨伐，当下怒从心头起，恶自胆边生。你对我不仁，那就休怪我不义，一边说李从珂的皇位得位不正，一边修书一封，索性向契丹称臣，说只要你们契丹帮我从李从珂那小子手里抢到皇位，我不但叫你干爹，还会把燕云十六州之地双手奉上。”

话到此处，台下已是嘘声一片。倒不是嘘吴铁嘴讲得不好，而是嘘那石敬瑭献媚异族、割地求荣。

吴铁嘴将场面火候掌握得恰到好处，待众人嘘完一阵，方才一拍醒木，继续道：“更可恨的是那些藩镇，眼看着石敬瑭带契丹人南下，一个个为求自保闭城不出，叫石敬瑭带着契丹大军一路杀到洛阳城下。李从珂端的是一条好汉，眼看大势已去，就把曹太后、刘皇后和太子等人都叫来，怀里抱着传国玉玺，跑到玄武楼上，说我李从珂守国无能，然这传国玉玺乃汉家江山至宝，断不能落入异族之手，说完带着全家人举火自焚，尸骨无存。李从珂死后，石敬瑭称帝。可他这个皇帝当得是名不正言不顺，人人唾骂。这第一条，便是他认贼作父，那燕云十六州至今还在契丹手里，是为中原大患；这第二条，便是他虽当了皇帝，却没找到传国玉玺。此等皇帝，又有谁肯服他？短短两朝，就又被契丹人给灭了。”

“那传国玉玺现在何处？”台下有人大声问道。

吴铁嘴微微一笑，环顾堂下，又从二楼一溜排开的雅座隔间扫过，道：“欲知玉玺下落何处，且听下回分解。”

“赏！”雅座之中，有人赐赏。

吴铁嘴利落下台。他在这百花楼中开坛说书，一来是看中此地客流旺、人气高，二来是探悉楼中多有达官贵人流连。越州是什么地方？吴越国仅次于都城杭州的繁盛之地。吴越十三州以钱塘江为界，江北为西府，都杭州；江南为东府，都越州。越州人杰地灵，民风开放，乃文人雅士云集之地，更不乏厌倦西府官场、主动躲过来享清福的有钱人。相比那点儿出场费，二楼赐下来的赏钱才是大头。至于为何要讲李从珂火烧玄武楼这段，是因了几个月来江湖上都在传“传国玉玺在东南”的消息，大伙儿感兴趣什么，他就讲什么。那李从珂不过数十年前的故事，玉玺又是在他手里弄丢的，自然有大把人爱听。

甲字二号间中，两位年轻俊朗的公子面朝大堂、并排而坐。左首公子头顶玉冠、手摇折扇，一袭湖蓝长袍，贵气逼人，只是眉宇间多了几分戾气，意犹未尽道：“这吴铁嘴倒是有几分胆量，敢拿玉玺来说书。”

右首白袍公子面若冠玉，剑眉星目，举手投足风流洒脱，笑道：“二郎你有所不知，这些跑江湖的最能把握市井人心，人们好哪口，他们就编哪口。我看这档子事就是他瞎编的，无他，多赚几个钱尔。”

二郎道：“你倒是促狭。殊不知众口铄金，话说的人多了，有人便信以为真。”

白袍公子道：“二郎你是来散心的，何必惦念那些不开心的事？”说着递上一盏黄酒，道，“绿蚁新醅酒，红泥小火炉。晚来天欲雪，能饮一杯无？”

二郎接过酒盏，浅尝辄止，道：“也就是你敢跟我这般说话。”

白袍公子对饮半盏，道：“唯我能知二郎忧愁。”说完朝一直等在隔间中的两个歌姬打了个手势。两个歌姬怀抱琵琶，皆是二八年华、青春美貌，美目自始至终不离这两位翩翩佳公子。她们自幼被卖到坊间，虽衣食无忧，还习得诗词曲乐，可这百花楼毕竟是吃青春饭的地方，觅得佳音青睐，赎身恢复自由，便是她们最大的希望。眼前这两位公子一看便是富贵出身，更难得姿容俊美，两人芳心跃跃，只盼能一展才艺，叫二位公子心动。

琵琶声动，一女唱道：“四十年来家国，三千里地山河。凤阁龙楼连霄汉，玉树琼枝作烟萝，几曾识干戈？一旦归为臣虏，沈腰潘鬓消磨。最是仓皇辞庙日，教坊犹奏别离歌，垂泪对宫娥。”

蓝袍公子微微蹙眉。白袍公子沉醉其间。

二女察言观色，便知这蓝袍公子颇多心事，触景生情了。

一曲罢，白袍公子连连鼓掌，道："江南国主有此词作数首流传于世，便不枉人间走上一回。"

江南国主，便是李煜。歌姬所唱，正是李煜在开封所作《破阵子》。此首词作一经传开，便风靡大江南北，教坊酒楼莫不传唱。

唱词之女见他喜欢，正要换另一曲，忽听外间有人喊道："甲字十号间李公子，赏金十两！"

全场大哗。

百花楼的一大特色，就是会把赏赐最多的客人给唱响出来，一来是让赏了钱帛的客人觉得有面子，二来也好刺激其他客人出更多的钱。这赏下来的钱帛，百花楼自有抽成。金银虽不常用，一两折合成铜钱也有足足十二贯，端的是大手笔。

二郎眉角一挑，说这越州城中倒是不缺一掷千金之人。

白袍公子看他神色，就知道二郎起了好胜之心，便招招手唤来常随，吩咐道："去，再加一贯。"

那常随也是个少年，生得精瘦机灵，立刻领会到自家公子的意思，"噔噔噔"跑出去。很快，大堂中又响起喊声："甲字二号间胡公子，赏金十两——又一贯！"

堂下先是一冷，随即轰然。那李公子一出手就是十两黄金，等值于一百二十贯钱。一百二十贯钱对有钱人家来说不算多，他们出门花钱一般是用绢帛，两三个仆人捧着价值数百贯的绢帛招摇过市，那叫一个气派。可黄金不同，黄金极少在市面上流通，一般是朝廷赏赐或是大宗交易的定金使用；能直接拿黄金出来打赏之人，不但有钱，还有身份。此等有身份的人，一般都有来头，所以十两黄金一出，堂中那些个更有钱的主也不叫了。谁承想竟有个不知天高地厚的家伙跟着出价，还只多一贯，摆明了就是要较劲。来百花楼的哪个不图个热闹，有人较劲，大伙儿自然跟着起哄。

二郎面有得色。他身份特殊，不便亲自下场，有白袍公子出手，他就能安然看戏。白袍公子道：“等着吧，那边还会再加。”

果然，没过多久，堂下又是一声唱喝：“甲字十号李公子，黄金十五两！”

堂下哗然。还端的是大手笔啊！十五两黄金，那就是一百八十贯。

二郎望向白袍公子。白袍公子朝常随少年伸出两根手指。常随少年朝白袍公子眨眨眼，确认无误后才跑了。

很快，堂中又喊：“甲字二号间胡公子，二百贯！”

堂下轰然。

二百贯的打赏，除去给百花楼的抽成，也足够那说书的在越州城中买一处三进的大宅，买上十来个仆人，舒舒服服地过上一年了。

二郎朝白袍公子一笑，道：“八郎好大的气派。”

八郎道：“难得给二郎做东，岂能叫旁人抢了风头。”

二郎却道：“这百花楼一天的流水，能抵得上一个县一月的赋税了。”

八郎心下一惊，心想这二郎不会是要杀鸡取卵吧？吴越重商，商人在吴越可不像在中原那般低人一等，甚至还能在战时花钱捐个官做，尽管只是虚衔，那也是光耀门楣的事儿。

思量间，又听堂下叫道：“甲字十号间李公子，黄金二十两！”

黄金二十两，整整二百四十贯，只为打赏一个说书的。

八郎还要再出价，被二郎喊住：“你说我们为个说书的争个什么风头？既不是美人儿又不是钱昱。”

八郎心下暗笑。心想二郎跟那位昱公子别苗头别习惯了，一听到叫价就把对方当成昱公子，非得压他一头才善罢甘休。

二郎笑道：“且去看看那位李公子到底是何方神圣。”

八郎知道二郎是在给自己台阶下。他倒不心疼这几百贯钱。他家有钱，他每个月的零花钱就有三百贯，还不算名下几个庄子的出产。他只是不想叫二郎觉得扫兴。像他们这等出身富贵的世家公子，钱财根本不放在眼里，出来玩，图的就是个尽兴。见二郎无意再争，八郎说了声我去探上一探，便闪身走出隔间。

堂中，唱台的见无人再出价，便吩咐一众仆从撤去说书台，换伶人登场。楼上楼下的宾客们纷纷朝位于正面最边角的十号隔间看去，想看看这位出手阔绰的李公子到底是何方神圣。

八郎走出隔间，正好一人迎面而来，擦肩而过还撞了他一下，匆匆而去。八郎抽抽鼻子，闻到了一丝似有若无的血腥气，扭头唤道："这位仁兄且留步。"

那人脚步一滞，并未回头，继续往前走。

八郎道："受了伤得及时治，乱走乱跑要出事。"

那人走得更快了。

八郎来到楼梯拐角，正撞见一手托了一个碟子的吴铁嘴，左边碟子是水果，右边碟子是蜜饯。吴铁嘴探出头去叼了一块水果在嘴里，脖子一仰，刚要把水果倒进嘴里，就看见八郎笑吟吟地看过来，吓得一哆嗦，几口把水果片吞下，道："啊呦我的胡大少啊，你这神出鬼没的吓死人了！来来来，岭南来的鲜果，别的地方吃不着，尝一口。"

八郎姓胡名不归，乃是吴越大族胡氏子弟，人称"乐天公子"。有人给南唐吴越两国的佳公子做了个排行榜，排名第一的是江南国主李煜，排名第三的就是这位乐天公子胡不归。胡不归出生的胡家更是了不得，先祖胡进思是武肃王钱镠麾下骁将，爷爷胡璟、大伯胡珩、三伯胡琛都是吴越高官，三伯胡琛更是官至吴越礼部尚书，还曾随吴越王钱俶出使大宋。胡不归从小天资出众，被族中当成接班人来培养，从小学文习武，长大后更是姿容出众，气度不俗。出身好，人长得帅，本该早早出仕，或是娶几房妻妾为家族传宗接代。偏偏胡不归既不愿为当官而费心科考，也不像众叔伯兄弟那般早早成婚，而是游历江南，还起了个"霸下"的花名，闲来写话本子。他写的话本子通俗易懂，有写流落海外逢奇遇的《瀛洲幻记》，有写恶少在战乱中报仇成英雄的《打虎少年》，最火的当属他胡编乱造出来写书生与梅花仙子悲欢情仇的《五瓣泪》。名字是真恶俗，卖得是真火爆。越州城里妇人闺女人手一本不说，就连杭州城里的贵妇小姐们也趋之若鹜，还有戏班子把书里的故事排成折子戏的，酒楼茶馆天天爆满。胡不归很懂盛极而衰的道理，《五瓣泪》还没写完就停更了，换了个花名，开始写唐末乱世。方才吴铁嘴讲的那段，就是他最新出炉拿来试试反响的章回。

胡不归拿了片水果咬了一小口，道："味道不错，哪儿来的？"

吴铁嘴小声道："十号间的公子赏的。"

胡不归讶道："十号间，就是赏你二十两金子那位？"

吴铁嘴眉开眼笑道："可不是，人出手还真是大方。二十两金子，百花楼抽三成，我跟公子四六开，公子能拿八两半。公子看是拿金锭子，还是先折成金票，回头我把金票放到老地方，公子自派人去取？"二十两金子，百花楼拿走三成，胡不归拿走剩下七成中的六成，他到手最少也有六两，足够潇洒几个月。不过他并不打算把这笔钱拿去花了：二两一个的金锭子啊，足可当传家宝留给儿孙。

胡不归道："既然赏了金锭子，那就不必折成金票了，我倒要看看那位李公子的成色。"吴铁嘴面露喜色。若是折成金票，十四两金子他能拿五两六；若是不折，二两一个的金锭子只能一个一个地分。胡不归素来大方，他的五两六就会变成三锭六两。

胡不归并不在意让他占点儿小便宜，重要的是此人常年混迹酒楼教坊，消息灵通，养着他自有用处。"那位李公子，见着他的面了吗？"胡不归问。

吴铁嘴摇头，说赏他果盘的是个黄衫少女，长得可漂亮了，估摸着是十号间那位李公子的大丫鬟。那大丫鬟赏了他果盘，又派两个人托着黄灿灿闪亮亮的大金锭子去找管事，想来是把赏钱给百花楼了。

胡不归暗暗称奇，平日里金主打赏，都会把献艺献技之人叫过去当面给钱，唯恐不叫人感恩戴德；伶人拿到赏钱后，再抽出三成给店里。这位李公子倒好，压根儿不见吴铁嘴，反而先把赏钱给百花楼，是自重身份看不上吴铁嘴这等江湖中人，还是不愿轻易露面？

出手就是十个金锭子，此人究竟是何来头？胡不归心下愈发好奇。

吴铁嘴道：“胡大少哇，你这果子也尝了，下回合的本子写完没有？讲完这场没下场，我可得被唾沫星子淹死。”

胡不归何等机灵，一听就道：“你把我说出去了？”

吴铁嘴连忙否认。

“真没有？”胡不归盯着他。

吴铁嘴知道瞒不过去了，就说那黄衫少女说她家公子夸话本子写得好，想问问什么时候再出新的，他这才说漏了嘴。

胡不归一把夺过他的果盘子，道：“不给你点教训你是记不住我的话了！”

吴铁嘴连连讨饶，说再也不敢了。

胡不归道：“当真没见到那位李公子？”

吴铁嘴摇摇头道：“我倒是也想见，可雅间里除了那黄衫少女，还有个抱着铁剑的大汉，往那儿一站谁都过不去，更别说见他家公子了。”

一想到方才碰到那人，胡不归又叮嘱道：“这里要出大事，你速离去。”

吴铁嘴一惊，倒也没问为什么。他是老江湖了，钱可以先不拿，身家性命可不能栽进去，一叉手就要开溜。走出几步，又转回来小声道：“那位李公子叫我给您带话，说什么时候话本子出新一回，他去包场。”

胡不归摆摆手示意他赶紧走。

果然，吴铁嘴前脚刚走，大队官差后脚就把百花楼给堵上了。带队将吏高声喝道：“我等奉命追查逃犯，百花楼一应人等不得离开！抗命者，拒捕者，袭击官差者，统统抓起来！”

楼上楼下顿时炸锅，大门口更是鸡飞狗跳。百花楼是什么地方，东府越州最大最火的教坊，个中不知道有多少达官贵人的干股份子钱，平日里官差只有维持秩序的份儿，哪敢冲进来吆五喝六。有被留在门口放风的眼尖仆人发现，这次带队的是几十个身穿玄衣、手持刀弓、面容精悍的生面孔。跟在他们后头的官差好像也不是越州衙门里的，也是生面孔。

玄衣武士把几个想跑出去通风报信的仆人拦下，有敢叫嚷的直接拿下，剩下的人就都老实了。玄衣武士分成两队，一队留在大门外，另一队则带着众官差冲进大堂，分出一半官差控制住大堂里的人，剩下的官差则分成两组，跟在玄衣武士后飞奔上楼，与胡不归擦肩而过。

胡不归一眼就看出这些人训练有素，令行禁止，行动迅捷，一个个都是好手。他朝街面上一看，发现与百花楼相邻的路口都被封死了。除了留守的玄衣武士，还有大批全副披挂的兵卒正在赶来，在玄衣武士身后列队待命。玄衣武士攻坚、官差搜捕拿人、兵卒压阵掩护，一次行动竟能动用三方力量，想必是有重犯混进了百花楼里。是那个一掷千金的李公子，还是方才与自己相撞之人？又或者那人受了伤混进来就是要与李公子相会，想以李公子为庇护？他很想直接闯进甲字十号间去看看那位李公子长得是何模样，有没有自己好看，声音好不好听……

忽然间，胡不归闻到一缕似有若无的气味。他鼻子极灵，循着那气味，发现那受伤之人竟进了他和二郎所在的甲字二号间。胡不归心下一惊，二郎的身份可不能叫人撞破了，抬脚快步走去。

胡不归进来的时候，二郎正手捧茶盏，往嘴里放了一片雪梨，目光凌厉地看着突然闯入的不速之客。两个贴身护卫用一刀一剑挡住了他。两个歌姬战战兢兢地缩在一旁，早已花容失色。

胡不归进来，拉上移门。见二郎无事，心下大定。

不速之客站在原地，反握匕首，勉强算得英俊的面庞有些发白。

二郎没有开口，泰然自若。

胡不归是知道二郎那几个护卫的实力的，二人联手，对付一个受伤之人不在话下。

不速之客动了。胡不归准备出手。

不等众人有所反应，不速之客便“扑通”栽倒在地。

什么情况？死了？胡不归心道。你个被通缉的要犯，要死也别死在我们这儿啊！

一个护卫蹲下来，探了探他的鼻息，道："没死。"

胡不归稍稍宽心，没死就好。不过没死比死了更麻烦。首先这家伙八成就是外头三路人马要抓的人。能惊动百十人，必定犯下大案！偏偏倒在他们这儿，事情说不清楚。其次是二郎的身份，也决计不可张扬。

二郎倒是很淡定，为啥？因为有胡不归在。他叫胡不归出来，对他放心是其一，谈得来是其二，更重要的是关键时刻胡不归能想出办法来解决问题。

胡不归灵机一动，叫来他的两个仆人，让他们把晕倒那厮抬到屏风后面去。百花楼雅间的格局，前头是厅，面朝大堂的窗户可以打开，能够听书看戏；后头是寝室，中间以屏风相隔；寝室的一角则有一条通往主楼外的密道。要说胡不归怎么知道隔间有密道，是因为上回他亲眼看到一个被家里母老虎来捉奸的胖员外从密道出来，躲进百花楼专门为达官贵人们避风头准备的小黑屋里，再从偏门开溜，上了停在河边接应的小船。后来他一打探，才知道每个甲字号雅间内间都有一条密道与小黑屋相通。密道是单向的，只能从房间往小黑屋去，没法从小黑屋进房间，这就能让达官贵人们临时跑路，而不必担心花天酒地时被人潜入。当然，只有身份高贵或是长期在此消费的老顾客才有资格享受密道服务。

二郎见房中多出一条密道来，也赞叹百花楼顾虑周全。不过他丝毫没有要走的意思，只让胡不归的两个仆人带人从密道离开。

送走那厮后不久，甲字二号间的移门就被人重重拉开。

二郎自顾吃茶。胡不归头也不回，抬手掷出一个梨子去。

"啪！"其中一人稳稳接住。

胡不归起身，来者三人，两个官差，一个玄衣武士。玄衣武士手里捏着他扔过去的梨子。

中年官差见两人气度不俗，还带着护卫，道："二位公子，我等奉命追查一名江洋大盗，还请报上姓名，核实身份。”

胡不归趾高气昂道：“我等身份，也是你等能问的？”笑话，像他们这等身份，岂是你问什么就答什么的？

年轻官差厉声道：“大胆，你们是什么人？说不清楚的，统统带走！”

胡不归掸了掸他那身用料考究的白底红边长袍，道：“这年头总有些人有眼无珠，拿着鸡毛当令箭。你们家陆大人来了没？他要来了，请他过来一叙；他要没来——”

年轻官差出身穷苦，小时候没少被富家公子欺负，最见不得胡不归这等仗势欺人的浪荡子弟，当即喝道：“没来怎的？”

胡不归剑眉一挑，长袖甩出，极为潇洒地丢出一个字：“滚！”

第二章

惊鸿一瞥

“滚”字刚出，劲风已至。动手的是玄衣武士。

不等二郎的护卫动手，胡不归抢先出招。三招一过，他与玄衣武士各退一步。“上右厅的人，不在都城待着，跑越州来抓贼，真是狗拿耗子。”胡不归揶揄道。

玄衣武士面色一沉，不想胡不归竟能一语道破他的身份。吴越军队名目众多。钱镠最早起兵靠的是“八都兵”，就是以西府杭州临近八个县的子弟兵为骨干的府兵，后来扩编为十三都，每都两到三千人，是吴越立国根基。后来钱镠在击败杨行密和刘汉宏后收编其部，又组建了以淮西蔡州兵为骨干的武勇都和浙南兵为骨干的向明都，并抽调其中精锐组建亲卫牙军。到了吴越中期，忠献王钱弘佐改革兵制，将牙军改编成亲从都和亲卫都，由王室直接控制；同时将十三都改编成左直、中直、右直三军，因避讳钱弘佐名讳，左直都改名上直都。这三军在对抗南唐和攻灭闽国时立下赫赫战功。当今吴越王钱俶在位多年，在右直都因故被除名后，重新组建镇武都和镇国都。两年前吴越助大宋攻灭南唐，镇武都和镇国都便是前锋主力。另外为了拱卫都城，钱俶还组建了三支卫戍部队，分别是上右厅、佽飞都、匡武都。上右厅负责官署及官员的日常保卫工作；佽飞都是以弓弩兵为骨干的机动部队；匡武都类似五城兵马司及巡检司，负责都城外围巡逻及安全。

因此，从职责上看，玄衣武士所在的上右厅基本都在都城杭州活动，鲜有外出执行任务。眼前这小白脸竟能一眼认出，还能接下他三招不落下风，倒也不可小觑。胡不归就是要他觉得自己大有来头。有来头，你才不敢轻举妄动；你连我都不敢动，就更不敢对二郎乱动了。

玄衣武士目光扫过胡不归，落在始终没有转身的二郎身上，忽然道：“二位是从西府来的吧？”西府，便是国都杭州。

二郎缓缓起身，转过来盯着他道：“你们何指挥来了吗？”

玄衣武士又是一惊。此人竟认得上右厅指挥使何韬，不由惊道：“你是何人？”

二郎悠悠然道：“我是谁，你还不配知道。”

玄衣武士强忍怒气，此行他们奉命而来，东府越州上下差役都要配合，不想在此遇阻，道：“上右厅办事，还请二位不要阻挠。”

胡不归道：“尔等要抓人尽管去抓，跑到这里来骚扰我等算什么？我们像是江洋大盗吗？就算是，你们有本事抓吗？”

年轻官差抽出铁尺就要上前拿人，被中年官差拉住。

这时门外有人道：“哪个口气那么大，胆敢妨碍上右厅办事？”话音落，一道魁梧的身影便出现在门口，五十上下年纪，肩宽体壮，浓眉重须，身披轻甲，腰悬直刀，双目炯炯有神，一看便不是好相与的。

军将与二郎对视一眼，眼中均闪过一丝惊诧。胡不归看他们神色，显然都已认出对方，却都没有叫破对方身份。军将盯着二郎道：“公子私自出游，不知府上可曾知晓？本将听说，公子府上管教甚严，族中子弟，等闲不得外出。今日之事若是传开去，公子怕是不好过关。”

说得隐晦，胡不归却听明白了，这军将定然知道二郎身份，不说破，便是不想撕破脸，同时隐含威胁。

二郎目光扫过两个官差。

军将心领神会道：“我自与这位公子有话说，其余人等，继续搜查。”

中年官差把年轻官差拉走了。

胡不归眨眨眼，故意道：“我也走？”

军将道：“你又是何人？”

胡不归挺起胸膛道："本公子姓胡，江湖人称乐天公子。"

"胡家的人。"军将面色不改。胡家先祖胡进思随武肃王开国，又随文穆王转战多年，历经吴越三代五王，曾经权倾朝野。胡进思病故、礼部尚书胡琛致仕后虽不显于朝堂，可家族势力仍然庞大。钱与胡，共吴越，难怪会跟世子混在一起。"这里没你的事。"军将压根儿没把胡不归放在眼里。

胡不归等的就是他这句话，故意道："就算陆大人来了，没凭没据的，也不敢把我们怎么样！"

军将道："不走是吗？"

胡不归装出要跟他理论的样子，二郎看了他一眼，才心不甘情不愿道："好，本公子且不跟你争一时之气！"说完气鼓鼓地往外走。他跟二郎有默契，看这架势二郎是没法脱身了，不过那军将应该也不能把二郎怎么样。那么此刻他要做的就是尽快带晕倒的那厮离开，搞清楚他是什么人。

二郎盯着军将，拖住他，才能让胡不归脱身。

待胡不归的脚步声远去，二郎和军将同时使了个眼色，他的两个护卫和玄衣武士悉数退到隔间外。军将拉上移门，沉声道："沈承礼拜见世子。"

"世子？！"两个歌姬惊呆了。

二郎，正是吴越国世子钱惟濬。而站在他对面的军将，则是吴越国的头号战将，宁海军节度使沈承礼。两年前吴越助大宋攻打南唐，吴越王钱俶率上直、镇武、镇国、亲从五万精锐北上，钱惟濬和沈承礼随驾出征。吴越打下常州后直扑金陵，宋军主帅曹彬不想把攻克金陵的功劳让给吴越，就让钱俶带主力先回去。钱俶不敢违逆，带着主力退回常州休整，让钱惟濬和沈承礼带一万人留下配合宋军作战。钱惟濬是世子，留下是充当人质；真正指挥军队的是沈承礼。结果曹彬围攻金陵数月不克，反倒是沈承礼带着数千精兵在总攻之夜率先攻破金陵城东门，抢了破城首功。当然事后叙功，首功仍归宋军。可沈承礼硬是凭此一战，让宋军上下不敢轻慢，打出了吴越的威风。归国后，沈承礼因功受封宁海军节度使，成为吴越武将第一人。

虽有袍泽之谊，可钱惟濬和沈承礼平日里并没有多少往来。此刻见面，也如普通君臣般若即若离。

钱惟濬淡淡道："能惊动沈将军来此，想必是大案。"

沈承礼道："能叫世子在此，想必是要事。"

钱惟濬不答。他是跑出来散心的，至于世子不得离京的规矩，他压根儿就不在乎。他是世子，他爹还能把他怎的？把他废了？笑话，老大是他爹当年为了保全忠逊王钱弘倧一脉过继过来的养子，他堂兄；老三无心俗务出家了；老四倒是个机灵的，可那点儿机灵都挂在脸上了，也没刷过什么功劳；老五更不着调，精力过剩，成天想着上阵杀敌；后边四个小弟弟更不值一提。要真理论起来，西府是西京，这东府越州就是东京，他从西京跑到东京，还是在京城。他之所以愿意跟沈承礼在这儿耗着，就是要给胡不归创造条件。被胡不归弄走的那个家伙，必定和沈承礼的到来有关。既然人倒在自己面前，那他身为吴越世子，就有责任有义务弄清楚事情的来龙去脉。谁让他闲的呢？至于怎么把人弄出去再撬开嘴巴，那就是胡不归的事了。

胡不归当然心领神会。没走多远，就听走廊一侧传来两声闷响，紧接着就有人大喊："大胆狂徒，胆敢殴打官差！"胡不归扭头看去，只见两个官差倒在地上，他们对着的正是甲字十号间！

"好家伙，敢打官差！"不等胡不归凑过去看热闹，守在甲字二号雅间前的年轻官差拔腿就朝十号间冲去，经过时不知是不是故意的还撞了胡不归一下。胡不归晃了一下，又被不放心跟过去的中年官差撞了另一侧肩膀。胡不归索性双手叉腰，正好挡住跟他交过手的那个玄衣武士。玄衣武士倒没再撞他，从旁边闪了过去。两人目光同时落在雅间门口那个怀抱铁剑的汉子身上。

年轻官差冲过去，拉起倒地的同伴，甩出铁尺就朝那抱剑汉子抽去。

抱剑汉子并未挪步，身子一闪躲过铁尺，再向前一靠，肩臂便贴在年轻官差身上，将他撞出几步远。

年轻官差大怒，挥动铁尺再冲。

抱剑汉子见他来势汹汹，总算动了兵器，铁剑未出，连带沉甸甸的剑鞘就砸中了铁尺。

年轻官差闷哼一声，手中铁尺竟被剑鞘生生砸出一个弧度来，成了一把歪尺。

“好神力！”胡不归暗赞。他把玩过捕快们随身携带的铁尺，知道这东西虽杀不了人，可韧性极佳，抽在身上更是无比的疼，专门用来缉捕嫌犯。碰上寻常兵器，还能借用弹力卸去对方的力道。能把这样一把铁尺生生砸弯，抱剑汉子的力道可见一斑。

年轻官差举着铁尺，胳膊酸麻，阵阵颤抖。中年官差把他拉到一边，这世上厉害的人物多了，不是只靠一腔热血就能解决所有问题。

玄衣武士走过来，盯着抱剑汉子道：“殴打官差，妨碍查案，好大的胆子！”

抱剑汉子依旧抱剑，稳稳站在门口，一言不发。

玄衣武士活动关节，手按在刀把上。

抱剑汉子直接无视他的威胁。

一趟差事两次受阻，玄衣武士怒火中烧，拔刀出招。

“刀法不弱。”胡不归心道。

“当当！”两声闷响，玄衣武士“噔噔噔噔”连退四步，身子一晃勉强站定。

抱剑汉子收回铁剑，依旧没有出鞘。

玄衣武士恼羞成怒：“来人，把这里围起来，休走脱一个人！调弩手上来！”

话音落，就听一个女子声音道：“吴越人好大的架子，竟敢对我家主人动手。”

胡不归闻声一振，他最听不得好端端的一个美少女张嘴一口方言土话，长得再好，声音难听、吐字怪异，又有何用？再看时，只见雅间里走出来一个黄衫少女，明眸皓齿、仪态端方，腰间插了根笛子。玄衣武士盯着她，她也盯着玄衣武士，气势丝毫不弱。

“她说我们是吴越人，难道她和她的主人不是吴越人？”胡不归寻思。

沈承礼从甲字二号间走过来，使了个眼色让玄衣武士退下，盯着黄衫少女道：“你是何人？”

黄衫少女打量他，道：“你说了能算吗？”

沈承礼道：“此间事，我自做得了主。”

黄衫少女道：“你们抓犯人归抓犯人，别来扫了我家主人的雅兴。”

沈承礼道：“越州乃吴越东府，我等乃吴越将吏，奉命缉捕逃犯，断没有为你家主人破例的道理。”

黄衫少女道：“真要进去？”

沈承礼朝前走了一步。他也留意到一旁的抱剑汉子，知道那是个不好对付的，可他身为此次行动的总指挥，后头还有世子看着，断没有退缩的道理。

就在众人以为他要再跟抱剑汉子大战一场时，黄衫少女甩手就把一个物件丢向沈承礼。沈承礼反应极快，抬手接住，入手颇沉，低头一看，竟是一块纯金质地的腰牌；再一看腰牌上的铭文，不由脸色一变。

黄衫少女看他神色，道：“既然看到了，那便还我罢。”

沈承礼将腰牌掷回。抱剑汉子一把接住，递还给黄衫少女。

黄衫少女道：“还想动手吗？”

沈承礼道：“可否见一见你家主人？”

黄衫少女道：“主人在睡觉，不见外人，你等也休得再聒噪！”说完竟不再理会沈承礼，径自转身返回雅间。

玄衣武士上前道：“将军……”

沈承礼一摆手，道：“除了这间，继续搜！”

胡不归溜下楼，心想十号间里到底是什么人，居然能把上右厅的人吓退，顺手从院里盛开的丹桂树上折了一枝，从后院水门出来，上了早已等候在河边小码头旁的乌篷船。钻进乌篷，见那家伙还在晕着，胡不归就叫来两个仆人，仔细吩咐一番。两个仆人名叫招财、进宝，都是他从老家带来的心腹，办事利索也会拳脚，知道他们这位少爷的脾性，相视促狭一笑。

一刻钟后，敞篷船改造完毕。胡不归是悄悄来的，这会儿堂而皇之地亮相，但见他站在船头，头顶玉冠、身披华服，还从院里折了一枝丹桂插在发间，端的是清新俊逸、风流倜傥。

随从之一在船尾高喊："乐天公子游幸东府，闲杂人等速速回避！"

这一喊，直接就把百花楼里里外外给惊动了。

乐天公子是谁，那可是江南十大佳公子排名第三的人物啊！十年前有好事者给江南两国——南唐和吴越——做了个十大佳公子的排行榜，排名第一的是当时的南唐国主李煜，第二的是吴越忠献王的公子钱昱。而今南唐不再，李煜在开封当了亡国之人，另外也有几位公子因为各种原因退榜；今年重排江南十大佳公子，第一空缺，第二仍是钱昱，后起之秀乐天公子胡不归一举夺了第三。

不过在胡不归那位成天板着面瘫脸的十七叔看来，钱昱公子模样虽还不错，也成天跟文人墨客混在一起吟诗作对，摆出一副醉心山水的姿态来，可实际上就是个骑着黄牛等杨玄感的家伙，比起深居简出、不问世事的胡不归他爹来，不管是境界还是皮相，差的不是一点半点。所谓佳公子，光有一副皮囊、只会装模作样可不够。

胡不归深以为然。他爹胡琮那才叫一个养在深闺不自知，美如冠玉、弱柳扶风，俊到我见犹怜。若不是常年隐居，又岂能叫钱昱夺了第二？

走神间，听到喊声的船家纷纷操舟靠近，都想看看乐天公子到底长啥样。百花楼里的仆从们更是奔走相告。姑娘们闻风而至，也顾不得什么风度了，纷纷丢下侍奉的客人，争先恐后地跑来围观，把里里外外维持秩序的官差挤得七零八落。官差们倒是能嚷嚷，可谁又能挡住失去理智的女人们呢？就连钱惟濬和沈承礼也听到了外间的奔走惊叫，感觉脚下楼板微微震动。两人定力都不错，并未因此分心。钱惟濬大概猜到胡不归的“险恶用心”，嘴角勾起一个弧度。

屋外，玄衣武士抓住一个过路的仆从道：“外头出什么事了？”

仆从道：“说是乐天公子出游，大伙儿都赶去看。”

玄衣武士跟着赶过去一看，见船头站着的正是方才隔间里的小白脸，当即大喝：“来人，拦下那条船，休让他们跑了！”

跑，当然要跑了，不跑怎么把人弄出去？胡不归心道。

百花楼建在越州城中心最为繁华热闹的地段，左右皆是酒楼客栈，门前一条路，门后是一条河，风水好，人气旺。后门这条小河原本可容两条船并行，现在被围观的船一挤，顿时连一条船通行都难。胡不归要的就是这个效果，我走不快，围观的人就多；围观的人越多，外头的人就更挤不进来。

乐天公子游幸东府的消息很快就传遍河道。越州老城狭小，城里的大街小巷也跟着比寻常街巷狭窄，大部分建筑都是临水而建。住在河道两岸的人听到消息，纷纷上楼推开临河的窗户，从窗户一睹乐天公子的风采。更有人跳上拴在岸边的乌篷船，也不管是不是自家的，解了船绳就来追赶。更有在街上采买的忠仆丢下差事，飞奔回去禀报各家主母小姐。一时间鸡飞狗跳，全城骚动。

胡不归上回被整条街围观还是一年前，此番他刻意为之，更是让乌篷船在河道中走出风骚的曲线来，好叫更多人看到。走了一段，胡不归再次享受到当年潘安掷果盈车的待遇。不论是岸边船上的商贩行人，还是挤在临河窗中的大姑娘小媳妇的，纷纷拿起手中物件朝他掷来。胡不归的船是半敞篷的，他站得又挺拔，一时间果蔬、手帕、香囊、铜钱，伴随尖叫如雨而下。胡不归抖开折扇，潇洒地拨开几样，惹来欢呼声一片。

玄衣武士带着他的人追到河边，眼睁睁看着乌篷船慢悠悠远去，硬是被人山人海堵得前进不得。

“没想到男人也爱乐天公子哇！”一个不长眼的青皮在旁边促狭道。

“啪！”玄衣武士结结实实赏了他一记耳光。

“打人啦，官差打人啦！”青皮大叫起来，场面愈发混乱，还有人“扑通”掉进河里。

长得太俊也叫人忧愁啊！胡不归如是想。这等万人瞩目的感觉好是好，可风险忒大。这不刚避开一只萝卜，又落下一只硕大的香泡。但见一五短身材的卖菜大婶撞开人群，大喊“乐天公子我请你吃笋”，抡起膀子将手中半截粗壮的冬笋奋力掷向小船。

“啊！”有人惨叫，倒进乌篷，小船为之一晃。

胡不归摇摇手中折扇，扭头道：“多谢十七叔。”

十七叔捂着脑袋怒道：“谁叫你让开了！”

胡不归眨眨眼，道：“我以为你能躲开的，看来十七叔的功夫还不如我嘛！”

十七叔气得眼冒金星，扫了眼满满一船的蔬菜瓜果道：“还不赶紧走！”

胡不归风骚地朝岸上挥挥手，在满城尖叫中潇洒转身，却见一艘龙舟不像龙舟，画舫不像画舫的长船沿着他们破开的水道，矫捷地追了上来，很快就越过他们的船尾，带起阵阵水浪，将周围的船荡得东倒西歪，惹来一片喝骂。胡不归的小船也被水浪荡得左右摇摆。

胡不归定睛一看，发现甲字十号间门口的那个抱剑汉子就站在船头，怀抱铁剑，迎风而立。

招财大叫：“公子抓紧了！”

进宝跟着叫道：“公子蹲下别乱动！”说完猫腰挪到乌篷后侧，一手一根船桨张开撑在水中，用他那壮硕的身躯往下一压，双臂调整船桨的角度和入水深度，很快就让小船重新稳住。

胡不归压根儿没听他们的，双脚牢牢钉在船板上，眼角余光朝一旁并行的长船扫去——抱剑汉子依旧站在船头，稳如泰山——好胜心骤起。想我胡不归堂堂乐天公子，小小一点浪花摇摆都站不稳，还怎么在江湖上混？别说蹲下了，就连扶都不能去扶。“进宝！”胡不归唤道。

“公子，没事了！”进宝叫道。别看他胖，水性奇佳，还操得一手好船。每次胡不归出行，他跟招财分工明确，招财驾车，他操船；招财探路，他掩护。

“咱能弄出浪花来不？”胡不归问。

“能！”进宝道，“要多大的？”

胡不归瞥了抱剑汉子一眼，心想那李公子八成也在长船上，道：“能弄多大弄多大！”

进宝也瞥了眼抱剑汉子，喊了声“公子站稳了！”笑话，敢在我家公子跟前耍帅比拉风，叫你尝尝宝爷的水上功夫！双桨翻飞，小船在进宝的操控下突然加速，荡起的浪花朝两侧扩散开去，一浪接一浪撞向长船。

胡不归用搁在身后的左手给了进宝一个大拇指，身前的右手捏住折扇，在超过长船时“哗啦”一声抖开，昂首挺胸，高声吟道：“少年怪我问如何，何事朝朝醉复歌。号作乐天应不错，忧愁时少乐时多。”

清朗的念诵声中，小船轻快地超过长船。

抱剑汉子身子一晃，仍然站在船头。

进宝见他不动，感胡不归所感，待小船完全越过长船，双桨突然变成一前一后，再用一只脚将尾舵木柄踢向一边，牢牢抵住，口中高喝：“浪里个浪，浪来喽！”伴随他的喊声，小船向一侧倾斜，在水面上划出一道弧形白浪来，朝长船正前方迅速转向，变纵行为横掠，直接挡住了长船的去路。

招财大惊，叫道：“你要死啊，要撞了！”

胡不归也被进宝这一手吓了一跳，整个人朝反方向倾斜。幸好他早有准备，身子歪而不倒，还不忘用右手折扇凭空抖动几下，像是用内力将身子拉直。他很快反应过来，进宝这招叫光脚不怕穿鞋的——长船要是不想撞上就得转向减速；就算长船敢撞，那也是双方一起翻船的下场。

眼看着两船将要相撞，进宝丝毫没有掉头闪避的意思。招财见长船丝毫没有减速的意思，直挺挺地朝小船冲来，想起自己的半吊子水性，吓得面色发白，双手牢牢抓住船篷，大叫：“进宝，等下救我！”

进宝鄙视地看他一眼，道：“掉河里也是先救公子。”

招财绝望地闭上眼睛。

三人都忘了船篷里还有一个人。

相撞前的一刻，长船船头突然往右侧一偏，几乎是擦着小船船头掠过。胡不归甚至能看到抱剑汉子腮上的胡楂。长船船长，从小船船头横掠过去时带起更大的水浪。两船离得极近，小船避无可避，实打实地承受了长船带起的阵阵撞击，若非进宝技艺高超，差点就此翻船。

两船交错的一刻，长船侧窗的轻纱上，竟映出一张只应天上有，人间哪得见的绝美面庞来。确切地说，是半张。

惊鸿一瞥拂面来。

这世间的人，有人皮囊再好，终究不过凡人；而那半张侧脸，分明就是神仙姿容，让素来自诩貌美的胡不归生出惊为天人之感来。

李公子的内子，还是姐妹？胡不归期望是后者。

长船潇洒掠过，越过小船后慢慢减速，也学小船打了个弯横在水面上。抱剑汉子面无表情地看过来。

进宝费劲把小船稳住，大汗淋漓。

招财趴在船板上，五脏六腑七上八下，感觉只剩半条命。

胡不归呆呆地望着前方的长船，浑不觉绣着诗文的长袍下摆已被河水打湿。

长船稍停片刻，转向，有如翩鸿，驶向前方。

“公子，公子……”招财见胡不归不动不语，小声唤道。

却听胡不归怅然吟道：“移船相近邀相见，添酒回灯重开宴。

千呼万唤始出来，犹抱琵琶半遮面。半遮面啊半遮面，缘何相顾不相见！”胡不归满心遗憾，直到长船完全消失在视线中，仍盯着它留下的水痕怔怔出神。

越州城北，官道上，车马辚辚。

钱惟濬坐在马车中，手支下颌，正在小憩。两个歌姬跪坐在他对面，偶尔偷看他一眼，又低下头去，心中忐忑。她们是他执意带走的。不过不是强抢，而是出了一大笔钱。什么物件都没拿，直接把人带走。世子，他是吴越国的世子啊，没想到如此年轻，还生得英姿不凡。不管有没有名分，能够侍奉世子，便是前世修来的福分。

沈承礼带着一队上右厅武士骑马随行。攻南唐之战凯旋后，沈承礼交出兵权，得了个宁海军节度使虚衔，实职差使便是上右厅指挥使，麾下三千精锐。此番他奉命南下，巨盗没抓到，倒是遇到了世子；既然遇到了，就断没有把世子扔下不管的道理，便请钱惟濬一同返回。岂料钱惟濬非得把两个歌姬也带上。这种给人赎身的事情总不能叫堂堂世子自己去办吧？那胡不归又一早溜走了。沈承礼只好硬着头皮派人去跟百花楼交涉，被狠狠敲了一笔竹杠后，总算是把事儿给办了。他早听说世子有风流之名，府中美人姬妾无数。眼下当着这么多属下的面左拥右抱上车去，以杭州城好传八卦的风气，明天一早，满朝文武都会知道，老钱家的世子又带了两个女子回来。

钱惟濬倒不是真的想收了这两个歌姬，而是怕她们说出今日发生之事。与其让她们在外头遭人问讯留下后患，不如一并带回。

世子好色，如之奈何？

胡不归的乌篷船停在越州郊外的一处小河边。此时距他们离开百花楼已有两个时辰。越州是一座水城，城里城外河道纵横，田间乡里遍布水塘。寻常百姓每每以扁舟代步，既能载人载货，还省时省力。若是乘车，惹人瞩目不说，单是城外这坑坑洼洼的泥地就够人喝一壶；坐船则不同，几百上千条大大小小的水道，随便往里头一钻，就是本地人都不一定找得到。

十七叔从船篷里出来，用那根在他脑袋上砸出个大包的粗壮冬笋戳了胡不归一记。胡不归回过神来，一路出城他都在怔怔发呆，满脑子都是那惊鸿一瞥。

十七叔没头没脑地来了句："回去找个媳妇吧。"

胡不归这才反应过来已经出城了，上右厅的人断追不到这里来。扭头看到躺在一堆瓜果蔬菜里的大盗，便走过去从菜叶子上捡了条胖乎乎的菜虫放到大盗鼻孔前，道："别装了，醒来说话。"

大盗早就醒了，只因失血过多全身无力，胡不归和十七叔两个又都是有功夫的，这才继续装死积聚力气，打算寻个空当跳船逃跑。

胡不归收拾心情，从大盗身旁拾起那个竹筒，旋开，倒出半截纸卷来。

大盗面色大变。

胡不归摇了摇竹筒，道："也不知是什么宝贝，能惊动上右厅的人追到越州来。"

大盗不语。

胡不归扭头道："十七叔啊，这厮莫不是个哑巴？你来上些手段叫他开口。"

十七叔头也不回，一抬手，把冬笋丢了进来。

胡不归接过，调整了下角度，拿笋尖对准大盗的眼睛。

大盗瞳孔微收。

胡不归取出纸卷，展开，眼中一亮，不禁念道："闲梦远，南国正芳春。船上管弦江面绿，满城飞絮混轻尘。愁杀看花人。闲梦远，南国正清秋。千里江山寒色暮，芦花深处泊孤舟，笛在月明楼。"念罢，回味片刻，喃喃道，"好词，好字，好一曲《望江南》。看这笔力字迹自成一体，不像临摹之作，莫非是哪位大家真迹？"

大盗眼神微颤。

胡不归道："你这人嘛，个头不高、模样不俊，那些人不会是贪图你姿色才来追赶；你一见我们就晕了，想来武功也不咋的。如此无用之人，偏偏藏了一卷上品词作。该不会是偷来的吧？”

大盗眼中露出怨愤之色，任谁也受不了别人说自己长得丑，何况他模样非但不丑还颇是不错，只是不及眼前这厮俊美罢了。

胡不归把笋尖从他左眼挪到右眼，道：“若是偷来的，你被官差盯上便说得通了。你别怕，本公子不是歹人。你混进百花楼又在我隔间里晕倒，真叫那些官差撞上，少不得说我是你同伙。你说我们好端端在那里听书看戏，被你这么一闹，让人当成共犯，冤不冤枉？还是说，你根本就是故意坑咱们来给你解围。”

大盗心里咯噔一下，这小白脸倒不是个蠢人。

胡不归道：“明人不说暗话，你既存了这份心思，想必也该明白道理。这世上的事情就没有平白无故的。你哐当往我们面前一倒，给我们惹了偌大麻烦。现今我费心劳力把你从百花楼里弄出来，你是不是该告诉我，你是何人？这阕词从何而来，有何用处？你要真是个哑巴也无妨，船上有纸笔，我替你取来，你写，我看。”

大盗目光落在胡不归长袍的下摆上。雪白的下摆上用金线绣着几行字：“翩翩两骑来是谁？黄衣使者白衫儿。手把文书……”后面的挡住了。

胡不归由此断定他识字。识字之人，心思便多；心思一多，便舍不得去死。“我看了你的伤口，大大小小四五处，失血颇多，若再这么奔波逃命下去，就算不被抓住，也会活活累死，到时候连个收尸的人都没有。”见大盗还是不开口，胡不归只好举起纸卷，道，“你既不在意，索性毁了去，也省得招来祸端。”

“不可！”大盗终于开口。

就在这时，在船头放哨的十七叔发出警报，紧跟着就是打斗之声。

胡不归将纸卷塞进竹筒，吩咐招财、进宝看好大盗，随即闪出乌篷，但见岸上十七叔正在三人的围攻下激战。三个对手，皆是江湖路子，两男一女。两男在前，一刀一棍；女的是个老婆子，手里一根拐杖，在后头掠阵。十七叔卡在他们接近乌篷船的必经之路上，背后一口锅，手上一把铲，以一敌三，未见败相。

“尔等何人，光天化日胆敢袭扰良民！”胡不归“哗啦”抖开折扇，一身正气凛然而生。

老婆子道：“我等知道公子身上有件宝物，想借来一看。”

胡不归道：“我看不是想借，而是想抢。”

老婆子道：“公子若是不借，那就只好抢了。”

胡不归道：“既是宝物，岂能轻易予人？所谓人老而知天命。本公子看你一把年纪了，怎的连这点人情世故都不懂？”

老婆子眯起眼，脸上褶子层层叠起，朝他飞去一记媚眼儿：“小郎君模样倒是俊俏。”

胡不归不是没被大姑娘小媳妇当面抛过媚眼，可被此等年岁的老妪当面调戏还是头一回，不由得嘴角抽抽两下。

老婆子见他发蒙，拐杖一顿，道：“小郎君，是你乖乖呈上，还是老婆子我自己来取？我若来取，可休怪我不怜香惜玉。”

胡不归一阵恶寒，此等丑陋老妇，最是见不得少年俏郎君，求而不得，便要使坏毁去。想他年方十八，尚未娶妻，连女子都未亲昵过，若是落入此等老妪之手，下场可想而知。

正在与另两人交手的十七叔干咳一声，极为不满地瞥了他一眼。那眼神，叫胡不归虎躯一震。

老婆子见胡不归无动于衷，冷笑两声，拐杖带起一股子邪风，径直朝他扑来。

胡不归武功不弱。他天资出众，从小就作为家族天骄被重点培养，若非这几年游历江南有所懈怠，原本很有机会冲进胡家武功前五去。尽管如此，他的武功对付普通练家子仍是绰绰有余。胡不归的兵器是一支二尺五长的洞箫，以竹为底，经三载打熬炮制方才成品，音质浑厚，坚硬逾铁。

老婆子见多识广，拐杖一碰上洞箫，就知道遇上好兵器了，这兵器普通练家子可用不起，不由道：“小郎君来头不小。”

胡不归极烦她一口一个“小郎君”地叫唤，三两招后，趁错身间隙道：“婆婆的拐杖也不简单。”

老婆子道：“见血多了，自然不凡。”

胡不归道：“听婆婆口音不是江南人氏。大老远地跑来抢东西，也不怕散了老骨头！”他的洞箫以剑术为本，融合枪棒之势，看似轻巧，实则雄浑犀利，一经展开，招式如滚滚钱江大潮，生生不息。

老婆子左支右挡，看似被动，实则从容有度，看胡不归的眼神也变得更为欣赏：“小郎君不但模样俊，武功也好，老婆子是真舍不得废了你。”

这时另一侧的十七叔已击倒一人，得空喝道：“打死便是，恁多废话！”

老婆子见同伴倒地，便收起戏弄之心，后退几步，一杖戳来。这一杖走位飘忽，霸道无比，竟叫人生出避无可避之感。

十七叔击退剩下一人，如大鸟般掠至，手中金刚铲结结实实地砸在老婆子的拐杖上，发出一记闷响。

两人各退一步。

老婆子冷笑：“多年不来江南，不想竟出了尔等了不得的后生。”她的两个同伴从地上爬起来，或轻或重都受了伤。

胡不归手提洞箫，抖开折扇，道：“要抢东西，得先掂量掂量自己的本事。”

老婆子何等老到之人，见胡不归始终挡在自己跟岸边乌篷船之间，便料定他们要的东西在船上，却故意道：“这么说来，东西是在你身上喽？”

胡不归巴不得她把自己当正主儿，道：“吴越地界，乡邻互保，尔等外乡人进来容易，想要出去就难了。”

话音落，但见一叶扁舟自河道上游浮来。船夫头顶斗笠，手扶竹竿，漫不经心地一撑，小舟便倏忽与他们的乌篷船拉近一大截。

胡不归与老婆子同时警觉。胡不归以为那人是老婆子的同伙，由老婆子三人牵制他们，再由船上的人下手。老婆子更是心惊，要知道想得到那件宝物的人可不止他们一拨，她可不想给别人当托。

待到近处，那船夫将竹竿往水里一撑，整个人借竹竿弹力跃上不远处的乌篷船，直接将乌篷砸出一个大洞来。

“尔敢！”

“赔钱！”

老婆子和胡不归同时朝乌篷船奔去。十七叔更是后发先至，从两人之间掠过，在乌篷船朝岸边的一侧撞出一个大洞，扑进船舱。

“扑通！”“扑通！”招财、进宝双双落水。

但见一道人影从乌篷里蹿出，背上扛着的正是那大盗。

十七叔挥出一铲，想要阻拦。

那人还以一拳，借十七叔一铲子的力道背着大盗向后跃去，稳稳落在扁舟之上，将人一放，抓过竹竿，轻巧一撑。扁舟又倏忽划出一大段，眨眼远去。一来一去，转瞬之间，竟在三个好手眼皮子底下将人劫走。

十七叔还要再追，被胡不归喊住。

进宝水性好，拖着招财狼狈上船。

老婆子气得用拐杖在河滩上狠狠戳出一个深坑来。

胡不归凝望河面上那道长长的水痕，心想此人武功之高，对时机把握之准，只怕是早有准备，他若是大盗一伙，他们背后的组织，实力定不容小觑。他转向老婆子道：“好一招调虎离山，黄雀在后。”

“他不是我们的人。”老婆子道。

胡不归一惊，他们竟不是一伙的，见老婆子不像再要动手的样子，遂问：“本公子好心把人救出来，连姓名都没来得及问就被人劫走，真真是晦气！”

老婆子道：“你救了他，竟不知他是何人？”

胡不归摇摇折扇道：“我好端端的在听戏，这家伙突然闯进来一头栽倒，紧跟着官差就来抓人。本公子懒得跟官差纠缠，便好心带他出来，不想竟是个麻烦货。早知如此，还不如把他丢进河里喂鱼，一了百了。”

老婆子听他说得有趣，又生得俊俏，便道：“他在北边偷了一件宝物，惹怒了一位大人物。”

胡不归讶道：“大人物？有多大？”

老婆子冷冷道：“老身劝你少管闲事，以免惹来杀身之祸。”说完朝两个手下一招手，转身就走。

待老婆子三人走远，胡不归才回到乌篷船上，见招财、进宝并无大碍，只是船篷两侧破了两个大洞，便悄悄从船板下取出那支竹筒来，打开一看，纸卷仍在，重新收好，一扭头，却见十七叔双手负背站在船头，神情中透着几分得意，几分期许，不由讶道：“十七叔，你在等人？”

“嗯。”

“等谁？”

“你。”

“我？”

十七叔点头，见胡不归茫然不知，只道：“老婆子走远了吧？”

胡不归道：“走远了。”

十七叔道：“今天要不是我在……”

胡不归看他一本正经欲言又止的模样，这才明白过来，敢情十七叔是在等他的赞美啊，于是道：“今天还多亏了那根冬笋。”

“冬笋？”这下轮到十七叔纳闷了，这小子怎么这么不开窍，夸自己两句很难吗？

胡不归道：“要不是那根冬笋，十七叔就不会被砸到；要不是被砸到，十七叔就不会倒在船里；要不是倒在船里，十七叔就没机会一展身手……”他故意不去看十七叔越来越难看的脸色，继续道，“所以归根结底，还是多亏了那根冬笋。”

十七叔抄起冬笋就要打他。胡不归连忙闪躲。

就听一个女子声音道：“小乌龟，你果然在这里！”

胡不归顿时头大。十七叔眨眼不见。

第三章

此物来历

胡不归带着一车瓜果蔬菜回到新昌县梅溪村。梅溪村依水而建，胡氏是村中大族，占了整条溪水的东侧半壁，而村中其他姓氏则杂居在溪水西侧，两侧有数座石桥相连。外人从村外进来，得先在西侧走一段，经过一座石桥，才能进到胡氏聚居区。胡氏大大小小数十家，以祠堂为中心，逐渐往东南北三面扩张，除了村里的宅子，还在村外山上有几处院落。

把他拎回来的是跟他同年同月、只比他晚出生几天的堂妹胡芷汀。胡芷汀是胡璇的小女儿。两个姐姐出嫁后，胡芷汀屡屡拒绝嫁人。胡璇也没逼她，就一直拖到十八岁，习得一身好武艺，出落得清丽可人、聪明机敏。胡家兄妹自是不必亲自拉车，只苦了招财、进宝两个。好在他俩年轻，进宝更是身圆体壮，有把子力气，他在后头推，招财在前头拉，硬是将一船果菜从船上拉到村前。

梅溪村坐落在两山间的一片平地上，一条小河从村边流过，沿河满是大大小小的梅花树。当年胡不归的爷爷胡璟走遍越州府，最后相中这片福地，便是看中了这一路溪边梅树的灵气。现今时节未至，梅花未开，只觉大小梅树姿态各异；若是冬时再来，踏雪寻梅，方能领略落落梅景。

“小乌龟，长得俊，人见人爱没媳妇！”胡芷汀边走边唱，一蹦一跳甚是高兴。胡芷汀比胡不归矮了大半个头，一袭绿衣，身量纤纤，青春貌美，手里拿了根竹梢，快步走在前头。两人从小一起长大，打打闹闹十几年，比亲兄妹还亲近。自她出现，十七叔便不见了踪影。

胡不归一阵郁闷。十五六岁起，族中就没少给他安排相亲，不想每个跟他合过八字的姑娘不是出了意外就是得了重病，无一例外的都出了状况以致无法定亲。久而久之，原本趋之若鹜的媒婆都不敢再登门了。后来有人找道士给他算了算，道士算完后说他命硬克妻，非天潢贵胄之女难以妻之；等闲女子若强行婚配，轻则灾祸不断，重则死于非命。此言一出，中看不中吃的胡不归，一下从方圆百里最热门的女婿人选沦为议亲的禁忌，知情者莫不感叹：老天爷还是公平的啊，文武双全、一表人才又如何，还不是讨不到媳妇……

为此他那个成天板着面瘫脸的十七叔还挖苦他，说他这辈子就别去祸害姑娘家了，但有哪个好男色的员外看中，便从了他吧！

胡不归心塞啊，真没想到十七叔会有此等龌龊的想法，一定是记恨自己没时时赞美他几句。十七叔啊十七叔，枉你身为长辈，心眼儿竟这般小。“你再喊一声小乌龟，我这就下山去。”胡不归在后头抗议道，“走这么急作甚？家里到底出了什么事？叔伯兄弟们都在，也不差一时半会儿吧？”

胡芷汀道：“家里死人了，在外头的叔伯兄弟们都赶回来，看起来是要商量什么大事。你想到时候全族议事，族长我阿爹他们一看大家都到了就你不在，我阿爹还不得打断你的腿？我可是为你好！”

“好好好，芷汀妹妹对我最好了。”胡不归道，“到底是谁死了？”

胡芷汀道：“是外头的堂主，一运回来就送进宗祠了，我就在门外偷偷看了一眼，身上好大一摊血迹。”

胡不归心下一凛，是什么人有如此胆量敢对胡家的人下手。他料想胡芷汀知道的也不多，便不再多问。四人回到村中，胡不归吩咐招财进宝先去族中大饭堂吃饭，吃完饭把果菜送到后山他爹那儿去。招财机灵，担心果菜被人拿走，就让进宝看着独轮车，他跑去打饭，打回来一起吃。

一个时辰前，胡氏宗祠。

祠堂正中供奉着新昌胡氏开山祖宗胡进思的画像，头顶高冠、威风凛凛。胡进思之下是已故第二任族长胡璟，身着朝服，气度雍容。胡进思生于晚唐大中年间，少年时经历黄巢之乱，曾目睹长安城被叛军付之一炬。为避战乱，胡进思只身南下，以屠牛为生，后投入钱镠麾下，转战东南，为吴越开国立下赫赫战功，在功勋谱上仅次于吴越第一名将顾全武。三十年前，九十岁高龄的胡进思率三百人发动兵变，废黜忠逊王钱弘倧，立当今钱弘俶为王。为绝后患，老头子还几次派人去越州刺杀钱弘倧，逼得钱弘俶把钱弘倧的长子钱惟治过继过来当儿子。或许是一辈子杀伐太重，自己寿数又长，老胡就生了三个儿子：长子胡璟，次子胡庆，幼子生下来几个月就夭折了，子嗣单薄。

长子胡璟比弟弟胡庆整整年长四十九岁。胡璟觉得老爹先兵变，再废立，还派人刺杀钱弘倧做得太过分了，在钱弘俶即位两年后就辞去官职，选中新昌梅溪村这块风水宝地归隐。大儿子这一退，胡进思也觉得自己年近百岁当了宰相、位极人臣，一辈子什么大风大浪都经历了，进无可进，现在年纪大了，是该给儿孙们留条后路——吴越国毕竟是钱家做主，胳膊到底拧不过大腿。不久，他也跟着辞官，带着小儿子胡庆跑到奉化隐居，是为奉化胡氏。他还定下规矩，胡庆这支子孙不得出仕，平日里不得与长房往来。

长房这边，胡璟生了四个儿子：胡珩、胡璇、胡琛、胡琮。胡珩、胡璇、胡琛都比二叔胡庆年长，胡琮正是胡不归的父亲。

此刻，身为第三代族长的胡珩居东首，把居中首座空了出来。老二胡璇坐在他对面，老三胡琛和老四胡琮分别坐在胡珩和胡璇下首，晚辈子侄站在堂下。胡氏长房第三代子孙众多：胡珩生子胡霸（大郎）、胡雷（二郎）、胡霆（三郎）、胡震（四郎）、胡霁（六郎）、胡霖（九郎）；胡璇生三女；胡琛生子胡原明（五郎）、胡原谅（七郎）、胡原恺（十郎）；胡琮就胡不归一个儿子，胡不归（八郎）。一堆子侄最大的胡霸三十五岁，最小的胡原恺十六岁，满堂的血气方刚。

祠堂里静悄悄的，所有人的目光都落在大堂青砖地上摆放着的四具尸体上，或凝重，或愤怒，或跃跃欲试。四具尸体，四位堂主，依次是明州分堂堂主、睦州分堂堂主、台州分堂堂主，温州分堂堂主。四位堂主身上都有伤口，其中三人是在搏斗中遭人重创而死，另一人则是被人偷袭，一击毙命。四位堂主虽不姓胡，却都是跟着几代家主打江山的老家臣，对胡氏忠心耿耿。特别是为首胡子花白的明州分堂堂主，最早是胡进思的亲兵，为胡进思挡过刀，随胡进思发动政变。他们被安排在各州堂口，替胡家掌管各地营生。他们一死，当地堂口难免混乱，不论是从本堂提拔继任者还是从宗堂派人过去，势必令四处买卖大受影响，也让胡氏上下如临大敌。

“多少年了，胡家是头一次死这么多人，还都是堂主！”胡璇瓮声瓮气道。他自幼习武，退隐前曾在吴越军中效力多年，因性情刚烈得罪同僚，故而一辈子只当了个校尉，五十多岁的人说话中气十足，虎须黑面，杀气腾腾宛如金刚。胡璇的另一重身份是胡氏族兵的总教头，麾下家丁数百，皆以军中之法操练，十几年来不但把新昌县境内的土匪恶霸扫得干干净净，每年还会把子弟兵拉到邻县去剿匪，顺带发财。

此言一出，堂下即刻炸锅。站在堂下的胡氏子弟皆是青壮，一个个嚷嚷着要去报仇。

“肯定要查，查出来得叫他们血债血偿！”

“谁跟咱们胡家不对付，就是谁干的！”

众子侄七嘴八舌一通嚷嚷，恨不能现在就打上门去把人大卸八块。

胡珩长子胡霸道：“还是得先稳住各处堂口，不叫几处乱起来，再去追查是什么人干的。”胡霸是长房长孙，自小跟在父亲身边帮忙，性子老练周全。这几年族中长辈渐次退隐，一应庶务陆续都交由他来打理，实际上执掌胡氏大权。

胡珩心下暗叹，除了大郎，长房这些子侄，血性倒是不缺，打起架来个顶个的勇猛，可遇到大事能静下心来把事情理清楚想明白的就不多了。老三家三个读书的，也就十郎聪慧些，可惜年纪太小，很多事情没经历过便看不透。咦？老四家那小子怎么又不在？一想起胡不归，胡珩便头疼。第三代中就数八郎胡不归和十郎胡原恺天资出众：胡原恺是读书的料，族中已决定让他走科考入仕，不让他沾染俗务；胡不归倒是文武双全，可就是贪玩心性不定，一出去就是几个月，眼下族中出了这等大事，也不知他跑哪里去浪了。

至于他们兄弟四人，老二是个暴脾气，能用拳脚就懒得废话；老三当官多年，才智见识都是好的，可为了维护自己这个大哥在族中的权威，一般也不怎么发表意见；剩下病恹恹的老四，关起门来当隐士，一年中倒有八九个月在吃药，更是指望不上。

胡霸见弟弟们越说越离谱，便吼了一嗓子，堂中这才渐渐安静下来。

胡珩望向左手边的胡琛，道："三弟，你怎么看？"

胡琛是兄弟四人中读书最好的，十九岁中进士，一直当到吴越礼部尚书。数年前随钱俶北上开封谒见大宋太祖皇帝，归来后审时度势辞官隐居。"仵作验尸后是怎么说的？"胡琛悠悠然道。

"据我和仵作验明，四人死亡时间相差不出三天。而今天气转寒，他们死去的时间或许还要再往前推一到二天。"五郎胡原明道。他好医术，几具尸体一运回来，他就与族中仵作一同验尸。

"四人在不同地方，却在三天之内先后遇害。"胡琛若有所思。

"他们的身份是半公开的，知道他们为胡家办事之人不在少数。"胡霸补充道。他掌管族中庶务，对家族在各地的人事产业了如指掌。尽管胡氏这些年不显于朝堂，可势力早已渗透到吴越各行各业，除非是官兵围剿，其他谁敢动一动胡氏，保管他出不了吴越便横尸江上。敢对胡氏骨干下手，对手的身份非同小可。

"知道他们给胡家做事还对他们下手，那不就是冲着胡家来的！"

"能否从伤口判断对手用的兵器和招式武功？"胡琛道。

"普通的刀伤和钝器伤，从伤口看，不像江湖中人干的，倒像是军中兵器。”胡雷道。众兄弟中他武功最好，脾气也是出了名的火爆。当初胡氏长房刚到新昌，划下地界定居，没少跟周围宗族起冲突，每次都是他打头，带着一帮兄弟跟人干架，把人打得屁滚尿流了再由叔伯出面给点儿甜头，这才把周围山野刁民给收拾服帖，在梅溪村安顿下来。

“看着是，未必就是，兴许是有人嫁祸。”三郎胡霆道。

胡霸见兄弟们七嘴八舌地又要跑题，赶紧又吼了一声。

胡珩道：“大郎和五郎留下，其余人堂外等候。”

众兄弟不敢违逆，哗啦啦退了出去。

“三年之期就要到了。”胡珩只一句话，就连一向不问庶务的胡琮都停下了把玩玉佩的手，若有所思。

是啊，三年之期。这三年之期，就是悬在吴越王头顶上的一把剑，偏偏这把剑还是国君主动交出去的。三年一到，北上面圣。吴越何去何从？

胡氏又将何去何从？

先祖胡进思终其一生，都在辅佐钱氏平定东南。凡是妄图对吴越不利的，不论是外头的敌人，还是在国中为非作歹的奸佞，甚至胡作非为的君王，胡进思都敢死磕到底。正因为如此，不论弹劾胡进思弄权跋扈的折子有多少，几代钱王都没忍心对他下手。唯一一个想对老胡下手的钱弘倧，也被老胡抢先一步给废了。这一废，又废出吴越数十年太平光景来。

为保全宗族，胡进思不仅让长房次房分居两地，还立下规矩：长房入世扶保吴越社稷，次房避世隐居不得出仕。故而长房称胡氏显宗，次房称胡氏隐宗。显宗不显于吴越朝堂，可其门生故吏、宗族产业却遍布两浙地方。不论是闽国、南唐，乃至大宋，哪个敢派人混进吴越搞事情，那就别怪胡氏不客气。显宗有自己的地下武装，其中骨干便是“胡家十三太保”。

而躺在堂中的四位堂主，便是十三太保的其中四个。

同时出手，精准打击，斩胡氏羽翼，必是蓄意为之。

胡珩道："有人坐不住了。"

胡琛端起茶盏，这一天终究还是来了，道："若北边真干出那等下作之事，两位哥哥有何打算？"他有意无意地忽略了四弟胡琮。胡琮倒似浑不在意。

胡璇霍然起身，道："生死存亡，我胡家断不能任人宰割！"

胡珩道："还是要做两手准备。"

胡琛道："钱王北上，必会预备完全以防不测。"

胡璇道："他跟世子宰相都走了，剩下几个公子，谁压得住？平日里不敢做的，到那时也敢做了！"

胡珩想了想道："大郎，传令各处堂口，将账册、文卷、契约、名录等紧要物件誊抄藏匿，金银重器就地掩埋；孩子们都送到乡下去过冬，城里头不必要的买卖能转手的转手，不能转手的就地撤了。"

胡霸一惊道："父亲，这一来族中损失不少。"

胡珩一摆手道："钱财乃身外之物，今天丢了明天赚回来就是，没什么舍不得的。你再给明州的船队去个信儿，即日起囤积水粮药品，随时准备出航。老二，库里藏着的家伙可以搬出来了，横竖要打，那就不必再留情面。"

胡霸胡璇分别应了。

这时就听二郎在堂外喊道："二叔公来了！"

胡琮听到"二叔公"三个字，继续把玩起玉佩来。胡氏的二叔公只有一人，便是胡进思次子、隐宗族长胡庆。

胡璇皱眉道："他怎么来了？"

胡珩道："既然来了，且去迎一迎。"

兄弟四人起身离座。胡琮走得最慢。五郎医者仁心，上去扶了他一把。待四位长辈站定，大郎、五郎又一人一边打开大门。

胡庆带着他的两个儿子站在门外。论辈分，他是胡珩兄弟四人的二叔，可论年纪他只有四十出头，比他们都年轻。

"二叔。"兄弟四个齐齐行礼。

胡庆还礼。

胡庆的两个儿子又给四位堂兄行礼。四人还礼。四人的一众子侄又给胡庆父子三人行礼。这就是大家族的规矩，不论年纪，只论辈分。

胡珩请胡庆父子三人入内，吩咐大郎、五郎留在外面，请胡庆居中上座。

胡庆看到了地上的四具尸体，没有多问，径直绕过，坐了上座。规矩就是规矩，不会因为客气谦让而去破坏。他是叔叔，自然当得。他的两个儿子没有跟进来，随五郎守在外头。

偌大祠堂，只叔侄五人。

“他动手了。”胡庆并非询问，用的是肯定的语气。

他是谁？五人心知肚明。敢对胡氏一族下手的，唯有一人。

只因胡氏祖训。

时移世易，胡进思留下来的祖训，此刻却成了决定胡家生死存亡的命门。

“唯有生死存亡，胡氏二宗方能再见。”这是胡进思留下的最后一句话。

胡琛道：“只动胡家的人而不动胡家子弟，想来是在警告。”他在吴越出仕多年，还当过礼部尚书，从心底里是不想看到家族和那位撕破脸的。

胡庆伸出两根手指道：“两条路，是从，还是抗。”

胡璇道:“祖训断不能忘！你们隐宗不必出头,一切由我们来！”

胡庆不置可否，继续道：“北使已到国都，大宋皇帝要找一样东西。想要这样东西的人，不止大宋皇帝。如果你们不想就此当个大宋顺民，大可在此事上做做文章。”

胡璇道：“什么东西？”

胡庆道：“传国玉玺。”

胡璇道：“笑话，玉玺岂会在吴越？”

胡庆道：“大宋皇帝相信它在，它就在。”

胡琛道："可有线索？"

胡庆道："线索就在吴越。"

胡琛道："从何查起？"

胡庆道："你家八郎何在？"

胡琮手间一滞，却未回答。他身子不好，妻子又早逝，胡不归从小就是由两位伯父和大郎、二郎他们带大的。

胡璇道："这小子不知道又跑哪儿浪去了。二叔，你们隐宗知道的事情不少嘛！"

胡庆笑笑。隐宗不隐，隐于人心。"钱氏若要做那顺臣良民，我胡家便是眼中钉、肉中刺。玉玺不过是个由头。"他索性说破。"我有一计，可助胡家应对此劫。"

胡珩眼中闪过一丝狠厉：钱氏胡氏，分治吴越；钱氏在朝，胡氏在野。胡家一声吼，吴越抖三抖。而今有人敢对胡氏的人下手，那就要做好迎接胡氏最残酷报复的准备。

胡霸匆匆跑来，在胡珩耳边低声耳语几句。

胡珩面色再变。

胡不归见到了从祠堂出来的一众叔伯兄弟。胡庆父子三人在前，胡珩、胡璇、胡琛三兄弟在后，没见父亲胡琮。胡不归小时候见过胡庆一面，多年过去他已长大，倒是胡庆没什么变化，所以他一眼就认出来了，连忙上前拜见二叔公。胡庆送了他一句"果然是我胡家麒麟儿"，留下一个意味深长的眼神就走了，叫他好不尴尬。送走胡庆父子，胡不归过去给三位伯父请安，胡璇、胡琛情绪不好，略略点头便各自走了。胡珩让他先去山上探视他父亲，晚上再回来说话。胡芷汀颇有些不舍地看了胡不归一眼，随胡璇回家去了。

胡不归一肚子疑问，进到祠堂，看见地上躺着四位堂主的尸体，几个胡家家丁守在旁边。正要发问，大哥胡霸和五哥胡原明也回来了。胡原明把事情大致同他一说，目下还不能确定杀害四位堂主的凶手。胡不归立刻意识到事态严重。放眼吴越，敢对胡家下手的势力屈指可数，这次是四个堂主，下次或许就是灭门之灾，难怪连极少露面的隐宗二叔公都亲自登门，可见胡家已到了生死存亡的关头。照着族长的吩咐，胡原明会跟仵作一起用特殊手法把尸体保存下来存证。胡不归见众人各有心事，天色也不早了，便辞了两位兄长往后山去。

父亲胡琮住在后山上的一处两进院中，石径通幽，桃树斑驳。院墙是用黄泥和碎石垒起来的，上面扎着一圈篱笆。胡不归到来时，招财、进宝正跟看院子的大黄在那里对峙。大黄跟他俩不熟，龇牙咧嘴，硬是不让他们进去，一看见胡不归就飞奔过来，亲昵地凑到他跟前磨蹭。胡不归摸摸大黄的脑袋，捡了块碎骨头丢开去，大黄便追出去了，他可不想被脏兮兮的田园犬蹭脏白袍的下摆。

招财、进宝把独轮车推进院里。一对老仆见胡不归来了，连忙起身向他行礼。

胡不归道："卜叔、卜婶，我阿爹在不？"

卜叔道："在，在，还在书斋，这会儿该醒了。"说着从招财、进宝手里接过独轮车，一个人轻松推到墙边开始卸菜。招财、进宝跟卜婶讨了碗水喝，便在前院歇息。前院是卜叔、卜婶夫妻俩住的，还有个哑巴少年在后院照顾胡琮起居。

胡琮的书斋在后院，书斋高出地面，木板下铺有地龙，与前院伙房相连。胡琮体弱，有了这常年不熄的地龙，不论黄梅雨季或是秋冬寒季，胡琮的书斋总是暖烘烘的，不惧湿寒入体。

胡不归走上木阶，脱了鞋，摆正，轻轻拉开移门，数十幅悬字跃入眼帘。

胡琮斜靠在软榻上，腿上盖了块毛毯，正捧着一本小册子津津有味地读着。阳光给他的身上镀了一层金，使得原本消瘦苍白的人看上去高贵俊美、不似凡人。胡琮在族中一直没什么存在感，宗族开大会时他这个病弱佳公子一直静默无言，胡珩看他病恹恹的样子就没让他送胡庆，直接让他回来休息了。

胡不归有些晃神，他们父子在一众龙威虎猛的胡家子弟中绝对是另类，特别是他爹，长相儒雅、气质忧郁，端的是我见犹怜。世人只道他胡不归是江南十大佳公子，走到哪儿都引起尖叫围观，那是他们没见到他这位“养在深闺人未识”的爹；连胡芷汀那丫头都说他爹生了一副祸国殃民的绝世容颜，比他俊多了。不过就老爹那身子骨，橘子都能砸出个好歹，别说冬笋了……

胡不归站在屋檐下。他有个习惯，每次回来，都会把书斋里的悬字一幅幅看过来，看看他爹又新临摹了哪家的名篇。看了一圈，发现比他上次来时多了一幅，便走到悬字下，负手念道：“风流成忆，纵情唯一，可叹曾历。春光犬马声色，沉迷享乐，缠绵裙膝。岂料秋霜骤下，怅然别宫室。失国后，何处江南，感慨烟波亦忧戚。文思化作伤心笔，写酸甜、泣血留宣尺。千杯痛苦方饮，尤落得、铸词如镝。洒泪经年，尝辱今朝，愧羞当日。逝与诞、还可重逢，只是阴阳隔。”念罢长叹一声，一曲《雨霖铃》，道尽亡国之痛。老爹也不容易，娘亲故去多年也没找个媳妇来续弦，一个人孤苦伶仃只好借旁人愁苦缠绵的词作聊以自慰，好一个多愁多病身呐！

这厢赤子心肠触动，刚要问候两句，那厢多愁多病身的老爹就在榻上自言自语道：“啊呀，如此荒唐的段子也能拿到市面上来卖，真是误人子弟。”

胡不归凑上前去，扫了眼封皮，不由大窘。老爹手里拿着的正是他闲来无事撰写的话本子《打虎少年》。

胡琮爱看书写字。书不看四书五经，专看市面上叫卖的各类志怪传奇话本子，看完觉得不过瘾、写得不合心意就自己写，开了十几个头，没一篇写完的。字不写孤本名帖，只临摹南唐中主、后主两人的诗词。流传一首便写上几十遍，直到自己满意，把最满意的一幅挂在屋子里自己欣赏。胡不归小时候得空就爱往他爹的书斋里钻，无他，话本子多，看着过瘾。他爹是中主、后主的拥趸，他则最爱白乐天的诗文。他把白乐天的诗文绣在袍子下摆的灵感，就是从这满屋子的悬字得来。这几年他见胡琮专门挖坑不填，便挑了几个不错的开头拿过来自己改改续写，再拿到市面上去，反响居然不错。

胡琮见他要跑，唤道："回来。"

胡不归乖乖站住，以为老爹要计较他续写的事儿，连忙借花献佛转移话题道："爹啊，我带了一车新鲜的瓜果蔬菜回来。你不爱荤腥，这时鲜瓜果你多尝尝；若是口中淡了，回头我再弄些河鲜海鲜来。"

胡琮没接茬，从榻上拿出一叠册子来，道："我整理了几个开头，主线和人物都写好了。你要缺零花钱便拿去接着写。"

胡不归接过，随手一翻：《少年天师》，讲落魄少年误入乱世斩妖除魔的；《举人老爷养成记》，讲一个妇人把五个儿子都培养成举人老爷的；《夺魄还精》，讲修行千年的女妖专吃男子精元，坠入爱河，虐恋三生的……胡不归越看越惊，心想别看老爹那多愁多病身的，脑洞还真不是一般大。他心头暖暖的，到底是亲爹啊，知道自己在外头花销大，深居简出还不忘给条生财之道。

不料胡琮跟着来了一句："话本子卖出去的钱，我就拿一半。嗯，就一半。"

胡不归心中顿时拔凉拔凉的，老爹你还真是能算账啊，你就写个千把字的开头，剩下的活儿全都我干，还好意思说"就拿一半"，当即就把册子还回去道："爹啊，儿子我也很忙的，外头应酬多，很难静下心来。这些故事我看还行，您就留着自己慢慢写，写一集，我找人给您印一集。赚的钱，我只拿一半。"

胡琮一把夺回册子。

胡不归松了口气，瞅见胡琮手里把玩的龙形玉佩，道："爹，这玉佩你都玩了十几年了，到底是何来历，你倒是跟我说说。"

胡琮轻抚玉佩，怔怔出神，良久才道："你是不是觉得爹一辈子都躲在这间屋子里很没用？"

胡不归摇头。他倒真不觉得非得像三伯那般考取功名位列朝堂或是二伯那般练就一身好武艺才算有出息，道："爹啊，咱家又不差吃喝，有自在日子过，何必费心劳力去图个出人头地？芸芸众生，不是每个人都能随喜好过日子的。爹你隐居山中，与松竹为伴，以诗文为乐，‘采菊东篱下，悠然见南山’，旁人羡慕还来不及，你倒妄自菲薄起来了。”

胡琮道：“陶元亮可不甘心做个山野村夫。”

胡不归道：“他那叫无奈隐居，隐居是为了再出来当官。爹你呢，隐居就是隐居，不为当官，不为出名，只为自家快活。此等境界，又岂是陶元亮能比？”

胡琮被他逗乐了。两人说话并无多少顾忌，说是父子，实则更像友人。

胡不归道：“儿子我游历江南，见多了为生计辛劳为升官钻营之人，活得那叫一个辛苦。很多人并不是过不下去，而是吃着碗里、瞧着锅里，这山望着那山高，贪心不足。人但有贪念，欲望便无止境；欲望多了，世道便不太平。”

胡琮道：“故而钱王三代崇佛，只为消弭贪念，劝人向善。”

胡不归道：“佛寺修得多了，僧侣不纳粮、不交税，收的香火钱都铸了佛法金身，于国又有何用？”

胡琮道：“你这话说出去可是要挨骂的。”

胡不归道：“我也就跟爹你说说，在外头嘴可紧了。”

胡琮笑道：“你晓得便好。”

胡不归道：“爹不嫌我浪荡便好。”

胡琮看看他，像是想起什么，低头叹了口气，话到嘴边又咽下。

胡不归最见不得老爹唉声叹气的样子，那一叹啊，好似受了多大的委屈，叫人忍不住就想去宽慰。他从身上取下那支从大盗处得来的竹筒，双手捧到胡琮面前，道：“爹，你且看看这是何物。”

胡琮接过，抽出纸卷，缓缓打开，目光所及，面上的神情从平淡到好奇，从好奇到惊诧，双手不由自主颤抖起来，口中喃喃道：“这，这是……此物，你从何得来？”一边说，一边直起身子，伸出双脚从软榻上下来，走到书案前，一手托着卷纸，另一只手“哗啦”将书案上杂七杂八的东西扫到一边，腾出大片空来，小心翼翼地将卷纸摆到案上，逐字逐句，从头再看。

只看老爹的态度，胡不归就知道捡到宝了。

胡琮弯腰低头，手指虚点，从头到尾一遍又一遍地看着，一边看，一边念念有词："好字，好词！好字，好词啊！咦，这纸……"他的目光在纸卷边缘停下。

胡不归道："这纸有何不妥？"

胡琮摆摆手，示意他不要说话，小心翼翼地用指尖夹起纸卷边角，侧过来，凝视片刻，面色一变。

胡不归凑过去，却没发现这纸卷边角有何特殊之处。

胡琮道："此纸质地绵韧，五层叠就仍薄而不透，堪配此作，堪配此作！"

胡不归对文房四宝涉猎不深，只道："那是纸贵，还是词贵？"

胡琮白了他一眼，一脸怒其不争的表情："你说是纸贵，还是词贵？"

胡不归故意道："我看还是纸贵，不然爹也不会盯着纸看。"

胡琮道："纸是好纸，可没有这首词，这纸就是再贵，不过白纸一张，不，废纸一张！山不在高，有仙则名；水不在深，有龙则灵。有此佳作，此纸方有灵性。快说，这首词作，不，这幅词作，你从何得来？"

胡不归把碰巧救下那大盗之事一说，不过为了不叫老爹担心，省去了世子一段，只说他把那人救出来后遭遇强人，打斗之际，词作主人被人掳走，却落下了装词作的竹筒。说完又问："爹，这纸到底有何特别？"

胡琮道："这纸是贡品，专供大内所用。"

胡不归吃了一惊，大内，便是皇宫。那大盗偷了皇宫里的东西，难怪会被上右厅的人缉捕。

不料胡琮又添了一句："此纸产自徽地宣城，本为大唐宫中御用，唐亡后专供江南国，为中主、后主所喜；江南国灭后，又成大宋皇室专供。非亲近大臣不得赐。"

胡不归道："这纸不是吴越用的啊……"

胡琮道：“钱氏要是敢用这纸，大宋早就打过来了。”

胡不归问：“那这词作，是从大宋宫中流出？”

胡琮不答反问：“你可知此乃何人所作？”

胡不归摇头。

胡琮道：“此乃江南国后主所作。虽无落款，我亦一眼可知。”

胡不归知道老爹对中主、后主诗词钻研颇深，道：“江南国后主，他不是被抓到开封关起来了吗？怎会用大宋宫中御用之物？”

胡琮道：“皇帝有所求，自然不吝区区几方纸卷。”

胡不归道：“只听说大宋太祖皇帝以武立国，一套长拳打遍八十军州无敌手，不想他弟弟倒是个好文事的。”

胡琮眼中闪过复杂神色，道：“当今大宋皇帝……不说也罢。皇帝嘛，总想要最好的。”

胡不归纳闷道：“这就怪了，大宋皇帝要李后主写的词，没被送进宫里，怎么跑到江南来了……”

胡琮道：“这件事，除了你我，还有谁知道？”

胡不归道：“招财、进宝，还有十七叔。”

胡琮盯着词作。招财、进宝是胡家的家生子，父母都是胡家忠仆，两人从小就跟着胡不归，招财机灵，进宝忠直，倒是能放心的；至于十七弟……看来隐宗是不放心胡不归一个人在外头游历，特地派了个武功高强的人来保护。

“此事不可再跟外人提及，特别是这幅词作。”胡琮嘱咐道。

胡不归应了，道：“爹，你是不是还看出什么来了？”见胡琮只是盯着纸卷出神，没有再继续这个话题的意思，又问，“外堂死了四个堂主，族中可有什么对策？”

胡琮道：“族中之事，自有族长和你二伯三伯打理。他们喊你回来，想必会给你们一众兄弟分派差事，你小心去做便是。”

胡不归担心老爹受到波及，又道：“若有人要对胡家不利，宗堂树大招风，爹你要不要换个地方住？”

胡琮咳了两声，道：“就我这身子骨，搬到哪里都一样。我这边有卜叔两口子照顾，你且放心去找你大伯，他自有话跟你说。”

趁胡琮不备，胡不归一把夺回纸卷，道：“爹你就告诉我吧！”

胡琮大惊，道：“别弄坏了！”

胡不归将纸卷收回竹筒，盖好，道：“爹你放心，此物既是大宋皇帝要的，留下来便是祸害，我这就找个僻静地方一把火烧了，一了百了。”

胡琮道：“此物干系重大，万万不可毁了！”

胡不归故意道：“胡家已经死了人，断不可再留下此物招惹是非。”

胡琮想了想道：“留下此物，或是转机。”

胡不归突然想到，世子突然来到越州，莫非也是为了此物？

第四章
白马饰金羁

一天后，胡不归来到上虞县曹娥江畔，准备搭船渡江。

曹娥江上船帆如林。吴越重商，早先与南唐敌对，运河南北不通，便大力发展海运海贸，钱塘江就成了连通明州、温州等地的黄金水道。曹娥江作为钱塘江南岸最大的支流，与对岸的秀州海宁隔江相望。浙南走陆路来的货物在曹娥江上游装船，顺江而下，渡过钱塘江就可直接北上。当年吴越与南唐交战，江南各州的物资就是从曹娥江直接进钱塘江在海宁上岸，省去了绕道越州、杭州之苦。而今南唐不在，吴越与宋关系和睦，运河南北重新开通，大宋对南方货物需求极大，曹娥江到钱塘江水运愈发红火。

胡不归此行是奉命前去见胡家在都城杭州的秘密联络人，打探朝中动向。胡不归也想再去见一见世子，探探他到底是不是为那幅词作才去的越州。胡不归让招财先行过江去北岸准备接应的小船，想打发一直跟着的胡芷汀先回去。

胡芷汀俏脸一板，道："你才回家就又溜出来！家里现在又不让你去相亲了，跑个甚？要让我回去也行，你跟我一块儿回去；你不回，我就不回。"

胡不归一个头两个大，道："这趟是奉族长之命出来办事，你一个女孩子家，出门在外多有不便……"

胡芷汀道："你一个公子哥儿，出门在外没人保护不行。"

胡不归指指进宝。

进宝背着行囊，挺起肚腩作威武状。他胸前挂了把短斧，既能砍柴也能砍人。

胡芷汀瞥了进宝一眼，不屑道："就他？"

进宝很受伤，寻常汉子他对付两三个不在话下，偏生在胡芷汀手上走不过两招，只好忍气吞声。

这时一艘大船缓缓靠岸。几个在渡口帮工的汉子跑进江水里，接过船工放下来的长条踏板搭在渡口木板上。船上传来几声马嘶，一个骑士牵着一匹高大的黑马从船上下来，候在岸边，紧跟又是一匹。八个骑士，八匹黑马。人着劲装，背弓带刀；马用良鞍，侧悬箭囊。八人八马，分列左右，气势逼人。最后是一个身背巨剑的昂藏汉子牵马下船，垂首立于八人八马中间，像是在等候主人驾临。

胡不归自问见多识广，这八人八马一看便是训练有素的骑射之士，单看这八匹高大雄壮的黑马，就与南方小马品种不同；那昂藏汉子更明显是个高手。他本想等这帮人的主人从船上下来，谁料那大船放下九人后竟开走了。空船开走，竟不载客！

很快，又是一艘大船靠岸。

这次下来的不是壮汉，而是五个身着不同颜色衣衫的妙龄女子，皆着胡服，戴胡帽，踏胡靴，肩披斗篷，帽插雕翎，亦是人手一马，尽皆赤红，与先前黑马一般雄壮。

“此等良驹打扮，莫非是契丹人？”胡不归暗道。不及细想，但见船上一抹耀眼鲜红，夺人心魄。

一双金丝胡靴稳稳踏在船板上。胡靴之上，鲜红长袍随着步伐微微摆动，衬出一双修长笔直的腿来。

“好腿！”胡不归心下大赞。敢于秀腿，身段样貌必定不差。无他，自信尔。

阳光刺破乌云，星星点点，洒落江面。胡不归抬起头，只觉那人身材颀长，虽被阳光刺得看不清容貌，亦是满心期待。

胡靴之后，一匹通体雪白的骏马被主人牵上船板，小步跟随。

“好马！”胡不归再赞。马白如雪，雕鞍金羁，更显不俗。那骏马仿佛感受到他的目光，甩甩脖子，高傲地昂起头来。胡不归不禁吟道：“能骤复能驰，翩翩白马儿。毛寒一团雪，鬃薄万条丝。皂盖春行日，骊驹晓从时。双旌前独步，五马内偏骑。”

待到一人一马踏到岸上，只一眼，胡不归就认出眼前之人正是那天在越州河上隔着轻纱惊鸿一瞥的那半张侧脸。竟不是李公子家的小娘，而是李公子本尊！

胡不归不淡定了，难掩心中激动。单论姿容，他向来自诩只比肤白貌美、弱柳扶风、我见犹怜的老爹稍逊一筹，待几年后老爹和南唐后主李煜退出十大公子排行榜，他再多出几分成熟男子的韵味来，便有望登那榜首之位。可眼前这位李公子，昳丽之极，风采逼人，似煌煌艳阳，令周遭一切皆失了颜色。

既生瑜、何生亮啊！胡不归哀叹。

白马主人之后，又是两个美貌少女牵马上岸，站在他身后。

先前上岸的八个骑士和五个女子齐声唤道："主人！"

渡口商贩旅人都是有眼色的，见他们这般排场，知道是大户人家出行，纷纷主动退让。

胡不归没动，正好挡在这群骑士前头，一袭白衣甚是惹眼。他倒不是故意要挡道，而是一时看呆，竟忘了挪步。岂料那李公子压根儿就不看他，倒是一个黄衫少女上前来，颇为客气地请他让一让。她见胡不归穿着考究，仪表不凡，不经意间又多看了他一眼。

胡不归习惯了被大姑娘小媳妇看，坦然受之。

旁边的胡芷汀不乐意了，她最不喜欢那些莺莺燕燕肆无忌惮地看她的不归哥哥，本想呵斥，忽见不远处驶来几辆华丽的马车，大批骑马护卫当先开道，还不停用鞭子驱赶人群，便拉着胡不归往后退了两步。

胡不归仍是盯着李公子，状若痴呆。

两拨人马在渡口迎面碰上。

骑马护卫见前头黑压压的大批人马挡道，立刻驱马上前，叫他们让路。

这厢黑马八骑压住阵脚，黄衫少女走上前去，不卑不亢道："但凡渡口，先下船，后上船。等我们走后你们再上不迟。"

那护卫厉声道："大胆，我家夫人到此，还不速速让开！"

黄衫少女挑眉不屑："不让又如何？"

那护卫抬起马鞭就朝她脸上抽去。做家臣的，最受不了在主人面前出丑露怯。一鞭子下去虎虎生风，竟不是吓唬人的。

胡芷汀瞪大了眼，险些叫出声来。她虽不喜黄衫少女看胡不归，可也不愿她就此被打得皮开肉绽。

胡不归这才回过神来，笃定道："不必担心，且看他们如何倒霉。"笑话，李公子连自己都不怵，又岂会在尔等手中吃亏？

鞭子落下，但见那黄衫少女轻巧闪过，一把扯住护卫的马鞭，小跑两步，借力发力，整个人有如灵燕，画出一道漂亮的弧线，腾空而起，凌空踢出一脚，正中护卫面颊。护卫没想到她身手如此了得，猝不及防被踹下马来。

围观者一片惊呼。

胡不归笑了，这才是李公子的实力嘛，不枉我险些栽进河里。

胡芷汀道："你笑什么？"

胡不归道："笑他们不自量力，去招惹不该招惹的人。"

守在车队旁的护卫们见同伴吃亏，当即分出六七骑朝黄衫少女冲去，声势惊人。围观之人哪见过这等阵仗，乱糟糟地往后退去。

进宝用宽厚的身躯遮挡住胡不归，乐呵呵地看热闹，甚是淡定。他从小就跟着胡不归，没少跟人打架。倒是胡芷汀本能地要去抓胡不归的手，不想竟抓了个空，却见胡不归手搭凉棚，目不转睛地瞧那白马美骑士，不由气结，心想一个男人，却生得比女子还俊，还穿一身艳丽的红袍，也不知是哪里来的风骚纨绔。她就没想到她的不归哥哥在旁人眼中也是风骚纨绔一枚，衣袍下摆还绣着诗文……

"小乌龟别怕，我保护你。"胡芷汀道。

话音落，但见原本立在白马美骑士左右压阵的黑马八骑张弓搭箭，八支利箭破空而至，直取众护卫面门。因距离太近，那些护卫躲避不及，惊叫声中，被利箭射飞发髻者有之，被连头发带头皮扯去一块者有之，被箭尖划破面皮者有之……只一轮，就被射得人仰马翻、七零八落。

黄衫少女将头发往脑后一扎，看准时机亮出马鞭，冲到那坠马护卫跟前一通抽打，最后狠狠一脚将他踹出丈余。

车队这边见这厢战力强横，无人再敢上前。众护卫拔出兵刃守在马车前，战战兢兢如临大敌。这时马车门开，一位头顶帷帽的妇人钻出车来，盯着李公子道：“这位小郎君长得风流俊俏，可惜身边的丫头甚是粗鲁无礼，哪天收了房，还不闹得家门不宁。可惜啊可惜！”言语间尽是挑唆。她也震惊于白马主人的绝美姿容，在车里看了半晌方才反应过来，下车欲挽回颜面。

李公子看都不看那妇人，只自顾轻抚马鬃，淡淡道：“粗使小丫头而已，不过年少率真，见不得那等仗势欺人的恶仆，更何况还敢欺上门来。夫人身份教养，想必与那些刁奴不同，亦不会收粗使丫头进房。”

好毒舌！胡不归暗喝彩。

妇人给噎了个好歹，要张嘴反驳便成了自认与刁奴同等教养，更可恨的是对方居然一个眼神都不给她，摸着马毛是几个意思？她堂堂高贵夫人，连马毛都不如吗？！她自恃身份，也是个有眼力的，见对方如此气度，手下又兵强马壮，能养得起这等家丁之人，断不会是寻常富贵人家，硬碰硬肯定吃亏，只好强压下胸中怒气，咬牙道：“好大的排场，我倒是头一回见有人敢在东府地界放箭伤人的。来人呐，守住渡口，不准放走一个人，速去找巡检司的官差来！”

“好啊，那就等官差来。”李公子一抬马鞭，那神箭八骑便隆隆上前，从地上收回射出去的羽箭，将车队堵在路旁。

妇人一惊，看架势这伙人竟连官差都不怕，到底是何来头？她将东西两府的达官贵人回忆一遍，想不起哪家有这样一位姿容出众的公子来。

胡不归知道今天这事没法善了了，只不知这强龙能不能压了地头蛇。

未几，一队官差从南边跑来。为首小吏咋咋呼呼地上前来，将两边人马隔开。

妇人那边有人跑上前去，在那小吏耳边低声说了几句。那小吏先是一惊，旋即神色谄媚，连连点头。再看白马郎君时，便换上一副秉公执法的面孔，迈着螃蟹步走过去。

黄衫少女挡住他去路。

小吏色眯眯地上下打量她几眼，抬手就朝她肩头抓去。

黄衫少女见他轻薄，抬手一鞭，正中小吏手背，喝道："大宋玄武堂办事，尔等胆敢阻挠！"

大宋玄武堂？大宋，玄武堂！众人皆惊。

对吴越百姓来说，大宋就是高高在上的存在，连王上见了大宋使臣都要毕恭毕敬，每年金银珠宝上贡着，他们又岂敢造次？尽管不清楚玄武堂是做什么的，可单看白马主人的派头和手下人的本事，就能猜到那必定是极为厉害的存在，更何况还是从大宋来的。

胡不归心想原来这位李公子是大宋玄武堂的人，难怪清一色的骏马良驹。这马好人更好，此等佳公子，那妇人竟舍得唐突，真真是叫人无语。

那妇人听到"大宋"二字，冷汗涔涔，总算是想明白为何自己不认得眼前这位白马公子了，原来是北边来的；既是大宋来的，必定肩负使命，说不定还是国君的座上宾，不是他们所能得罪的。怪道那人如此嚣张跋扈，无法无天，那分明是上位者的威压啊，太可怕了。

那小吏反应极快，立刻捂着手背施礼道："原来是大宋来的贵宾，下吏有眼无珠，失礼失礼。"

李公子翻身上马，马鞭隔空朝那妇人一甩。虽离得还远不至于被抽到，妇人仍给骇得一个踉跄。今天可真是碰到惹不起的人了。

李公子不再理会她，一抬手，黄衫侍女也翻上自己的坐骑，加入马队当中。

八骑开道，侍女居中，剑客断后，竟生出千军万马的气势来。

待李公子策马经过面前，胡不归忽然上前一步，朗声道：“越州河上，匆匆一顾，李兄风采依旧，叫人心折。”

李公子微微偏过脸来，居高临下地扫了他一眼，长腿一夹马腹，催动白马，有如风卷烈火，扬长而去。

他们走后，送他们过江的大船再度空船离岸。

胡不归目送十七骑远去，回味良久。

胡芷汀咳嗽一声，不满道：“人都走了，还看呐！”

胡不归陶醉道：“真乃天人也！”他完全不在意李公子视他如无物的态度。上位者，本就该睥睨天下。那双眸子，好似蕴满了无尽璀璨星河、瑰丽珠宝，一瞬便夺人心魄……

看他那呆样，胡芷汀睁大眼睛道：“小乌龟，你该不会看上人家了吧？他可是男人！”

胡不归被她惊得回过神来，随口道：“我若喜欢上他，你岂不是要伤心？”

胡芷汀俏面绯红，道：“再胡说八道，看我不打你！”又一想，胡不归在他这一辈排行第八，可不就是胡说八道。

进宝在一旁呵呵傻笑两声。

胡不归与她调侃惯了，不以为意道：“你要受不了大可回家去。我若遇到品貌俱佳的郎君，自会替你多加留意。”

胡芷汀心里一堵，咬牙道：“小乌龟，想把我支走是吧？你既不肯回去，那就只好我留下来，省得你去外头花天酒地，祸害别的姑娘。”

这一刀戳得胡不归欲哭无泪，别人像他这等年纪，娃都满地跑了，他还光棍一条，别说祸害了，连姑娘家的手……手倒是碰过，也仅限于此了。

这时又有一艘客船靠岸。船工在上头大喊：“要过江的上船了！”

胡不归扭头，那妇人早已钻进马车，车驾掉头，仓皇离去。

胡不归三人上船，坐船沿钱塘江逆行而上，半日后在杭州城南江北岸渡口上岸，从竹车门进城。

吴越立国后，在唐朝杭州的基础上扩建城郭，在旧有城墙外又修了一道罗城，南到钱塘江北岸的白塔与六和塔，北到运河上的北新关。因南北狭长，西面又被钱塘湖“撞”得凹进去一块，又被称作腰子城。原先的旧城则被改造成子城，宫殿官署、达官贵人们都居住在子城。子城和罗城在沿钱塘湖一段是重合的，而东边竹车门到朝天门一段也离得很近，抬眼就能看到吴山。

招财把他们带到自家船上。胡氏家大业大，为方便子弟出门行走，在各地都备有车马船只。进宝扣上斗笠坐到船尾，活脱脱一个胖船夫。杭州行船与越州不同，越州水清河浅，一根撑杆便可操舟；杭州城内外河道多要走货，便多用木桨摇船。再者杭州城内水位高于城外，为防止城内水流走，杭州城在每条贯通内外的河道上都筑了水坝。船只进出城都要翻坝，每一处塘坝，便是一处收税关卡。货船不交税便不得进城。倒是像他们坐的这等只载人的小船，验明没有载货后便直接放行。

进了罗城，招财陪胡不归坐在船头，跟他讲方才等候时听人说起杭州城里最近发生的一桩奇案：几天前有人向钱塘县报案，说隔壁院落半夜时常有女子啼哭之声，偏偏那院落白日里大门紧闭鲜有人进出。官府得到报案后，就派差役前去查看，一看之下，竟从水井之中捞出两具年轻女尸来，其中一具还生出獠牙利爪，甚是可怖。女尸案惊动邻里街坊。钱塘县令不敢专擅，立刻上报杭州府。杭州刺史一边让人封存院落，一边查阅卷宗，看看到底是谁家院落。这一查，七拐八拐查出此地竟是工部侍郎冯平略外甥的产业。而这位冯侍郎冯大人的小女儿，则是世子的侧妃。能当杭州刺史的都不是蠢人，刺史当时就悄悄派人给冯侍郎通风报信，想让他早作对策。他这边的人刚派出去，侍郎别院藏尸案就给走漏了风声，传得满城皆知。

事情闹大了就不好再遮掩。刺史大人也只好硬着头皮再派人去冯侍郎府上，请他外甥过来了解情况。谁知冯侍郎的外甥得到消息后居然跑了。他不跑还好，一跑就真成了做贼心虚。杭州刺史无奈，只好发出海捕文书，通缉在逃嫌犯。冯侍郎为了避嫌，主动上了请辞的奏折，同时称病在家。吴越王钱俶允了他的病假，却暂时没答应他请辞。

胡不归粗略一听，想起临走前大伯的吩咐，心中便有计较，吩咐进宝往吴山脚下的别院驶去。

胡家别院在吴山西麓，背靠吴山，不远处便是东晋风水大师郭璞之妻开凿的郭婆井。每回来别院小住，胡不归都会在郭婆井所在的石壁前驻足良久，总觉得这外八内二、不按正南正北排列的十眼井暗藏玄妙。杭州城中水井众多，比较有名的有唐时李泌在钱塘湖边开凿的李泌六井、龙井，再就是吴山附近的大小井眼。胡不归闲来无事，还曾将杭州城里的水井编成歌谣写进话本子里："大井小井吴山井，乌龙灵鳗郭婆井；双眼四眼八眼井，金井义井金银井。"站在井口旁朝井口下看，山泉之气扑面而来，叫人神清气爽。

安顿下来后，胡不归让招财再去打探别院藏尸案的消息，让进宝驾车拉着他和胡芷汀从西关门出城，自夕照山来到钱塘湖边，告诉胡芷汀山上那座塔，就是当今吴越王为庆贺黄妃得子而建的黄妃塔，里面藏了不少宝贝。

胡芷汀抬头看着高耸的佛塔，自言自语道："若是有人能为我建一座塔，就算死也值了。"

胡不归没接茬，打眼朝湖上望去。天有些阴沉，湖面上凉风骤起，湖水涌动，残柳随风。一艘画舫正在不远处的湖面上徜徉，船首雕了一只硕大的龟头，准确地说，叫霸下。胡不归朝进宝使了个眼色。进宝会意，跟湖边船家租了一条小船。三人上船，进宝摇桨，小船便慢悠悠地浮向画舫。两船靠近，画舫上一个管事模样的中年男子看到胡不归，朝他微微颔首，并吩咐让船减速。

胡不归轻轻一跃上了画舫。胡芷汀见这画舫造得甚是考究，竹帘帷幔、雕梁画栋，似有香风拂来，以为是什么风月之地，放心不下，也跳了上去。两人走到舱门外，左右两个护卫抬起手来，将胡芷汀挡在门外。

胡不归扭头道："你在外间等我。"

胡芷汀点点头，胡不归刚进去，船舱里就隐约传来女子的惨呼，胡芷汀不由皱眉。

胡不归来到船舱中。

世子钱惟濬手里拿了根鞭子，冷冷看着倒在地上的女子，白皙的面庞上透出一抹不健康的潮红来。女子鬓发凌乱、衣衫尽裂，双臂护在身前，战战兢兢地蜷缩着，眼中几分惶恐、几分委屈，更有几分恨意。

胡不归打量女子几眼，见她生得明眸皓齿、小鸟依人的模样，不由道："云髻飘萧绿，花颜旖旎红；双眸剪秋水，十指剥春葱。如此佳人，奈何鞭笞？"

钱惟濬将发梢向后一捋，将鞭子朝胡不归一递，道："奈何鞭笞，打了便知。"

胡不归没接话。

钱惟濬挑眉道："你打不打？"

女子吓得连连后退。

胡不归接过，顺势举起。

女子花容失色，却没等到鞭子落下。

钱惟濬伸手道："不打还我。"

胡不归不还。

钱惟濬喝道："来人，将这贱婢拖出去杖毙！"

两个护卫从外间进来就去抓那女子。

胡不归道："不可！"

钱惟濬盯着他："为何不可？"

胡不归道："世子忘了别院之事？"

钱惟濬道："你可知她是何人？"

胡不归摇头。

钱惟濬道："她爹就是那个吃里爬外的冯侍郎。"

胡不归吃了一惊，没想到此女就是冯平略的女儿。冯氏好歹也是侧妃，入了钱氏宗谱的，世子居然如此凌辱于她，事情要是传出去，少不得又是一场风波。

钱惟濬道：“冯氏，你且说，本世子待你如何？”

冯氏抽抽搭搭地不敢言语，眼中尽是怨忿。

钱惟濬道：“自你入府，吃穿用度哪样不是最好的，你竟与你那表哥勾勾搭搭，背地里做出那等天理不容的恶事！要不是看在你阿爹还有几分用处，我一早就将你杖毙了！说吧，你们背后是什么人？说出来，本世子饶你不死。”

冯氏倒也倔强，含泪抬起头来，争辩道：“世子待妾身是不差，好吃好喝地养着，可世子几曾把我们当人看待？”她一咬牙，拉起袖子，露出手臂来。原本雪白如藕的手臂上，赫然趴着几道新旧伤疤。冯氏指着其中一道，“这道，是你半个月前打的。这道，是三天前打的。旁人以为你堂堂世子一表人才，可谁知骨子里竟是个衣冠禽兽，高兴也打，不高兴也打。你养着我们，不过是用来给自己淫乐虐待，有如禽兽！至于别院里死去的那几个，哪个不是不堪凌辱，或自尽，或被你虐杀！表兄不过是替你跑腿办事的，到头来还要被官府缉捕。钱惟濬，你个丧心病狂的变态，有本事你就杀了我！我乃侧妃，我死了，你也别想好过！”

钱惟濬大笑。

胡不归是真心想要回避啊，此等世子府中丑闻……不，应该叫秘闻，岂能叫他一个外人知道。世子一怒之下要杀人灭口怎么办？可冯侧妃说的真是劲爆啊，要是写进话本子里，呵呵呵……嘴上却道：“此乃世子家事，某先回避。”

钱惟濬歪着脑袋看他，邪魅一笑，道：“这可是在船上，你往哪里避？看都看到了，不想本世子杀人灭口，就乖乖待着。”

胡不归顿时头大，只好道：“女子如水，一碰即化。在船上杀人，不雅。”

钱惟濬走到舱壁旁，打开一只小箱子，对胡不归道：“来，看看想用哪样。”

胡不归过去一看，但见林林总总的木制物件足有十几二十样，有的带齿，有的带槽，有的带钩，还有的状若鹰嘴，叫人大开眼界。

钱惟濬凑到他耳边，道："可惜你近不得女色，不然这当中的每一样，都够你玩上大半夜。"

胡不归心想世子你可真会玩，岔开话题道："别院之事说来蹊跷，那地方虽不在世子名下，可难保不会有人往世子身上想。"

钱惟濬挥挥手，示意护卫退下，道："冯平略是老大举荐的人。"

老大，便是钱俶从忠逊王钱弘倧处过继来的长公子钱惟治。

钱惟濬坐下，盯着冯氏道："还是说，是这贱人勾结外面布了个局来坑我。你且说说，这贱人该如何处置？"

胡不归想了想道："不如去养猪。"

钱惟濬险些一口茶水喷出。

胡不归道："出了别院那档子事，自会有人盯着世子一举一动；但有不慎，就会遭人非议。"

钱惟濬昂起下巴，不屑道："本世子岂会惧怕区区流言！就算御史，几本弹劾，又能奈我何？"

胡不归一本正经道："不管她是不是别人派来的，既有怀疑，便不能再留在世子身边。女子属阴，处置多了怨气积聚，不利于运势。还叫旁人误会世子难以行男女之事方才性情大变，虐杀婢妾……"

胡不归还没说完，钱惟濬的脸色就绿了，若不能行男女之事，他府中几十个姬妾岂不都要去偷人？

胡不归继续道："与其让人误会，倒不如送到庄子上去养猪，养得好才有饭吃；身体一累，便再无心力去想那些蝇营狗苟之事。待上三个月，身上阴狭之气尽去，而动则生阳，阳气生则有助于运势。此消彼长，是谓劳动改造之计也。"

冯氏听胡不归说完目瞪口呆，去养猪？劳动改造？还不如把她扔进钱塘湖里溺毙呢！

钱惟濬大笑，上前在她面庞上轻拍两下，道："想死，没那么容易。本世子可不会叫人抓着杀人的把柄。送去庄子上，不错不错，若有庄汉看中你，本世子还可成人之美。最好叫人以为本世子已经把你给杀了，谁跳出来弹劾本世子，谁就是别院之事的背后主使。到时候本世子再把你带出来，正好看看那些人的丑态，哈哈哈……来人，把她带下去！”

冯侧妃挣扎，被钱惟濬一巴掌抽倒。

两个护卫进来把人带出去了。

处置了冯氏，钱惟濬往软榻上一靠，道：“这两年没打仗，尽干些低声下气伺候人的差事，倒是盼着有人多弹劾我几本，好叫这日子啊多些乐趣。”

胡不归知道钱惟濬的苦处，大宋强势，吴越顺从，每次出使，都是他打头阵，事毕钱王先回，他还得多留个把月，以示心诚。若有大宋使臣到来，他这个世子还得全程作陪，赔笑伺候，真真是难为了钱惟濬。

舱外忽然传来重物落水的声音，接着便是一阵手忙脚乱。

胡不归闻声大惊，莫不是那冯侧妃宁死都不愿去养猪，不屈跳湖了？天呐，怎么就这么想不开？养猪怎么了？脏点累点，可总好过旦夕有性命之忧、动辄被辱骂殴打吧？这么大气性也忒清高！一朵鲜花说没就没了，可惜，枉费本公子费神救她的一片苦心！

钱惟濬摆摆手，示意他不必在意，道：“我身边也没几个能信得过之人。”

胡不归坐下道：“世子府上几位长史詹事，皆是老成持重之人。”

钱惟濬摇摇头道：“都是父王派来的，成天就知道盯着我管着我，避之还来不及，找他们商量事，必是这个不行那个不许。不如我给你个官儿做，你留在我身边，如何？”

这不是钱惟濬第一次想招揽胡不归出仕了。胡不归心想在世子身边当官可是个高风险的活儿，只道：“我留下，谁替世子在外头跑腿打掩护？”

钱惟濬想起越州百花楼一事来。男人之间的交情，一起闯过祸，一起杀过敌，都不及一起喝花酒来得坦诚，问道：“百花楼那人现在如何了？”

胡不归将那大盗被人劫走之事一说，隐去从他身上拿到李煜词作一节，道：“也不知那大盗是何来头，竟能惊动上右厅的人。”

钱惟濬道：“此事我也觉得奇怪，上右厅等闲不出都城。那天我随沈承礼回都，路上也问他缘由，他只说奉命缉捕大盗，追踪到百花楼。把我送回府上他就走了，别的什么都没说。他是父王心腹大将，我也不便多问。”

胡不归道：“会不会是那大盗偷了什么宫中紧要之物？”

钱惟濬摇头：“没听说宫里丢了什么东西。”

胡不归忽然想到另一件事，道：“当日那两个作陪的歌姬呢？”

钱惟濬道：“岂能叫她们留在外头，已将她们安置在别院了。贤弟若是喜欢，我便将她们送到你处。”

钱惟濬三句不离声色犬马，让胡不归颇为苦恼。只道：“世子以为，大王会废了你改立长公子吗？”这话问得直接，竟让钱惟濬愣在那里。这些年来王上的确是重用钱惟治，国中内事都让他去打理；而外交、兵事，则由他这个世子出面。“大王是欲以世子为君，以长公子为相啊！”胡不归道。

钱惟濬被胡不归一语点醒。纵观古今，国之大事，在祀与戎。邦交、兵事，乃国君所为；至于内政，则是宰相本分。想通此处，钱惟濬心中豁然开朗，走过来一把抓住胡不归的手，深情凝望，道：“八郎真乃吾之子房也！”

胡不归被他看得心下发毛，又见那婢女投来惶惑的目光，心下暗暗叫糟，只道：“子房不敢当，旁观者清耳。”

这时有人在外头禀报，说府上来人，说大王召世子入宫。

第五章
三年之期

钱惟濬离船上岸，在世子卫队的护送下连夜入宫。

吴越定都杭州近百年，数十年来歌舞升平、文事昌明、商旅繁盛，入夜之后只关城门，并无宵禁。一到天黑，御街两旁酒楼店铺就会挂起灯笼，各色宾客纷至沓来。坐落在御街旁的醉风楼更是个中翘楚，这座占地比百花楼更广、装饰更为气派奢华的巨型建筑中，酒楼戏台、书场杂耍、温池客房，一应俱全，是西府达官显贵、绅商名流邀客宴饮必去之处。

公子钱昱坐在醉风楼二楼临街的雅间中。

东府百花，西府醉风。能在醉风楼包下这处雅间，端的是花了钱昱不少钱财。不过他不在乎。吴越富足，钱氏厚待宗室大臣，钱氏子弟更是人人有产业。缺钱，不存在的。钱昱年纪三十出头，是忠献王钱弘佐长子。钱弘佐英年早逝，吴越又刚刚从南唐手里抢来福州，正是多事之秋，五岁的钱昱年纪太小，王位就落到钱弘佐的弟弟钱弘倧手里。后来胡进思废黜钱弘倧，又把钱弘俶扶上王位。钱弘俶对自家兄弟子侄十分照顾，钱昱便顺顺当当地长大成人。钱昱知道自己身份敏感，成年后从不参与军国大事，也不在朝中任职，领了份虚衔，平日里读书写字游山玩水，结交文人墨客、礼贤下士，当了三十年的太平公子，没立下什么功业，倒攒下极好的名望。

一行车队沿御街从醉风楼前经过，行人回避。

移门轻开，香风入内。只听一女子道："世子的车驾。"

钱昱轻叩扶手，道："他不是去越州了吗？"

女子在他身旁坐下，美人如花，皓腕凝霜，茶艺如行云流水："几天前就回来了，怕是因别院之事被召进宫去。"

钱昱道："只怕未必。"

女子道："朝中没有人打算拿这件事做做文章？"

钱昱接过她递来的茶盏，先是一闻，再用唇一碰，吹了口气，抿了一小口道："自会有坐不住的人去查。"

女子道："听说大宋皇帝派了玄武堂的人来。"

钱昱道："有你在，玄武堂算什么？"

女子甜甜一笑，他说的是"你"，而不是"你们"。谦谦君子，温润如玉。昱公子便是。

钱昱道："胡家的人，是谁下的手？"

女子一震，道："我已派人去查，很快就会有消息。"

钱昱道："你耳目灵通，江湖上的事少不得要你帮我。"

女子并不介意，微微一笑道："公子从来都是做大事的人，奴只消能给公子在边角之处修修补补便心满意足。"

钱昱畅快地笑起来，握住她的手道："知我者，仙子也。"

仙子，是钱昱对她的溺称。女子姓步名留仙，祖上是江东大族，唐末战乱，家族几经离乱，她被义父收留，抚养成人，授以技艺，遂成一代名伶。她与钱昱一见如故，为其风度才学"倾倒"。虽说她是钱昱花重金"包"下来的，可两人之间绝非伶人与恩客那么简单。

步留仙道："那私藏歌姬之事呢？"

钱昱道："世子乃国本，那些小事，还不足以叫他伤筋动骨。"

步留仙道："公子是打定主意隔岸观火了。"

钱昱笑而不语。

钱惟濬来到宫中，在中使引路下直趋议政殿，发现沈承礼也在。

议政殿中，吴越王钱俶正对着墙上高悬的天下舆图出神。君臣见礼后，钱俶开门见山道："东府可还安好？"

这一问，钱惟濬就知道自己的行踪都在父王掌握之中。只问安好而不问其他，说明父王并无意责难。钱惟濬将越州民情大略一说，道："当日还以为沈将军是专程南下来捉拿儿臣回京的。"

钱俶道："你是世子，一举一动都有人盯着。虽说东府西府皆是国都，那天你若天黑前还没赶回来，少不得又有御史上表弹劾。”

钱惟濬给了沈承礼一个领情的眼神，见后者没有提他私赎歌姬之事的意思，道：“当日我便想，能惊动沈将军南下，莫非国中出了什么不得了的大案？”

钱俶叹了口气，道：“北边来人了。”

一句话，便能读出诸多意思来。北边，便是大宋。提及大宋，钱惟濬便难掩厌恶。钱惟濬作为吴越世子，自少年起就开始频繁出使北朝，从大周到大宋，从周世宗到宋太祖，从宋太祖到当今大宋皇帝。三位皇帝，周世宗英睿、宋太祖雄阔，唯有当今大宋皇帝赵光义的所作所为，叫人生不出半点敬畏之心来。“想来大宋在南唐没寻到玉玺，就跑来让我们找。他们也不想想，以父王的脾气，若是知晓玉玺下落，还不早早就寻了来派人送去，岂会等到他们派人索要？”

沈承礼皱皱眉，这等一句话吐槽两位君王的话，也就世子敢说了。

钱俶并不生气，多年忍气吞声的君王生涯早磨炼出他过人的涵养，更何况儿子并没有说错。他本名钱弘俶，大宋立国后为避赵匡胤之父赵弘殷的名讳，主动更名钱俶以示恭敬。连名字都改了，倘若知道玉玺线索，一早就献上了，岂会自己留着徒增烦恼？

这时中使来报，说北使求见。北使，便是大宋使臣。大宋使臣这个时候求见，莫非又要提什么过分的要求？钱俶连忙换上一副诚惶诚恐的姿态来，宣北使入内。钱惟濬和沈承礼分立左右。

很快，那北使便大摇大摆地来到殿中，礼节倒是不缺，可那趾高气昂的模样着实让人生厌：“听闻殿下已派人去缉拿那江洋大盗，不知可有消息？”

钱俶道：“孤已派人前往缉捕，想来不日便可将其缉捕，交由尊使处置。”

北使道：“只盼殿下不是在搪塞我等。”

钱俶心下不爽，就算我是在敷衍，你也不能当面说出来。

钱惟濬见父王不快，道：“前番尊使说有大盗南下，潜入鄮国境内，鄙国便调集人马过江缉捕。然缉捕一事，必先知晓缘由，或是有那大盗姓名画像，方能有的放矢。”

北使道：“画像若是不准，必定误导追捕，不如没有。至于姓名，江湖中人皆用诨号，岂有用本名为非作歹的？世子身居宫中，有此一问不足为奇。”

钱惟濬被他噎了一把，倒也不怒，退一步道：“那大盗能劳动尊使南下，想必是偷了什么了不得的宝贝，若是方便，还请告知一二。”

北使沉吟片刻，道：“是一幅词作。”

钱俶等人同是一惊，居然是一幅词作？当今天下，又有哪位大家的词作能让大宋皇帝动用使者？钱惟濬道：“谁人之作？”

北使道：“陇西郡公。”

众人恍然。陇西郡公，便是前南唐国主李煜。李煜皇帝当得稀里糊涂，丢了南唐大好江山，倒是诗词字画堪称上品。他被软禁在开封，他的词作大宋皇帝一句话便能索得。而今却跟一大盗扯上关系，想必是那大盗抢在皇帝之前将李煜新词夺走，皇帝才派人南下追索。

钱惟濬道:“区区一幅词作，有何玄妙之处，竟能叫尊使劳顿？”

北使以为钱惟濬在装傻，道：“听闻金陵城破前夕，贵国军士曾大掠江南国陵寝，所获珍宝无数。而那枚遗失数十年的传国玉玺，正是藏在江南中主陵寝之中。我曾派人前往江南国中主陵寝探查，发现陵寝已被盗掘一空。想来这传国玉玺已为吴越所得。”

“断无此事！”钱惟濬当即反驳。这才是大宋皇帝这趟派人来的真正用意！可这顶大帽子又岂能随便被人扣上？传国玉玺是什么？天下至宝，皇权象征，不自量力的人拿到，那就是祸水，“当年确有鄙国偏师误入江南国山陵，还遭遇守陵军队。双方激战之际，难免毁坏陵寝。事后我已下令处置了带头破坏陵寝的军将，还命人给参与盗陵的将士搜身，确实搜到不少财物，却未见什么传国玉玺。坊间传言，不足为信。”

北使道：“空穴来风，未必无因。”

钱惟濬道："积毁销骨，众口铄金。"

这就是钱俶看重钱惟濬的地方了。像这等你来我往的唇枪舌剑，他身为一国之君不好亲自下场，其余臣子分量不够，由钱惟濬这个世子出面驳斥正合适。

北使不慌不忙道："我倒是有个主意，可助吴越洗刷嫌疑。"

钱俶连忙道："还请尊使示下。"

北使道："找到玉玺，献于大宋皇帝，谣言不攻自破。"

钱惟濬道："我等并无玉玺线索。"

北使道："那大盗偷走的词作，便是线索。"

满堂皆惊。任谁都没有想到，传国玉玺的线索竟会藏在李煜的词作里。难道李煜知道传国玉玺的下落？想想他一个亡国之君，大宋两代皇帝高官厚禄地供养着，难道是因为他帅，他有才华吗？事关玉玺，一切便解释得通了。

北使说完就走，临行前像是又突然想到什么，折回来道："还有一事要说与殿下知晓。明年便是三年之期，还望殿下不要忘了当初的承诺，早做打算。"

北使走了。

三年之期如同一口大钟，压得钱俶直不起腰来，缓缓落座。这是当年他在开封时对大宋太祖皇帝许下的承诺。赵匡胤因此并未为难他，把他放回吴越。明年便是三年之期，如若应约，出了正月就要动身北上。屈指一算，只剩三个月时间。难道这不到百天的光景，便是我钱俶在吴越的最后时光了吗？

"父王大可称病。"钱惟濬道。以赵光义的做派，倘若他父子真的北上，极有可能就此被扣留在开封，以逼迫吴越归降。他当世子十几年，父王身体康健，眼看着天下行将一统，他还没当上王，就要变成赵光义那小人的臣子。一想到此，钱惟濬便一阵烦躁。

钱俶无奈地摇了摇头。若不降，今南唐已亡，以吴越区区十三州之地，如何是大宋的对手？若降，国中不愿归降之臣为数不少，少不得又是一场风波。

三年之期，又是三年之期。届时吴越何去何从，他这个王又将何去何从？

从世子船上下来后，胡不归与胡芷汀回到城中，买了几样点心边走边吃，沿吴山北麓往御街去。御街是杭州城中最为繁华热闹之地，南北十里长的大街两侧尽是酒楼店铺。楼与楼之间还有各色商贩或推小车，或摆地摊，在那里热情叫卖。

胡芷汀是第二回来杭州。上回是跟着来办事，匆匆来去没怎么游玩，这回长辈不在，还能跟着胡不归，不由心情大好，一路上这边看看那边看看，风车脸谱、扇子竹鼓，跟个小孩一样看见什么都想要。

胡不归倒是不怕逛街。人多的地方反而不容易被人认出来。再者趁着秋色宜人，在城里头走走看看，感受这天下第二名城（第一自然是大宋都城开封）的市井风貌也别有一番情趣。

胡芷汀在一处铺子前停下,朝胡不归招手道:“小乌龟,快来看！”

胡不归过去一看，是个卖字画扇子的铺子。字画不咋地，挂出来的多是寻常之作；倒是扇子做得颇为精致，有文人公子用的折扇，有女子用的团扇，还有平日里不多见的鹅毛扇。最夸张的是一把用不知道什么骨头做的骨扇，以骨为架，以绸为面，前头还露出一小节骨尖来，模样甚是怪异。

胡芷汀道：“小乌龟，你看它像不像蝙蝠的爪子？”说完就要去拿那把骨扇。

胡不归连忙止住她道：“这扇子做来不易，看看便好，不买就别去动它。”他见那卖扇子的商贩小眼睛滴溜溜的颇似奸猾之人，便故意说这话给他听，省得他说出“碰过就要买去”的话来。

那商贩一听就知道胡不归不是个好糊弄的，只是笑眯眯地看着他们。

胡芷汀道：“你闻闻，这扇子好像还有香气。”

胡不归行走江湖数年，晓得一些江湖上那些三教九流的伎俩，暗暗屏住气息不叫那似有若无的香味飘进肚里，道：“这扇子倒也别致。”

商贩道：“公子好眼力。这扇子名叫香扇。姑娘闻到的香味，并非附在扇面之上。”

胡芷汀道：“莫不是从骨头里来？”

商贩一惊，道：“姑娘真当是聪慧。这香味啊，就是装在骨头里。别看骨头细，每根都是空心的。再把香粉装进去，可是费了老大劲。这么细的骨头不好找，做起来又费时，我们东家总共只做了三把，被人买去两把，就只剩这一把了。”

胡芷汀道：“那还卖不？”

商贩看看她，道：“不卖了。”

胡芷汀道：“东西摆出来就是叫人买的，不卖，摆出来作甚？”

商贩道：“只是不卖女子。”

胡芷汀道：“这又是什么道理？”

胡不归一听就明白了，不卖女子，自然是只卖男子。男子买了这带香的骨扇，自然是要送给女子的。女人嘛，你越是不卖，就越是想要。一撒娇，男人想跑都跑不掉。端的是好手段。

果然，那商贩看看他俩，道：“公子和姑娘都是好样貌，端的是相配。”

胡芷汀只觉耳根子一热，偷眼去瞧胡不归。

胡不归道：“我倒是觉得这灌香入骨之法颇为玄妙，想跟你东家讨教一二。本公子不做买卖，只是好奇耳。”

商贩面露难色道：“此乃我们东家不传之秘……”

胡不归招招手。招财挤过来，手里捧着好几卷绢帛。

商贩一看就两眼放光，这可是位富家公子啊，逛个街都如此招摇。

胡不归本意是为难他一下，如若不愿，就正好带胡芷汀走。那商贩果然道：“公子就别为难小人了，这灌香入骨之法，确实看不得。”

胡不归给了胡芷汀一个无奈的眼神，转身走了。

胡芷汀只好跟上。

商贩在后头道："姑娘若是想试试别的香，可以去前面的天香阁，也是我们东家的铺子。"说完指指前面一间挂着"天香阁"匾额的门脸。

胡不归不喜浓香重味，扫了眼便继续往前走。招财跟在后头，小心翼翼地看护手中的绢帛，唯恐被人碰了去。倒是一路上叽叽喳喳的胡芷汀没了响动，叫胡不归以为是他没买那骨扇生气了。

走到一处烧烤铺子前，胡不归本想买几串烤蝎子烤蜈蚣的哄哄她——这丫头口味重，越是可怖的东西吃得越带劲——扭头一看，顿时吓了一跳，跟在后头的不是胡芷汀，而是那一张面瘫脸的十七叔！胡不归左右看看，御街上人流如织，比肩接踵，哪里还有胡芷汀的身影，诧道："你这神出鬼没的，把她弄哪儿去了？"

十七叔不满道："我再不喜欢她也不至于去弄她，请不要诽谤你敬爱的十七叔。"

胡不归撇撇嘴，道："招财，人呢？"

招财这才发现胡芷汀不见了，道："刚才还在的啊，怎么说不见就不见了，会不会是看见什么好玩的东西没跟上来啊？"

几人折返回去，把来时的路又走了一遍，每个铺子都看了，硬是没找到胡芷汀。胡不归气不打一处来，好端端的一个大活人，说不见就不见了。胡芷汀自幼习武，人也机灵，真要碰上什么状况，小事直接摆平，摆不平的也能脱身。

十七叔道："方才卖扇子的那个铺子，不见了。"

胡不归停下来，方才卖扇子铺子的地方果然空了。

招财跟在后头，险些一头撞上他。

一阵风过，卷起几片黄叶，正落在斜对面"天香阁"的台阶上。

胡不归心中生出不好的预感来，吩咐招财去天香阁对面的面馆等着，径自朝天香阁走去。十七叔什么都没说，闪身离开。

天香阁门脸儿不大，进门便是一块石雕的屏风，屏风后头是一处天井，天井中尽是盆栽花草。沿回廊走过天井是一间敞开的厅堂。

厅堂里竖着几个直达屋顶的巨大木架，木架中隔板错落有致，每一块隔板上都摆着大小不一的瓷瓶，应当就是店铺里售卖的香料样品。木架后面的墙上悬着一幅巨画。画中帆船浮于大海之上，海鸟惊飞，巨浪滔天。有女子面朝大海，远眺前方。几个手持鱼叉的汉子立在船头。远处海中，有巨兽露出脊背、若隐若现。

胡不归在画前驻足片刻，不久身后有人来到。

“这位公子。”来者是个女子，声音甚是悦耳。

胡不归道：“取香不易。看了这图，我倒不好意思还价了。”

女子闻言一笑，道：“公子气度卓然，眼界不凡，区区百金，何足挂齿。”

胡不归转过身来，只觉眼前一亮，好一个风情万种的美妇人。

妇人微微一笑，道：“公子是来找人的吧？”

胡不归道：“何以见得？”

妇人走到画前，抬起头，露出光洁如玉的颈项来：“公子进来，把里里外外都看一遍，连这幅画都看了许久，偏偏对架子上上百种各式香料不闻不问。不是来找人，难道是来买画的？”

胡不归道：“夫人……”

妇人站到他和画之间，盯着他：“叫娘子。”

胡不归道：“大娘子。”

妇人低头扫了眼胸前丘壑，道：“大娘子，还是小娘子？”

胡不归努力不去吸她身上透出来的淡淡香气，道：“如此说来，大娘子是见过我家那位小娘子了？”一边说，一边暗暗戒备，这妇人既敢堂而皇之出来撩拨自己，想必还有后手。

妇人道：“怎么，公子怕了？是怕这满屋子的香气，还是怕奴家吃了你？”

胡不归道：“出门在外，还是小心些为好。一不留神掉进盘丝洞里，被妖精给乱了心志就不好了。”

妇人道：“公子看我像妖精？”

胡不归道：“要不是妖精，这头上的发簪怎会开刃？”

妇人眼神微颤，闪开半步道：“公子倒是好眼力。”

胡不归望着她，已然料定胡芷汀是在此地失踪的。奇怪的是对方似乎并没有要隐瞒他的意思。以胡芷汀的武功，不论正面对敌或偷袭，都很难一点动静都不发出来，除非他们在香里动了手脚，把胡芷汀给迷倒了。胡芷汀不过是个初入江湖的小丫头，对她下手断不可能是为了绑票赚赎金。况且能开这么一家香料店的又岂会是缺钱之人。那就只有一种可能，以胡芷汀为人质，逼迫他或者胡家去做什么事，或是付出什么代价。想通此节，胡不归便没有着急动手，只道:“大娘子想要什么大可直言。小妹年轻,何必叫她受此等惊吓。”

妇人闻言道：“小妹妹进来，说是要给她的情郎哥哥选一款香做香囊，怎么到你这，就成兄妹了？”

胡不归道：“大娘子休要胡言——我姓胡，她也姓胡，我们全家几百人都姓胡。大娘子不会没听说过我们胡家吧？”

妇人道：“乐天公子胡不归，江南佳公子排行第三，今日得见，果然名不虚传。”

胡不归施礼道：“大娘子谬赞了。人在何处？”

妇人道：“人很好。”

胡不归道：“如何肯放？”

妇人道:“拿一件东西来换。”说完突然出手,直取胡不归面门。

胡不归早有防备，心想原来是那大盗的同伙，因担心妇人掌中暗带迷香,胡不归没有直接用掌去接,翻手亮出洞箫,与她连过三招。

妇人占了偷袭之便，又有主场之利，本打算一举拿下这白面俊俏小郎君，却没想到胡不归武功如此出众，竟在这狭窄香堂中闪转腾挪丝毫不落下风，还能从容反击，招招犀利，便收起轻慢之心，裙袂飘飘，玉掌翻飞。

胡不归见她掌法行云流水，掌中带香，不由赞道：“夫人掌法，委实精妙。”

此言一出，妇人倏忽收手，双手结印，似笑非笑地看着他。

胡不归张开双臂在原地转了个圈，道：“不知夫人要我身上何物？身体发肤受之父母，夫人可不能太过分了。”

妇人面色一沉，嗔道：“先是大娘子，又是夫人。到底是夫人，还是大娘子？”

胡不归一阵头大，这当口了，居然计较起夫人还是大娘子来，这事真的很重要吗？女人心思还真是难以捉摸。

妇人见他面色尴尬，再次出手。

胡不归往后躲开。

妇人的指尖停在他下巴前两寸处：“怕了？如此美貌的佳公子，我又怎舍得加害？小郎君若是留了胡须，奴家怕是一步都离不开你了呢！”

胡不归心想本公子不留胡须都能赚得一船瓜果，若真留了，那可就真出不得门了。

妇人见他呆状，忽地笑道：“你从那人身上搜走的竹筒呢？”不等胡不归回答，又道，“不管你把东西放在哪里，想要你妹子的性命，三天之内，拿着竹筒里的东西来换；否则，你这辈子都别想再见你妹子！”说完，长袖一甩，抬手送客。

胡不归目瞪口呆，这就是传说中的被熟妇调戏？

胡不归没有走远，在同一个坊间找了间客栈住下，打开窗户就能看到天香阁的后院。吴铁嘴来了，把几卷绢帛往桌上一放，道：“这是上回话本子的分润，只多不少。我说公子啊，你的下回几时能写出来？我这把大小书场都讲完一遍，就得上新回目了。您可别再拖了啊，您躲在后头不出面，我可是会被人拿唾沫星子淹死的。”

胡不归从窗户缝里看着天香阁后门外的那条小街，街上人不多，倒是能容车马进出，拐过弯去是一条小河，有妇人正在河边石砖上洗衣服，遂道：“急啥，我这正在构思呢。”

吴铁嘴道：“才构思，还没动笔呐？”

胡不归道：“有件急事，你帮我办了，我这就下笔如有神。”

吴铁嘴道：“您说您说。”

胡不归道：“查一查天香阁的底。”

吴铁嘴显然是知道天香阁的，一听就面露苦色道：“天香阁这等地方，我一个大老爷们儿可进不去。”

胡不归道：“没让你进去，就是查查他们是什么来头，跟谁进的货。”

吴铁嘴能在江湖中混出名气来，自然有他的门道，为了下一回目的话本子，便答应胡不归去查一查。胡不归就给了他一天时间。吴铁嘴嘟嘟囔囔地走了。

未几，又是一个身着锦袍的中年汉子敲响房门，四十上下年纪，红光满面大方脸，锦袍马靴大扳指，富贵逼人，进来就给了胡不归一记熊抱，大大咧咧道：“啊呀八郎，可想死我咧！又俊了。”此人正是胡家在杭州城中的两位话事人之一，胡家十三太保排名第八的胡重八，交游广阔、为人豪爽，管着胡家在杭州城街面上的各家铺子。胡家十三太保，有的是胡家旁支，有的是胡家义子。胡重八就是胡不归上一辈胡家的旁支子弟，胡不归得喊他一声八叔。胡重八虽是长辈，可比起胡不归这嫡出子弟来，身份地位自是差了不少，更何况胡不归从小就是被当成未来族长来培养的。

胡不归道：“请八叔来，是有一件事要请八叔帮忙。天香阁，八叔听说过吧？”

胡重八一脸八卦道：“不就街对面那家吗？杭州城里夫人小姐们最爱去的地方。我那几房小妾也常让人去等他家的香，说最是正宗。八郎你莫不是有了心上人，想买点儿送人姑娘？这事儿包在八叔我身上，最好的，从海上来的……这点儿小事还说帮忙，还真把你八叔当外人咧！”

胡不归听他越扯越远，连忙道：“我是想查查他们的底子。”

“查底子？”胡重八一拍大腿，道，“知道咧，八郎是觉着香料买卖挣钱，想探探路吧？这事儿也包在我身上。”

胡不归补充道：“查查他们东家什么来头，哪家贵人入的份子，还有背地里干过什么勾当。”

胡重八一听就笑了：“八郎你学坏了啊，抄人买卖，先拿把柄，到时候好一刀砍掉一半价钱是不？叫我说，哪用这么麻烦，先用钱砸；不肯的，绑了；再不肯，铲了。我们胡家要钱有钱，要人有人。除了老钱家，谁敢动咱？”

胡不归一阵无语，敢情我们胡家就是京城一霸，尽干些强买强卖的勾当了。

胡重八见他面露不快，连忙笑道：“我就这么一说，伤天害理的事儿咱不干。”

胡不归倒是被他的话提醒了，道：“十三太保死了四个，有人在针对胡家，你这树大招风的，得当心刺客。”

胡重八道：“哪能没有呢，都两回了！头一回想潜入我府上，被发现给赶跑了。第二回是趁我喝酒出来，突然从路边一马车后头冲过来就想给我一刀。我们胡家人哪能当街被人砍呐？不等护卫动手，老子一掌拍掉他的刀，一脚把他给踹飞。那厮转身就往路对面跑。路对面是个运菜的大车。我一想不对啊，万一那车上藏着弓弩长枪啥的，那厮定是想拿了兵器再回来捅我。我一不做二不休，追着他就给了他两刀，一刀腿上一刀背上，把那厮砍倒。那厮倒下了还掏出一把小刀想捅我。我一怒之下又给了他两刀。”

胡不归惊叹于胡重八说书的潜质，道：“砍死了？”

胡重八得意扬扬道：“我也不想的啊，谁知道他那么不经砍啊，直接就被我给反杀了。”

胡不归道：“你这当街杀人，惊动官差了吧？”

胡重八道：“可不是，来了好多。当时就把我给锁上了。”

胡不归见他活蹦乱跳的不像受过罪的样子，道：“那你是怎么出来的？”

胡重八道：“一来我是受害者啊，周围不少人看到了，是那厮先来砍我，我不过是自卫，外加反击。二来我也让人去市井街面上说，这回要是把我判了，以后碰到当街抢劫杀人，谁还敢动手保护自己？谁还敢路见不平拔刀相助？真要把我判了，那就是助纣为虐，惩善扬恶。亏得刺史大人不是糊涂人，大笔一挥，判我无罪，当场释放。

你是没看见那天多少人来围观，他要敢判我有罪，外头的老百姓能把西府衙门给拆了。”

胡不归大笑。一通当街反杀，被官差请去吃官司，原本隐秘之事被他这么一闹腾，倒成了尽人皆知的大事件，对方再想下手，不管能不能成功都会惊动官府。一旦成了社会事件，幕后主使之人想压下去也不是那么容易的；何况胡重八只是胡家外围角色，一不小心因为他而暴露就得不偿失了。所以胡重八貌似粗豪的处置方式，实则快刀斩乱麻，效果奇佳。若是没这等胆量和决断，也不会在都城这等紧要之地一干就是十几年。“使了不少钱吧？”胡不归笑问。

胡重八道：“刺史大人青天明断，多不容易。街面儿上那些声援助威的，也不能叫人白嚷嚷不是……”

胡不归道：“有八叔在，都城地面稳如泰山。”

胡重八眼中一亮，心想这小子果然是家里派来视察的，指不定还带着任务，可不能怠慢了，道：“八郎，族中对那件事是怎么个态度？可有什么吩咐？”

胡不归道：“我怀疑天香阁跟那件事有关。还有一事，想拜托八叔去找一个人。”

胡重八拍胸脯道：“找人我最在行。说说，是男是女，姓甚名谁？”

胡不归露出神往之色，道：“是一位姓李的公子，芝兰玉树，神仙姿容，麾下神箭八骑，还有七个美貌侍女，骑清一色高头大马，还自称大宋玄武堂之人。”

胡重八一惊，道：“大宋玄武堂？八郎是在哪里遇到他们的？”

胡不归道：“曹娥江渡口。他们一行人渡江东去，不知是不是往明州去。”

胡重八再拍大腿，道：“八郎放心，两件事包在我身上。”

酉时中，秘书郎楼颂誊写完今天最后一份公文，将案牍整理干净后，便辞别同僚，离开秘书省，朝官署区西门走去。

吴越官署区位于吴山东麓、宫城以北，靠近宫墙的是六部衙门等中央直属机构，北侧是大元帅府和各寺厅。他所在的秘书省正好在内外官署之间，因掌管国家典籍图书，还承担着公文汇总、誊抄发印邸报的职能，所以不远处就是一条小河。楼颂秘书郎的官职不高，平日里他为人低调，做好本分之外也不去拉帮结派，所以在监中没什么存在感。久而久之，同僚以为他是老好人，就经常把事情丢给他做。楼颂也不拒绝。他中年丧妻，子女养在老家，家中就一老一少两个仆人照顾起居，多干点活，还能省了一顿晚饭钱。

码头旁停着几条小船。杭州城中多水，不少住在河边的官吏下班后会坐船回家，轻松便捷能省去养马的大笔开销，真要商量个什么事情，请人来船上小坐，路上就把事情谈了。河边的小船样子都差不多，只在细微处稍有不同，譬如左边船上挂了只黄色的灯笼，右边船头支了把油纸伞，还有的船篷侧面的小窗是撑开的，想来是各家为了加以区别刻意改造的，叫外人难以分辨。

楼颂也有自己的小船，船头摆了两盆黄色的菊花，船夫是他的年轻仆人。不过这会儿船夫正坐在船尾，背靠船舱在打盹，竟没觉察到他到来。楼颂并未在意，提起官服下摆，抬脚上船。小船一晃，船夫竟还没醒。楼颂摇摇头，这小子，睡得这般沉。“阿庆！”他喊了一声，弯腰钻进乌篷。

钻进乌篷的一刹那，他觉察到了危险，想要再退，已然不及。当冰冷的剑锋点在他颈间的时候，他终于明白为何阿庆会醒不过来了。他苦笑，小心翼翼潜伏多年，终究还是被人发现了。

持剑者就在他对面，道：“楼郎中，你可让我们好找啊！”

面对危险，楼颂并未慌乱，淡淡道：“终于轮到我了。”他的手边是另外两盆菊花，皆是白色。

持剑者道：“胡家把你这颗棋子埋得可真深。谁能想到一个小小的秘书郎，竟会是胡家安插在朝中最大的眼线。这些年你经手公文无数，没少给胡家通风报信吧？四盆菊花，两黄两白，不同的组合传递不同的意思。”持剑者道，“你说我要是把两盆黄色的换成白色的，能不能把跟你接头的人引出来？”

楼颂叹了口气，用菊花这等粗陋的手段果然不靠谱。黄色代表无事，白色表示有情况，一黄一白是普通情况，两白是紧急情况，简单明了。

持剑者并不着急审问他，把他绑好丢在角落后就猫着身子爬到前头，取回两盆黄菊，换上两盆白菊。

不久，楼颂听到了水声。河水涌动，船身轻摇，又有一艘小船停靠在乌篷船旁。楼颂被持剑者押上小船，一掌击晕。

胡不归看到了乌篷船头的两盆白菊花。

胡重八走后，他就让进宝操船沿小河弯弯绕绕地走了一大圈，在吴山东麓官署区外的一处小码头旁停下，借着天边最后一丝光亮，看到了船头的两盆黄菊花，还看到了楼颂上船以及黄菊花变成白菊花。胡不归察觉有异，让进宝操船稍稍退后。

招财机灵，顺着他的目光道：“少爷，在船头摆菊花好吗？”

胡不归道：“现在是秋天，总不能挖棵桂树种到船上吧？你去后头帮进宝，等下听我命令，我数一二三，你们就朝那条小船用力划。”

小船撞上乌篷船的一刻，胡不归抓起竹竿在水里一撑，借力腾空而起，跃上乌篷船头，化竹竿为大枪，站在船头朝船篷中刺去，同时喊道：“哪里来的蟊贼竟敢偷上俺家的船？还不束手就擒！”然而他失算了，船篷里空荡荡的一个人都没有，除了两盆黄色的菊花。

胡不归将竹竿丢给招财，钻到船尾探了探船夫的鼻息，发现他已身亡，心想终究还是来晚一步。

胡不归并不知道跟他接头的人是谁。人去船空后，他提前找到胡重八，让胡重八派人跑一趟宗堂，告诉他们联络人被人掳走了，生死未卜。至于胡芷汀，东西到手之前，天香阁那些人是不会害她性命的。他们越是想要的东西，说明越是紧要；如此紧要的东西，岂能轻易拿来交换？李煜词作当中一定藏着什么重要的秘密，这个秘密，他也很想知道。

第二天，胡重八就跑来告诉胡不归，说他查到出事当天，天香阁后门有一辆马车出来朝钱塘江边去了。他的人在渡口查到，马车直接上了一艘过江的大船，过江后进了越州城。

越州，又是越州！胡不归才不管什么三天之期，辞了胡重八，带着招财进宝过江南下。救人，就得按照他的办法来。

三人赶到越州，照着胡重八给他的联络方法找到胡重八的手下。那手下是专程留下来联络的，说他们盯梢的那辆马车已经出城朝上虞方向去了。

上虞。胡不归走水路一路追过去。不论他们是去上虞、余姚，还是更东面的明州，只要到了东府地界，就没有胡家管不到的地方！

地牢中，楼颂被一盆凉水浇醒，发现自己被固定在一块巨大的木板上，手腕、脚腕和腰间都被铁环铐住，身体呈“大”字形，身上的官服也被扒掉了，只剩白色中衣。

黑衣人见他醒了，将水勺扔回缸里，双手负背，慢悠悠道：“楼颂楼郎中，没想到啊没想到，一个小小的秘书郎，居然也是胡家十三太保，排行第七，比胡重八还高一位。了不起，了不得。”

楼颂心下一沉，对方既然连自己的真实身份都知道了，想必早有预谋。庆幸的是，在得到另外几个太保出事的消息后，他即刻就把一切有可能牵扯出胡家的物品信件都销毁了。他孑然一身，就算被抓也不过一死。

黑衣人道：“胡家十三太保，死了四个。你被抓了，还有个胡重八在外头。说说吧，今天要跟谁接头。早交代，早超生，也省得受皮肉之苦。”

楼颂冷哼一声，没有言语。

黑衣人不慌不忙道：“忘了告诉你，你走后不久，就有人跑到船边要来跟你接头。”他从一堆刑具中随意找了把拿在手里，在楼颂面前晃了晃。

楼颂看了眼那黑乎乎的铁条，没想到胡家会在这个时候派人跟自己联络，难道他们已经准备动手了？

黑衣人把刑具丢回桶里，道：“你既是十三太保之一，想必寻常刑具也没法叫你开口。我查了查，你无父无母，在杭州城里没有家人，不喝酒、不赌钱，连个侍妾都没有，每天除了当差就是睡觉，同僚都把你当木头。殊不知，越是像你这等无欲无求之人越是可怕，因为你们所求者甚大。”

楼颂冷笑。

黑衣人突然靠近，左手电光石火般扣住他的右手，黄光一闪，右手中的金属物件便牢牢夹住他的手指。

“啊……”短暂的停顿后，楼颂发出痛苦的呻吟。

“别乱动，越动越疼。”黑衣人道。

楼颂这才看清，黑衣人手里握着的是一把精致的铜制小钳子。小钳子的刃口正好夹在楼颂的指甲上，只要稍一用力，就能压破指甲刺进肉里，看着都疼。

楼颂强忍剧痛，作为胡家的暗桩，他在接受任务的时候就想到会有暴露被抓的一天，为此胡家还让他接受过专门的反审问训练。区区疼痛，何足挂齿！

黑衣人见他咬牙，什么都没说，再次稍稍用力。

十指连心，楼颂发出哀号。

这时又有脚步声从外间传来，紧跟着是一个悦耳的女子声音：“人抓来这么久，还没问出东西来吗？”

黑衣人转过身，道：“夫人怎么来了？”

女子款款而来，面上蒙了一块纱巾，双目在楼颂身上扫过，最后落在他受伤的手指上，皱眉道：“鞭子抽、拔指甲、上钉板……除了用刑，你还会什么？”

黑衣人道：“夫人若是觉得用刑不好，大可自己来试试。”

女子道：“也难怪你一直入不了东主的眼，做事情不动脑子，就知道蛮干。像他这样的暗桩，用刑有用吗？用到最后，他心志越来越强，你越来越心浮气躁，最后事情没问出来，倒把自己搞得气急败坏。”女子悦耳的声音有如地狱来的恶魔，“人最大的恐惧不是来自身体，而是这里——”她指指胸口，“每个人，都有最害怕失去的东西，譬如——”

黑衣人懒得跟她打哑谜，道：“问不出东西来，我受责罚，夫人也少不得吃挂落。要我说，不说就打，打到他说。”

楼颂喘着气，面露不屑。

女子走上前来。黑衣人退开一步。

女子盯着楼颂道：“其实我们盯了你很久了。你每过几个月都会去一趟四海钱庄。”

楼颂心下一沉。黑衣人也是一惊，四海钱庄，那可是杭州城里最大的钱庄，背后是吴越最大的几家海商。

女子敏锐地觉察到楼颂神色的变化，凑近道：“怎么，怕了？”

楼颂感受她扑面而来的气息，闭上眼睛。

女子在他耳边道：“要你开口是不容易，可让四海钱庄的人开口一点都不难。在钱庄干活，规矩多，每天看着大把财帛在手上进进出出，偏偏都不是自己的，谁不眼红？我们花了一点点钱，知道了一个小小的消息——你楼颂楼郎中，在老家还有个女儿，徽州。”

楼颂一颗心沉到谷底。他是胡家的家生子，因为喜欢读书，就被从小培养，长大后考取功名，直接被安排进秘书监，从最底层的书吏做起，用了八年时间才熬到秘书郎，勤勤恳恳干到现在。他不忘胡家恩情，一直小心翼翼地给胡家传递消息，终于在三年前递补成为十三太保。因他的职位非常重要，故而排行还在胡重八之上。胡重八跟他两个人一明一暗，是胡家在杭州最重要的消息来源。胡重八反杀刺客，把事情闹大，一举成了名人，侥幸保住性命。这些人杀他不成，只好来把自己这个暗桩拔去。

女子抬手，摊开手掌，朝黑衣人动了动手指。

黑衣人一愣，跟着把小钳子放到她光滑的掌心。

女子用小钳子拍拍楼颂的脸，道：“想一想，如果胡家知道你被抓了，是会派人去保护你的女儿呢，还是直接灭口？至于我们，既能找到你女儿，就能把她带出来。听说她今年十五岁，是个大姑娘了。”说完扭头看了黑衣人一眼，“我说完了，后面的事交给你了。”

黑衣人看看楼颂，发现他的眼神变了，更好奇女子在他耳边说了什么。不过楼颂接下来说的一句话，已足以叫他目瞪口呆：“胡家收养了李唐皇室遗孤。”

黑衣人压下心中震骇，吩咐手下看好楼颂，转身离去，不久又与方才那女子一同回来。

女子盯着楼颂，道：“你可知你所说的，会让无数人送命？”

楼颂既已开口，就不在乎多说一些：“此事极为隐秘，整个胡家也没几个人知道，我也是从一些蛛丝马迹中推测得来。”

女子道：“只是推测？我又怎知你不是为了活命在糊弄我等？”

楼颂道：“你若不信，大可去查。”

女子道：“我们当然会派人去查。我好奇的是，你区区一个外围的眼线，如何能知晓此等隐秘之事？如果我猜得没错，你跟被杀的那几个人一样，也是胡家十三太保之一，是吧？”

楼颂眼神微颤，惶恐之余更有了活命的把握。胡家十三太保的身份，足以让他有足够的利用价值。

女子道：“来人，给他上刑。”

楼颂大惊，这女子怎不按套路行事？按理他说了这些，他们该把他放下来待若上宾才是，怎会……未及细想，蘸了水的鞭子便重重落在他身上。黑衣人狠狠道：“我最讨厌有人撒谎，给胡家卖命，转过头来就把胡家卖了，此等三姓家奴，留他作甚！”

楼颂的惨叫回荡在地牢中。

第六章 天香阁

胡不归从杭州赶到越州，又从越州追到明州。明州从唐朝起就是市舶司所在，内有良港，外有群岛，向东可达新罗、日本，向南可去南洋，向北可派水师直捣青徐辽东，是东府八州中首屈一指的重镇。吴越立国，尤重商贸，无数商船汇聚于明州港，把各方商货装载上船，运往北地、南洋、海东，赚取暴利。为了保护海贸，吴越在明州驻扎水师，还把明州单列为奉国军，以长公子钱惟治遥领奉国军节度使。

其间胡重八派人给胡不归送来消息，说他要查的那位俊俏的李公子也去了明州，可进入明州后就消失了。胡不归原本可以动用胡家在明州的人手，可他又忽然想起，当日被杀的四个太保当中，其中一个就是明州分堂的堂主，也不知道宗堂有没有再派人来接管明州的一摊子事。

还没进明州州治所在的鄞县，官道上就挤满了大大小小的货车。不管你是什么身份，是否有要务要赶路，都只能挤在车流中慢吞吞地往前爬行，空气中充斥着牛马骡子混杂一起的奇怪气味。胡不归有些后悔弃船坐车了，幸好天气凉爽，车马再多也不至于汗流浃背。

晌午时分，胡不归进到鄞县城中。县城不大，被大大小小的商队挤得满满当当。胡不归从不在吃穿用度上亏待自己，让招财找了家城里最好的酒楼，要了个临街最贵的包间，让伙计推荐了几样当地特色菜品。经过大堂时，胡不归注意到了靠墙的几桌子客人气度异于寻常客人。其中有两三人感觉到他的目光，也朝他投来一瞥，见他上楼去，才扭头继续闷声吃喝。

江湖中人还不少。胡不归这两年游历江南，没少见江湖械斗仇杀，但凡刀口上见过血、手上有人命之人一眼就能认出。此番他来救人，无意与这些人有什么瓜葛，便权当没看见。

很快，伙计依次端了冰糖甲鱼、红烧河鳗、荷叶粉蒸肉等菜品上来。胡不归见这几个菜卖相不错，便给自己倒了一杯老酒，优哉游哉地吃起来。吃到一半，忽听酒楼大堂传来喧哗之声，紧跟着就有人骂道："没钱还敢点一大桌子来吃白食，老子打断你的肥腿！"

又听有人道："你们家的菜做得不正宗，拿三脚猫的东西给人吃，就是骗人，骗人的东西还敢收钱，良心被狗吃了！"

胡不归倒是头一回听到这等奇葩说法，做得不正宗就不必付钱，倒是有点儿意思；再看自己面前摆着的几道菜品，红油透亮，卖相倒是不错，可被那人这么一喊，便生出自己也被店家坑了的念头来，吃的兴趣顿时减去不少，放下筷子，差进宝出去看看。进宝正眼馋着胡不归那一桌子吃食，出去片刻，回来便愤愤不平说楼下跑堂的伙计在欺负一个胖子，一脸感同身受的模样。

胡不归走到外头，走廊上已聚集了不少围观的客人。大堂中，但见两个伙计把一个胖子推倒在地，拳打脚踢，一边殴打一边用硬邦邦的鄞县土话咒骂。其中一个伙计手上挂着一个夹子，怎么扯都扯不掉，一动就疼得他龇牙咧嘴。

那几桌江湖客只是冷眼看着，并没有打抱不平的意思。

胖子大声争辩："你家的鱼皮黑肉紧，分明是把快臭掉的做了来；炝蟹里面一点黄都没有，就是个壳子；火臆金鸡用的是公鸡，不是母鸡！"

众食客一通哄笑，为了吃口白食，连公鸡母鸡都编出来了。

胡不归闻言眼中一亮。但凡肉食，必分公母。公猪母猪，公鸡母鸡，味道大不相同。譬如那母猪，年轻时候生了无数窝，待到年老生不动了，才会被宰杀，其肉粗糙拧巴，口感极差，就只能剁碎了当包子馅儿卖给穷苦人家。他曾吃到过一次，刚入口就吐了出来。公鸡母鸡也是。公鸡要趁年轻宰杀，肉质鲜嫩，烧烤俱佳；母鸡肉老，但重滋补，适合炖汤。那火臆金鸡分明是道炖汤菜，若真用了公鸡，便是文不对题，谬之千里。

胖子挨了打，又喊："还有那冰糖甲鱼，又岂能与河鳗、蟹肉一同上？就不怕吃死人吗！"

胡不归一惊，这三个菜可是伙计给他上的，还好生吹嘘一通。他好吃，也粗通医道，这才想起甲鱼性凉，蟹肉大寒，若是让那体弱气虚的女子同吃这两样，轻则腹泻呕吐，重则有性命之忧。那胖子说的倒也不为过，当下便生出同仇敌忾之心，转身就朝大堂下去。

招财看胡不归一脸要去多管闲事的样子，让进宝留下来照应，自己一溜烟跑出去准备马车跑路。

胡不归来到大堂，走到两个伙计身后，咳嗽一声。几个江湖客朝他看来，眼中颇有不屑。两伙计压根儿没注意到他，连拉带拽想把胖子拖出去，怎奈胖子体重太大，拖不动，只好继续拳打脚踢。

胖子用胳膊护住脸，圆溜溜的小眼睛看到有人来了，还是个姿容出众、衣着考究的公子哥儿，喊得更起劲了："卖假菜坑食客还打人，你们也太霸道了！我要去报官！"

矮个子伙计一脚踹在他肚子上，怒道："报官，你去报啊！咱们这百年老店，从前朝起就是鄞县城里的头一号，就算官老爷来了也得规规矩矩的，还没见哪个跑去告官的。你要有胆子就去告！"

胡不归看不下去了，抢在矮个伙计再踹他前抢先一脚踢中他的支撑脚。

江湖客中有人露出惊诧之色。胡不归这一脚看似平淡，实则速度、角度、力道无不恰到好处，把人踢倒还不叫人受伤。

矮个伙计重重跌在地上，怒道："哪个踢我？"

被夹子夹住手腕的高个伙计想要发作，一看胡不归样貌打扮又犹豫了——他们这等跑堂接客的，最重眼力见，什么人能得罪，什么人是什么身份，每每一眼就能看出个七七八八来。像胡不归这等锦衣华服、姿容俊美的年轻公子，那可是最好的客源，横竖都不能得罪。

矮个伙计爬起来，瞪着胡不归道："小子，你踢的？"

胡不归闲闲摇摇扇子。

矮个伙计大怒，抬手就要去推他。

胡不归微微侧身让开，一扇子拍在他手背上，道："开门做生意还动手打人！"

矮个伙计吃痛，还想发作，被高个伙计叫住。

胖子如见救星，一骨碌滚躲到胡不归身旁道："公子公子，是他们坑人在先。"

高个伙计道："百年老店，每道菜都摆在那里，哪里坑你了？倒是你，吃白食，还恶人先告状！"

胖子指着桌上的冰糖甲鱼，义正词严道："甲鱼就是不能跟河鳗炝蟹一道上，炖鸡就是要用母鸡不能用公鸡！最简单的食材寒热相克都搞不清楚，还敢开门做生意！我指出来是为你们好，你们少收一顿饭钱，多长些见识，以后少害几个人！我是在帮你们，你们不但不给我钱，还打人，天下间有没有这等道理？公子，你给评评理！我该不该收他们钱？"

胡不归扇子一合，直接一个字："该！"

两伙计简直要疯了，碰到个吃白食的不说，怎么又来个帮腔的？矮个伙计看看胖子，又看看胡不归，突然道："你俩就是一伙的，吃白食打伤人还想坏我们店的名声，今天不打断你们的腿老子就去吃屎！"说完一拳朝胡不归轰来。

胡不归还没来得及出手，就见一阵肉浪从楼梯冲来，生生将那矮个伙计撞飞，双手叉腰横在胡不归身前，威风凛凛道："土鸡瓦狗，不劳公子动手，我来收拾！"正是进宝。

高个伙计抡起鸡毛掸子就打。

进宝扎下马步，直接用胳膊挡下一击，一把抓住鸡毛掸子，生生夺过，"啪啪啪啪"给了高个伙计七八个耳光，道："狗胆恶奴，光天化日竟想打我家公子！"

围观者莫不倒吸一口凉气，又一个胖子，恁般凶残。

胡不归心下直乐。进宝可是他亲手调教出来的，别看长得胖，全身八成都是结实肉，力大体壮。别说几个跑堂的伙计，就是寻常练家子，两三人也奈何他不得，还特别扛揍，端的是一面上好肉盾。

胖子看着进宝，两眼放光。

高个伙计被抽倒在地，捂着脸，又惊又怒："你是何人？敢多管闲事！"

进宝拿鸡毛掸子指着他，朝胸口捶了一记，道："爷爷我天蓬元帅是也！"

满堂哄笑。

笑声中，地上的胖子忽见胡不归长袍下摆上绣着文字，仔细一看，竟是诗文，不由念道："才小分易足，心宽体长舒。充肠皆美食，容膝即安居。况此松斋下，一琴数帙书。书不求甚解……"后面挡住了。不由赞道，"公子妙人，公子妙人啊！"

胡不归伸手想把他拉起来，谁知一拉才知其重，无奈道："充肠皆美食，容膝即安居。美食充肠，食材最为紧要；食材不配，时令不对，做出来的东西再好看，也不过是南辕北辙，徒有其表。"他扫了眼地上的俩伙计，道："还喂出这等目中无人、狗仗人势的杀才来。"

胖子闻言大喜，一骨碌从地上起来，朝胡不归作揖行大礼，道："公子一席话，当真是深得食之精髓，大快人心！"

脚步声从柜面方向过来，有人道："敢问二位是何缘故在本店闹事？本店诚信经营，从不欺客。二位若是存心找事，本店自当报官，请官府来主持公道。"

两伙计互相搀扶着起来，站到来者身旁。来者是个四十来岁的中年人，一袭灰袍清爽得体，眼神甚是冰冷。

胡不归半点儿没有息事宁人的意思，扭头对胖子道："人家掌柜的来了，你可得拿出证据来。"

胖子学进宝朝胸口一拍，走到桌前。

进宝鄙视地看他一眼：学我，哼！

掌柜的站到桌前，道："你点的这几道都是本店招牌菜，无论刀工、火候、配料，无一不精。点菜付账，天经地义。”

胖子仿佛换了一个人，自信满满道：“刀工、火候、配料，皆是末节。做菜，最重要是什么？食材！食材都不对，再好的刀工、火候、配料，做出来的东西，一样不能吃！若只论末节而不问根本，那就是本末倒置，挂羊头卖狗肉！”

胡不归暗暗叫好。掌柜的面色一沉。

胖子继续道：“河鳗寒凉，蟹肉大寒，你把这两样跟甲鱼一起上，寒上加凉，是见不得本公子长得珠圆玉润，想要谋财害命吗？”

胡不归嘴角抽抽，还本公子，珠圆玉润倒是不差……

进宝倒是蛮喜欢珠圆玉润这词儿。

掌柜的道：“客人要吃什么就点什么，哪里有错？”

胖子像是料到他会这般，伸手在火臆金鸡的汤盆上弹了一记，道：“那你倒说说，这道火臆金鸡，是要用小公鸡，还是小母鸡？”

火臆金鸡是名菜，用小母鸡当地人都知道，他也不好胡扯，只道：“自然是要用小母鸡。”

胖子道：“那公鸡母鸡总分得清吧？”

掌柜的促狭一笑，道：“你要是能分清，大可指给我们看。”

“好！”胖子一声吼，卷起袖子，用手指抓住鸡脖子，将整只鸡提起来，指着鸡屁股尖下方一点道，“命根子都在，你说是公鸡、母鸡？”

掌柜的险些厥倒，被两伙计扶住。

胡不归瞪大了眼，那么小都能看出来？！

胖子趁热打铁，大声道：“火臆金鸡，需以鲜活母鸡一只，宰杀，放血，去毛，取出内脏，将洗净的鸡肫、鸡肝、鸡心等放入鸡膛内；入锅后先用沸水煮，取出放入汤碗，再配以香菇、笋片、木耳等作料，放入蒸笼，以旺火蒸之。说得明明白白，鲜活母鸡。”他以手指掌柜的，质问道，“尔等以公鸡充母鸡，食材便不对，难道不是坑骗顾客？坑骗之后还打人，店大欺客。敢问诸位客官，此等行径，该不该赔钱，要不要报官？！”

“赔钱，赔钱，赔钱！”

“报官，报官，报官！”

大堂里乱成一团。

掌柜的狠狠给了矮个伙计一记耳光，事已至此，今天怕是不好收场了。他只恨后厨那些家伙为了省点钱，拿便宜的公鸡充母鸡，回头定要狠狠责罚。

胡不归拍拍胖子，让他少安毋躁，又望向掌柜的，道：“掌柜的，这位胖……公子呢，本无意把事情闹大，只是想提醒店里一句，也好叫你们及时改进。可你的两个伙计上来就打人，委实过分了。”

掌柜的亦是见过世面的人，听了他的话，连忙道：“是是是，确实是本店用料不周，对伙计管教不严。二位公子大人有大量，本店还要继续做买卖……”

胡不归道：“那就要看你们的诚意了。”

掌柜的心下恨极，只好让两伙计赔罪道歉，奉上一张金票不说，还想摆一桌最好的席面儿给他们。

胖子收了金票，从墙根提起箱子往身后一背，刚要走，就听掌柜的道：“这位胖爷既收了金票，还请把我的伙计放了。”

胖子这才想起他的木夹子还在高个伙计手腕上。高个伙计又气又怕地走过来，抬起手。胡不归也很好奇胖子那夹子到底是怎么弄上去的。

胖子伸出白嫩嫩的胖手来，在木夹子上轻巧摆弄几下，只听“啪”一声，木夹子便稳稳落在他手中。胡不归眼中一亮，好精巧的机关夹。

胖子大手一摆道：“不吃你家东西了。公子，走，别处吃去，我做东！”

胡不归大笑相随。

胖子请胡不归吃了一顿好的，吃饭的酒楼就在胡家明州分堂的斜对面。从外面看，明州分堂就是一家普通的商号，门口停着几辆马车，做着分销货物的营生。胡不归却知道，明州分堂是胡家各分堂中实力最为雄厚的，由十三太保中资历最老、从曾祖胡进思时就为胡家效力的二太保亲自坐镇。谁承想明州分堂的二太保、睦州分堂的四太保、台州分堂的九太保、温州分堂的十一太保接连被杀。明州、台州、温州都是沿海重镇，胡家的产业大部分都要通过这三地走海上来赚钱。几位堂主一死，几处堂口少不得一番混乱争夺，也不知家里是从本堂选拔堂主，还是从宗堂派人过来接管。

胡不归不打算去找分堂的人帮忙。胡家的对头既然能潜入分堂杀人，就定会继续派人在外头监视。他突然想到，掳走胡芷汀之人，会不会就是对胡家下手之人？杀死四位堂主可以看作是斩断胡家羽翼，那他们为何不对自己这个胡家嫡系之人下手呢？从天香阁那妇人的身手看，她明显并未尽全力；如果她尽全力，或是有别的帮手，未必不能拿下自己。可她只是想用胡芷汀来交换那幅词作。他早已将那首《望江南》背下，上下两阕，上阕写春日景致，下阕写秋日景致。若词中藏有什么秘密，与当下对应的当是下阕。第一句“闲梦远，南国正清秋”点出时令，并无特别之处；第二句中“芦花深处泊孤舟”，后主作词时想象的场景是在船上；连上最后半句“笛在月明楼”，说明当时是在芦花丛中的船上听到有人在对岸的月明楼上吹笛子。那么线索是指那座叫月明的小楼，还是楼上吹笛子的人？抑或那人吹奏的那根笛子上？南唐宫中是否就有一座月明楼呢？若线索真这么简单，直接派人去金陵王宫找寻便是，何必费那么大周章？

胡不归在那里走神，胖子已用那张挨了顿打换来的五贯金票付了账。所谓金票，是纸钱的一种。吴越承袭唐制，以金帛铜钱为货币，可铜钱太重，绢帛又太占地方，吴越当地的海商钱庄便联合推出了一种可在吴越境内通兑的纸钱，本名海票。因通兑地域越来越广，又改名金票，有一贯、五贯、十贯、五十贯、一百贯五种面额，票小轻便，信誉又好，短短数年便风靡东南。

胖子告诉胡不归他叫俞章，来明州是去投奔他爹的，不想路上盘缠用完，好不容易挨到鄞县，谁知碰到几个不开眼的恶奴，多亏胡不归出手相助。至于他爹，俞章叫来伙计，让他出去打听打听附近有什么地方在大兴土木。

胡不归问他爹是做什么的。俞章这才告诉他，他们俞家祖祖辈辈都是木匠，小到修桥铺路盖房子，大到宫观寺庙建佛塔，每一代都会出一两个大匠。他爹就是上一辈里最出色的大匠，是工部挂了名的大匠师，特别擅长造高楼，杭州城里的梵天寺木塔就是他爹造的。

胡不归肃然起敬，这样的大匠师，只要不碰给皇家修陵寝的事儿，走到哪儿都是宝贝。“先前你夹那个伙计的木夹子，就是自己做的吧？”胡不归问。

俞章点头：“我就学到我阿爹两三成的本事，捣鼓点小玩意儿，设计个木桥、小车农具啥的还行，太大的房子、宫观高塔就吃不消了。”一说年纪，居然比胡不归还小一岁。

胡不归一想也是，胡家宗祠翻修时，大郎和几个木工匠师一起，雇来上百人干活，焦头烂额忙了几个月才完工。木工做一件东西容易，可修建宫观佛寺，除了手头的本事，还得组织成百上千工匠民夫干活，安排工程进度，保证工程质量，单是这份劳心劳力，就不是一般人做得来的。

俞章又道：“我家除了造楼建塔，还有一门祖传的机关术，只有资质最好的子弟才有资格去研习。小时候我从爷爷那儿偷学过一点儿，刚才的木夹子就是最简单的机关。简单归简单，除了我和我阿爹还就没人能解开。那厮要是硬砸，少不得废了一只手。”

胡不归听说过机关术，也知道不少宝库和陵墓里头都有机关，又问：“你能做的最厉害的机关是什么？”

俞章想了想道：“最简单的机关多用来抓捕野兽，难一点的用来防贼，再厉害的能隔空取人性命。最厉害的是机关阵法，得结合阴阳五行、天罡北斗之术来布阵。杀人的机关我没做过，防身的倒是不难。锁住那厮的就是困兽夹的升级简化版，专门用来防身的。公子要是想做个机关锁，或是布置个三重、四重机关陷阱来防贼，材料足够，几天就能做出来。”

少顷，伙计回来说城东明王寺正在扩建，还新造了一座七级宝塔。

俞章听到“宝塔”二字，一拍大腿说他爹肯定在那儿，就向胡不归辞行。

别了俞章，胡不归深感鄞县城里车马众多，投店商贩如过江之鲫，要找天香阁的马车或是胡芷汀被关押的地方并不容易。这时被派出去打听消息的招财回来，说天香阁找到了。来到地方，胡不归却傻眼了。大门牌匾上倒是写了“天香阁”三个大字，可这哪是什么卖香料的地方，而是一座教坊！脂粉之气扑面而来。

进宝鄙视地看了招财一眼，居然带公子来这等地方。

招财道：“城里就这一家天香阁。”

胡不归收起扇子往手中敲了两下，心念一动，橘生淮南则为橘，这天香阁在杭州是卖香料的，到了明州就成了风月之地。他不相信世上有太多巧合之事，同名不同业，其中必有蹊跷。而那妇人掳走胡芷汀，不论藏在哪里都会露出马脚，既是女子，藏在女子成群的地方最不惹眼。

门口迎客的大姐儿一早就注意到了胡不归，见他犹犹豫豫想进又不好意思的模样，立马就迎上来道了个万福，说了一通吉祥话儿。

胡不归让招财留下，带着进宝踏上台阶。

大姐儿大喜过望，扯着高亢的嗓子引胡不归入内。

招财一脸颓丧，公子你倒是带上我啊……

进宝才懒得想为啥带他不带招财，公子那么帅，他说啥都对，既来之则安之。有公子在，也不怕被人赶出来。

胡不归大摇大摆地走进去，立刻成了大堂中的焦点。无他，这位公子模样也太俊俏了，偏偏带了个胖仆人，叫人一见难忘。

大堂之中，酒池肉林、丝竹管弦、袅袅不绝。进宝头一回来有些紧张，又不想露怯，只好硬着头皮挺起胸膛。可在旁人眼中，他就是那狗仗人势的恶仆。

香风袭来，人未至，笑先闻。一个二十七八、身着粉裙的熟妇替下了迎客大姐儿，朝胡不归狠狠一通恭维，又猜胡不归面薄，便凑近了小声问他喜欢哪一款，天香阁什么款都有，包管满意。

进宝挤进她和胡不归之间，伸出一根手指：“嫩的。”

熟妇张嘴恍然，道：“有有有，公子先跟我上楼，慢慢挑。”

胡不归随她上楼，被请进一个布置奢华的包间里，外间是喝酒听曲儿的地方，内间是卧房，陈设布置华丽精致，香气靡靡足叫人浮想联翩。

熟妇请胡不归坐下，先叫伙计上了酒菜，一个劲儿地哄他开心，问喜欢听什么曲儿。胡不归道：“只听后主词作。”熟妇给了他一个“有品位”的眼神儿，便叫两个侍女先伺候着，起身出去安排。

未几，就听屋外环佩叮咚，那熟妇带了两个身量娇小的小娘子进来，先施礼，再介绍，说两姑娘都是二八年华，水灵灵的娇嫩人儿，问胡不归可满意。

进宝见那两小娘子娇娇柔柔弱不禁风的模样，看得眼都直了。

熟妇见胡不归不说话，道：“公子啊，要不叫她们先唱歌曲儿？”

胡不归放下酒杯，不置可否。

熟妇连忙使眼色叫两个小娘给胡不归施礼。

胡不归扫了她们一眼，问：“多大了？”

两个小娘羞答答地看了熟妇一眼。熟妇连忙道：“公子哪好当面问姑娘家的年纪呢？她们啊，都还不到十五。”

胡不归若有所思：“不到十五。”

熟妇以为胡不归满意，刚要招呼小娘准备唱曲儿，进宝突然插了一句：“太瘦了，肉还没我多！”说完挺起胸膛，端的是丰腴。

两个小娘脸都绿了。她二人身段苗条，自有一番弱柳扶风的味道。不喜换人便是，哪有这般唐突言语的。熟妇倒是不气，单论身材，她俩确实不如进宝有料。她也晓得像胡不归这等公子哥儿眼光挑剔，第一轮不满意者居多，便笑吟吟地说了句“晓得了”，招手要带两个小娘子出去换人。

胡不归却道：“小娘子留下。”

熟妇一怔，不好忤逆贵客，只好把人留下，自己出去。

进宝摇摇头，这等瘦不拉几的都能拿出来，没眼界，没品位。

少顷，香风又至。新来的两个小娘子个头更高，身段儿也长开了。她二人见胡不归肤白俊俏、气度不俗，不由多看两眼，欠身施礼时白晃晃的夺人心魄。

前头两小娘面露不屑，不就是肉多点儿吗？

熟妇道："公子可还满意？"

胡不归还是那句话："多大了？"

熟妇媚笑道："公子啊，多……大您还看不到吗？这可是大唐遗风，等闲人消受不起。咱们天香阁啊，就数她们姐妹身段儿最妙。"见胡不归不说话，怕他不快，忙道，"她们呀，大点儿，也才十六。"

胡不归点点头："十六。"

熟妇道："公子啊，环肥燕瘦，您可得给个准话。"

岂料进宝又是两个字："太肥。"

前头两个小娘心下暗爽，就是太肥。后来的两个小娘心生鄙夷，就你这身材，还好意思说我们肥？不想进宝又道："论美貌也不及我家公子。"

这下四个小娘都不乐意了，可再看胡不归的容貌，便打消了争风吃醋的念头。男人生得好看，也能秒杀女人的自尊心。

熟妇心下不快，瘦也不行，胖也不行，真不是一般挑剔，还没来得及开口，就看见一张十贯的金票砸在面前。熟妇本能地伸手去抓，金票又被抽走。

胡不归手指夹着金票，只是看着她。

熟妇咬牙："您还不满意呀？"

胡不归挥挥手，示意人留下，再换。

熟妇咬咬牙，为了金票，老娘忍了。

这次等的时间长了些。待熟妇再回来时，就连胡不归都觉秀色可餐，不由暗赞："汝家之子，多之一分则胖，减之一分则瘦……眉如翠羽，肌如白雪；腰如束素，齿如含贝……惑阳城，迷下蔡。

然则，跟李公子一比，那还是萤火与日月争辉。咦，为何我会想起他来，莫不是娶妻不成，变味了？”

熟妇看他神色，以为这次成了，不等胡不归发问，主动道：“她们呀，也才刚十六。这模样，这身段，我见犹怜呐！”说完让两个小娘站在先前四个小娘中间——她们可是店里的头牌，等闲不叫出来接客的。

胡不归勾勾手指让进宝过来，在他耳边说了一句。

进宝遂道：“且慢！”

熟妇是恨死这死胖子了，立刻回瞪过去。

进宝道：“要三天内刚到的。”

熟妇瞪大了眼，原来他说嫩的是指这个，果然口味清奇。

进宝道：“怎的，没有？”

熟妇把脸一沉，皮笑肉不笑道：“公子可是来消遣我的？”

进宝瓮声瓮气道：“我家公子花钱，当然得挑个满意的。就你这样的，我还看不上呢！”

熟妇气极，十年前她也是一方花魁，因眼色好、头面活，被东家留下来帮着张罗买卖，着实替天香阁拢到了几位大金主，三教九流见她都得喊一声“姐”，不想今日竟被一个小胖子给瞧不上了！气归气，能随便拍出十贯金票打赏的客人可不多。“公子想要什么样的小娘，不妨一次说完，也省得我跑断这老胳膊老腿的。”熟妇强忍怒气道。

胡不归笑了笑，又拍出一张金票来。

熟妇扫去一眼，竟是张五十贯的，当即挤出一个大大的笑脸，想去拿，又被胡不归按住，只道：“好好好，公子不满意，我再去找便是！”

进宝道：“人留下。”

熟妇气鼓鼓地走了。

进宝看看胡不归，又看看一字排开的六个如花似玉的小娘，努力让自己保持镇定，心想自家公子机智过人，此举必定别有用意。

一刻钟后，又有人来。这次没有精致小娘，熟妇带着一个中年管事和几个精壮汉子进来，把大门一堵，面色不善。

胡不归不慌不忙地把酒小酌。进宝看看熟妇等人，立刻打起精神来，哼哼，想要跟公子动手，得先过了我这关。

熟妇道："公子不喜欢小娘，想来口味不同，我便请了几位小哥过来，公子挑挑看，两个不够，我再去叫两个来。"

胡不归道："清蒸黄鱼味道不错。海鱼，还得在海边吃。"

熟妇道："公子莫不是在消遣我等？"

胡不归把两张金票往前推了推，道："开门做生意，可不就是来消遣的。"

熟妇不说话了，怒极反笑："那公子就先把账付了。"她的气可不能白受。那两张金票，足够胡不归几人在此吃喝两天。

一个汉子越过她和中年管事，伸手就去抓桌上的金票。

进宝跨出一步，挡在桌前。那汉子伸手去推他，竟推不动。另一个汉子上来，两人一人一边要去抓进宝的胳膊。进宝一声吼，双臂奋力一振，整个人向前撞去，竟将两个汉子生生顶退。

熟妇杏眼儿一瞪道："反了天了，敢在天香阁打人！"

中年管事抬手一拳直取胡不归。两个汉子则朝进宝扑去。

胡不归不闪不避，扎下马步，抬臂护体，生生接下这拳，一记鞭腿将他踢得连退几步，虚出一掌佯攻面门，实则一脚将他钩倒。

熟妇面色大变，那管事是她的相好，功夫在店里能排进前三，没想到轻轻松松就被放倒了。抬眼见胡不归正看过来，尖叫一声，转身就跑。

胡不归突然大喊："别动！"

熟妇吓了一跳，抬起来的脚就这么悬在半空。

胡不归脚踩管事，上下打量熟妇，看得她心里发毛："就是这样，就是要这个味道。"胡不归笑眯眯地走到她身前，将两张金票塞进熟妇领口，朝中年管事和俩汉子道，"滚。"

中年汉子看看熟妇，有点儿不敢相信。

熟妇看看他，又瞄了眼领口沟壑中的两张金票，不可思议地望向胡不归：小郎君啊小郎君，原来你好老娘这一口，还真是没想到，你怎不早说！

进宝亦是目瞪口呆：公子啊公子，你到底是要嫩的，还是要熟的啊？

中年管事望向熟妇，那可是他相好啊！

熟妇甩了他个眼色，像是在说老娘豁出去了。

中年管事带着俩汉子退到门口，没敢走远。

熟妇勉强挤出一丝笑容，战战兢兢道："公……公子，我……奴……奴家给你倒酒……"

胡不归接过酒杯，浅尝即止。

熟妇扫了眼六个小娘道："公子既看不上她们，要不先叫她们退下？奴，奴家来陪公子吃酒……"

胡不归示意她过来坐下，弹了下她领口的两张金票，道："怎么，这还不够把你们都留下？那就再加两张。"说完又掏出两张金票，准确无误地插进她领口。

熟妇感受着金票摩擦的质感，道："公子好生阔气。"

胡不归道："本公子也想开个风月场子，钱倒是不缺，就是缺人。另造一处风月场子也太麻烦，我看你们这天香阁就不错，要不本公子把这里买下来，你来当掌柜。你来说说，要花多少钱？"

熟妇一惊，当掌柜，这可是她想都不敢想的事。天香阁是鄞县城里最火爆的教坊，一天流水不知道有多少，真要买，还不得是个天价。

胡不归扫了眼六个小娘，道："大娘子倒是跟我说说，像她们这样的，十二三岁，或者更小，买过来要多少钱？养着调教着，一年要多少钱？"

熟妇道："这个奴……奴家也说不好，都是东家办的，奴家只是个招呼客人的。"

胡不归道："那三天之内新到的，到底有没有？"

熟妇面露难色道："公子，就算有，三天内新到的，店里也不敢拿出来招呼客人啊……刚来的不懂事，不管多大都得调教，要不客人不满意，我们也难做。"

胡不归眉角一挑，道："那就是有了？"

熟妇暗暗叫糟，被胡不归一通迷魂汤给绕进去说漏嘴了。

胡不归突然道："你们东家是个女人吧？"一看熟妇的表情，就知道自己又猜对了。天香阁啊天香阁，好一招挂羊头卖狗肉，谁能想到开香料坊的和开教坊的会是同一个东家，真要顺着香料坊这条线追下去必然扑空，"啊呀，本公子突然想起一件事来。官府好像发过几次明令，禁止坊间买卖童男童女，违者罚金抄家；若有拐卖、虐待孩童的，直接问罪流放。"他扫了眼一旁的六个小娘，"就是不知你们东家买她们来的时候到不到十岁。"

六个小娘神色各异。她们当中除了一人是犯官之女，其他五个都是六七岁就被买来养着的，长开了好看的或是有天分学才艺的留下，资质平平的一早就被淘汰，谁也不知道那些小姑娘去哪儿了，能够留在天香阁的无不出众。

胡不归见管事脸色微变，就料到她是知道内情的，只消从这几个小娘身上入手，必定能顺藤摸瓜拿到口供。不过此行他不是来追查拐卖少女的，拿这个不过是诈一诈他们，继续道："天香阁，杭州有一个，明州也有一个。给你们东家带个话，要不想把你们拐卖女童那档子事情抖出去，就让她过来一趟；她要是不来，就别怪我先把这儿拆了，再把事情抖出去。别忘了告诉她，本公子姓胡，比拳头还是比钱财，一概奉陪。"

管事面色再变，快步走了。两汉子守在门外。

熟妇知道今天是遇到硬茬子了，没准儿就是自家想开教坊，特地过来找碴砸场子的。这等人黑白通吃不差钱，最是不好对付。

未及，管事匆匆归来，身边并无旁人。他走到胡不归跟前，看了依偎在侧的熟妇一眼，道："东家说了，她不见你。"

胡不归松开握着酒杯的手。只听"咔嚓"几声，杯面上裂开几道缝，转眼碎成几瓣，落在桌上。

熟妇又惊又怕。众小娘也吓得不轻，世间怎会有这等又俊又厉害的公子……

管事皱眉，他是老江湖了，见过几个内功深厚的高手，可他们都是三十往上的年纪，像胡不归这般年轻就有此等功力的还是头一回见，道："不过东家也让我给你带个话。说你若想要人，明晨丑时三刻，明王寺东塔见。东家还说，公子今日在天香阁吃喝花销一概免了，若是看上哪位小娘……"

胡不归道："看上了如何？"

管事道："若是看上哪位小娘，还请自己付钱。"

胡不归大笑。

第七章

明王寺

明王寺坐落在鄞县东郊太白山下，始建于晋代，以舍利宝塔闻名于世，由南朝梁武帝赐名明王寺。前唐玄宗在位时建西塔，天宝三年鉴真东渡失败后曾寄居于此；晚唐会昌灭佛，舍利宝塔被充入越州府库；到大中四年，舍利宝塔重归寺中，僧众近万人目睹盛况。二十年前，寺院失火，僧舍屋宇焚毁大半，四年前才由当地绅商出资重修，不仅修复了先前殿宇建筑，保留了先前已有的西塔和上塔，还新建了一座七层高的东塔，登塔远眺，俯瞰远近。

丑时初刻，胡不归三人来到明王寺山门前。山门之后，黑压压的一片殿宇楼塔有如巨兽，静卧山脚。夜风寒凉，将招财手中灯笼撞得忽明忽暗，光晕斑驳。招财小声道："公子，庙门好像关着。大半夜的，人都不见一个。"

进宝看看周围，闷声不响地取下挂在脖子上的短斧抄在手里。

招财道："公子，乌漆麻黑的，我们陪你进去吧！"

胡不归摆摆手，示意他们留下。今晚的对头不是庸手，他俩进去了也打不过，不如留在外头接应，他自己一个人就算遇到强敌也容易脱身。

胡不归走到寺门前，伸手推了推，发现寺门从里面被顶住了，抬头看了眼一人多高的寺墙，略一思忖，沿寺墙朝月光照来的方向走了一段，在一棵探出寺墙的树冠前停下，捡起一块石头扔向树冠，打出窸窸窣窣的声响。

树上没有暗哨埋伏。

招财、进宝不放心，很快跟过来。

胡不归让他俩守在树下，猛提一口气蹿上寺墙，一个纵跳到树冠间，面朝寺内稍作停留，一眨眼翻入寺墙内。

招财、进宝看看寺墙的高度，自问没有这等轻功，便打消了跟进去的念头。

胡不归稳稳落地，没有发出半点响动。借着斑驳的月光，重重殿宇横亘眼前，那座即将竣工的七层东塔就伫立在他身后。胡不归没有贸然潜入，他料定对方不会轻易放人，指不定在东塔前布下什么陷阱。他早到两刻，就是打算先在寺中探探路。但凡寺庙，主体布局大体相同：寺门左右为钟楼鼓楼，居中为天王殿、大雄宝殿，主殿两侧或为观音殿、罗汉堂，主殿之后是戒律堂、藏经阁，主寺之侧还有东塔院、西塔院、上塔院，各有僧人看护。

胡不归绕过钟楼，贴着钟楼侧面一排低矮的屋宇向前，前方黝黑之中白光点点，竟是一大片水面，靠近一看，原来是几亩见方的一处放生池。正对放生池的是一座大门，大门两侧的矮墙又将里外隔开。翻过矮墙，前方是一片青石铺就的广场。硕大的铜制香炉有如守护尊者，伫立广场正中。按理说像明王寺这等大庙，驻寺僧侣众多，应当会安排僧人值夜，以免遭贼走水。可从前院到正殿，胡不归没有看到一个巡夜的僧人，就连殿宇前石阶两侧的石制灯幢也未尽燃。

胡不归窜到天王殿外，侧耳一听，殿内静悄悄的不像有人。刚离开天王殿朝大雄宝殿过去，就听见前方传来急促的脚步声，他连忙潜伏下来。只见两道人影从另一侧过来，其中一人手里提了个灯笼，照出一小片光亮来。借着光亮，胡不归发现此二人并非僧侣，而是一身短打，身上还挂着兵器，竟是江湖中人。其中一人道："听说那老东西死活不肯说出宝物的下落，已经被关了起来。明天就是开光大典，今夜要还不能叫他开口，四明帮那些人可要丢脸了。"

胡不归没动，寻思这两个不过是外围的小喽啰，再回想在酒楼中看到的几桌江湖客，看来寺里的和尚们是被扣起来逼问宝物的下落了。明王寺以舍利闻名，舍利乃明王寺镇寺之宝，难不成他们口中的宝物就是明王寺的舍利？

另一人道：“四明帮算什么东西，不就是仗着人多势众，扣了寺里的大小和尚当人质。要我说，哪用得着那么麻烦，一刀一个，杀他几个，看老和尚说不说。”

“出家人可杀不得，会下十八层地狱的。”

“你还怕杀人？上回在东港村……”

“你提这档子事作甚？再说那回你也没少占便宜。瞧不上四明帮大可不来凑热闹。”

“还不是被打发来巡夜。有他们四明帮在，大半夜的谁敢进来……”

两人边聊边走远了。

胡不归心想那些僧人不在天王殿和大雄宝殿，想必是被关在后边的戒律堂和藏经阁。待两人过去，胡不归潜行至戒律堂前，看到堂中烛火通明，人影晃动，堂中还有人在说话：“老和尚，我念你德高望重，才把你们都请到这戒律堂中好言相劝。你若不识抬举，就别怪我不留情面。”

胡不归戳破窗户纸，小心翼翼地看进去，但见堂中二三十个劲装汉子围成半圈，各持兵刃指着戒坛前坐着的三四十个僧人。众僧前排六七个着黄袍，后面几排着灰袍；居中三个黄袍老僧，皆是手持念珠、低眉闭目，又以中间老僧气度最为雍容，想来是明王寺的住持。

又有人道：“堂主，几个时辰了，这些贼秃什么都不说，咱们何必白费唇舌，不如一把火把这明王寺烧了。既是宝物，想来老贼秃也舍不得叫它毁于火海，定会叫人去救。我们只消跟着过去，待他们把玉玺取出，再一刀杀了，取了出来，岂不干脆？”

胡不归心想这倒是个心狠手辣的好法子。

那堂主听了，对三个黄袍老僧道：“几位法师听到了吧？我们不是没有办法，而是不想妄造杀孽，毁了这好不容易修好的大庙。你们要是识相，就乖乖带我们去取宝物。本堂主保证，拿到东西，决不伤害尔等性命，还会捐上一笔钱，好叫明王寺风风光光地开光重开。”

三个黄袍老僧仍是低眉念经，并不言语。

方才献计那人道：“堂主，时候不早了，咱们等不起。”

那堂主朝手下使了个眼色。两个手下快步上前，从灰袍僧人中拖出一人。堂主手起刀落，惨叫声中，一条血淋淋的胳膊跌落黄袍老僧面前。断了胳膊的灰袍僧人痛得昏死过去。那堂主在他身上蹭了蹭刀面，道：“本堂主不想杀人，不过叫人开口可不止杀人一个法子。”

众僧几曾见过这等血腥场面，又惊又怕，再难端坐念经。坐在中间的黄袍老僧突然提高声音，以念诵之声镇住杀气。

那堂主狞笑两声，一把将他右侧的黄袍老僧拖出来，持刀朝他胸口捅去。

这时一个声音道：“莫要伤我师父，我知道东西在哪儿！”一个灰袍僧人从第二排挤出来爬到被抓住的黄袍老僧身旁，张开双臂将他护住，用身子顶住那带血的刀尖。居中的黄袍老僧微微一叹，停下手中念珠。

堂主盯着他道：“好一个孝顺的和尚，你师父没白疼你。”

献计之人喝道：“快说，东西在哪儿？”

灰袍僧人刚要开口，就被他师父重重往前一推。堂主的刀锋破开僧袍没入胸膛，自背心透出。

众人皆惊。

献计者一脚将黄袍老僧踢开，喝道：“贼秃，连徒弟都害！”

那堂主也震惊于黄袍老僧的心狠手辣。

黄袍老僧道：“敝寺笃信佛法，寺中经卷万千，从未听说过有什么宝物。小徒一时落入魔障，贫僧只是助他脱离苦海。徒儿，你的心意，为师明白。”

灰袍僧人口吐血沫，已无力开口，眼神慢慢变得柔和，释然闭目。

“舍身护法，善哉善哉！”住持老僧朗声道。

那堂主被这突如其来的舍身护法闹得恼羞成怒，一把拎起杀死徒弟的黄袍老僧，道：“你要护法，我便成全你！”说完再次举起长刀。

“休害我师父！”又是几个灰袍僧人扑过来，仿佛受了同门感染，眼中皆是义无反顾。堂主手下各持兵刃上前，本想将他们吓退，岂料几个灰袍僧人争先恐后地抢到黄袍老僧身前大喊：“我知道舍利在哪儿！”

“放了师父，我来告诉你们！”

“舍利就在东塔！”

黄袍老僧无奈地闭上眼睛。

“原来是舍利。”胡不归暗叹，生死当头，方见人本性。

“够了！”堂主大喝，“我要的是玉玺，不是舍利！”

几个灰袍僧人这才闭嘴、战战兢兢地缩在黄袍老僧身旁。

堂主抓起其中一人，道：“快说，到底是舍利还是玉玺？你若骗我，就跟他一样下场！”

灰袍僧人双股战栗，僧袍下摆湿了一片，道：“是，是，就是玉玺。就在东塔上，师父们说话的时候我听见了。”

“东塔？”胡不归吃了一惊，天香阁的东家约他在东塔见面，难道跟寺中那件宝物有关？至于那灰袍僧人说的玉玺，估计是为了活命临时改口的。

堂主将那灰袍僧人放下，把刀架在他脖子上，道：“老二，你带几个人留下。老三，带上他和三个老和尚，跟我去东塔！”一众人押着四个僧人离开戒律堂，浩浩荡荡奔向东塔院。偌大的戒律堂中只剩一个魁梧大汉和六七个手下看守。

胡不归心念一动，要不要趁此机会先把被扣押的僧人们救出来？六七个江湖汉子，以他的本事，再加上偷袭，当有六七成胜算。思量间，堂中异变陡生。但见一个坐在最边角上的年轻灰袍僧人突然跃起，一掌将离他最近的汉子击倒，不等被围又跑到烛台前，大喊：“还不出来帮忙！”

胡不归吃了一惊，借着烛台的火光才看清他的样貌：眉间有点宽，鼻子有点塌，嘴巴挺小，耳朵招风，长相清奇，颇为喜感，唯有一双眸子明澈灵动——竟然是他！他竟在此！

老二听他这么一喊，也以为他有帮手，顿时收住脚步，环顾四下。

留下来的众灰袍僧人也没想到他会突然暴起，一个个惶然不知所措，唯恐那几把钢刀砍到自己身上。

岂料那和尚喊完一声，竟又突然出手，手中铜制烛台抡出一招，砸向冲在最前头的汉子面门。那汉子连忙闪躲，不想那烛台并未跟来，而是在半空中落下，重重砸在脚面上，疼得他哇哇大叫。那和尚这才跟进一拳将他击倒。击倒后又连蹦带跳地躲到柱子和帷幔后头大喊："再不出来要你好看！"

胡不归又好气又好笑，见他已偷袭两人，这才跃入堂中，化作白影一道，手中洞箫如枪似剑，一个照面又放倒两人。

老二见身后来了敌人，好像比那和尚还能打，当即喝道："来者何人，胆敢砸四明帮的场子，速速报上名来！"他这一喝，看似虚张声势，实则是要打断对手的攻势。他也看出来了，后来的这厮武功不在自己之下，对方两人联手，他这边六七个人未必能讨了便宜。

那和尚见胡不归杀到，先是一惊，旋即咧嘴一笑，露出一对浅浅的梨涡来，道："小僧还道是谁，原来是胡员外。胡员外不在东府发财，怎的跑明州来了？"

胡不归看到那对梨涡便一阵寒战，跟着道："听闻明王寺开光在即，就想着会有邪魔外道混进来生事。人生呐，钱太多，太无趣，只好溜出来找点事做。"

那和尚道："你这一跑，你家老太公还不得派几百人出来找你。"

胡不归道："我家老太公就爱讲排场，每次出来没个三百人都不答应，这会儿应该也快追到寺外头了。"

那和尚道："那咱们可得快点动手。你家老太公一到，看到居然有人拿刀指着你，还不得让三百人一人一刀把他们给剁喽！"

胡不归道："正是正是，我家老太公那个暴脾气哟，不见血是收不住的。”

老二听他俩你一言我一语完全没把他放在眼里，不由大怒，喝道：“我来对付那新来的，你们收拾那和尚！”说完挥刀就朝胡不归扑来。

胡不归让了他几刀，三招过后就看出这厮走的是江湖路子，刀法看似刚猛实则后劲不足，在第四招上转守为攻，一根洞箫左右飞攻，立刻将老二压得只剩招架之功。再看和尚那边，这厮绕着柱子和帷幔东躲西藏，把几个喽啰带得团团转，冷不丁地出上一招放倒一人，每一圈都有一人倒地。三圈下来，剩下两个喽啰再不敢上前，退到众灰袍僧人旁边想要劫持人质，不想那和尚大喊：“你们人多，还不动手！”众灰袍僧人这才反应过来，有的抢过掉在地上的兵器，有的几个人一起扑过去。两喽啰大惊。那和尚也不知从哪儿捞了根鸡毛掸子，冲上去一顿乱抽，把两喽啰的兵器敲掉。众僧人趁机扑上去，乱糟糟地就把两喽啰扑倒在地，拳打脚踢一顿暴揍。

待那和尚指挥众僧人把六个喽啰全都按倒，胡不归这也打完了，一只脚踩在老二的脸上，向后一甩头发，洒然道：“打完收工。”

东塔院中，火光熊熊，人影憧憧。

数百人聚集在七层高塔前，后排人想要往前挤，偏偏前排人犹犹豫豫不敢上前。无他，只因塔前台阶上坐了个胖子。胖子大大咧咧地坐在台阶上，双手边各摆了一只木箱，身前是一堆堆奇形怪状的篱笆。这些篱笆堆东一个西一个，看起来毫无章法，可就是这些篱笆堆，将他和人群生生隔开近两丈宽。篱笆堆前横七竖八地躺着一二十人，或被同伴拖到边上，或捂住手脚发出痛苦呻吟。方才他们冲了两次，第一次毫无准备，被突如其来的暗器扫倒一片；第二次想要绕开篱笆堆，不料篱笆堆竟能相互呼应，绕开一个，就要面对另外两个的夹击。倒下数十人后，众江湖客才意识到这不是普通的篱笆堆，而是有人为了阻止他们靠近东塔布下的机关阵。机关阵环绕塔一周，除非不要命，否则不论从哪个方向靠近都避不开。而控制机关阵之人，正是台阶上的那个胖子。

吃了两回亏，就有人朝胖子吼道："哪里来的胖子，竟敢坏大爷的好事？若想活命，乖乖撤了你的破玩意儿让出道来，要不然待大爷冲过去，定叫你一刀三段，剁成肉泥去喂狗！"众人不敢冲，也跟着鼓噪起来，各式脏话喷涌而去，将这佛门清净之地搅得如菜场般污秽不堪。

还没骂完一轮，就听平地一声巨响，将众人脏话生生炸断。众人再看，只见那胖子手中竹筒青烟袅袅，竟是趁人不备放了个炮仗。胖子甩甩炮仗，伸出一根手指道："方才也不知是哪个被我这破玩意儿打得屁滚尿流？你大爷要是有种，大可放胆过来。再者，我倒要请教诸位，这一刀下去如何能砍成三段？这位大爷莫不是傻的？某自问做不到。这位大爷若是傻的，大可叫人砍上一刀，看是两段还是三段。"

纵是敌对，众人听他这一通掰扯，都忍不住哄堂大笑。方才出言威胁之人恨不能钻个地洞进去，也亏得天黑，看不清老脸通红来。

刚刚潜入东塔院中，在人群后找了处隐蔽处藏身的胡不归闻言，身子一抽一抽的。再一看，才认出那胖子正是俞章。

年轻和尚见状，讶道："你很冷吗？年纪轻轻就怕冷，莫不是体虚？认识你这么多年，没看出你是虚寒体质啊！你这还没娶媳妇就体虚，哎呦呦，此事可大可小，要不要我给你开个温补调理的方子？"胡不归受不了他的碎碎念，反诘道："你才从小体虚，害怕娶媳妇才躲去出家。"

年轻和尚咧嘴一笑，又挤出嘴角那对梨涡来。他法名净照，少年出家，师从吴越国师永明延寿禅师，研习禅宗。两年前永明去世，又从两浙僧统赞宁法师研习律部。他与胡不归同年，已是吴越僧界的后起之秀，足迹遍布两浙古刹。净照出身好，学问高，却半点没有高僧大德的架子，亲近随和、率性洒脱，胡不归还送了他四句诗：浑然若璞玉，明悟似灵石。深居不知竹，万事皆由心。此番净照受赞宁法师之托前来明王寺观礼，不想遇到四明帮来寺中寻衅，便混在僧众之中。方才戒律堂中那两声喊不过是蒙的，谁承想还真冒出胡不归这个救兵来：“喂，我是为你好。”

胡不归道：“闭嘴。”

净照看看台阶上的胖子，道：“以一人之力布下大阵对抗上百人还能不慌不忙，有点儿本事。你认识？”

胡不归道：“他叫俞章，吃个鸡都要分公母的家伙。”

净照眼中一亮，道：“万物皆有牝牡，那他是好牝，还是好牡？”

胡不归道：“你一个和尚，管他好牝还是好牡……”

净照道：“方才是他问人是不是傻的……可叹我连鸡都没吃过，他有的吃还要分牝牡，真是罪过罪过。”

胡不归道：“你哪里是净照，分明是六根不净。”

两人躲在暗处打嘴炮，方才戒律堂中献计的老三躲在帮众身后，盯着前方的篱笆阵看了好一会儿，亲眼目睹了闯进去的人被不知道是什么的暗器击倒，这才小心翼翼道：“堂主，这胖子定是使了什么妖术阵法，叫我等进去不得！”

那堂主也看到这篱笆阵的威力，心下不愿自家帮众去送死，便朝那胖子大声道：“这位小兄弟，你与我等素未相识，为何要布下此等妖阵害我帮众？识相的速速离去；若再不走，休怪我不留情面！”

俞章又取出一个炮仗，道：“我与尔等确实素未相识，不过是看尔等扣押僧人，图谋不轨，不得已才扎了几堆篱笆。明王寺乃佛门清净地，我劝尔等少打这东塔的主意，若是够胆，大可放马过来！炮仗嘛，我有的是。”

塔前又是一阵鼓噪。

胡不归暗暗寻思，俞章不是来明王寺找他爹的吗？怎的会在东塔前布下机关阵跟这群江湖客杠上了？这群江湖客口口声声要找玉玺，难不成玉玺就在塔中，俞章这才布下阵法不让他们靠近？他一个小小的木匠，阵法再妙，本事再大，一个人势单力薄也坚持不了太久。

净照戳戳他，道：“既然相识，为何不去帮忙？”

胡不归道："你看他的样子像是要帮忙吗？他能布下此阵，必定有拖延时间的把握。我们现在出去，岂不是扫了他的兴？不急不急。"

净照道："有理有理，就再看他装一阵。"

胡不归不担心俞章，借着火光在人群中找了一圈，没看见天香阁的人。明王寺是和尚庙，关押女子甚是不便；而天香阁的人没有现身，想必是在等待什么时机。时机？胡不归心念一动。他在酒楼给俞章出头很多人都看到了，如果今晚的事是有人故意安排，用江湖人士打头阵，逼俞章出来布阵；自己应约而来，看到俞章被困，自然不会袖手旁观；只要出手，便会落入他们的算计。可要是不出手呢？胡不归自问做不到。俞章是朋友，胡芷汀更是必须要救。

净照道："看你胸有成竹，是不是埋伏了三百刀斧手在外头？"

胡不归很想拿根针把他的嘴缝上。他家倒是有三百刀斧手，随便拉一百人出来就能把这群江湖人给收拾了。可惜他素来不讲排场，十七叔露了一面后就又不见了，只剩招财、进宝两个还被留在寺外头。

那堂主见俞章软硬不吃，便转身点了十个帮众出列。十人中有六个被直接点名，另外四个则是"请"出来的，也更年长。

胡不归一看，这十个人个个精悍，特别是被"请"出来的四个，一看就是好手，想来该是四明帮派来给他压阵助拳的。

堂主朝一众江湖客朗声道："诸位，东塔就在那里，我等只有今晚一次机会，断不可半途而废。"说着朝俞章一指道，"既然他不识抬举，我等便不必手下留情。像刚才那样一群人上去就是送死。这次变个法子，挑最厉害的兄弟再冲一次。他们十个，是我四明帮中个顶个的好手。我吴成话说在前头，谁第一个攻破妖阵，塔里的宝贝就由谁拿。我四明帮忝为地主，当仁不让！"说完大手一挥，十个好手就走到人群前，被点出来的六人分成三组，被"请"出来的四人各自为政，七个方向拉得很开，朝篱笆阵慢慢逼近。

净照又戳戳胡不归，岂料胡不归竟大喊一声，惊动全场。净照暗叫不妙，我不过轻轻戳了一下，又没戳中你罩门，至于这么大呼小叫的吗？

胡不归不光叫了，还跳了出去，跳出去后还装作很吃惊的样子道：“咦，谁家死人了？来这么多人吃豆腐饭吗？”

净照手捂额头，没跟着出去，他可不想跟这厮一道丢人。

俞章看到胡不归，又惊又喜，更有几分感动。岂料胡不归下一句就是：“我是来找我妹子的，这儿好像都是男人啊，你们继续。”险些没把俞章噎死。

有人喝问：“哪里来的小子，这里是想来就来，想走就走的地方吗？”

胡不归道：“我既不看你等做白事，为何不能走？”

那献计的老三道：“方才不做，稍后就要做了。既然来了，何必着急要走？”

胡不归摇摇扇子，道：“那本公子就留下？”

吴成有些犯难。他们干的这票活计不该叫外人看到，若是被寻常人撞见了，灭口便是。他见胡不归一身公子哥儿打扮，不像是江湖中人，若一刀杀了，他家里人追究起来少不得惹上麻烦；可若是放了，又怕他说出去坏事。想了想只好点了两个手下道：“你们两个把他拿下，听候发落！”

两个手下出列，手持兵刃，一左一右朝胡不归走去。

胡不归佯装吃惊道：“弄啥弄啥，皎皎明月想动手吗？还有没有天理王法了！”

两个手下大笑，这等手无缚鸡之力的书呆子戏耍起来最是有趣。

净照摇摇头，替两人不值。

两人走过来就要去抓胡不归。

胡不归“哎哟”一声，脚下踏出个巧妙的步伐来，轻巧躲开两人，还用扇子在两人肩膀各敲一下，叫道：“好大的蝙蝠！”

两人扑了个空，转身再去抓他。

胡不归步法玄妙，三两步便踏出两人包夹，又在两人头上各敲一下。

两人这才看出胡不归是在戏耍他们，不由恼羞成怒，挥刀就砍。

胡不归一点不急，带着两人原地打转，就是不让他们得手，还时不时敲打他们一下，游刃有余。

吴成总算是看出胡不归的厉害来，敢情这小子根本不是什么过路的书生，分明就是来捣乱的，不禁喝道："小子，你是何人？"

胡不归道："打得过我，就告诉你。"

台阶上的俞章也看出来胡不归是在帮他拖延时间，心下更是感激。

吴成大怒。先前破不了胖子的机关阵，现在又被这小子给搅局，今晚的事情怎就如此不顺？朝那四个被"请"出来的好手道："陈长老、梁长老，这小子存心生事，得先把他拿下。"

陈、梁二长老也看出胡不归武功不弱，一齐朝他走来。

胡不归双臂一振，吴成的两个手下便跌飞出去，哼哼唧唧爬不起来。

这厢陈、梁二位长老向胡不归逼近，那厢剩下的两位长老和六个好手也拉开扇面再闯机关阵。胡不归收起扇子，并不着急出招。他本就是来给四明帮捣乱的，好叫俞章有喘息之机。对手分出两人来对付他，他是求之不得，反而向后退了半步。他这一退，倒让陈、梁两个老江湖愈发慎重，这小子到底是胆怯了，还是暗藏杀招？两人相视一眼，梁长老便止步不动了，陈长老长刀一摆，率先出招。四尺长刀卷起狂风暴雨，朝胡不归笼罩过去。

胡不归完全不惧此等猛冲猛打的路数。他二伯胡璇走的就是这个路子，以长斧和双手刀威震吴越军中，杀海盗，战南唐，斩首无数。退伍归乡后，胡璇就用长斧和双刀给族中子侄喂招，教他们如何用竹枪和刀剑应对。故而陈长老一出招，胡不归先是跑，跑到偏殿旁边，捡起一根搭脚手架用的竹竿来，化竹为枪，挺身直刺，"啪"一声抽中陈长老刀面。

陈长老"咦"一声，显然没想到这小白脸竟能一招点中长刀。一寸长一寸强，他只道胡不归是运气好，一连三刀，势若奔雷。

胡不归站在原地不动不避，看准时机又是一枪刺出，不偏不倚，再中刀面。

陈长老被敲得腕间剧震，长刀险些脱手。两下敲下来，他总算明白这小白脸可不是好拿捏的软柿子，一根竹竿竟叫他生出无力感来。

后头的梁长老见状，跟着亮出兵器，竟是一对二尺吴钩。这吴钩前有弯钩后有护手，攻守兼备，上来就是一记斜劈，朝胡不归的竹枪头上削去。陈长老的长刀也趁势跟进，两人一左一右，一个牵制一个突袭，进退有序，竟似演练多年。

胡不归手持竹枪，“啪啪啪啪”挡拆几招，一枪将梁长老逼退后，目光落在他的吴钩上，朗声道：“可惜啊可惜！”

吴成和净照同时纳闷：“他又在可惜什么？”

陈、梁二人也因他这声“可惜”攻势一滞。

胡不归枪尖遥指二人，道：“你二人堂堂江南国将吏，纵使国破家亡，又岂能委身草寇，真真是明珠暗投，可叹，可惜！”

此言一出，别说陈、梁二人，就连吴成也大吃一惊。吴成是知道陈、梁二人底细的，他二人早年在闽国军中效力，为林仁肇部下，后归降南唐，战淮南、守江西。林仁肇被杀后，两人心灰意冷，不愿再为南唐效力，为生计而亡命江湖，为人所招揽。吴成让二人联手对付胡不归，就是看中他们的军中技击之法，好在最短时间里解决胡不归这小白脸。岂料胡不归只几招就看出他们来历。人一旦被人兜底，气势上便输了三分。

胡不归看他们神色就知道自己猜对了，竹枪往地上一竖，见他二人身材矮小精瘦，又道：“换两个人来吧，本公子不打林仁肇将军麾下义士。”

陈、梁二人愈发吃惊了。从招式看出他们从军不难，军中技击与江湖招式不同，自有路数；可能看出他们曾在林仁肇麾下效力就匪夷所思了。更何况胡不归一声“义士”，直接唤醒了二人尘封的记忆。

吴成盯着他，冷冷道：“小子，你到底是何人？”

胡不归道：“我与人相约在东塔相见，原本与你等无关；你等不由分说就动手，反倒问我是谁。我是谁，干你何事？”

吴成为之气结，这小白脸打又打不过，走又不肯走，端的是一块嚼不烂吐不净的牛皮糖，只好道：“既如此，你且在一旁等着，我等之事，你莫插手。”

胡不归道：“非也非也，我既来了，又岂能坐视尔等恃强凌弱？不若你等速速散去，也好叫我与那位友人安安静静相会。”其实他并不知道俞章为何非要守在东塔前，可俞章是他朋友，他便没法坐视不理。

吴成总算看明白胡不归是成心来捣乱的，当即喝道：“陈长老、梁长老，这小子就交给你们了！”又扭头对另外两位长老道，“杜长老、金长老，还不动手！”

四位长老同时发动，分别朝胡不归和俞章扑去。

“来得好！”俞章喝道。他身后是一个满满当当的背囊，两侧有绳子与身前的机关相连，身上还挂了些奇形怪状的工具，方便随时取用。胡不归的到来打断了四明帮的进攻节奏，也让他有时间喘口气调整阵法。等杜、金二长老冲过来时，迎接他们的是新一轮的机关打击。起落间，两个好手中招倒地。不过他们也给后来者撞开了通路，那杜长老便越过两人继续朝前冲。俞章立刻调整机关，调动左右两堆篱笆往中间靠。

那厢陈、梁二人再与胡不归对阵时便小心许多，慢慢将他往机关阵方向逼。

胡不归且战且退，很快就来到机关阵前，再往后退就会踏入阵中。

吴成暗暗冷笑，小白脸，既然你敬酒不吃吃罚酒，那就去跟那胖子做伴吧，到时候一起被拿下，看你还笑得出来。正得意间，却见胡不归虚晃一枪逼退梁长老，手握竹枪末端，枪头朝机关阵中一点，趁势冲出几步，整个人如大鸟般腾空而起，借助竹枪的弹力掠过机关阵上空。

众江湖客纷纷大叫，掏出各种暗器朝胡不归招呼过去。

俞章从背囊下方抽出一个物件来，抬手朝胡不归丢去。

胡不归看准来势伸手接过，正触到一处凸起，按下后物件“砰”的一声弹开，竟是一把机关伞。那些飞来的暗器在伞面上，纷纷坠落。胡不归大喜，手握伞柄在周身一旋，将剩下的暗器悉数挡下；身子一矮，稳稳落在东塔前的台阶上，将机关伞挡在身前，朝俞章竖起大拇指。

俞章扭头道：“不错吧！”

胡不归道：“你跟这些人死磕干啥？”

俞章小声道：“我阿爹在塔里。”

“啥？”胡不归以为自己听错了。

俞章一边操持机关，一边小声道：“我来明王寺找我阿爹。这东塔是我阿爹亲手新造的，后来他听说有人要抢塔里的东西，说他是大匠，不能叫贼人毁了他的心血，就亲自守在塔里。上阵父子兵，我阿爹不走，我当然也不能走；不但不能走，还得帮我阿爹守住东塔，所以就布下个机关阵法，好叫贼子没法靠近。不过我的本事比我阿爹差远了，你要不来，我还真不知道能撑多久。你拿的这把伞是我阿爹给我防身用的，水火不侵，能挡弓箭，比盾牌还结实。有它在，保管叫贼子偷袭不着。”

胡不归想起方才偷听到的事情，又问：“这塔里藏着什么宝物，能叫他们兴师动众来抢。”

“舍利。”俞章答了一句，继续操控机关阵阻挡杜、金二长老。

胡不归心想这舍利怕是有什么不为人知的妙用，才引来众人抢夺。俞章父子不愿舍利落入四明帮之手，便一个在里一个在外联手护塔。可天香阁的东家又为何要约自己今晚在东塔相见？莫不是也跟这舍利有关？他追查天香阁，原本是想找到他们囚禁胡芷汀的地方直接救人最好；就算找不到，查清楚这伙人的底细，以此来交换胡芷汀也行。冥冥之中，人算不如天算，现在胡芷汀没找到，自己倒跳进东塔的圈子里来，反倒应了跟天香阁东家之约。自己应约来到，那天香阁东家应会现身，到时候外有四明帮群贼，内有俞章父子守塔，局面越是混乱，救胡芷汀的机会就越大。

再看俞章，压根儿就不看对手冲到哪里了，人虽胖，十根手指却十分灵巧，专心致志地通过左右两个机关盒子来操控身前的几十个木篱笆。几十个木篱笆随着他手指的跃动而动，时左时右，或前或后，走位飘忽，每次都能及时堵在对手进攻的道路上，逼得他们无法前进，还能冷不丁地顶上去将人绊倒、撞倒。

胡不归暗暗称奇。他听说过世上有鲁班一门，专门制造各种工具器件，其传人或为国家征辟，或专事营建宫观佛寺，代代相传，靠手艺吃饭。俞章他爹能造出比盾牌还好用的机关伞，还能传授俞章机关阵法阻挡群贼，他亲自镇守的东塔之中还不知暗藏了多少厉害机关。

陈、梁、杜、金四位长老攻了两次，后一次都冲到东塔台阶前了，仍被胡不归和俞章联手逼退。梁长老还被胡不归用机关伞的尖顶戳了一记，挂了彩。梁长老受伤，陈长老也不攻了。

胡不归和俞章击掌相庆，大有一夫当关、万夫莫开之势。

吴成又急又怒，好端端的一次夜袭，居然被两个竖子给阻挠。

“堂主，不如放火。先烧死两个小子，等塔塌了，再去废墟里头寻宝便是。”老三再出毒计。

吴成何尝不想一把火烧了东塔，可明王寺的开光大典是在官府备案的，明日一早远近居士信众都会赶来参礼，少不了有明州当地官员来到，惊动了官府，他们还如何寻宝？

对面，俞章见他们不再来攻，扭头问道：“胡兄是特地赶来帮我的吗？”

胡不归怕直说会扫他的兴，没头没脑地来了句：“我欲举杯邀月，塔上风光独好。”

俞章眨眨眼，扭头看了眼高耸的七级宝塔，若有所思。

就在这时，一个雄浑的声音在四明帮群贼身后响起：“这点小事都办不好，四明帮都是一群废物！”

第八章

上君驾到

众人闻言大惊，吴成面色煞白。陈、梁、杜、金四位长老更是直接退下来，分居左右朝来者行礼。其余四明帮众和江湖客纷纷朝后头望去，但见一个魁梧的身影排众而来，盯着塔前东一堆西一堆的木篱笆，不屑道：“三脚猫的机关阵！”

借着火光，胡不归目测此人身高九尺，起码有二百斤重，高鼻深目、卷发虬髯，不似中原人氏，倒像是渡海而来的波斯胡人。身后还跟着十几个黑衣大汉。

吴成清了清嗓子，上前施礼道：“四明帮青龙堂堂主吴成拜见上君！”

上君双手负背，不满道：“你们帮主呢？怎不自己来？”

吴成道：“帮主在外间接应，派属下前来打头阵。上君到此，定能破了那机关妖阵，夺得至宝。”

上君道：“区区几个木篱笆就把你们困住，且看本座破阵！”说完从身后抬起双手，双手兵器一圆一方，各不相同。

胡不归之所以能确定那是兵器而不是托菜的碟子，是因为圆盘的边上有开口，开口呈锯齿状，在火光下透出阴森森的锋芒。

“好邪恶的轮子。”俞章忍不住道。

“你的伞能挡住不？”胡不归问。

俞章正色道：“真到了用伞的地步，我们就要退到塔里去了。”说完开动机关，身前的木篱笆缓缓靠拢。

“上君留神，那些木篱笆有诈！”吴成“好心”提醒道。

上君踏出一步，双臂张开，右手齿轮飞快转动起来。

胡不归立刻反应过来，道：“当心篱笆被砸到！”

话音落，齿轮呼啸而来，在半空中划出一道怪异的弧线，绕过近处两堆篱笆，准确无误地砸在中间的一堆木篱笆上。闷响过后，木篱笆被生生削去上半截，下面半截应声而散。

“好！”吴成第一个欢呼。他的手下跟着纷纷叫好。上君就是上君，几百人忙活半个晚上都搞不定的木篱笆阵，上君一出手就砸掉一个。

胡不归道：“你的篱笆能自己拼起来不？”

俞章摇头。

胡不归又问：“你还有备用的不？”

俞章还是摇头。

问答间，上君也不知使了什么法术，竟隔空将齿轮收回，很快再次掷出，将另一堆木篱笆砸碎。

俞章面色凝重，调动旁边的木篱笆来补位。

“这样下去不是办法。”胡不归心道。他放下机关伞，双手持竹枪，看准齿轮飞来的方向，一枪刺出，正中齿轮。

吴成大惊，真要让他把齿轮打掉一个，那上君的威力岂不是要少掉一半？

上君冷笑，右臂一振，半空中的齿轮绕着竹枪斜切半圈，将竹枪削去一截，呼啸而回。

“好！上君神技！”吴成顾不上堂主身份，高声大叫。

胡不归收回竹枪，断了一截不过短了些，竹枪还是竹枪，至少没让齿轮再砸掉一堆木篱笆。

上君不为所动，再次掷出齿轮，这回的目标不是木篱笆，而是俞章。

胡不归大叫“让开”，俞章说他不能动，一动会牵动整个阵眼。胡不归只好站到他身前，一手持枪，一手捡起机关伞，迎着齿轮飞来的方向按下按钮。

“嘭！”机关伞弹开，齿轮撞在伞面上，尖齿为伞面所阻，转速骤减，扎出几处凹陷来。胡不归看准机会一枪刺出，竹枪卡入两枚尖齿间，将齿轮挑离伞面。

上君像是料到胡不归会对齿轮下手，右手五指变换，猛地向后一拉，卡在竹枪上的齿轮竟似有灵性般震动起来，想要摆脱竹枪的羁绊。竹枪在齿轮的拉扯下渐渐弯曲。胡不归扎下马步，隔空角力，全凭一口气。上君见他将全部气力都灌注到竹枪上，忽地咧嘴一笑，看得胡不归一惊，莫非他还有什么后手？果然，僵持片刻，上君突然下蹲，左手方形兵器重重砸向地面。

“要糟！”胡不归暗叫。

随着方形兵器砸落，所有人都觉脚下一震。胡不归和俞章更是觉察到有一股强大的力道从对面涌来，所过之处，木篱笆应声散裂，生生被破出一条通道来。

“还不上！”上君大喝。

杜长老和金长老动作最快，沿着被上君砸出来的通道冲向东塔。另有七八个好手紧随其后。

“胖子！”胡不归大叫。他被上君用齿轮牵制住，除非扔了竹枪，否则根本没有余力应付冲过来的人。俞章满头是汗，十指联动，也不管两翼了，一股脑儿将所有木篱笆都往中间通道方向赶。

上君左手高高抬起，再次砸落。正在往中间赶的木篱笆纷纷散架。

胡不归只觉地面都要裂了，无奈之下，奋力将竹枪脱手，将机关伞一收，冲向杜长老。杜长老见胡不归扑过来，手中铁杖高高举起，狠狠砸落。胡不归不闪不避，一伞刺出。他背后就是俞章，想让俞章心无旁骛地操控机关阵，就必须反客为主，来一个干一个。俞章见他义无反顾地挡在身前，心下大为感动：胡公子、胡兄，今日若能脱身，我定要与你斩鸡头、烧黄纸，结拜兄弟，山无陵天地合，这辈子不离不弃！他深吸一口气，凝神一处，十指如拨琴弦，将操控机关的全部实力发挥出来，生生用剩下一半的木篱笆将金长老后面的其他好手缠住。

在俞章的掩护下，胡不归以伞为剑，攻势如潮。胡芷汀还在天香阁手里，胡家的危机还未解除，世子还等着跟他花天酒地，后主词作之谜尚未解开，他又岂能栽在一群邪魔外道之手？

杜长老仿佛感受到了他的滔天战意，心想这小子看似文弱，武功竟如此高强！一分神，气势便弱；气势弱，手上便落了下风，被胡不归一伞划破上臂，又一记横扫打掉铁杖，最后被伞尖刺入胸膛。

胡不归收回伞剑，带出一注鲜血。

杜长老双目犹睁，向后倒下。

吴成惊呼：“杜长老！”

“老杜！”刚刚冲过木篱笆的金长老一把抱住杜长老的尸身，怒视胡不归。

伞剑滴血，遥指金长老，竟叫他不敢近前。

上君缓缓起身，抬手收回齿轮，提着方形大锤踏向机关阵，强大的气场令前头闯阵的好手纷纷退让。上君一出，谁与争锋？

俞章在胡不归身后道：“胡兄，此事与你无关，你帮我挡上一阵足够了，趁现在老东西还没过来，赶紧走！”

胡不归正了正长袍下摆，昂然道：“我乐天公子行走江湖，路见不平，岂有半途而废的道理？”

俞章见那上君步步逼近，着急道：“这件事与你无关……”

胡不归道：“原本无关，打都打了，那便有关。”说完手腕一抖，伞剑落下，直没入青石板地面；随即用脚尖将竹枪挑起，接过，对准上君狠狠掷出。

上君微一错愕，没想到胡不归竟会抢先出招，右手齿轮来不及掷出，即刻变轮为盾，齿轮正面朝前，生生砸在飞来的竹枪上，将它荡开，抡起方锤朝胡不归头顶砸落。

俞章暗暗心惊，这一锤子要是砸结实了，胡不归的脑袋准开花。

胡不归掷出竹枪的同时就从地上拔出伞剑。众人以为他会弹开伞面生扛上君的方锤，岂料他压根儿就没按下机关，以极快的身法掠至上君侧面，电光石火，直刺上君腋下。上君浑然不惧，齿轮护体，方锤反攻，一个简单的转向就化去胡不归的攻势。胡不归这一剑既是虚晃，也是起手，紧跟着用轻灵的步伐游走于上君周围，剑招如雨露暴雨，既好看，又凌厉。

俞章看得暗暗心惊，没想到胡不归的剑术如此了得。受伤的陈长老更是庆幸及时抽身，否则难免如杜长老那般被一剑刺死。吴成面上阴晴不定，看这小子年纪轻轻，剑法却如此了得，面对上君竟能不落下风。不过他仍对上君抱有信心。上君是什么人？东海盟八大君长之一。东海盟八大君长，个个身怀绝技、号令一方，动动指头就能号令四明帮数千帮众。他既亲自出面，说明东海盟对东塔中的宝物志在必得。这小子纵能抵挡一时，又岂能与东海盟这庞然大物抗衡？

上君与胡不归过了二十几招，从最初的不屑慢慢变得惊喜，最后居然大喊："谁都不准动这小子，他的命，我来取！"喊完慢慢撤去杀招，摆出打持久战的架势来，竟想要活捉胡不归。

胡不归看出他的企图来，趁一招间隙喊道："喂，老头子，你这样磨磨蹭蹭的，等会儿天就亮了，你们还要不要塔里的宝贝？"

吴成听了连连点头，这小子讨厌了一晚上，就这句话最中听。

上君道："塔里的东西当然要！等等，你刚才叫我什么？"

胡不归道："老头子。"

上君浓眉倒立："混蛋，本座很老吗？"

胡不归道："没有半百也有四十……"

上君大怒："你敢喊我老头子！"

胡不归道："你就是很老……"

"啊……"上君须发倒立，原本收回去的杀招统统都使出来，一锤子接一锤子地朝胡不归砸去。

吴成松了口气，上君看起来胡子头发一大把，却是八大上君里最年轻的；你个小白脸没事儿喊他老头子，他不跟你拼命才怪。

胡不归有点吃不消了，老就老点儿了，用得着拼命吗？这老头子力气可真大，挨上一下胳膊就废了。本公子在这儿打了半天了，那天香阁的东主怎的还不现身？莫不是看我武功高强想要赖账？思量间，只见那硕大的方锤夹风而来，在视线中越变越大，黑乎乎的要将他整张脸盖住。

“跑啊！”俞章大喊。

“砰！”伞剑弹开。

弹指间，预料中的重击没有到来。

越过伞面，胡不归看见上君的方锤就停在距离伞面三寸处。一道长索从侧后方卷住方锤的锤柄上端，叫上君无法再向前半分。除了上君，所有人的目光都顺着长索向后看去。火光中，又有客来。红色斗篷在黑夜和火光的映衬下分外惹眼。斗篷的主人手握长索，准确地说是长鞭另一端，并未有多么夸张的动作，就在力道上与上君分庭抗礼。

胡不归一眼看出，斗篷下是个女人。

吴成打量来者侧面，不敢造次。能与上君抗衡者，必是强者。

果然，来者道：“你想把我的客人打死吗？”声音竟有几分耳熟。

上君头也不回，已然听出来者是谁，只道：“你来作甚？”

来者道：“他是我的客人，我当然要来与他相会。怎么，我的事你也要管？”

上君道：“你一个老太婆，跟个小白脸相会个甚？”

俞章瞪大了眼，没想到胡不归竟要跟个老太婆在东塔相会，难怪大半夜偷偷摸摸地过来，要不是自己挡着，他们说不定还真就去塔上面赏月看风景了。哎哟喂，胡兄啊胡兄，看你不比我大几岁，口味怎的这般重……

胡不归像是感受到俞章那熊熊燃烧的八卦之心，立刻道：“非也非也！这位小姐姐的声音莺啼婉转，如清泉流石，非豆蔻年华不能也，怎会是个老婆子？长得老也就罢了，耳朵还不好使……”

上君大怒，想出招，方锤被长鞭卷住，只好抡起右臂，奋力甩出齿轮。

胡不归轻巧避过，又喊：“小姐姐，千万不要松手！”

来客还了他一长串悦耳的笑声，道：“小哥哥，我不松手，怎的把小妹妹还给你？”

胡不归闻言大惊，是她！来客正是当日在天香阁中与她约定条件的女子！

天香女忽地撤回长鞭，上前几步道：“小哥哥，别来无恙啊？”

胡不归收起伞剑，道：“小姐姐，人有没有带来？”

天香女道：“小哥哥，我要的东西带来没有？”

胡不归道：“人带来，东西自然就在。”

天香女道：“小哥哥，在我面前耍心眼是不好的。”

胡不归道：“小姐姐……”

“够了！”上君喝断两人，居然小哥哥小姐姐地当着本座和几百人的面调情，还要不要脸了？

“小姐姐。”胡不归唤道。

“嗯？”

“我倒是有个主意。”

“嗯。”

“不如先一块儿把这老头子干掉……”

“你！”上君差点就喊出本座今年二十八来，要不是为了看起来威猛些能够服众，他也不愿意留这一大把胡子。

“也不是不可以……”天香女悠悠道。

“你！”上君只觉怒气值要爆表。

吴成有点蒙，这是什么情况，要跟外人联手对付上君吗？宝物还要不要了？

俞章也有点蒙，长得俊俏就是好啊，刚照面就能勾搭上一起来坑人。也多亏了我的那把伞剑，给他加分不少。

果然，胡不归伞剑一摆，做了个起手式。

天香女轻笑道：“我改主意了。”问上君道，“老头子，东西还没拿到吧？”

上君怒道：“你再喊一声！”

天香女不屑道：“找了那么多人，劳师动众大半夜，连个门儿都没进。小哥哥，你来帮我一个忙好不？”

胡不归道：“小姐姐若是守信之人，帮忙自无不可。”

天香女道：“你帮我去塔里取了那宝物来，我就把小妹妹还给你，如何？”

胡不归一惊，她竟不要那词作了？

俞章大叫：“胡兄，胡公子，小哥哥，千万不能答应她！”

天香女道：“小哥哥，你若是不答应，可就见不到小妹妹喽！”

胡不归心念飞转，这女子看起来是在揶揄那上君，实际上却轻巧地化解了几百人都攻不进东塔的局面。她约自己在东塔相见，想必就是为夺取塔中宝物留的后手；藏头露尾地等自己跟上君打过才出来，八成是想看看自己本事的斤两。他帮俞章守塔，她却要他闯进塔里去取宝物，还真真是会拿捏人心，叫人左右为难。

天香女笃定道：“小哥哥，很为难吗？要是为难，你可以不去，我自会好好照顾小妹妹，给她找一户好人家的。”

胡不归道：“我要先看到人。”

天香女抬手，勾勾手指。

后头两个黑衣人押来一个绿衣少女，正是胡芷汀。

胡芷汀拼命挣扎，奈何手脚被绑，嘴里还被塞了块破布，看到胡不归的一刻，委屈、伤心、思念，千般感受涌上心头，眼泪顿时就流下来。

胡不归忽地一笑。

天香女一怔，他笑是什么意思？看到小妹妹伤心，他居然还笑得出来？

上君看看胡芷汀，又看看胡不归，心想小白脸没一个好东西，喜新厌旧，看着就来气，真替那小妹妹不值。

俞章没看到胡不归笑，可胡不归接下来的动作却叫他欲哭无泪。胡不归笑罢，并没有任何废话，直接一个漂亮的转身，抢在俞章反应过来之前从他身边掠过，在众目睽睽之下纵身跃上宝塔二层，钻进窗户。

俞章目瞪口呆：“胡兄，胡公子，小哥哥，你翻脸也太快了吧！”

吴成本想招呼手下冲上去拿下俞章，不想被来客抬手拦下。

“且看他用什么手段拿到宝物。”天香女道。

“是，上君。”吴成应道。能让那位上君吃亏，喊她一声上君也不为过。

胡不归跃入二层。塔中没有点灯，黑漆漆的只能靠稀薄的月光辨别前后，依稀能看出东塔以一根粗壮的圆柱为轴，以轴为内壁，以塔身为外壁，内外壁间是类似佛堂的空间。胡不归不清楚塔里有多少人，但从俞章以机关守塔的阵势看，俞章他爹既守在塔中，又是闻名远近的大匠，必定会在塔中布下重重机关，以阻止贼人突入塔中抢夺宝物。东塔七层，底层和二层空间最大，最适合布置机关。

胡不归以伞剑探路，小心翼翼地往前挪步，尽量不发出声响来，很快就在二层走了一圈，发现二层是由相连的四个佛堂组成，每个空间里都供奉有佛像，并在第二处佛堂中有楼梯通向上一层，未触发什么机关。难道是时间仓促，来不及布置？胡不归寻思。走到楼梯前，胡不归用伞剑在台阶上触碰几下，没有异常。来到三层，仍是一间佛堂。塔外火光熊熊，四明帮众密密麻麻的一大片。俞章仍然坐在台阶上，将剩下不多的木篱笆聚集在身前，摆出人在塔在的架势。东海盟的两位上君盯着高塔，目光正落在二三层间。

胡不归在三层走了一圈，三间佛堂，各有供奉，既没有任何机关，也不见有人守护。俞章他爹到底在哪儿？走到三四层间的楼梯顶端，发现出口被一块木板挡住了。胡不归用伞剑顶了顶，木板纹丝不动，竟是被从上层给钉住了。

“果然在上面。”胡不归没有硬砸。他人在楼梯上，任何触动塔内物件的动作都有可能触发机关，万一砸出个乱箭毒烟来，连躲都没地方躲。他从楼梯上下来，走到三层窗前，借助月光和火光朝上下左右一看，纵身跃出，手扶窗沿，双脚落在下方二层的瓦面上。

这一跃，叫塔外众人都看到了。胡芷汀又惊又怕，想叫又叫不出声，无助地挣扎几下，却被左右两个粗壮侍女牢牢按住，只能眼睁睁看着胡不归在瓦面上挪了两步，接着一记纵跃，抓住三层飞檐下端，身子腾空而起，双足向上倒钩，身体从狭窄的飞檐外侧翻了上去，有惊无险地停在三四层间。

“倒是好身手。”两位上君同时心道。

“怎么就不摔下来！”吴成有些失望，不过不要紧，这才上了一层，要上到顶层还得翻两次，越到上面越害怕，总会失手掉下来的。

胡不归稳住身子，轻巧地跳进四层窗户，顺手弹开伞剑，以伞面护体，防暗器偷袭——俞章他爹既然能把三四层间的通道封死，可见是在四层动了手脚的，不可不防。

“没想到他把伞给了你。”黑暗中忽然有人说话，吓得胡不归一个激灵。话音落，既没有暗器，也没有机关。前方不远处的墙边坐着一个人，身前摆了一个物件，发出幽幽白光，照出他的身影来。

“俞师傅。”胡不归唤道，收起伞剑。对于这位不畏强敌、以身守塔的大匠，他发自内心的敬佩，并不想与他动手为敌。

“人来了却不动手，如何回去交差？”

胡不归道：“就算我拿到宝物，他们也不会放人。”

俞师傅道：“你倒是想得明白。”

胡不归道：“我只是好奇，这七级高塔之中到底藏了什么宝贝，能叫他们兴师动众前来抢夺，能叫俞师傅父子舍命相护。”

俞师傅道：“那小子没告诉你吗？”

胡不归道：“他说是舍利，我却不信。区区舍利，于佛门信徒或是至宝，可对四明帮这等江湖贼寇来说，既不能度化其心中贪念，又卖不出几个钱，还会惹来一身麻烦。这等亏本买卖，偏偏来做了，想必另有缘由。”

俞师傅道：“因为一句话。”

胡不归问：“哪句话？”

俞师傅道：“玉玺在东南。”

胡不归道：“玉玺是玉玺，舍利是舍利。玉玺又岂会在佛塔之中？”

俞师傅道：“不把塔拆了掘地三尺，他们又岂会相信。塔是我造的，身为大匠，岂能眼睁睁看他们毁去三年心血？”

胡不归将信将疑道：“只靠俞章和一道木板挡不住他们。”

俞师傅道：“我已在上三层布下硝石火药，他们敢强闯，那便玉石俱焚。”

胡不归心下一惊，此人如此坦白，总觉哪里不对。是故意出言恫吓，还是真打算玉石俱焚？他若点燃火药焚毁高塔，岂不是亲手毁去三年心血和佛门圣物？再者俞氏父子出身匠门，匠门最重传承，他让俞章守在塔外，他留在塔内，父子二人面对强敌，就不怕全都被杀，家学失传？他们可是懂机关术的人啊，机关机关，岂会不给自己留下后路？他跟我说这些，一定别有所图。

就在这时，塔外一阵骚动。

胡不归扭头看去，只见火光中又有一批人来到东塔院。仔细一看，这批人不是自己来的，而是被人押来的，正是早先在戒律堂救下的那些僧人！

胡不归暗暗叫糟。这些和尚怎的不跑出去报官，居然傻乎乎地留下来再次被人抓住，真真是成事不足败事有余。

很快，吴成就在塔下喊道：“塔上的小子听好了，给你一炷香的时间，把俞绍交出来。超过一刻，我就杀一个和尚！我再说一遍，超过一刻，就杀一个和尚！”

胡不归喊道：“小姐姐，那上一桩买卖还算不算数？”

天香上君道：“先抓俞绍，再取宝物。和尚跟小妹妹的性命，都给你留着。”

胡不归道：“要我做两件事也行，可有一个条件。”

吴成见两位上君不说话，只好喊道：“你说！”

胡不归道：“让那胖子先走。”

塔前的俞章肥躯一颤，没来由地一阵感动。

天香上君道：“小哥哥还真是重情重义，舍不得小妹妹，连小胖子也舍不得。好，我答应你。”

岂料俞章扭头大喊：“姓胡的，你少假惺惺的。你要敢动我阿爹一根头发，我变成瘦鬼也不会放过你！”

胡不归喊道：“胖子，你阿爹说了，你若变成瘦鬼，那就是家门不幸，就算死了也叫你入不得宗祠！不想变成瘦鬼就赶紧滚！”

俞章一咬牙，收起背囊，一溜烟从四明帮众当中跑了出去。

吴成朝手下使了个眼色，立刻有人悄悄跟上。

塔中，俞绍冷冷道：“俞章走了，他们一样不会放过塔里的东西。”

胡不归道：“不不不，俞章走了，你没了后顾之忧，才会愈发抱定必死之心。我呢，什么都不用做，就在这塔里看看你到底能怎样置之死地而后生。”

俞师傅道：“他们不会放过俞章的。”

胡不归道：“我也不是一个人来的。”

胡不归当然不是一个人来的。

俞章刚走出东塔院就被人追上，即将被抓的前一刻，一道黑影飞掠而至，将那几个来抓他的四明帮众击倒，丢下一句“去躲起来”就冲进东塔院。

东塔院中，几十个四明帮众在金长老的带领下越过机关阵冲到高塔下，把手中抱着的柴火堆在塔基上，很快就堆满一圈。

吴成快步走到天香上君跟前，恭恭敬敬地递上一支火把，道：“上君，这第一把火，您来。”

天香上君道：“杀人放火不是你们四明帮的老本行吗？”

吴成道：“上君有所不知，鄙帮在帮主带领下早就不干杀人放火的营生，这年年来规规矩矩做买卖，老老实实做人。要换了从前，早一通乱箭把那胖子剁成肉泥了。”

天香上君道：“你们不做，让本座来做？”

吴成马屁拍在马脚上，举着火把大喊：“来人，带一个和尚过来！”

两个手下押着一个和尚上前。

吴成做了个抹脖子的手势。

手下“哧啷”一声拔出钢刀，抬手就朝和尚后心捅去。

和尚闭上眼睛，裆下湿了一片。身后一声惨叫，钢刀坠地，有人倒地。

“什么人！”吴成大喝。

黑影闪过，另一个手下脸上开花，鲜血喷了和尚一身。

和尚直接吓晕。

金长老立刻带着七八个手下冲过去。

黑影身法极快，短短数招，又有三四人倒地，就连金长老都难挡住他的攻势。

两位上君都没有动，发现黑影的兵器十分怪异，斩马刀不像斩马刀，斧子不像斧子，招式大开大合，颇有上阵杀敌的意味。吴成本以为他们会第一时间出手对付那人，见他们不动，只好命令更多手下上去围攻。

黑影且战且走，手中利器上下翻飞，所过之处人仰马翻，生生蹚出一条血路来，越过俞章留下的那些木篱笆，再次占据塔前石阶，威风凛凛地守在塔前。

天香上君幽幽道：“走了一个，又来一个。有趣，有趣。”

胡不归在塔上，看着石阶上那熟悉的身影，颔首道：“十七叔，你终究还是来了。”

十七叔仿佛听到他的念叨，精钢大铲朝天一举，直接把离他最近之人的脑袋劈飞，抡起大铲一记抽打，脑袋蹴鞠般朝天香上君飞去。

“啪！”鞭声裂空，脑袋凌空炸裂。

十七叔跟胡不归的打法如出一辙，压根儿没打算死守石阶，而是不停游走，哪里人多往哪里扎，大铲子连拍带打，疯狂收割人命。你们不是要杀和尚吗？那好，你们杀你们的，我杀我的；你们杀一个，我就杀两个，看谁先扛不住。

吴成有点慌了，他带来的人是不少，可人命不是韭菜，割了一茬还能再长。今晚的行动成功了是两位上君的功劳，搞砸了追究起来，死的可都是他青龙堂的帮众，划不来啊！

梁长老扶着陈长老退下去了，吴成给他们的任务是盯着那群和尚。金长老带着几个好手去堵截，只一个照面就被一铲子劈掉半截胳膊。猛，太猛了，连个姓名都不报，上来就大砍大杀。

胡不归居高临下，看十七叔大杀四方，心想这才是我的十七叔，超级金牌打手十七叔啊！有你在，除非是宗师级别的高手，否则谁挡得住你的大铲子？就冲今晚你的表现，我就原谅你平日里板着一张面瘫脸，没事就挖苦我讨不着媳妇了。

十七叔完全沉浸在攻杀的酣畅淋漓中。他出身胡家隐宗，从小接受严酷的武技训练，不但要掌握各种兵器的套路招式，还要熟悉在各种环境下战斗。只有通过全部考验的弟子才能被委以重任、出山执行任务，不合格的只能年复一年地在山中修炼，或是放弃武道，改做其他营生，终生隐姓埋名，不得说是隐宗中人。而十七叔就是隐宗第二代中仅有的两个学成出山，有资格外出的弟子之一。他的任务很简单，就是保护胡不归。自打接受这个任务，十七叔就一肚子闷气，因为胡不归的武功不差（其实是相当不错），人又机灵，一般只有他坑人，极少有生命危险，普通的对手他自己就能应付，根本用不着他这个超级金牌护卫出手。十七叔一身本事无处使，就只好板着个脸时不时挖苦胡不归几句来解闷。今晚好不容易有机会大杀四方，他自然是全身心投入，尽情宣泄。

大胡子上君看不下去了，抡起齿轮和方锤，跨过满地尸体朝十七叔冲去。

吴成见状，悄悄绕到高塔侧面，深吸一口气，将手中火把掷向柴火堆。

“嗡！”干柴遇烈火，熊熊照高塔。

吴成跑到天香上君身边，兴奋地看着迅速扩散开去的火圈，口中念念有词。

胡不归见塔下火起，转身一看，姓俞的竟然不见了！

“俞师傅！”胡不归唤道，奔到四层楼梯前，举起伞剑爬上五层。

五层只有前后两间佛堂，从五层的窗户往下看去，塔下众生愈发渺小，火把星星点点，围绕塔基的柴火则已燃成一个火圈，熊熊火苗正在蚕食一层塔身。时间流逝，火势只会越来越大，一旦将一层烧穿，整座高塔就有倾覆之危。就算没有人质，他也必须尽快把人带出去。

“俞师傅！”胡不归在五层找了一圈，仍然不见俞绍。大叔啊，你到底在做什么？真要跟东塔一起给舍利殉葬吗？想我年纪轻轻，连媳妇都没有，可不想在这里就英年早逝。

塔前，十七叔已与大胡子上君过了二十招，难分胜负。十七叔见火势越来越旺，一记虚招逼退大胡子，转身就朝高塔冲去。刚跨出两步，就听脑后劲风袭来，就地一滚躲过。

天香上君手持长鞭道：“火这么大，他们在里头待不了多久自会出来，又何必着急去救？我来陪你玩玩！”说完又是一鞭卷向十七叔小腿。

十七叔以一敌二，丝毫不慌。他能被胡家隐宗派来保护胡不归，武功自然出类拔萃。特别是他的一双兵器——精钢大铲和紫铜圆锅，攻守兼备，在东海盟两位上君的联手夹击下半点不落下风。

胡不归爬上六层。之所以是爬，是因为东塔下宽上窄，最顶上的两层最小，中轴柱子之外已无多少空间，也就没有再分隔佛堂，只是敞开的一间，楼梯更窄也更陡。居中供奉一尊佛像，背靠中轴，宝相庄严。从六层窗户往下眺望，塔基处的火焰有的已蹿至二层，正在二层瓦面蔓延扩散。

胡不归冲上顶层。佛龛前，有人跪坐。

“俞师傅！”胡不归道，“火烧到二层了，现在走还来得及！”

俞师傅弯腰，深深一拜。

他拜的，是身前一只半尺见方、一尺多高的长方形箱子。

“舍利？”胡不归心念一动，不管俞绍为何不走，为了胡芷汀，为了那些无辜的和尚，他必须要做出决断，“俞师傅，得罪了！”胡不归抬手就去抓箱子。

俞师傅没动，却另有人挡在胡不归身前，与他对了一拳。

胡不归疼得龇牙咧嘴，抬手一记伞剑刺中那人，剑尖碰到那人身体，竟似戳中盔甲，滑了开去。那人趁机一拳轰来，将胡不归逼退。

“金钟罩还是盔甲？”胡不归定睛一看，吓了一跳，那人没眼睛没耳朵，光溜溜的一截脑袋，胳膊就是两根直棍，竟是个会自己走动的机关人！此等只应出现在书中或陵墓中的东西，居然活生生地站在面前！这东西刀枪不入，塔中光线昏暗也看不出哪里是它的弱点，用来守护宝物倒是再适合不过。

胡不归试探着跟机关人过了几招，发现这东西力道很大，正面跟它打根本占不到便宜，只能靠速度来跟它周旋。胡不归且战且退，本想将机关人引到墙角，然后突然变向冲过去抢夺箱子，谁知机关人追到一半竟然不追了，又摇摇晃晃地退回去。试了几次，胡不归发现机关人只在以箱子为中心的圆形区域内行动，只要到了圆形边上就会退回去。

胡不归盯着那箱子，猛地一惊，心想差点着了姓俞的道——他摆个箱子在那里，还弄个机关人守着，旁人自然以为舍利就在箱子里；可箱子是关着的，估计想打开也没那么容易；极有可能是他故意布下的疑阵，真正的舍利另有藏身之处。退一步说，就算舍利被毁了，他手上仍有那女人想要的东西。想通此节，胡不归便不再去跟那机关人纠缠，而是虚晃一招，将机关人引开数步后突然一个转身，一把抓住俞师傅的胳膊，将他拖向楼梯。

擒贼先擒王，本公子就不信救不出你！

第九章

女施主，你着相了

高塔下，热流滚滚，席卷而来。十七叔在两位上君的夹击下被逼向烈焰。

“咔嚓！”二层塔檐被烈火烧穿，大片坠落，砸在十七叔身后。火焰为之一滞，旋即更加凶猛地将物料吞噬。

十七叔处境不利，然战意分毫不减。两个对手的实力远远超出他的想象，两人使的都不是中土功夫，一个刚猛怪异，一个诡谲凌厉，每每出其不意，既让他大开眼界，又大呼过瘾。数十合打下来，满身大汗被热浪烤干，只觉浑身血脉偾张，说不出的酣畅淋漓。明澈的双眸在烈火掩映下变得通红，有如渡劫灵兽，气势逼人。

两位上君暗暗称奇，看这小子不过二十出头年纪，武功不弱也就罢了，关键是那股子打不垮拖不死的战意，叫人刮目相看。今天一晚上先是以机关阵守塔的小胖子，再是只身闯塔的小白脸，现在又来个斗神附体的小子，三个名不见经传的晚生后辈，居然叫他们两个老江湖受阻多时，还真是长江后浪推前浪。可前浪也不是那么好推的，两人交换了个眼色，长鞭齿轮，一齐出招。

“嘭！”十七叔被震得双臂发麻，连退数步，勉强在火墙前站定。

天香上君道：“小子，再来一下，你两条胳膊就废了，还会落下内伤。还来吗？”

十七叔盯着他们，心知她说得没错，打到这个份儿上，他已到极限，再强撑下去只会受伤。他的使命是保护胡不归。他相信胡不归会想办法从塔里出来。在他出来前，自己决不能退，必须为他守住这出塔的生路！

吴成在后头叫道：“两位上君，斩草不除根，春风吹又生啊！”

喊完，忽觉有人在他背上拍了一记。扭头一看，却见一个眉间有点宽，鼻子有点塌，嘴巴挺小，耳朵招风，长相清奇、颇为喜感的和尚正笑眯眯地看着自己。吴成吓了一跳，再看周围，所有人都盯着两位上君跟那小子看，竟没一个人注意到有这么个和尚溜过来，还悄无声息地放倒两个手下。

来者正是净照。方才他看到吴成派人盯着俞章，本想出手帮他解困，不想十七叔突然杀到，直接解决了那几个人。他见俞章顺利脱身，就没冒头，一直等到十七叔与他们激战正酣时才悄悄溜过来，放倒吴成的两个手下，一把将他扣住。

梁长老见状，立刻带人围过来。

吴成咽喉被锁，瘪着嗓子道："小秃驴，快放开我！"想要挣脱，却发现这和尚的力气极大，一只手像紧箍般牢牢锁定咽喉，另一只手翻扭他的胳膊，竟是极为高明的擒拿之术。

净照不搭理他，押着他往高塔方向走去。梁长老等帮众不敢贸然动手，只是紧紧跟随。挤出人群，净照才朝两位上君喊道："喂！"

天香上君朝他们那儿瞥了一眼，道："吴成，自己了断了吧！"

净照心想还真是个心狠手辣的女人啊，根本就不管手下死活。不过叫吴成自己了断倒是个破解劫持的好办法。

吴成哭丧着脸道："上君啊，我上有八十老母，下有八个月小童嗷嗷待哺。上君救我一命，胜造七级浮屠！"

净照道："浮屠就在那里，你若愿意，我送你进去。"

吴成号叫："你个黑心手狠的贼秃驴，长得丑也就罢了，心还这般恶毒。这浮屠是烧我等凡夫俗子的地方吗？我看你根骨不错，不如你去。明年今天我来给你烧纸超度……"

净照咧嘴一笑，又推着他往前走了几步，靠近两位上君和十七叔的决斗范围。

天香上君反手一鞭朝净照招呼过去。

净照直接把吴成推到身前，挡下这飞来的一鞭。

吴成惨叫。今晚上可真是赔了夫人又折兵。

净照道："业火熊熊，焚尔残躯。女施主这一鞭，善莫大焉。"

吴成都快哭出来了，当堂主十年，江湖上哪路朋友不给他几分面子，走到哪儿都有人伺候，几曾受过这等皮肉之苦。

"呼哧！"又是一鞭朝他们下盘卷来。

净照反应极快，提着吴成原地一记僵尸跳，任由鞭梢从鞋底扫过。

天香上君一怔，收回长鞭。这丑和尚倒是机灵，方才他要是顾着自己闪避，或是再拿吴成当肉盾，她的鞭子就能卷住吴成把人钩过来。他这一跳，倒是让她的算盘落了空。

十七叔知道这个和尚是胡不归的朋友，却不明白他为何要来蹚这浑水。不过和尚的到来确实吸引了天香上君的注意，给了自己喘息之机。只对付大胡子上君一个，他还是有把握的。

天香上君道："小和尚，本座素来不打出家人。你若识相，速速离去，本座还能饶你一命，如若不然……"

净照道："开打便是。"

天香上君大笑，胖子、胡不归、拿铲子的小子，现在又来个丑和尚，爱管闲事的人还真不少。

净照一本正经道："女施主笑声浮浪，实乃佛门大忌，不若早早离去，老衲自会替女施主诵经祈福，化解孽债，如若不然……"

"好不害羞！你一个小和尚，居然自称老衲……"天香上君笑道，"不然如何？小法师还能将我吃了不成？你师父没告诉你山下的女施主是老虎，遇见了千万要躲开？"

净照咧嘴一笑，梨涡浅浅，露出整齐的白牙。

天香上君盯着净照，发现他乍看似丑，再看清奇，三看竟有几分出尘灵秀，不由道："小和尚根骨不错，不如入了我门，与姐姐我一道修行。"

吴成快哭了，这都什么时候了，上君你不来救我，反倒跟这丑和尚你一言我一语地调起情来，口味也太怪异了。

净照嘴角一翘，突然发力，一脚将吴成踹出去，又从旁边地上挑起一把四明帮众落下的钢叉，朗声道："女施主，你着相了！韦陀护法，金刚怒目！”

“啪！”长鞭再次落在吴成身上，将他击落。吴成两眼一黑，坠地晕厥。

净照的钢叉对上天香上君的长鞭，虎虎生风。

胡不归正背着俞师傅在塔中往下跑。俞师傅已经被他打晕，顶层的机关人正围着木箱打转。塔中的温度越来越高，空气变得呛人。幸好俞师傅把塔造得极为结实，大火蚕食塔身，还未危及中轴，所以暂时没有垮塌的危险。可胡不归下到四层时却发现四层下三层的楼梯被彻底封死了，用的还是极为坚硬的木料，用伞剑戳也只能留下浅浅的印记。

“老俞啊老俞，你还真是害人不浅！”胡不归放下老俞，来到四层窗前探头一看，只见大火正在从二层往上蹿，留给他的时间不多了。更让他吃惊的是，净照居然跟人动手了！这个嘻嘻哈哈，公子不像公子、和尚不像和尚的家伙，居然在跟十七叔并肩作战。胡不归鼻子里酸酸的，不知是被烟火熏的，还是别的原因。“这家伙还真是六根不净啊！”胡不归如是想。等从塔里出去，定要叫他还俗，好生清一清他的尘缘根。不过眼前最重要的事情是从四层下去。若是他自己，大不了蒙上口鼻再从窗户往下翻，可眼下多了个沉甸甸的拖油瓶……胡不归一个激灵，解铃还须系铃人。一掌下去，将老俞拍醒，将他提到楼梯前，恶狠狠道：“你要不想被烧死，就把楼板弄开！”

老俞揉揉脸，道：“打开了，下面的火蹿上来，一样是死。”

生死当前，胡不归顾不上风度了，一把揪住他的前襟：“东塔是你的心血，舍利是明王寺的至宝，你就忍心看着三年心血毁于一旦？东塔没了，舍利没了，你跟俞章拼命守了大半夜又有何用？”

老俞不语。

胡不归道：“不对，很不对。四明帮的人来抢舍利就不对劲，你做的事情更不对劲。他们要抢的根本不是舍利对不对？而你守塔也不过是个幌子，其实别有所图对不对？”

老俞打量他两眼，道：“你姓胡，还真不算蠢。”

胡不归也懒得去想他怎么知道自己姓胡了，今晚上不正常的事情太多，原本他是想进来连人带宝贝一起弄出去，谁承想四明帮竟敢放火烧塔，现在他只想快点从塔里出去，再找四明帮算后账。“快说，到底怎么下去？！”胡不归催问。

老俞道：“不急，再等等。”

胡不归简直要抓狂。

老俞道：“你若要走，大可跳窗。你能上来，自然也能下去。”

胡不归的好奇心战胜了求生欲，一个精通机关术的大匠，绝对不会做没有把握的事！他决定赌一把，留下来看看老俞葫芦里到底卖的什么药。

塔外，十七叔与大胡子上君全力相搏，打得难解难分；净照也东一叉西一叉地与天香上君周旋，动作极为难看。天香上君显然未尽全力。她有胡芷汀在手，不怕胡不归不想办法把人和东西带出来。

青龙堂的老三见两位上君都被人缠住，吴成也生死未卜，便悄悄找来几个心腹手下，低声吩咐几句。很快，手下便带着一二十个手持机弩的帮众过来，排成左右两队，将弩箭放入卡槽，张机拉弦，对准塔前。

“老三，你干什么？你家堂主还在里头！”陈长老大叫。

老三道：“陈长老，天快亮了，你想拖到惊动官府吗？”

陈长老不说话了。今晚的事情越拖越久，越闹越大，连东塔都点着了，想不惊动官府都难。

老三嘴角泛起一丝狞笑，道：“大敌当前，顾不上那么多。小的们，放箭！”

喝声下，呼啸破空。四明帮的机弩手们还未来得及扣动扳机，就被一阵箭雨射倒。老三大惊，转身看去，忽觉胸口一痛，已被一柄阔身大剑透体而过。

老三倒下了。

杀他的是个怀抱铁剑的冷面汉子。在他身后，八匹骏马昂然而立。马背上的骑士张弓搭箭，又是一轮齐射，将剩下的机弩手悉数射倒。一人加八骑，竟生出千军万马的气势来。

两位上君带来的人如临大敌，立刻亮出兵刃在外围结阵，挡住这批不速之客。

陈长老皱眉道："尔等何人，为何动手杀人？"

"私藏机弩，等同谋反，四明帮好大的胆子！"骑阵后走出一个黄衫少女，直接一顶大帽子扣下。唐末五代，天下混战，民间多携兵器，官府曾有界定：短刀、短斧、长枪、钢叉、圆盾和普通角弓可以有，那是用来打猎和防身的；盔甲、机弩、戟槊、战斧和火药不可持有，那是军用物资。因此四明帮拿出来的机弩是违禁物，而他们使用的弓箭就不受限制。至于我用弓箭射杀机弩的，那是你们学艺不精，怪不得旁人。

天香上君和净照一看到黄衫少女，不约而同地向后退了一步。

净照笑了，来的人，他认识。

天香上君皱眉，来的人，她也认识，可不该是这等剑拔弩张的局面。

大胡子上君见他俩不打了，也撤下攻势。

十七叔扭头，火焰已蹿至东塔三层，将七级高塔吞噬一半。

黄衫少女道："高塔失火，必有妖孽。我家主人说了，杀人放火者，必不轻饶！"话音落，弦声再起，八支利箭齐刷刷钉在两位上君带来的人跟前，离他们的足尖不到两寸。

天香上君缓步走来，道："小妹妹，你家主人来了吗？"

黄衫少女道："你又是何人？"

天香上君缓缓拉下斗篷，周遭一片低呼。好一个高鼻深目的异域美人！

黄衫少女只看了一眼，冷哼道："大姐你还是把帽子戴上吧！"

天香上君岂听不出她话中挖苦之意，只道：“你家主人既然来了，为何不现身一叙？”

黄衫少女道：“我家公子叫尔等先把火灭了。”

天香上君道：“这火可不是我们放的。”

黄衫少女道：“谁放的？”

天香上君朝不远处趴在地上的吴成一指。

黄衫少女径直朝吴成走去。

梁长老上前阻拦。吴成再怎么说都是四明帮的堂主，岂能让一个小女子折辱。

黄衫少女停下，唤道：“阿牛！”

“哈！”一条壮汉手提大锤，“噔噔噔噔”跑过来。

梁长老亮出吴钩，未及出招，就被大汉一锤子砸飞，口喷鲜血，重重落地，手中吴钩断成四截。

大胡子上君眼中放光，朝大汉道：“喂，我来跟你打！”

大汉不理他，一锤子朝吴成砸落。

“呼！”天香上君的长鞭先一步赶到，直接去卷大汉的胳膊。

抱剑汉子旋即出招，大铁剑带起一阵狂风，生生劈中鞭梢。

大汉的锤子偏了一寸，在吴成脑袋旁边砸出一个坑来。吴成生生被吓醒，连滚带爬往回跑，又被黄衫少女制住。

“让你的人去救火！”黄衫少女喝道。

吴成扭头看了眼被火焰吞噬的高塔，实在是不敢答应，悔不该出门前忘记看皇历，难怪今晚不顺的事情一件接一件，难搞的对手一个接一个。

这时一个空灵的声音道：“与此等败类何须多言，不去救火的，杀了干净。”

“杀”字一落，又是一通羽箭射来，八个四明帮众应声倒地。

“参见主上！”黄衫少女、抱剑汉子、铁锤大汉、神箭八骑齐齐施礼。

众人循声望去，但见：白马饰金羁，马上人如玉，锦衣逐月来，烈火映冰肌。玉人白马，遗世独立，那逼人的光彩竟叫暗夜中的周遭明亮了几分。众人皆是呆呆望着来人，如睹仙客，浑忘了自己身在何处在做甚事。

天香上君定定神，欠身道："原来是李公子。帅尊可好？"

李公子不答反问道："是你叫他们放火的？"

天香上君道："塔里有我们要的东西，还有我们要的人。"

李公子道："那就派人放火？"

天香上君道："放火之事，是四明帮擅作主张。"

李公子现身后看美人看呆的众人听了，稍稍回神：天香上君是什么身份，东海盟八大上君之一，居然被指着鼻子质问，还不敢承认，要把事情推到四明帮身上，这位美得不像话的李公子到底是何来头？

李公子冷冷道："纵火者，杀无赦！"

天香上君道："今日之事，公子真不知晓？"

李公子长眉一展，道："今日何事？我只看到有人放火烧塔。"

天香上君看看已经烧到四层的高塔，道："据闻这塔中藏着一件关乎天下气运的宝物，公子不想看看？"

李公子淡淡道："是何宝物？又与我何干？"

净照快步走来，神情雀跃，张口欲喊，却被早有所觉的李公子警告地瞪了一眼。净照眼珠一转，清清嗓子，装腔作势合十道："李施主别来无恙，贫僧有礼。多谢施主相救……"

李公子哂道："这个是谁？瞧着倒有些面善。"

净照手捂心口，委屈巴巴，做受伤状。

李公子微微一笑，道："呀，还真是钱三儿？六根不净，出家何益？怎么哪里都有你。"

甫见他笑颜，净照还觉得眼前莲花初绽冰消雪融的，听得后面的话，立马腚间一紧，怎的一来就揭我老底？连忙朝他使眼色。

李公子又道："挤眉弄眼作甚，名姓可不就是给人叫的？若是不喜欢，大可以跟本公子姓，叫李三儿吧。"

净照无语凝噎，只好转移话题道：“今夜妖孽横行，于佛门清净地杀人放火，老衲看不下去才挺身而出。李兄既来，便是护法金刚，大可将他们都收拾了。造下的杀业，老衲自会超度。方才老衲朋友胡公子冲进塔里去救人，眼下不知是否还活着。”他朝十七叔一指，道，“这位是胡公子的仆人，可别误伤了。”净照左一个老衲又一个老衲，配上他又丑又萌的五官，给原本剑拔弩张的气氛添了几分喜感。

十七叔眼一瞪：“丑和尚，什么眼神？老子是他叔，哪个是他仆人了？！”

天香上君听不下去，插嘴道：“此时相救，怕是来不及了。”

李公子骑在马上，仰望高塔，眼中火光闪动，道：“当真不救？”

天香上君道：“去了也是送死。”

李公子眸色变深，抬起马鞭朝四明帮众人一扫：“让他们都去陪葬！”

神箭八骑听到，再次张弓搭箭。

吴成大惊，想躲，底下的人退得比他还快。

天香上君忍无可忍，道：“东海盟徒听令，谁敢靠近一步，格杀勿论！”

气氛骤然紧张。

李公子挑眉道：“天香，你是要与我为敌了？”

天香上君咬牙道：“是公子先对本盟动手，本座一忍再忍，总不能看着座下弟子去死吧？”

道不同不相为谋，李公子轻扯嘴角，道：“也是，你等与我从来不是一路人，早晚要翻脸，何必假客气。”说完策马让出正面。

天香上君被她噎得不轻。李公子是跟东海盟颇有渊源不假，天香也对他一直十分欣赏，可人家自出道起就自成一派，从来不打着东海盟的旗号行事，要说翻脸，自然也没什么顾忌。

正想间，两道寒光，如电而至。

“风雷双剑！”天香上君面色大变，没想到十年前威震江湖的风雷剑客，竟被他收入麾下！风雷者，长短双剑，右手为阴，左手为阳，反握为阴，正握为阳，右手正握，左手反握，去如雨露，势若奔雷。双剑一出，先声夺人，逼得天香上君左支右绌、连连后退。

十七叔更是紧盯风雷双剑，今晚塔前一战，高手尽出，于提升武道大有裨益。

众人都盯着风雷双剑大战天香上君，倒是站在角落里的胡芷汀趁乱吐掉了口中碎布，着急大喊："塔里还有人，火就要烧上去了，你们倒是去救人啊！"一边喊一边挣扎。旁边四明帮众死死按住她。

李公子瞥了她一眼，无动于衷。

胡芷汀恼怒地盯着他："喂，骑白马的，你那么厉害，怎么不去救人啊！"

李公子冷嗤："不知所谓。你识得本公子？"

胡芷汀一呆，旋即怨愤道："你怎的这般歹毒心肠，就眼看着塔里的人被烧死吗？"

净照听不下去了，胡不归是他朋友，他也想救胡不归，可眼下的火势，除非胡不归能自己想办法从塔里出来，否则去多少人都无济于事。再者胡不归是朋友，李公子也是朋友，若论交情，后者在他心目中分量还更重些，便忍不住道："女施主此言差矣！女施主亲眼所见，放火的是那些人，放火的人不去救人，反倒让李公子去救，道理不通。再者，李公子与胡公子素不相识，既不相识，救，是道义，不救，也没有过错。总不至于为了救人搭上自己性命吧？"

胡芷汀怒道："丑和尚，枉你是个出家人，一点慈悲心都没有！他们烧了你的塔，还要烧死里面的人，你见死不救，就不怕遭天谴吗？"

净照张了张嘴，谁厉害谁就要去救人，是和尚就要跟着一起被烧死，不去便被骂"歹毒"，天下怎会有此等莫名其妙、强词夺理的女子？

李公子最后给了胡芷汀一个"你是白痴"的眼神，便转开头去，懒得再理这等无脑之人。

同时八骑之后，红影闪动，一个侍女上前狠狠给了胡芷汀一记耳光，喝道："你是什么东西，竟敢对我家主人大放厥词？！"又退回李公子身边，愤愤道，"公子，那蠢婆子实在无礼，奴婢替你教训她！"

胡芷汀被打蒙了，眼泪打转。从小到大，她是家里最小的妹妹，两个姐姐都护着她，就连在外头凶巴巴的老爹，在她这儿也会收起脾气，别说打她了，连重话都舍不得多说。小乌龟，臭乌龟，只有我惦记你的死活，我受了这般委屈，你要是能活着出来，定要给我向这姓李的讨回这个公道！姓李的，还有红衣服的小贱人，本姑娘记住你们了，今天这掌掴之辱，我定会加倍讨回来！

东塔中，胡不归觉得自己快被烤煳了。

塔外的火焰越烧越高，热浪带着浓烟席卷而上，透过外墙挤进塔身，时不时发出爆裂之声，叫人胆战心惊。胡不归没有坐以待毙，而是撕下两块布条，找到存水的陶缸，沾了水，一块蒙在自己口鼻上，另一块给老俞蒙上，绕着外窗跑了一圈，发现西北角的窗外火势稍弱，扭头对老俞道："老俞，我不管你有什么打算，总之我不能死，也不会看着你死。把衣服脱了，从那边下去。"

老俞没动，只道："你自己走吧，东塔是我的心血，我平生所学本事都在这座塔上。塔造好，我心愿已了；塔没了，我亦无可留恋。"

胡不归指着他道："我说你们做木匠的脑袋是不是木头做的？塔没了，再造一座就是。要钱，我给你；要人，我也给你。你没了，世人就看不到你造的宝塔，更不知道有你这么厉害的家伙能造宝塔。你一门手艺，一身本事，到哪里没有施展的机会，何必为了一座塔想不开？再说你还有儿子。俞章是胖点儿，可你不能因为嫌他胖就自寻短见啊！你先出去，拿着鞭子天天盯着他练功，他要不瘦下来，你就揍他。我看俞章不笨，也有胆量，敢一个人挡住几百人。他说他的本事不及你十分之一，你要死了，他还是个半吊子，你们俞家的本事岂不是要失传？老俞，俞叔，俞师傅，你听我一句，走吧！

留得有用之身，方可东山再起。”

老俞低下头，似有所动。

胡不归趁热打铁，把他拉起来道：“走走走，别磨蹭了，火烧眉毛，再迟就走不掉了。”

“等等。”老俞突然拉住他，从身后解下一个包裹来。

胡不归反应极快，道：“我不要，有传家宝你亲手给你儿子。”

老俞道：“小胡啊……”

胡不归：“……”

老俞道：“你古道热肠，心地不坏，是个好孩子。”

胡不归心道本公子的好名声可不是吹的。

老俞道：“东海盟不但要塔里的宝物，还想抓我。”

胡不归道：“不是四明帮吗？怎么又冒出来个东海盟？”

老俞道：“四明帮不过是给东海盟打下手的，那两个能打的上君，都是东海盟的人。他们看中老夫一身本事，想出重金挖老夫过去。老夫自由惯了，不愿去，他们就来抢人。”

胡不归点头，像老俞这样的大匠师到哪儿都是宝贝，不过也有风险，一旦给皇家权贵造了什么隐秘之地，指不定事后就被灭口了。

老俞道：“你说得没错，我俞家的本事，不能在我这里断了。你可知我俞家祖上何人？”

胡不归道：“鲁班，缺一门？”

老俞摇头：“墨家。”

胡不归一惊，墨家，一千多年前的学派，不想竟还有传人。

老俞道：“墨家一门，从未断绝。我俞家也只是流传下来的其中一支罢了。其余旁支散落各地，各有所长。但有一点，墨门子弟，不事权贵。”

胡不归道：“东海盟不是皇亲国戚吧？”

老俞道：“可别小看了东海盟，北到辽东，南到南洋，沿海之地，都有东海盟的人出没。东海盟的根基在江南国，就连几十年前建国的高丽，也是东海盟暗中资助的。被东海盟盯上，老夫就只剩以死明志一条路了。”

胡不归道：“有我在，断不能叫他们得逞了！”

老俞道：“就算出去，我迟早都会落在东海盟的人手里；我可以死，但俞家的绝学断不能叫他们得了去。”老俞将包裹往胡不归手里一放，道，“这三卷《木经》是我几十年经验所得，第一卷讲木工技法，第二卷讲宫观营造，第三卷讲机关之术。你拿着它，找到俞章，跟他去婺源老宅。”

胡不归手捧包裹，沉甸甸的甚是压手。

老俞道：“装《木经》的是我亲手设计的机关盒子，水火不侵，刀斧难破，打开盒子的线索就在老宅。若有人强行打开，盒子里头的机关就会将经书毁去。”

胡不归叹服，将包裹往背上一挂，扎紧，道：“那我就替你保管一阵。”

塔中烟熏火燎，俞绍咳嗽两声，道：“那边的火起来了，去看看哪边火小。”

胡不归提着伞剑跑到另一扇窗前，招呼道：“老俞，风向变了，这边火小，快把衣服脱了扎成条，我们从这下去。”

“好！”老俞应道，开始脱衣服。

胡不归脱下外袍，看看下摆上的诗文，心疼道：“半月悠悠在广陵，何楼何塔不同登。共怜筋力犹堪在，上到栖灵第九层。袍子啊袍子，今日你救我一命，来日我定给你重塑金身。”说完，咬牙将袍子扯开，前后扎紧，连成长条。他的计划是从四层的窗户出去，把布条从还没被烧到的三层瓦面上坠下，只要能坠到二层瓦面，他就有把握跳下去活命。至于会不会被火苗烧到，那就只能看运气，拼人品了。

俞绍把另一股布条递给他。

胡不归接过，跃上窗台道：“老俞你抓住那头，我顺着出去看看下面的火势。”

老俞点头，将布条一头缠在腰上，双手抓紧，把伞剑递给他：

“拿着，防火。”

胡不归接过，探出窗外，立刻被滚滚浓烟熏得口鼻流涕，勉强适应后才睁开眼，朝外侧滑去。

老俞站在窗前，看着他滑向三层瓦面外沿，说了句“抱歉了”，手一松，布条便在胡不归的坠拉下快速朝外抽去。

胡不归只觉身子突然下坠，扭头望去，窗口空空如也，老俞已然不见。而他则从四层迅速滑到三层，身下便是滚滚热浪。

“老俞你个混蛋，害死我也！”胡不归心下大骂，情急之下本能地伸脚在三层瓦面外沿上一蹬，整个人便朝空中倒飞出去。

塔下有人惊呼。

胡芷汀瞪大了眼，塔上掉下来的正是她的不归哥哥！

十七叔动作最快，拔腿就朝胡不归有可能着地的方向冲去。

净照张大了嘴，胡不归啊胡不归，那么高跳下来，要是摔成肉饼肉泥，可叫我如何给你超度……

天香上君浑不在意，不管是那小白脸还是老俞，死了便死了，死了也能交差。至于宝物，等火灭了再找不迟。

李公子看过去，却见掉下来的那人身上突然炸开一朵蘑菇，紧跟着在空中一滞，下坠变缓，摇摇晃晃地穿过火焰，朝塔台外缘飘去。

“十七叔，我在这儿！”胡不归在空中大喊。多亏了老俞造的这把伞剑，否则人必定先被烤熟，再摔成一堆烂肉，连个全尸都没，死后还要被人嫌弃，真真是惨绝人寰。现在好了，衣服破了不要紧，屁股被烤几下也不要紧，回去换身衣服梳洗一番，还是那个风流倜傥的乐天公子。

扬扬得意之际，胡不归忽觉眼前一亮，那人，那马，那气势，那姿容，居……居……居……居然是他！不对，不行，人靠衣装马靠鞍，决计不能叫他看见自己这副模样。“十七叔，去那边接我！”胡不归大叫，手脚并用，想避开那人的视线。

十七叔一愣，没动。

两人错身。

胡不归直接从十七叔面前滑过，在不远处着陆，踉踉跄跄就地一滚，没让自己受伤。

胡芷汀又惊又喜，小乌龟果然命大，这么大火没烧死，从塔上跳下来也没摔死。

十七叔看过去，却见胡不归躲在伞后，露出发髻和一只鞋来。

有李公子的人马在，东海盟的两位上君并未轻举妄动。

净照兴冲冲地跑过去，在伞面上拍了一记。胡不归没摔死，他也挺开心。

胡不归探出眉眼来，朝净照身后看去，见李公子正看过来，脖子一缩又躲到伞后。

“咋啦？”净照不明所以。

胡不归隔着伞面道：“他还有没有在看我？”

净照讶道：“谁呀？”

胡不归道：“他呀！”

净照道：“哪个他呀？好多人在看你,想看看你有没有摔死摔残。”

胡不归郁结道：“骑白马的那个……”

净照了然，扭头，道：“没看了，在看塔里还有没有人出来。”

胡不归松了口气，慢吞吞地从伞后面站起来，往身后一摸，包裹还在。

净照一看，差点笑出声来——原本英武俊俏风流倜傥的乐天公子，头发散乱，袍子没了，中衣和裤子被烧出好几个洞，满身烟尘不说，连靴子都露出脚趾了，好不狼狈。不过换作自己从那么高的塔上跳下来，没准比他更惨，便忍住没有嘲笑他，只说李公子跟东海盟和四明帮不是一路的，有他在，那两伙人不敢造次。

胡不归脑袋一歪再看过去，忽地一声低呼，再次躲到伞后。

净照道：“又怎么了？”

胡不归惊慌道：“他他他，又在看我。”

净照纳闷道：“看一下怎么了？”

胡不归别扭道：“看不得。”

净照道："怕啥，丑媳妇总要见公婆的。"

胡不归道："你才丑！喂，有没有多余的鞋子，给双来救急啊！"

净照在腰后一摸，还真变出一双僧鞋来，递过去道："五十贯一双，概不赊账。"

胡不归一把夺过，道："就没见过你这么无耻的和尚！"

净照伸手道："不要便还我。"

胡不归立刻换上，用衣服布条将露出来的皮肉挡住，又理了理头发，才小心翼翼地从伞后站起来。

十七叔从死人身上扒了件衣服丢过来。

胡不归接过，死人事小，走光事大，捏着鼻子披上。

天香上君双手持鞭，缓步走来，打量着胡不归道："这么大的火都烧不死你，胡公子还真是命大。东西拿到了吗？"

胡不归道："东西就在顶层，你要，大可自己上去拿。"

天香上君道："那俞绍呢？"

原来老俞叫俞绍。胡不归心道："也在塔里。"

天香上君道："为何没把他带出来？"

胡不归道："人不畏死，奈何以死惧之。俞大匠看你们一把火把他的心血烧了，早已心存死志。人在塔在，塔毁人亡。我劝不动，也救不了。要说你们还真是搬起石头砸自己脚，我人都进去了，多给我些时间，我就能劝他出来，到时候你再派人进去寻宝。你们倒好，我前脚进去，你们后脚放火。要说四明帮的人蠢也就罢了，你身为上君，人也不丑，怎就跟着犯迷糊？还有，这把火是谁放的？站出来！"

第十章

何方高人

吴成吓得一个哆嗦，小白脸、丑和尚、大铁铲，三个都不好惹，他哪敢出头。

天香上君微微一笑，道：“东西没拿到，人也没带出来，想必你是不想要你的小妹妹了。”

胡不归这才想起胡芷汀还在她手上。

胡芷汀正眼泪汪汪地看过来，心想小乌龟你总算是想起我来了。

胡不归心念一动，既然李公子跟天香上君不是一路的，看起来还不怎么友好，自己这边有他和十七叔、净照三个好手，未必没有强行抢人的机会。

天香上君一下看出他的小心思来，道：“想抢人？”话音落，已有手下把刀架在胡芷汀的脖子上。“小哥哥，我知道俞绍一定把什么东西交给你了。本座是个守信用的人，你把东西交出来，我一定放了你的小妹妹。如若不然——”

“不然如何？”净照好奇道。

胡不归一把将他拨拉开，死和尚恁般多嘴。

天香上君道：“不然我会调出一款香料来送你，就用你小妹妹的名字命名。用人的味道调制出来的可是上等香料哦。”

“人的味道，莫不是汗臭？”净照再次插嘴。

天香上君面色一沉，道：“小和尚，你也想被做成香料吗？”

净照道：“阿弥陀佛，小僧浊臭，做不出，做不得。”

天香上君盯着胡不归，伸出三根手指道：“小哥哥，我数到三。三——”

胡不归皱起眉头，胡芷汀在她手里，要不要把《木经》交出去呢？

犹豫间，就听李公子清冷道：“放火烧塔恶徒，统统该死！”

话音落，风雷双剑、抱剑汉子和铁锤大汉就在神箭八骑的掩护下冲向对峙中的东海盟徒。大胡子上君拨开两支羽箭，招呼手下应战。

胡不归立刻道：“十七叔，我跟和尚牵制正面，你去救人！”

岂料十七叔漠然道：“我只管你，她是死是活不干我事。”

胡不归气结，知道拧不过他，只好道：“和尚，你去救人！”

净照一阵风般跑了。

胡不归化伞为剑，冲向胡芷汀。

天香上君一鞭子朝他抽来，被十七叔的大铲子荡开。

胡不归伞剑开道，很快就被几个东海盟徒围住。四明帮的人和众江湖客见他们跟东海盟的打起来，纷纷后退。吴成也在其中。

“哗啦！”巨响过后，烟尘冲天，东塔一侧终于承受不住烈火的炙烤，层层坍塌下来，露出深色的骨架来，圆形中轴若隐若现。

胡不归暗暗叹气，这塔一塌，老俞是活不成了。

塔塌后不久，天空中突然响起尖啸，红黄白三道烟花腾空而起，直冲天际。

天香上君见之大喜，她的援兵，终于到了！

未几，大批黑衣人便将东塔院团团围住。为首之人手持鱼叉、青面獠牙，一来就盯着马背上的李公子，在面具后瓮声瓮气道：“连几个小白脸都搞不定，还得我亲自过来。”

天香上君道：“夜叉，你来得正好！今晚上在这里的人，一个都不要放过！”

夜叉没有废话，鱼叉一举，手下的黑衣人便涌入院中，连四明帮的人也围了起来。几个外围的江湖客来不及让路，竟被黑衣人当场格杀。

吴成大叫：“自己人，四明帮的，是自己人！”

陈长老一把将他拉到人群中，低声道：“堂主不想死就老老实实待在后头！”

吴成连忙闭嘴，神仙打架殃及池鱼，他可不想送命。

天香上君见黑衣人就位，转身对李公子道："李公子，你的人就这么几个。我的人呢，有那么多。不如我们做笔买卖，你把姓胡的小子拿下，交给我，我就让他们放你们走，不伤两家和气。"

风雷双剑、抱剑汉子、铁锤大汉弃了各自对手，守住正面；神箭八骑守在外围，护卫两翼；黄衫、红衫两位少女在内的七个少女站在李公子马前，守住内线。

李公子淡淡道："北斗星官，列阵！"

七个少女脚步变换，瞬间结阵。她们的兵器也很特别，笙筝琴瑟、箜篌横笛，还有一只羯鼓，暗合北斗七星。

四明帮众不明所以，以为她们是来唱戏的，顿时一阵大笑。

"铮铮铮！"筝鸣先起，似有金戈铁马扑面而来。

天香上君心下一凛，难道这就是传说中的北斗邀星阵？七个少女，七件乐器。每一件乐器也是兵器，于弦音中暗藏杀机。

胡不归见东海盟来了援兵，跟着大喊："我们的援兵呢，这么久还没到？"

天香上君一惊，他还有援兵？将信将疑之际，胡不归和十七叔已杀到胡芷汀身前。净照那丑和尚不知又从哪儿找了根从脚手架上拆下来的长竹竿来，跌跌撞撞地捅翻几人，一竿子抽中拿刀架住胡芷汀那人的脑袋。胡不归大喝一声，手中伞剑掷出，将那人扎了个对穿，在十七叔的掩护下冲到胡芷汀跟前，从地上钩起一把单刀。胡芷汀立刻举起双臂。胡不归一刀劈落，准确无误地砍断胡芷汀手中绳索，顺手将单刀递给她，同时拔出伞剑，按下机关。伞剑"嘭"地弹开，挡下左右夹击。胡芷汀接过单刀，迅速弯腰切断腿上的绳索，挺刀加入战团。十七叔赶过来，一铲子先剁下人的半条胳膊。净照也赶过来，拿竹竿左右扫荡。

四人聚拢一处，原本是三个男人来救胡芷汀，不想胡芷汀拿到兵器后反而冲在最前头，单刀带着多日来被囚的怒火，出手便是狠辣杀招，眨眼便干掉数人。

天香上君微微皱眉，眼下战局复杂：她和大胡子上君带来的人手不多，大胡子跟他的手下对付李公子的人，她的人对付胡不归几个；四明帮和凑热闹的江湖客则被挤在中间当炮灰；外围则是夜叉带来的援兵。看起来是东海盟的人占优势，可李公子和胡不归两伙人战力强悍，难保他们不会联起手来先对付包围圈中的两位上君。

她想到的，胡不归也想到了。“芷汀，十七叔，和尚，往那边杀过去，跟白马公子一起打！”十七叔没有意见，胡不归去哪儿他去哪儿。净照巴不得能跟李公子并肩作战。唯有胡芷汀不乐意，谁叫那李公子一副盛气凌人的样子，那红衫少女还给了她一巴掌。这个仇，她一定要报。

“阿芷，走啊！”胡不归催促道。

胡芷汀一咬牙，反而朝四明帮人最密集的地方冲去。三个男人没办法，总不能叫她一挑几十个，只好跟了上去。

吴成一看胡芷汀凶神恶煞般冲过来，急得大叫：“挡住她，挡住那个绿衣服的小妞！”

胡芷汀也是发了狠，又夺过一把刀来，双刀翻滚，凌厉狠辣竟堪比风雷双剑。

天香上君喝道：“摩呼、夜叉，还不动手！”

外围的夜叉怪叫一声，招呼手下同时朝李公子冲去。在他们看来，胡不归四人不过是几个来闹事的小孩子，不足为虑，倒是这个李公子一看就是个有来头的，必须先行解决。

李公子不慌不忙地从马鞍旁摘下一把雕弓来。此弓通体赤红，弓首如凤头，弓尾似凤羽，比寻常马弓角弓都要宽大，配上定制的羽箭，叫人一见难忘。弓既出，箭离弦。只一箭，就将两个夜叉带来的手下射了个对穿；再一箭，又将大胡子上君扔出来的齿轮撞飞。

七位少女脚踏七星，身带弦音，或两人，或三人，不断变换阵法，用手中乐器奏出曲乐来，或低沉，或激昂，高低相间、层层不休。但凡靠近她们的人，无不如中魔咒、心神动摇，反应动作变得迟缓，被在阵外伺机而动的风雷双剑、抱剑汉子、铁锤大汉三人逐一击倒。

不论敌我，莫不大惊。他们原本还在纳闷，七个娇滴滴的少女拿出乐器来，难不成是要用乐器来打人，没想到居然是用曲乐来迷惑人心。

胡不归暗暗感慨，李公子身边果然能人无数，单是那三个汉子放到江湖上都是一流好手，眼前这七星乐阵更是玄妙，居然能叫人闻之夺魄。若是两军对阵时请她们去弹上几曲，岂不能叫敌军斗志全无?

夜叉和大胡子上君很快就看出七星乐阵的辅助作用来，立刻改变策略，转而锁定外围三人。夜叉的对手是风雷双剑。风雷快，夜叉狠，转眼拼下十数招，难分胜负。大胡子上君找上了铁锤大汉，两个壮汉声如雷震，每一招都地动山摇。不论四明帮还是东海盟的人都远离他俩，唯恐被砸成肉饼。两人各自带走一人，在乐阵外专职杀人的就只剩抱剑汉子一人，攻方伤亡骤减。

天香上君一鞭子荡开胡芷汀的双刀，喝道："小妹妹，抽你嘴巴的人在那里，姐姐我可没有虐待你。"

她不说还好，一说胡芷汀愈发恼怒，要不是你这妖女用下三烂的手段绑票，我又怎会沦为人质，差点害小乌龟死在塔里，还被人当众羞辱！在场的除了我，所有的女人都不是好东西！

天香上君见她攻势不减，挑眉道："小妹妹，再不收手，姐姐我就不客气了！"

胡不归担心胡芷汀被囚数日，怒火攻心中了挑唆，上前道："天香姐姐，你就别以大欺小了，刚才没打够，再来！"

天香上君看他一眼，道："啊呀，小哥哥，你的裤子怎么破了？"

胡不归大惊，低头看去，一打一走，那几处被火烧掉的破洞果然又露出来。

天香上君大笑："小哥哥，哪里大，哪里小，说给我听听嘛……"

净照听不下去了，道："女施主，光天化日之下，要自重，自重。"

天香上君道："小和尚，现在可是半夜，哪来的日？"

胡芷汀怒道："跟她废话作甚，打便是！"说完又冲上去。

胡不归心想这么蛮干不是办法，还是得尽快跟李公子那边会合，一起突围。

就在这时，胡不归听到了一个熟悉的声响。

十七叔也听到了。

悠长的声响后，地面微震。

胡不归仰天大笑。

净照大惊，这厮一惊一乍的，莫不是被火烤又跳塔了一回，失心疯了吧？

胡芷汀也连忙撤回来，关切道：“小乌龟，哪里不舒服吗？”

胡不归收住笑声，扭头朝正弯弓射箭的李公子道：“时机已到，且看我十万天兵，将那妖魔鬼怪统统杀尽。杀，杀，杀！”

十七叔瞅瞅他，叹了口气，挥铲子放倒一个。

净照以为他魔怔了，当场就开始念《金刚经》驱邪。

东塔院外，大队人马开到，竖起盾牌，架起长矛，将夜叉带来的人马团团包围。很快，混乱就从院外传到院内。

杀声震天，援兵开到。

东塔院的门被撞飞，连带院墙都塌了两处。

火光中，长矛如林，大盾如山。

“威！”大盾拄地，青砖震动，东塔又塌一块。

“风！”无数羽箭越过长矛和大盾，将东海盟徒射倒一片。

“武！”长矛放倒，朝前逼近。来不及闪避的东海盟徒又被扎倒一排。

东海盟徒无心再攻，纷纷后退。

“尔等何人！”大胡子上君喝问。

盾阵中竖起两面玄色大旗，一面绣着“胡”，一面绣着“右”，在火光中猎猎飘扬。

“胡！”天香上君又惊又怒，那姓胡的小白脸没有骗人，他们果然有援兵，他们就是来打头阵捣乱拖延时间的！

盾阵裂开，一员战将出阵，手持长矛，身披短甲。

胡不归大叫："二哥！"

那战将见他衣不蔽体、灰头土脸的样子，皱眉道："怎么搞的，谁欺负你了？告诉哥，哥帮你收拾他！"来者正是胡不归的堂兄，二郎胡雷。他见一群大男人打架居然还有戏班子在当中吹拉弹唱，皱眉道，"那些是什么人？"

胡不归怕他连李公子的人也打了，连忙解释道："那些是李公子的人，李公子——就是骑白马那位——是来帮忙的。四明帮要抢塔里的宝物，东海盟抓了芷汀，逼我去塔里寻宝。我一进去他们就放火，我逃出来他们又要灭口，多亏了那位李公子帮忙，我们才能撑到现在，差点就见不到二哥了。"

胡雷大怒。他本就是个暴脾气，听到自家弟弟妹妹吃亏，哪里还能冷静，当即喝道："列阵，四明帮和东海盟的人，格杀勿论！"

"哗啦啦！"铁阵合围，杀气冲霄。

剑拔弩张之际，忽地一阵风起，一个声音道："东海盟的人都住手。李公子，何不来与老夫聊上几句？"字正腔圆，中气十足，直震得满场杀气为之一滞。话音落，又是几道劲风，准确无误地落在胡家盾阵前方，炸出大片白烟来。

胡雷高呼："结阵，掩口鼻，以防有毒！"

"哗啦啦！"盾阵后退半步，动作整齐划一。

众人循声望去，只见一道人影矗立东塔院僧舍顶上，面朝高塔，衣带翻飞。

天香、夜叉、大胡子上君同时色变，招呼手下收手。

混战停歇，几方各自退到一边，救死扶伤。

李公子收起弓箭，朝屋顶望去。

七个少女停下乐阵。

那人缓缓道："一把火烧了七级浮屠，若再杀个血流成河，这明王寺可就要毁了。"

李公子闻言，双腿一蹬，催动坐骑。白马越过人群，在僧舍突然转弯加速。李公子借助冲力从马背上一跃而起，伸手在屋檐下一搭，在半空中轻巧地翻转一圈，潇洒跃上屋顶，稳稳站住。

胡不归看得目眩神迷，好俊的功夫，动作比他上塔下塔时漂亮多了，难怪人家骑马腾跃，我就只能打伞空降。

胡芷汀戳戳他，示意他去胡雷那边。

胡不归这才反应过来，带着十七叔、净照和胡芷汀走过去，问胡雷道："二哥，你咋来了？"

胡雷说是招财跑去明州分舵，正好碰到他带队接管明州分舵。宗堂担心四位堂主死后各地堂口不稳，就派出胡雷、胡霆、胡震、胡霁四人分别接管明州、睦州、台州、温州分堂。胡雷分到的是四个堂口中最重要的明州。他听说胡不归遇险，就带着胡家最精锐的家丁赶来支援。

净照心想你这哪是什么家丁，简直比西府禁军还要精锐。不过这次他忍住没插嘴，他可不想被胡雷这莽汉灭口。

胡不归暗暗点头，眼下时局不稳，各处堂口是得派胡氏子弟过去才能镇住，不过能打的四个哥哥和家丁都被派出来了，宗堂岂不空虚？但此刻他只能顾及眼下，道："招财、进宝呢？可曾碰到一个胖子？"

胡雷道："碰到了，他们三个本事太差，在寺外等着，省得拖后腿。这里的事你怎么说，要是接着打，我这一百个人对付几百个草寇绰绰有余；要杀便杀，杀了再去报官，说他们火烧明王寺，叫他们翻不了身。"

净照暗暗摇头，心想这胡家人做事还真是霸道，人杀了不算完，还得扣个罪名上去。不过看样子东海盟也不是好招惹的，打不打得起来还两说。

胡不归抬头望去，见李公子和那人仍在屋顶相对而立，也不知在说些什么，只道："我们横竖没有损伤，且看李公子下来如何说法。"

胡雷道："等不了太久，官府那边很快就会派人来。"

胡不归点点头，道："和尚，你跟我妹子先出去，到外头等我。"又对胡芷汀温言道，"我这边有十七叔和二哥在，你劳顿数日身子疲乏，再打架就要生病了，女孩子家要多睡觉才长得好，听话。和尚，出去后找胖子他们，让招财带他们先去城里，进宝留下来。”

净照应了，本以为胡芷汀不肯走，毕竟抽她嘴巴的人还没报复，这丫头又不是个好相与的。岂料胡芷汀听到胡不归的话，竟似个乖乖女般点头应了，还让胡不归自己小心，回头她就去找一套新衣服来……把净照腻歪的……不过这哄姑娘家的本事他得记下来，以备不时之需。

净照和胡芷汀走后，胡不归整了整破破烂烂的衣服，走到天香上君身旁，清了清嗓子。

天香上君斜了他一眼，道：“我要的东西带来了吗？”

胡不归不答反问：“先抓了我妹妹，让我拿东西来换；我到了又让我去塔里取宝物，还得带个人出来。我若乖乖依了你，岂不是被你用一个人换走两样东西加一个人。夫人一直都是这么聪明吗？”

天香上君道：“看在你拍马屁的分儿上，我回答你，是。”

胡不归道：“可惜啊，这一把大火，人没了，宝贝找不着了，我妹子也回来了。”他看看屋顶的两个人，“这架呢，我看也打不起来了。有没有种竹篮打水一场空的感觉？”

天香上君道：“能够看到胡家的实力和态度，便不虚此行。”

胡不归道：“我们胡家就是这样，看到有人杀人放火做坏事，就忍不住要出来管管，不管他是中原人，还是外族人。”

天香上君道：“小哥哥，其实我们并不是敌人。”

胡不归道：“死了那么多人，还不是敌人？姐姐莫不是真对我有意？”

天香上君道：“你们胡家人自我感觉都那么好吗？”

“看在姐姐说不是敌人的分儿上，我回答你，是。你看他——”胡不归指指十七叔，“我的一个跟班，护卫，仗着能打，以为自己武功天下第一，成天板着个脸在那里装酷，感觉不是一般的好。”

十七叔耳郭一动，眉角一挑。

胡不归道：“我就想知道，你们的人为何要费那么大劲从皇宫里偷东西出来？还非得赖在我身上？”

天香上君道：“谁告诉你是从皇宫偷的？”

胡不归道：“江南国御用的上等宣纸，现在是大宋御用，不是从皇宫偷的，还是从我家偷的？那个受重伤的家伙还活着吗？”

天香上君道：“你倒是有心思管别人的闲事。我劝你早些把东西还给我们，不然的话……”

胡不归打断她道：“东西是你们偷来的，怎能说还？”

天香上君道：“小哥哥，难道你真想跟东海盟翻脸？”

胡不归道：“吴越之地七山二水一分田，我倒想看看，上了岸、下了矿、进了山，东海盟还能蹦跶多高。”

天香上君冷冷一笑。东海盟的大本营在江南国，就是吴地，在海上也有庞大的势力，可在吴越，特别是在钱塘江南的广大浙闽山区，他们还真没把握呼风唤雨。而今江南国已亡，两年来他们将一部分实力转移到海外，另一部分向吴越浙闽之地发展，可效果并不理想。原因之一是浙闽山区众多，宗族势力强大，既保守又排外，渗透极难；其二是语言不通，每每走出数十里，隔条河就是另一种方言，没有当地人帮忙根本就无法沟通，也不知吴越是如何在浙闽之地立国的。“俞绍真的烧死了？”天香上君突然问道。

胡不归道：“兴许没死。”

天香上君本以为他会说人已经死了。

胡不归就把老俞先骗他，再把他扔下塔来的经过一说，只隐去保管《木经》一节，反问道：“你觉得他一个能造塔又懂机关术的大匠师，会不给自己留后路吗？”

天香上君深以为是。那些给帝王修陵寝的大匠，为了防止官家过河拆桥被活埋灭口，每每会在陵寝中预留通道，先逃命，再盗墓，一举两得。俞绍一身本领，她压根儿就不信他会给一座塔陪葬。他诓骗了胡不归，自己则带着宝物从密道逃走，真真是好算计。“被人算计的感觉如何？”天香上君调侃道。

胡不归道：“我就是个老实人。”

十七叔在旁边干咳两声。

再看屋顶，李公子和那人已经聊完分开，翩然跃下，正好被白马接住。

“李……”胡不归刚要抬手施礼，李公子便骑马从他身前掠过，返回本阵。

屋顶上，那人手一抬，转身不见。

天香上君三人看到他的手势，立刻传令东海盟徒收拢队伍，带上死伤者，即刻撤退，还给李公子等人让出道来。

“不打了？”净照讶道。

那厢李公子等人也收起阵法兵器，想要离开，却被胡雷和胡家盾阵挡住去路。

“请让开！”黄衫少女道。

盾阵没动。说让就让，胡家可不是谁的面子都给。

“阿牛！”李公子拨转马头，马鞭朝右侧一指。

那里是四明帮的人，后面是东塔院的围墙。

吴成吓了一跳，怎么又指我？

铁锤大汉“噔噔噔噔”跑过去。四明帮的人早就被神仙打架吓破了胆，哪里还敢阻拦。大汉抡起铁锤，朝围墙狠狠砸落。七八锤下去，围墙轰然倒塌，露出数人宽的缺口来。大汉第一个跳出去。

众人这才看明白，敢情他们根本不在乎胡家盾阵，你不让，我就自己开一条道出来。够气派！

胡芷汀见他们要走，盯着那打过自己的红衫少女叫道：“把账算清楚再走！”

红衫少女看过来，眼中尽是不屑。

胡芷汀怒极，提刀就上。

胡不归见她提刀朝李公子一行冲去，连忙拉住她道：“小妹，你怎跟李公子的人动刀？”他没看到红衫少女打胡芷汀，自然不明所以。

李公子策马扬鞭，理都不理她。

红衫少女也只是看了她一眼，跟着李公子破墙走了。

胡芷汀看着李公子一行扬长而去，满心怒火无处发泄，急得掉下眼泪来。

胡不归更纳闷了，怎么好好地就哭了？我还懊恼呢，好不容易再见面，连个招呼都来不及打。李公子啊李公子，我到现在还不晓得你姓甚名谁，再见也不知何年何月，叫人情何以堪……再一想，不打照面也好，这会儿自己衣冠不整，裤子破了，连鞋都是跟和尚借的，形象跌到谷底，还是不在那神仙人物跟前丢丑的好。胡思乱想间，竟忘了问胡芷汀缘由，戳戳净照道："和尚，你跟李公子早就认识？"

净照本想告诉胡不归是李公子的侍女打了胡芷汀，可再一想我怎能说李公子的坏话呢？女人打女人，本就拉扯不清，再说也是胡家小妹不对在先。想来想去，还是就当不知道这回事，只道："把鞋子的钱付了，老衲就说与你听。"

胡不归抡起拳头假装要揍他。

净照道："小哥哥，在庙里打和尚，不怕讨不着媳妇吗？"

胡不归道："庙里几时管姻缘了？"

净照道："佛生万象，什么都管。"

胡不归道："怎就不管管你这六根不净的和尚！"

净照道："看，他们走了。"

果然，李公子一行走后，东海盟众人很快也走得干干净净，半具尸体都不留。

临走前，天香上君还不忘过来叮嘱胡不归："小哥哥，欠我的东西，今朝不还明朝还，姐姐我可是要算利息的。"说完又风情万种地朝净照抛个媚眼，道："小师父座下可收女弟子？"

净照连忙躲到胡不归身后，女施主太生猛，小僧消受不起啊。

烈火熊熊，高塔如炬。

吴成见靠山东海盟都走了，连忙招呼手下撤离。偌大的东塔院，眨眼走得空空荡荡，只剩胡不归几人和胡家盾阵，还有一群被扔下没人要的僧人。

胡不归对胡雷道：“你们赶紧走，官府的人来了说不清楚。”

胡雷点头，道：“这段时间我都在明州分堂，要帮忙，要打架，尽管找我。”说完带着人马撤走。

几十个僧人在住持的带领下走到石阶前，依辈分排好，诵经超度。

胡不归扭头望去，整个高塔都已被火焰吞噬，三年时光，无数人的心血，今夜付之一炬。“那个与李公子见面的，究竟是何方高人？”胡不归心中疑窦更甚。

第十一章
机关木匣

胡不归等人在客栈相聚。

昨夜一场大火，将新造好的明王寺东塔烧成一根火棍，大火又烧了半天才渐渐熄灭。东塔院一片废墟，由官府派人看管清理。原本定在今天的开光大典也取消了，改成超度浮屠和亡灵的法事。

胡不归换了身衣裳，清清爽爽地出来。胡不归出行必坐船，船上带着各种家当和替换衣物。譬如下摆绣有诗文的雪白长袍就备有至少十件，方便他随时更换。胡芷汀想得周到，叫了一桌子饭菜送到房间里。不过净照和十七叔都不见了，只有她和俞章在。俞章两眼通红，看起来一夜没睡。胡芷汀告诉胡不归，说净照一早就去明王寺了，要去跟寺里的大小和尚们叮嘱几句，不能叫他们跟官差乱说。胡不归暗暗点头，昨晚之事太过曲折，由净照出面跟僧人们解释最为合适；放火烧塔的罪过自然要由四明帮来承担。至于十七叔，只要胡芷汀在，他从来都是立刻就闪。

胡芷汀悄悄拉拉他的袖子，小声道："我帮你哄过他啦，可他就是一个劲说他没保护好他爹，他爹死了，他娘也没了，他是没爹没娘的苦孩子。你再劝劝他，再这么下去，人会瘦的。"

胡不归差点笑出声来，就俞章的身材，瘦点儿也还是二百斤的一大坨。不过他坚信老俞没死，就在俞章旁边坐下，拿起筷子指指盘子里的白切鸡，道："来来来，看看这只鸡是牝是牡。"

俞章垂头丧气道："爹都没了，何来牝牡。"

胡不归道："你阿爹那么大本事，肯定没死。"

俞章道："那他为何不跟你一起出来？"

胡不归道："你阿爹是大匠师不？"

"是。"

"你阿爹会造机关密道不？"

"会。"

"你阿爹有没有让你外头守不住了就退到塔里去？"

"有。"

"你觉得你阿爹会拉着你一起完蛋吗？"

"这……"

"你阿爹把我推下塔——这笔账我回头再跟他算——就是不想让我看到他早就准备好的密道。我一下去，他就能从密道溜走，现在指不定在哪儿风流快活。"

"我阿爹不是那样的人，我娘死了他就没碰过别的女人。"

胡不归真想狠狠敲打他几下，道："你阿爹就没死！"

俞章"哇"的一声哭出来。

胡不归那个心塞啊，能做机关能布阵，面对几百人都能面不改色，脑子怎么就不转弯？别人听说自己爹没死高兴还来不及，就算知道可能死了，也会装出还没死的样子来。他倒好，死心眼的非得说他爹死了。老俞你上辈子是造了什么孽啊，居然生出这么个不肖子孙来。

胡芷汀递过一块手帕，在俞章面前抖了抖。

俞章接过，重重一喷，挤出大把眼泪鼻涕来。

胡不归看看手帕，说了声"可惜"。

胡芷汀眨眨眼，道："你的。"

胡不归仔细一瞧，可不就是他的；我的手帕啊，居然被一个胖子给玷污了……低头间，正好看到摆在旁边的伞剑，灵机一动，十分严肃道："为了报复你阿爹把我丢下塔的深仇大恨，这把伞归我了。"

俞章先是一愣，旋即大叫："不行，这伞是我借你用的，是我阿爹唯一的遗物，还给我！"说完伸手就去抢。

胡不归早有防备，抓起伞藏到身后。

俞章道："还给我！"

胡不归当然有后手，“啪”的一声将一件东西砸在俞章面前，正是昨晚老俞托付给他的那只包裹。

胡芷汀道：“什么东西啊，吓死个人。”

胡不归对俞章道：“别说我不讲义气，这才是你阿爹留给你的，有本事就自己打开。”

俞章一把夺过，如获至宝，麻溜地从包裹里取出那只长条形的木匣来，愣住了。木匣光溜溜的用硬木制成，既无花纹也无铭文，只在每个面上有一道不深不浅的凹槽。

胡芷汀道：“这是什么？”

胡不归道：“我不晓得，总归是他爹留给他的，想来装着什么传家宝。”

胡芷汀催促道：“俞俞，快打开看看。”

俞俞，是她给俞章起的小名。

拿到木匣的一刻，俞章就像换了个人般，双眸瞬间有神，神情也变得无比专注，白白嫩嫩的胖手灵巧地在木匣表面触碰摩挲，从不同角度观察这个看起来毫无破绽的物件，先前的颓丧、痴呆、牢骚，一扫而空。

“这才是大匠师后人该有的样子。”胡不归感叹。

胡芷汀看着俞章摆弄木匣，忍不住道：“怎么打不开？”

胡不归道：“那么容易打开就不是他爹留给他的了。”

俞章翻来覆去地琢磨了半天，突然将木匣往边上一放，扒过碗筷，撕扯下一整只鸡腿就往嘴里塞。

胡芷汀目瞪口呆，小声道：“他怎么了？”

胡不归夹了一块鸡胸肉到她碗里，道：“练功多了会不会饿？”

胡芷汀点头。

胡不归给自己夹了只鸡翅膀，道：“动脑子多了也一样。那些写话本子的，每天被逼写几千字，比练功还累。心累。”

胡芷汀道：“不写不就行了。”

“不写？谁敢不写？”胡不归哼哼两声，“我听说有个写话本子的，半个月没出新章回，被人找上门去给打断了一条腿。打断腿不够，还得被人盯着继续写，写不出就打另一条，你说惨不惨？”

胡芷汀面露不忍，道：“真惨。小乌龟，你可千万别去写话本子。你已经这么惨娶不到媳妇，要再断条腿，连寡妇都娶不到了。”

胡不归：“……”

胡芷汀宽慰他道：“不过你也不用担心啦，真没人要你，还有我呢。我被那个坏女人抓起来的时候就在想，小乌龟你会不会来救我；结果你不但来了，还那么奋不顾身。你在塔里的时候，那些坏人在塔下面放火，我看着火越来越大，想死的心都有了。那么高的塔，一层一层地被烧着，一大块一大块地塌下来。我就想，小乌龟你可千万别有事，你要是，要是……我定当给你报仇，然后下去陪你……”

胡不归听她絮絮叨叨，看她一脸情真意切，心里颇为感动，被关心的感觉真好啊！想来那位李公子也是无数女子的梦中郎君吧？看他身边的七个侍女，春桃秋菊各有特色，每一个模样身段都是上乘，能入他眼的女子必是神仙姿容、超凡脱俗。不知他可否定亲，有没有妹子……咦？我怎会想到李公子去了？他破墙那一招，还真是出人意料，痛快淋漓。

胡芷汀看他呆呼呼的边走神边傻笑，忍不住戳他一记，道：“跟你说话呢！”

胡不归回过神来，看到桌上的饭菜，“啊”的叫了一声。就走神这一会儿，俞章就把桌上的八菜两汤吃得干干净净，吃完了还不忘打个嗝，摸摸肚子露出心满意足的表情。

胡芷汀道：“喂，俞俞，我们的都被你吃了！”

俞章不好意思道：“我以为你们说话不饿呢，一桌子吃的剩下了多不好，就帮你们解决了……”

胡不归道：“无妨无妨，等会儿我们去街上吃，你留下接着琢磨。”

俞章擦擦手，正色道：“我阿爹不会单留下这个东西，一定还说了别的。”

胡不归看他暂时恢复正常了，心想这等搞技术的就是不能叫他闲着，闲着就胡思乱想，一定得找点事情给他做，于是道："你阿爹说，你能打开这个，才能进宗谱。"

俞章"啪"地将木匣拍在桌上，道："骗谁呢？我娘临死前就逼我阿爹把我加进宗谱里了；我阿爹要是不加，她做鬼都不放过他！哎哟，我又想我娘了……"说完又变出两滴眼泪在眼眶里打转。

胡不归怕他再魔怔，连忙道："是是是，你阿爹还说，要打开这个，得回婺源老宅。"

俞章收回眼珠子，眨眨眼，道："婺源老宅？我怎么不知道婺源还有个老宅？"

胡不归暗叫不好，老俞这厮不会连这都是信口编的吧？方才听他说他娘临死前逼他爹把他写进宗谱，难道他不是他爹娘的婚生子？他娘是他爹的……哎哟哟，没想到啊老俞，一门心思搞技术的大匠师，不只会造木头人，还会到处拈花惹草造小人。可叹啊可叹，连老俞这等中年男人都能老宅外宅一大把，可叹我才貌双全，居然连女子的小手……芷汀妹妹的小手倒是牵过，可也就是这样了，自家妹子的还不能算。

俞章想了想道："去婺源看看也好，听说那里有好多油菜花，每到春天就会有人从别的地方赶过去在油菜花地里裸奔……"

胡不归连忙打断他："你脱光了可没人看。"

俞章猥琐一笑，道："我不脱，我看。"

胡芷汀别过脸去，没法再听下去。

胡不归心想搞技术的胖子果然变态，道："木匣子你收好，这把伞呢，我替你保管。休息半天，吃过午饭，我们坐船动身。"

俞章抱起木匣道："木匣是我的，伞也是我的。不过伞可以继续借你用，租金嘛……"他想了想，伸出一根手指，"每天一文钱。"

与此同时，明州城东海盟秘密据点。

天香上君、大胡子上君和夜叉并肩而立，天香居中，另两人分立左右。

帷幔后，人影憧憧。

天香道："禀宗主，此次是属下谋划不周，请宗主责罚。"

夜叉道："没拿到宝物，叫俞绍跑了，还折损了那么多人，亏你还有脸说。"

天香道："那件东西还在胡不归手上。"

夜叉道："宗主，属下愿去将那件东西取来！"

一阵静默。

"右直都果然在胡家手上。"良久，帷幔后才传来一句话。

"右直都？"天香一惊，那不是二十多年前被吴越王解散的一支劲旅吗？

宗主道："我们跟胡家一直井水不犯河水。你们说说，这次胡家为何敢跟我们动手？"

夜叉道："我们动了姓胡的小子，他们的人当然要出头。"

天香道："他们一开始以为放火的只是四明帮。不过以四明帮的实力，胡家用明州分堂的人就能对付；可昨晚出现的，分明不是明州分堂的人，更像是胡家的亲兵。"

宗主道："不，是右直都。当年右直都被解散，胡家暗中收留了一大批中低级的将吏和老兵，以免他们无以谋生出去祸害地方。胡家养着他们，他们就帮胡家训练家丁。昨晚来的，是第二代右直都，胡家不惜重金打造的劲旅。"

夜叉道："既是劲旅，为何来蹚江湖事？"

宗主道："因为我们在。"

又是一阵静默。

宗主道："钱与胡，共吴越。胡家能历经三代五王而不倒，可不是那等有勇无谋、抱残守缺的士族。"

天香听宗主没有责罚他们的意思，心下稍安，脑子也活泛起来。胡家精兵出现的时候，夜叉已经带人来到；而他们一露面，就展示出强大的战力来。胡家为何要在这个时节将麾下最精锐的一支力量暴露在东海盟面前？是因为两家都是东南最强横的势力。与其说是在让东海盟不敢轻举妄动，不如说是在释放一种信号。她有些明白了，道："胡家是在展示实力。"

夜叉本想反驳，又忍住了。

宗主道："不错，展示实力。三年之期就要到了，胡家死了四个堂主，决不会任人宰割。胡家和我们，都足以左右东南局势。胡家退隐多年，两个毛头小子就能把你们三个耍得团团转，后生可畏，不容小觑。"

天香道："下一步如何做，还请宗主示下。"

宗主道："夜叉和摩呼退下，天香留下。"待夜叉和大胡子上君离开，宗主又道，"修罗在哪里？"

天香低下头去。修罗与他们三个一样也是宗主座下八大上君之一，在八人中排行第三。

宗主道："告诉修罗，要烧冷灶我不拦他，可有一点——北宸阁的人不要动，他斗不过两个强敌。"

天香一惊，原来宗主什么都知道了。北宸阁，宗主还是那么偏心。

曹娥江上，帆船如林。江边渡口，车马不息。

胡家在曹娥江上有自己的船。胡不归没客气，差招财去联络，自己则跟胡芷汀和俞章在路边寻了处茶肆歇脚。

胡不归端起大茶碗，学着胡芷汀道："俞俞，东西还在吧？"

俞章夸张地扭扭身子，小声道："在呢在呢，贴身放，一动就能挤到肉，丢不了。"

胡芷汀按下胡不归的大茶碗，手腕一翻，一根细针探入茶水中，见无异状，才道："在外头好几年了，还这么不小心。"

胡不归看看茶水，皱眉道："你这针多久没洗了？"

胡芷汀佯怒道："好心当成驴肝肺，喝了拉肚子我可不管。"

胡不归笑呵呵地抿了口，道："可惜和尚不在，不然也请他喝一口。"

话音落，就听身后一个熟悉的声音道：“是哪个在惦记老衲？”

胡不归险些一口茶喷出。

来者正是净照。

茶小二见来了个出家人，上前道：“这位师父，您这边坐。”

净照道：“不不，我跟他们一桌，讨碗茶水喝。”

茶小二笑笑走开了，原来是穷和尚一个，看到胡不归这富家公子就上去蹭吃蹭喝啊。

净照在胡不归对面坐下，自顾自倒了碗，对胡芷汀道：“女施主也给老衲探探？”

胡芷汀才懒得给这丑和尚试毒，只道：“师父有佛法护体，魑魅魍魉百毒不侵。”

净照笑道：“学坏了，跟他学坏了。”

胡不归道：“你不是在明王寺挂单吗，怎的又跑出来了？”

净照一脸无奈道：“被他们那么一闹，寺里兵荒马乱、人心浮动的不利于清修，不得已才来求与公子同行游方。”

胡不归道：“妹子，俞俞，我们走。”

净照连忙道：“别走别走，茶水都没喝呢。小僧是懒得应付那些官差，又不想被人叽叽歪歪地化缘——清贫如小僧，无奈只好出来躲躲。”

胡芷汀听他东一个老衲西一个小僧的，忍不住扑哧一笑。

胡不归翻翻白眼，道：“你穷？咱吴越就没有比你更有钱的和尚。你太有钱了，跟着是个祸害，不带你，不带你。”

净照不慌不忙道：“嗯？你不想知道老衲是如何跟李公子相识的？”

胡不归立刻提起茶壶给净照满上，笑容可掬道：“大师来都来了，这么着急走作甚？江上风光独好，你我同舟，秉烛夜谈可好？”

净照耷拉下眼皮，道：“老衲有些乏了。”

胡不归唤道：“进宝，带上大师的行李，去看看船来了没有。”

俞章道：“把我的也背上。”

胡芷汀道："看把你懒的，自己背。"

俞章看看她，不说话了。

进宝刚要走，招财就回来了，说船已经靠岸，现在就能过江。

胡不归一行在无数羡慕的目光中登上胡家的货船。货船不大，能载货也能载人。船上的管事亲自相迎，将胡不归请到客舱，说已经派人去越州分堂通报。胡不归让管事下去，他并不喜欢下面的人太过自以为是地前来讨好。曹娥江不算太宽，船很快就在另一侧靠岸。胡不归让管事另外找了条小船给他们，让进宝操船，顺着河道慢悠悠地往越州城去。

进到城中，胡不归特地在百花楼旁边寻了处客栈住下，直接要了四间上房，他跟胡芷汀各一间，净照跟俞章一间，招财、进宝一间。胡不归是个闲不住的，饭后小憩片刻，就来敲俞章跟净照的房门。

门开，来开门的竟是胡芷汀。胡芷汀见是他来，有些不好意思道："小乌龟，你不睡觉？"

胡不归道："这话该我问你。你一个姑娘家，跑和尚房里作甚？"

胡芷汀道："什么和尚房里，明明是俞俞房里。俞俞那个木匣子不是打不开嘛，我就过来看看能不能帮上忙。"

胡不归探头一看，见净照跟俞章都趴在桌前，正聚精会神地在摆弄俞章的传家宝木匣子。待他进去，胡芷汀关上门，道："我们琢磨了很久还是打不开。你说这东西到底是怎么做的，连道缝都没有。"

胡不归道："我倒是有个法子。"

胡芷汀道："什么法子？"

胡不归道："房间里有火盆吧？点着了，用火一烤，里头一受热，就把外头的匣子挤开了。"

俞章道："不成！这是机关盒子，防火防水防盗。用火一烤，万一把里头的东西点着了呢？"

胡芷汀拿出她的细针来，道："不用烤太久，稍稍烤一会儿，待匣子有了裂纹，我用针一探，就能找到机关的口子。”

胡不归道：“你这针用处不少。”

胡芷汀道：“那是，还能当暗器。”

胡不归发誓再不吃她用细针探过的东西，见净照要走，道：“和尚，去哪儿？”

净照道：“我去去就回。”

很快，净照抱着一大包物件回来，往桌上一扔，稀里哗啦的一大堆，散开一看，从剔骨刀到砍刀一应俱全。

俞章一把抱起传家宝匣子，紧张道：“你干啥？”

净照忽地一笑，露出俩销魂的梨涡来：“跟后厨大哥借来的，从小到大、从薄到厚，啥样都有。”说完挑了把如扇面般宽大的厚背刀来，朝刀刃吹了口气，比画两下道，“哪儿那么麻烦，一刀两断，干脆利落。”

俞章抱起木匣子躲到胡不归身后。

胡不归道：“可以一试。”

俞章又躲到胡芷汀身后。

胡不归道：“你阿爹那么厉害，造的机关匣子肯定结实，砍儿刀坏不了。”

净照：“就是就是。”

俞章想哭的心都有了，这都什么人啊，跟一帮偷了宝贝却打不开的强盗似的，就盼着把他的宝贝弄坏。

胡芷汀道：“够了，你们两个，欺负人俞俞老实。东西是他的，怎么打开听他的，你俩起什么哄！特别是你，”她盯着净照，“一个出家人，成天盯着别人的传家宝，像什么样子？”

净照：“老衲好心帮你们借来家伙，倒成老衲的不是了。”

胡芷汀：“就你搬来的这堆破铜烂铁，还想打开俞俞的传家宝？”

净照：“……”

俞章看着胡芷汀，连连点头。

胡不归见他们一时半会儿也打不开木匣子，就回到自己房中，把近来发生的事情仔细回想一遍。事情的起因是后主的那幅词作，牵扯到了大宋和东海盟。东海盟抓胡芷汀就是为了换回词作，不仅想要词作，还要明王寺东塔里的舍利和老俞。因为自己的出现，胡芷汀回来了，三件东西他们一件都没拿到，东海盟定不会善罢甘休。词作、舍利、老俞，三件东西到底有何关联，值得东海盟兴师动众？

再者是胡家面对的危机。胡家十三太保，死了四个，失踪一个，几乎到了伤筋动骨的地步，到底是谁在对胡家下手？下手之人如此重视胡家，说明胡家手中有让人忌惮的力量。胡家的反击肯定不止让四个哥哥分别接管四处堂口那么简单。宗堂应该已经收到他传回去的楼颂失踪的消息，想必很快就会有新的任务传来。在他的记忆中，胡家已经很多年没有动用最精锐的武力了。偏偏在明王寺，面对东海盟的时候拉出来显摆了把肌肉，是二哥一时冲动，还是有意为之？

东海盟，盗书、劫人、夺宝、烧塔，搞那么多动作出来，究竟所图为何？从东塔院最后的结局看，东海盟显然不愿现在就跟胡家翻脸。是顾忌胡家的实力，还是翻脸时机未到？更让他奇怪的是，李公子居然能让东海盟的人率先求和，他与东海盟到底是什么关系？太多的头绪和疑问，看似互不相关，却又隐约像是被什么线索牵引，指向一件蓄谋已久的大事。

胡不归在房中待得气闷，就下楼朝客栈外走去。

刚到门口，就听净照在后头唤道：“八郎，哪里去？”

胡不归道：“你跟来作甚？”

净照敲敲手中铜钵，道：“出家人，走到哪里，化缘到哪里。”

胡不归道：“养你我还养得起。”

净照道：“若是没了这份自食其力的心境，成天待在庙里等着香火供奉，与蛀虫又有何分别？”

胡不归摇摇扇子走在前头，净照托着铜钵跟在后头。胡不归道：“和尚，你跟李公子是如何认识的？”

净照道：“叫大师。”

胡不归无奈道：“大师。”

净照道：“什么时候老衲心情好了，自然会说与你听。”

胡不归佯怒道：“你再啰唆！洒家的眼睛认得你是钱三儿，洒家的拳头可认不得！”

净照道：“施主，光天化日，可不能动手打人。”

胡不归道：“钱三儿，你莫不是来消遣洒家的？”

净照道：“此事说来话长，须得寻一幽静处细细道来。”

胡不归促狭一笑，道：“我倒是有个好去处，就是不知你敢不敢去。”

净照装模作样道：“施主去得，小僧自然也去得。”

胡不归正色道：“当真要去？”

净照道：“小僧身无长物，唯有一腔赤诚。”

胡不归拉起他的手就走，边走边道：“申时到，申时行，申去西来红灯照。”

净照被他拽着来到一处高耸华丽的建筑物前，抬眼一看，牌匾上赫然三个大字——百花楼。

百花楼迎客的大姐儿见胡不归和净照一个俊俏一个闪亮，特别是净照，一袭麻布僧袍甚是惹眼，要是连和尚都忍不住来百花楼尝尝鲜，还不得叫越州城里传个遍；运作得当，还能在东西两府整出个年节前的大新闻来，叫西府的达官贵人们慕名而来，赚多少财帛且不说，却能压醉风楼一头。东家一高兴，年底的红包还能少了？想到此节，大姐儿看净照的目光就变得热切，上下打量，越看越欢喜，恨不能将他含化了吞了，藏进楼里慢慢把玩。

净照被她看得头皮发麻，“山下的女人是老虎”，说的就是这类吧。“此地凶险，不宜久留，小僧去也。”净照抬腿就要跑，却见胡不归正盯着另一个方向怔怔出神。胡不归目光所及，是斜对面一处吵吵嚷嚷搭着脚手架正在施工的大院，一大群人挤在脚手架下正在大声争论。

大姐儿见两人扭捏，以为生瓜蛋子是拉不下颜面来，便主动上前来拉扯。

净照一闪，没叫她拉着。

大姐儿又去拉胡不归，只觉他似曾相识。

胡不归抬脚就走。

净照和大姐儿同时道："这就走啦？"

胡不归看到了一个人，虽只侧面，仍被他一眼认出。

净照跟在胡不归后头，道："你这是去哪儿？"

胡不归突然收住脚步，任由两侧人流越过身去挡住对面的视线。他这一收，净照直接就撞上来。胡不归拉他侧过身去，用眼角余光继续观察。没过多久，脚手架前争论平息，那人被人簇拥进宅子。

净照道："修宅子而已，有甚好看？"

胡不归道："看见个熟人。"

净照道："怎不上去打招呼？"

胡不归道："大隐于市，那人怕是不想见到我。"

净照道："什么人连你都不想见？"

胡不归道："待本公子心情好时自会告诉你。"

净照："……"

胡不归记下大宅子的方位，又朝另一处巷子走去。净照跟上。胡不归道："你别跟着，回去叫进宝驾船去老地方等我。"

净照道："我为何不能跟着？"

胡不归道："你光溜溜的太惹眼。"

净照道："歧视出家人。"说完从僧袍下变戏法一样摸出一顶帽子来扣在头上，咧嘴一笑，"这样可以了吧？"

胡不归不忍直视。

净照随胡不归来到一处民宅前。还未进门，就听内中传来抑扬顿挫的说书声。

胡不归在门上敲了八下。

门开，露出吴铁嘴精瘦蜡黄的面孔来。“八郎，你可来了，想死我了！”吴铁嘴怪叫一声。净照一阵恶寒，本想回避，被胡不归一把拽进院中。

此处是吴铁嘴在越州城中的住处之一，也是他跟胡不归约好的接头地点。“啊呀八郎啊，上回说完到现在都多少天了？新的再不出来，我这可就要被人打断腿了，你可不能挖了坑不填，叫我来背锅啊！”吴铁嘴上来就念叨。

胡不归从怀里摸出一个册子来，在他面前晃了晃。

吴铁嘴两眼放光，来了个饿虎扑食。

胡不归轻巧闪过，将册子高高举起，道：“可不白给你。”

吴铁嘴连忙道：“我晓得，我晓得！”说着跑进屋里，很快就拿着一叠金票出来，“上回的分润您没来得及拿，我都留着呢！”

胡不归接过，见吴铁嘴笑嘻嘻的样子，又道：“金锭呢？”

吴铁嘴一拍脑袋，又跑回屋。

净照道：“看不出来，八郎还生财有道。”

胡不归撣撣长袍道：“行走江湖，身上的行头，衣食住行、礼尚往来，哪一样不要花销？哪像你，钱都是掉下来的，从不知柴米贵。”

少顷，吴铁嘴托着一个长条形的木盘出来，上面整整齐齐地摆着两排金锭子，一排三个一排四个，金灿灿的甚是好看。“二两一个，七个十四两。”吴铁嘴笑眯眯道。

胡不归取走归他的四个。

吴铁嘴道：“八郎，胡爷，您钱也拿了，下个章回能给我了不？”

不等胡不归开口，净照突然拿起剩下三个金锭中的一个。

吴铁嘴面色大变，你个出家人，怎能随便拿别人的金锭子？净照虽戴了顶帽子没那么闪亮了，可一身麻布僧袍还是暴露了他的身份。

净照盯着金锭子，翻来覆去仔细查看。

胡不归知道他不会随便抢人东西，这金锭子是李公子赏下来的，他与李公子相识，说不定能从这金锭子里看出别的端倪来。

“这位小师父，这金子可是……”吴铁嘴不打算忍了，这金锭子是他要拿来当传家宝的，可不能被黑了去。

胡不归粗暴地打断了他，一句“他比你有钱”，把吴铁嘴噎死。

净照将金锭子捧在掌中，轻轻摩挲，眼中满是回忆，没有半点要还的意思。

吴铁嘴大急，道：“胡爷，你看他……”

胡不归看净照神色，定是发现了什么，又不便当着吴铁嘴的面说，就从自己的四个金锭子里拿出一个丢给吴铁嘴。吴铁嘴连忙接过，连同另外两个一道裹起来，跑回屋里藏好。胡不归道：“这金锭子有何说道？”

净照将金锭子翻过来，指着侧边上的几道暗纹道：“这是江南国库金，磨去了铭文印记，磨不去花纹样式。大周和大宋的金锭子更大，却不像江南国的这般精致。”

胡不归心想那李公子出手就是江南国的库金，难道他是从江南国来的？可他在曹娥江边又自称是大宋玄武堂之人，到底哪个才是他的真正身份？抑或二者都不是？

这时吴铁嘴又跑出来，颇为警惕地看了净照一眼，道：“胡爷，您再不给我新的，我在这越州城里可混不下去了。”

胡不归道：“百花楼中最近可有什么消息？那位拿金子打赏的公子可曾再来？”

吴铁嘴道：“不曾再来。大事没啥，小事不少，胡爷要是想听，不如留下来烫壶酒、吃个饭，慢慢说。”眼睛一直盯着胡不归手里的册子，见胡不归没有给他的意思，又道，“还有一事，前几日衙门里发出告示，说要征集民间大匠给官家修宫观，出的价钱不低，不少工匠都跑去试了。”

胡不归眼中一亮，“啪”地将册子砸进吴铁嘴手里，转身就走。

净照跟上。

吴铁嘴忙不迭打开，也是眼中一亮，一拍大腿道：“两集，妙哉，妙哉！”

从吴铁嘴处出来，路过越州府衙时，正好看见一群工匠打扮的人挤在衙门口，乱糟糟地不知在争论什么事情。几个皂衣小吏站在布告牌前维持秩序，不停大喊："不要急，不要乱，这里是衙门，不是街坊，报名的去那边排队。先来先登记，登记好了去后头亮手艺！"

天空中飘起小雨来。胡不归跟净照在不远处寻了间茶馆坐下，点了几样点心，隔条街正好能看见对面情形。净照还是不伦不类地戴着帽子，配上他清奇的五官，模样颇为滑稽。胡不归叫来伙计一打听，才知道是衙门发了公文，征召城里有经验的匠人，说是要去西府修宫观，工钱是寻常的两倍。越州城里的工匠们听说后就都跑来试试能不能在官府名下谋个差事。未几，只见街对面又来了一群人，簇拥着一个中年汉子过来，还有人高喊："让开，都让开，师傅来了！"

"师傅？"胡不归端起茶盏抿了口，仔细一看，心下一惊，竟然是他！

师傅被人簇拥到衙门前，自有人过去与皂衣小吏分说。原本趾高气昂的小吏听完，竟主动张罗着帮忙办手续，办完客客气气地请到后头去了，连个队都没排。先到的工匠们不乐意了，吵吵闹闹着讨要说法，被小吏一通臭骂。

胡不归道："一个人要是想把自己藏起来，最好是藏在哪里？"

净照道："自然是寻个没人的荒山野岭隐居，果菜野味，自食其力。"

胡不归道："油盐酱醋哪里买？人可以不吃肉，可要是不吃盐，一个月就得病死。只要下山进城，自然会被人找到。"

净照道："投军，哪个敢去军营里寻仇？或是出家，做个方外之人？"

胡不归揶揄道："像你这般六根不净的出家人？"

净照笑笑，出家与否，于他来说已无不同，想做的事情一件没少做，想忘记的一样忘不了，自在随心罢了。

一刻钟后，又有人从衙门里出来。胡不归忽然起身，留下几枚铜钱，快步朝店外走去。净照连忙跟上。

越州府衙，值房。

打发司法和司兵两位判司参军下去后，曹别驾总算能喝口茶水润润干涩发痒的嗓子。吴越承袭唐制，地方上行州县两级。越州是上州，又是东府所在，治下还有会稽、山阴两县，大大小小政务无数。偏偏刺史大人年迈，一年有半年在养病，基本不管事，左右长史和司马两位上佐大吏又都是来挂职镀金的，平日里根本见不着人影；府、州、县三级政务就全都压在曹别驾、录事参军和会稽、山阴两个县令身上。其中录事参军负责本州监察，只管官吏不管政务，所以曹别驾就成了越州城里最忙的那个人。曹别驾今年三十五，正是年富力强的时候，很是享受忙碌的生活；照底下拍马屁的说法，越州城离了谁都行，就是不能离了他曹别驾。曹别驾最大的心愿就是刺史大人致仕前能推荐他接任。不过他也清楚地方官调动的规则，极少有本地佐吏直接提拔成主官的，像他这样正五品的上州别驾（唐制上州别驾为从四品下，吴越为了显示对中原王朝的恭顺，官制自降一级），往往要去中州当一任主官，再调回上州任主官，或是入朝进六部各寺。

明年就是他这一任的最后一年，再咬咬牙。曹别驾如此鼓励自己。

就在这时，心腹小吏匆匆进来，低声禀报一番。

曹别驾听完，心念飞转，只道：“此事当真？”

小吏道：“卑职打探过了，确认无疑。”

曹别驾沉吟片刻，吩咐道：“先把人请到司仓那边去，告诉老韩，给他个单间好生招呼，切不可叫人走脱了。”

小吏应声去了。

曹别驾在案上铺开笔墨，修书一封，火漆封好，唤来心腹，交代他如此这般。

心腹走后，曹别驾用力挥动拳头，这回可真是天赐良机。

第十二章

秦时明月汉时关

回到客栈，天色已暗，众人吃了一顿地道的腌、霉、咸越州大餐，便各自回房歇息。岂料没过多久，胡不归就溜进净照和俞章房里。俞章连忙藏起木匣子，说什么都不给胡不归看。胡不归道："要拿刀砍的是他，你躲着我作甚？"

俞章道："怕你抢了我的伞又来抢我的传家宝。"

胡不归一阵无语，道："你走，去我房里，今晚我跟和尚睡。"

此言一出，俞章大惊，真没看出来胡不归还有这等癖好。

净照反应快，立刻猜到胡不归的小心思，拔腿就走："小僧要做晚课，小僧去那边睡。"

胡不归抬起胳膊横在门前，挡住他去路。

净照无奈一笑，坐回去装模作样地念经。

胡不归抬起胳膊，挥挥手示意俞章可以走了。

俞章将木匣子放进他那个大号背囊里，扣好锁紧，从胡不归身边挤过，去了隔壁。胡不归用脚将门钩上，架上横木，走到净照跟前坐下，倒了两杯茶，推过去一杯，道："净照师父，吃茶。"

净照拨动念珠，道："施主，无事献殷勤，不如早早安歇。"

胡不归道："长夜漫漫，无心睡眠，原来小师父你也睡不着觉。"

净照夸张地给了他个哈欠。

胡不归凑近道："我不信李公子是大宋玄武堂的人。玄武堂既是大宋派来的，自当潜踪隐迹，岂会如此行事招摇？既不是宋人，也不是吴越人，又与小师父你是旧相识，那就只剩下——"胡不归伸出一根手指在他面前晃了晃。

净照眉角一动，你就猜吧。

胡不归道：“他姓李，这天下姓李的贵公子，还能养得起良驹宝马，高手随扈，不外乎三家——李唐皇孙，沙陀后人，还有——江南国。”说到“江南国”，胡不归也是一惊，最近发生的这些事情，玉玺传说、后主词作、东海盟、李公子，竟然都能与江南国扯上关系。吴越与江南国是宿敌，胡家上一代中胡珩、胡琛先后出任吴越高官，胡不归身为胡家嫡子，对江南国旧事并不陌生，“看李公子的年纪，当是后主子侄一辈，且并未随后主前去开封。我说的可对？”

净照睁开眼，手中念珠不停。

胡不归继续道：“你与李公子既是旧相识，必是早年之事。那时你二人不过少年，且两国素来敌对，以你的身份，本无机会与敌国王族公子结识。可你们偏偏就认识了，交情还不错。如果我记得没错，你是四年前出的家。在你出家后的次年，也就是大宋开宝七年，大宋太祖皇帝就正式下诏讨伐江南国，命我国出兵夹击。据我所知，早在开宝五年，我国派使臣北上开封时，大宋与我国就已定下夹击江南国的方略。所以四年前的开宝六年，是江南国和我国最后的和平，也是你与李公子仅有的能够结识的时间。”

净照只能感慨胡不归太聪明，记性太好。

胡不归道：“可见开宝六年一定发生了什么事情让你对尘世心灰意冷，又没舍得自挂东南枝，只能剃了头发出家了之。”

净照苦笑，被人像根冬笋一样层层剥光的感觉真是不好。

胡不归掏出一枚铜钱，盯着他的眼睛，把铜钱竖在他的视线中，缓缓道：“来吧，告诉我，开宝六年到底发生了什么事情，能叫一个男人因为另一个男人而剃度出家。说出来，就不会被前尘旧事所扰；说出来，才能修成一代高僧大德……”

净照吹了口气，铜钱应声而倒。

胡不归一下躺到净照的床铺上，道：“你若不说，我就天天睡在你这儿；你要撑得住，就在那儿打坐一晚上。”

净照又好气又好笑，碰上胡不归这么个无赖货，他一得道高僧又能怎样，又没法把他扔出去……要说动手，他还真打不过胡不归。

思来想去，净照只好道："四年前，老衲正青春年少……"

"打住，你还不到二十吧？别老衲了，换小僧。"胡不归早就发现了，净照但凡开口"老衲"，后头的话都是胡扯，没一句能信；若是"小僧"，可信度就高多了。

净照被戳破心思，尴尬一笑，重新开始："要说四年前，小僧正青春年少。春光旖旎，小僧踏青郊游，竟被那恶少扬起的马蹄，溅了一身泥。"

胡不归和道："几处早莺争暖树，谁家新燕啄春泥。乱花渐欲迷人眼，浅草才能没马蹄。"

净照道："正是正是，那一个春光明媚，风和日丽。扁舟水中浮，纸鸢天上飞。端的是好风好景好心情。都叫那鲜衣怒马的恶少一蹄子给坏了。"

胡不归神往道："彼时的李公子已是这般率性。"

净照道："他从来都是这般，无视旁人眼光。"

胡不归感觉到了强大的怨念，一个少年对另一个少年的怨念。

净照道："当时我年少冲动，上去就跟他理论；谁知技不如人，被揍了一顿。"说到被打，净照竟无半点恼怒，反倒露出几分羞涩来。

胡不归眨眨眼，脑补他被李公子暴打的画面。

净照道："我后来才知道，他是来议亲的。"

"议亲？他一个江南国公子，跑到吴越来议亲？跟谁议？"胡不归心下狐疑，盯着净照，难不成是跟他……？等等，四年前？四年前家里的几位长辈好像在宗堂争执过一次，连当时当礼部尚书的三伯胡琛都回来了。江南国公子，礼部尚书，议亲，又是净照亲身经历的。胡不归眼睛越瞪越大，脑海中渐渐有了事情的轮廓：李公子是后主的子侄辈，与他议亲的就应当是钱王的女儿或宗室女。胡不归努力回忆，钱俶有八个儿子七个女儿（长公子钱惟治是过继来的），七个女儿中，长女嫁给河东名士裴祚，次女嫁给钱塘名士元象宗，三女嫁给元帅府长史慎从吉，四女五女都嫁了富春孙氏，六女、七女年幼，迄今尚未出嫁。四年前好像并没有成年且未嫁的郡主，难道是以宗室女来议亲？

净照道：“这当中还牵扯到一桩国朝旧事。当年曾有人想推动江南国与吴越联姻，以此化解两国仇怨，不再彼此攻伐，一同保住东南半壁。”

胡不归小时候就曾问过父亲和大伯这个问题。吴越和江南国同在东南，形同唇齿；可两国非但没有联合，还一有机会就开战，到底是何道理？就没有人想到让两国合二为一，变成如东吴和东晋般完整的南方国家吗？父亲的回答是，这件事太复杂，不是他一个小孩子能想明白的，也不是几个人就能推动的。大伯的回答是，麒麟儿能想到这点，胡家便不会三代而亡。长大后胡不归游历东南，也曾去过江南国各地，渐渐明白两国为何互为仇怨。

净照出神一会儿，又道：“以李公子的性子，根本不是议亲的合适人选，可偏偏我国就点了他，李公子受邀前来，才会与小僧在钱塘湖边相见。”

胡不归心想最后两国议亲不成，想必是有人从中作梗；恐怕点李公子来议亲，本身就是包藏祸心——以那李公子的性子，岂会乖乖受人摆布？

果然，净照道：“李公子性子洒脱不羁，根本受不得什么约束，很快就闯下几次祸来。其实也不是什么错事，不过是痛打了几个混账贵戚纨绔，惩治了若干欺男霸女的劣绅。朝中大臣不满意了，说他一个江南国公子，跑来吴越飞扬跋扈，此时与他联姻，他日他若当上江南国主，吴越岂不是更要忍气吞声？李公子浑不介意，倒是与我性情相投，好生同游数月。”

“几个月啊……”胡不归羡慕满满。羡慕归羡慕，该问的一句都不落，“那你又为何事后出家？”

净照低下头去，这件事该如何说出口呢？

胡不归见他不语，便自行脑补道：“我晓得了！定是议亲不成，李公子回了江南国；而那位被选中议亲的宗室女，早就恋慕上了李公子；而你则看中了那位小娘，表面上与李公子相谈甚欢，实则暗中破坏议亲，好在李公子走后迎娶小娘。不想小娘刚烈，见联姻无望，伤心之余便落发出家当了尼姑。你奸计落空，怕遭人耻笑，抑或确有几分伤心，也跟着出家当了和尚，在尼姑庵旁修行。是也不是？”

净照苦笑，横竖你是编话本子的，爱怎么想就怎么想吧。

胡不归自以为推断出了事情真相，只道：“李公子真仗义也，明王寺里还来帮忙解围。至于你，当了和尚了却尘缘，过去的事就过去了，咱们也不会嫌弃你。”

净照心想那家伙哪里是仗义，他就是喜欢路见不平打打架。至于你，一个编话本子的还敢嫌弃我？哼哼！

胡不归从他的床铺上下来，道：“那你说，李公子这回来吴越所为何事？难不成又来议亲？放眼吴越，哪家小娘配得上李公子？像他这般神仙人物，没有合适的断不能苟且，还不如像我这般孑然一身，潇洒自在。”

言者无心，听者有意。净照眼中一亮，议亲？议亲好啊！老衲这就还俗去！

“站住！”胡不归抛出最后一个问题，“不知李公子名讳为何？”

“李龙月。”净照轻轻念出一个名字。

“鲤鱼跃龙门，还是？”胡不归追问。

“皓月当空。”净照微抬头，似在仰望皎皎明月。

“秦时明月汉时关，万里长征人未还。但使龙城飞将在，不教胡马度阴山。好气魄，好名字！”

下雨了。

行人匆匆，各归其家。

胡不归撑开伞剑，站在官府征集大匠的告示前。淅淅沥沥的小雨打在伞面上，模糊了人与城的界限。官府和军营，确实是极好的藏身处。可我胡不归，从来不会被人牵着鼻子走。救胡芷汀时如是，而今也如是。你身上有我想知道的事情，不论躲到哪里，我都会把你揪出来，问清楚。

胡芷汀站在不远处，也打了一把伞，警惕四周。她最在意的是胡不归的安全，一只手始终放在身后，随时准备出招。雨水模糊了胡不归的身影，此时此刻，她想走到那把黑色的大伞下，站在他的臂弯前，做他的小女子，任由那挺拔的身躯替自己挡风遮雨。一想到那位老神仙给胡不归命硬克妻的判语，胡芷汀便忍不住一笑；想来小乌龟是真信了，连姑娘家的小手都不敢碰。

净照站在小店的屋檐下，心情很不错。兴许是有人能分享心底的秘密，兴许是胡不归自行脑补让人啼笑皆非。他才不会傻乎乎地去纠正胡不归，每个人都有秘密，也有私心，于人无害便好。雨水顺着瓦片挂落，时断时续。他伸出手，任由雨丝打在掌心，带来阵阵清凉。四年前，也是这样一个下雨天。彼时年少的他还未出家，已然做好为国献身的打算。金陵城内，白马红衣，惊才绝艳，他以为将尽得世间美好，谁承想一着不慎，竟被小人所害，铸成大错。后来倒是出了一个小尼姑，却非胡不归所想那般。而她一句“你长得不好看”，便断了他所有的希望。初识情滋味的少年知道了什么叫痛彻心扉。他成了众人眼中的一个笑话。他悲愤，无奈，削发而去，归隐竹林。是师父点化了他，于佛法中看到了另一重世界。后来他才明白，她那句“你长得不好看”，是不想再叫他因那件事而难堪。再见时，你依旧如火焰般明亮，而我，成了个“不好看”的和尚。佛祖慈悲，如今机缘重来，我一定努力抓住，不再错过。

胡不归回到小船上。

水声沥沥，有一条小船从对面靠过来，在蓑衣下打出一个手势。那是越州分堂的联络暗号，只有胡家的人才能看懂。

两船相靠。

那人低声对胡不归说了几句，又坐船离开。

胡不归沉吟不语，心想宗堂总算要反击了。

胡芷汀凑过来，不问缘由，只问下一步怎么做。跟胡不归在一起的时候，她永远都不需要为动脑子的事情费心，胡不归就是她的主心骨。以她对胡不归的了解，胡不归愿意动用越州分堂的人，接下来必有动作。就算他冲动到想去府衙劫人，她也会义无反顾地与他同去。

胡不归当然不会去抢劫府衙。只不过站在衙门口更容易让人以官府的立场来考虑问题。方才越州分堂的人带来一个惊人的消息，说经宗堂追查，杀死四位分堂堂主的凶手用的兵器和武功并非江南一路，极有可能来自北方。胡不归第一反应就是大宋玄武堂。站在大宋的立场，巴不得吴越早日归降，故而大宋不会吝啬于派人帮吴越清理国中不愿配合的势力，来坚定吴越投降的决心。而胡家的宗旨就是扶保吴越，让吴越能在列强环伺中立国，与大宋根本就是对立的。若我是钱王，对大宋派人暗杀胡家的人也会睁只眼闭只眼吧？胡不归如是想。关键是吴越境内，除非钱氏下令官府出手，否则哪个不要命的敢对胡家出手？只要你在吴越，胡家就能粗暴地、不留情面地把你整个家族连根拔起。

大宋玄武堂……胡不归默念，脑海中又浮现出李公子李龙月那绝世的姿容来。他若真是大宋玄武堂的人，来日再见，他又该如何自处？神出鬼没的李公子啊，此刻你又在何处？他分下任务的同时也让越州分堂的人动用一切力量去寻找李公子的踪迹。以他鲜衣怒马的招摇做派，想找到应当不难。

曹别驾很忧愁。

就在刚才，有人朝他的值房里扔了一封信，信上就一句话：彼大匠，吾必取之。落款是桃花山大王。

曹别驾叫来司法参军，问他越州境内有没有个桃花山。司法参军想了半天，说越州素来承平，会稽山以南大大小小几十个山头，没听说哪里有个桃花山；倒是明州外海有座桃花岛，常有亡命徒去那里躲避缉捕。曹别驾挥挥手让司法参军先下去。明目张胆地说要来劫人，摆明了就是个化名。桃花山大王，我还会稽山军师呢！曹别驾心念一动，不如将计就计，布个口袋把这胆大包天之徒引出来一网打尽。

这时心腹来报，说西府那边派人来了。

曹别驾心下暗喜，西府那边能派人来，说明他们对这件事、对这个人很重视，他们重视，自己的宝就押对了。

两天后，越州城北门。

曹别驾站在西门城头，双手负背，一言不发。

身旁的大小将吏一个比一个紧张。曹别驾是什么人？越州城里真正管事的父母官，刚直能干、铁面无私。城门是什么地方？车来人往，闷声不响发大财的地方。曹别驾招呼都不打突然跑城门来视察，差点没让昨晚上还在喝花酒的将吏们光着屁股就跑过来，冷风一吹，酒醒不少，步子还是虚的，一阵阵发冷汗。

很快，一支车队从城里出来，不急不缓，沿着官道朝西北而去。越州是水城，城里城外水道纵横、河塘密布，平日里船比车多，水门比旱门忙。这样一支由七八辆马车组成的车队甚是惹眼。众将吏很快就开始揣测，车队里的定是什么紧要人物，能叫别驾大人亲自相送。

曹别驾还真是为了送车队才特地跑西门来露个面的。身为一方大员，他露面就是风向，很快就会有人把事情传来去。他见护送车驾的汉子皆是精壮，为首之人更是孔武有力，一看就是高手，那些大车底下还不知藏了多少兵器，稍稍放心。

吴成骑马走在车队中间。他实在不想跑这一趟，奈何是帮主派下来的活儿，说给他个将功折过的机会，连出差事的花销都先给了。吴成只好硬着头皮挑了二三十个大块头帮众随行。从越州到萧山的钱塘江渡口不过百里，再慢两天一夜也到了，沿途还都是人眼密布的地方，应当出不了什么意外。至于马车里送的是什么人，上头没说，他就不问，吃喝拉撒都在车里也随你。

与此同时，另有一支船队悄悄从西水门出城，沿河道向西而去。

半天后，吴成的车队离开柯桥镇，进入瓜沥镇。黄绿相间的大片丘陵跃入眼帘。带路的人告诉吴成，这片山是这一带风水最好的地方，远近百姓家里死了人都愿意葬到这座山上来。附近两个镇子为了争夺这座山还打过官司，最后惊动东西两府，将山一分为二，东边归瓜沥镇，由越州管，西边归坎山镇，由萧山县管，这座山就成了杭州与越州的界山。

吴成是明州人，对越州的风土人情不感兴趣，只想快点走完这一程。一路走来，他发现车上的人一个都没露面，赶车的民夫也不与他们交谈，想必是立了规矩。横竖还有半天，送到钱塘江边完事。吴成见天色渐暗，便吩咐车队在前头的坎山镇过夜，明天一早继续赶路。

车队贴着山北麓向西行，夕阳迎面而来，照得人睁不开眼。

吴成眯起眼，好不容易雨停了，又赶上西晒太阳；再往前看时，却见路中间多了一个人。确切地说，是个和尚。和尚？吴成以为自己看错了，揉揉眼睛，定睛一看，还真是个和尚，穿僧袍、戴斗笠，手里拿了根不长不短的竹竿当拐杖，另一只手还托着个钵盂，正好挡住车队去路。“化缘化到本堂主头上来了。”吴成心道，吩咐手下过去给他几个钱，再分半块米糕给他，打发他走。

岂料那和尚拿了钱和米糕，非但不走，反而大声道：“施主此行有血光之灾，小僧特来相劝，还望施主早早回头，休要执迷不悟。”

“八成是嫌钱少。”吴成翻身下马——一路颠簸磨得他大腿内侧生疼，下来走两步正好放松放松——走上前去，手里捏了几个铜板，在和尚跟前站定，将铜钱丢进他的铜钵里，发出清脆的响动，“和尚，出家人也要知足，要懂得感恩，太贪心了，对修行不好。”说完，穿过夕阳斜光，再看那和尚时，大惊失色道，“怎的是你？！”

“正是小僧。”笑眯眯、小梨涡，正是净照。不等吴成逃走，净照已然出手，铜钵反手扣在吴成头上。铜钱落下，吴成倒地。

吴成带来的几十个手下见堂主遇袭，大叫下马，各自拔出兵器，一半人看护车驾，另一半人朝净照逼近。

净照不慌不忙，抬脚跨过吴成，悠悠然道：“跟出家人动手要遭报应的。”

那几人哪管得了那么多，挥刀就朝他冲去。

净照抓起吴成，转身就跑，边跑边喊：“来追老衲哇！”

那几人边追边喊：“儿那贼秃，放开堂主，留下命来！”

与此同时，安昌古镇。深秋入冬，镇上河边家家户户杀猪宰鸭，把腌制好的腊肠、酱鸭、酱肉挂在户外，谁家有钱谁家穷，看晾在外头的酱鸭、酱肉一目了然。浓郁的酱香下，仍能闻到丝丝血腥气。

从越州城里出来的船队在镇中的河道里跟人起了冲突。原因是镇上有两户人家同时出殡。水乡古镇，出殡坐船，先人的棺材就摆在船上，远亲近邻在两边岸上送行。越州船队和出殡的船队在河道交汇处碰上，谁都不肯让。出殡的说死者为大，哪有活人挡死人的道理。越州那边说他们着急赶路，不但不让，还动手打了出殡队伍当中的两人，一下就激怒了出殡的那家人，愈发不肯让开。这时另一家出殡的船队也来了，又把越州船队的后路给堵上，叫他们进退不得。

越州船上的人发现情况不妙，纷纷拿出兵器威胁出殡的船队让路。镇上的乡民也不是吃素的，一看他们拿出兵器要打架，立刻就有人就地取材，送来大捆大捆的长竹竿，每人一根。老子一寸长一寸强，几十根竹竿一戳，直接把你们的船顶死在河上，叫你们动弹不得；你们有本事就跳水里靠近了打，没本事就活该被憋死在船上。“大宋玄武堂办事，谁敢阻拦，格杀勿论！”船上的人大喊，还有人拿出弩箭来对准岸上。岸上的人压根儿就不知道大宋玄武堂是什么东西，直接几根竹竿戳过去，将喊话那人捅进水里，弩箭飞上天。

招财、进宝就在岸上的人群后头躲着，身后跟着一队越州分堂的人。胡不归派他们来此，就是算准了越州的船队会经过安昌镇，不管是不是虚兵，先堵上再说；他们要敢动手杀人，正好把事情闹大。招财就是安昌镇人，镇上的乡民可不管你什么来头，真要闹起来，县太爷都不敢硬着来。这就是乡党的力量。招财见乡亲们如此得力，得意扬扬道：“这里可不是大宋，大宋的人跑吴越地界来还敢嚣张，戳不死你也淹死你！”

进宝左右一看，道：“该我出马了！”说完一溜小跑到上游岸边，跳上一条小船。两个越州分堂的好手随他上船，一人持竹竿站在船头，一人持弯钩站在船中。小船离岸，像条泥鳅在河道里闪转腾挪，很快就从出殡的船队里穿过，趁着玄武堂的人都盯着前头，一下撞进越州船队的屁股后头。离他最近的两条船顿时撞在一起，站在船上的人站立不稳，接连掉下水去。

“接着戳，他们是旱鸭子！”岸上有人大叫。

更多竹竿朝船上招呼过去，或戳或捅，或拍或扫，小船乱晃，水花飞溅。

船上一个领头的大汉抓住竹竿这头，奋力一拉，将竹竿那头的人拖下水去。岂料那人根本不怕，在水里扑腾几下，竟朝小船游来，很快就把手搭在船舷上，用力下压。小船为之倾斜。船上另一人连忙挥刀去砍他的手，不想站立不稳，身子一歪直接滑进水里，被那人夺了刀，按下水去。

进宝的船也到了，斜掠过来一阵摩擦，直接将船撞翻。招财手里提着沉甸甸的一贯钱，在岸上大喊：“乡亲们听好了，船上的人都是通缉犯，活的领二百钱，受伤的领一百钱。哪个把人弄死了，赔一百钱！”

重赏之下必有勇夫。一二百钱是不多，可对镇上的百姓来说，快到年节了，能帮官府抓个人赚点儿外快何乐而不为？一时间殡也不出了，别的事情也不做了，满镇子的人全都拿着竹竿绳子挤到河边。年轻力壮的把外袍一脱就往水里跳，老幼妇孺则在岸上用竹竿帮忙。全镇上下齐心协力，把掉进水里的“坏人”们一个接一个拖上岸，杀猪一样捆起来，不老实的再踢几脚。

那头领悲愤之极，想我等大宋玄武堂的人，到了吴越居然只值一百钱！张嘴就要骂，被冰凉的河水灌进嘴里，顿时心慌，跟个蛤蟆似的扑腾起来，越蹬越怕，又呛了几口水，以为自己要死了。就在这时，一根竹竿捅进水里。头领看到，连忙抓住，奋力往上爬，脑袋刚出水面，就重重挨了一脚，被打得七荤八素地拖上船，五花大绑起来。

招财爬到戏台子上，让乡亲们把“坏人”押过去，一边点人，一边发钱。相亲见他说到做到，愈发热情，自发地拿着家伙在一旁看管人犯。大姑娘小媳妇拿着干巾给小伙子们擦身、披上衣服，老人们端来热茶给他们驱寒，小童则兴高采烈地过去围观“坏人”，找来乱七八糟的东西砸过去。

不到半个时辰，越州来的几条船全部被俘，船上的人无一幸免都做了俘虏，一个不死，全都被捆了押到戏台子前，冻得瑟瑟发抖。就连他们掉进水里的兵器也都被捞出来摆在旁边，成为他们是“坏人”的物证。

胡芷汀走过来。

招财连忙道：“姑娘，人都在这儿了。”

胡芷汀点点头。其实她是不愿意来的，她只想跟胡不归待在一起。可胡不归说这次行动兵分两路，这一路需要有他信得过的人来带队；她武功好，人机灵，又是宗堂小娘，镇得住越州分堂的人。胡芷汀被他一哄，便不大情愿地来了。不情愿归不情愿，胡不归吩咐的事情她还是一丝不苟地执行——前头抓人的活儿交给招财、进宝做，人抓到了，由她亲自来审。“依计行事。”她对招财道。

招财点头，手朝旁边一指，用明州通用土话喊道：“听得懂的站到这边来。”

俘虏中的几人听懂了，以为是活路，拼了命地朝另一侧挤去。

胡芷汀使了个眼色，几个越州分堂的人上前把他们拖到戏台子后边。剩下听不懂土话的，自然就不是吴越人了，就这么被晾在戏台子前。这些汉子倒也硬气，身上冻得打战，仍是一声不吭。

招财找来几个领头的乡亲，跟他们吩咐几句，这几人便招呼众乡亲各自散了。

乡亲们领了赏钱，兴高采烈地各自回家。两支出殡的船队也重新动起来，在不算宽敞的河道里擦肩而过。

急促的惨叫声让戏台子前的汉子们又抬起头来。

吴成醒了，发现自己被人拖着，飞快地在泥地上摩擦，后边还有几个手下在追；刚要大喊，屁股撞上一块突起的石头，剧痛之下，再次昏死过去。

净照跑得飞快，还不是沿直线，跑出了一个销魂的弯钩来，最后在一处土坡前停下，气喘吁吁地松开吴成，一探，没死，还好。

吴成的手下以为他跑不动了，一股脑儿冲过来。未到近前，就觉脚下一空，整个人直往下掉。

净照见追过来的人都掉下去了，这才走过去，朝土坑里悠悠然道："善哉善哉，都说不要追了，你们偏要追。对出家人不敬，也是要吃苦头的。"

后头的车夫们见四明帮的人完蛋了，顿时一哄而散。

这些土坑是越州分堂的人按照俞章的设计挖的，上窄下宽像个鱼篓，掉下去就很难再爬上来。同样的陷阱机关还有好几个，本来是用来陷马车的，现在吴成被俘，四明帮的人掉下去了，车夫跑了，马车被丢在路边没人管，陷阱自然也用不上了。

胡不归和俞章把马车搜了一遍，不见一人。

净照道："难道他们走的水路？"

胡不归沉吟道："兵分两路，虚则实之，实则虚之，也可虚则虚之，实则实之。他们以为我们会赌他们走水路便捷，若是真走水路，何必再派疑兵多此一举。"

俞章道："可是车里没人，工匠们去哪儿了？"

胡不归朝吴成一指，"把他弄醒就知道了。"

吴成又醒了，一看是胡不归，连忙要晕。

胡不归一把捏住他的脸，道："吴堂主，又见面了。你还真是阴魂不散，走到哪儿都能碰到。"

吴成欲哭无泪，明明是你们阴魂不散，走到哪儿都能碰到；我一个混江湖讨口饭吃的，怎么就这么倒霉！

胡不归懒得跟他绕弯子，开门见山道：“我的人比你多，比你能打，要找到你的妻儿老小也很容易。你不过就是混口饭吃，犯不着得罪我这等恶人，把你知道的说出来，我立马就放你走；要是被我听出你在糊弄我——”他朝边上一指。

不远处，俞章正拿根竹竿在土坑里戳啊戳，道：“胡爷，够深了，足够埋一头牛的！”

胡不归给了吴成一个无奈的眼神。

吴成心想你这是要把我活埋啊，连忙把他知道的一股脑儿都说了。

胡不归听完，道：“你是说根本没有什么工匠，车上都是空的？”

吴成连连点头，要是连这点都看不出来，他这二十多年的江湖就白混了。

胡不归道：“那工匠在哪儿？”

吴成道：“我也不晓得在哪儿啊，我们就是拿钱办事，一路上吃饭住店都给钱，绝对没做伤天害理的事情。”

胡不归回忆刚才车夫们逃跑的方向，忽然道：“走，去坎山镇。”

吴成急道：“公……公子，胡爷，那我们呢？”

胡不归松开他，道：“回去告诉你们老大，就说胡家八爷，改天登门拜访。”

第十三章

击鼓登闻

坎山镇，小巷中，几个人影堵住巷口，拦住了一个斗笠男。“老头子，胆子不小，居然敢跑，跑到天涯海角都能找到你！”其中一人恶狠狠道。

斗笠男解下随身带的尺棒，道：“你们认错人了。”

那人道：“嘴还挺硬，不给你点厉害看看，你是不晓得规矩了！”说完抡起棒子就朝斗笠男砸来。

斗笠男退了一步，背靠墙壁，尺棒横在身前，挡下一击。

那人一击不成，又是一棍，步步紧逼。

斗笠男忽然叫道：“还不出来！”

偷袭者吓了一跳，以为他有帮手，本能地朝巷子前后一看，见并无旁人，便堵住两头，再一次朝他逼近。斗笠男举起尺棒挡下一击，肚子就挨了一记，剧痛之余弯下腰去，发不出半点声音来。偷袭者冷笑：“打断你的腿，看你还怎么跑！”举起棒子朝他腿上扫去。

斗笠男连忙竖起尺棒保护腿脚，不想另一根棒子正朝他脑袋敲来。斗笠男心下悲凉，不想今日竟要栽在这小巷中。风声在耳旁响起，预料中的重击没有到来，几声惨叫后，有人撞在旁边的墙上，再从墙上跌倒在地。眨眼间，偷袭他的几个人全都躺在地上，取而代之的是一幅绣有金字的下摆。

“俞师傅，老俞，俞大匠。”来者一口气道，冷冷盯着他。

斗笠男直起身子，道：“你认错人了。”说完转身就走。

不想巷子那头又有人道：“施主往哪里去？”

斗笠男看过去，来者是个和尚，却戴了顶船夫的毡帽。

来者正是胡不归和净照。两人在马车处扑了个空，便一路追到坎山镇。很快进宝也赶来会合，说他们在安昌镇已经得手，经过安昌镇的船队里没有工匠，倒是抓了几个四明帮和北方人。那几个四明帮的人都招了，他们只管把几个北方人送到萧山钱塘江渡口，别的什么都不知道。胡芷汀和越州分堂的人还在审问几个北方人。胡不归由此断定水路是虚兵，派出来的两路人马定会在萧山渡口会合，然后四明帮的人回去，人则交给那几个北方来的家伙送去杭州。不过胡不归仍有疑问，越州方面如何会跟北方来的人搭上线？不管是朝廷还是东海盟背后的人要那个人，大可由本方派人来接应。就在他百思不得其解时，吴成带着手下也来了。这家伙应该一早就猜到那些车夫有问题，要是不找回来，回去少不得受责罚。果然，吴成买通镇上的乞丐头子，由他们提供消息，把躲进镇上的工匠们一个个都找出来，最后在巷子里堵上了斗笠男。

斗笠男正是俞章的老爹俞绍。胡不归和净照分头跟踪。胡不归运气好，正好碰上吴成的手下要下黑手，又认出俞绍的声音来，这才现身解围："老俞，你把我从塔上扔下来，自己却从密道逃走；我差点烧死，你却大隐于市。做人不可以这么不仗义。"

净照道："大隐于市是好，可要是没个照应，被人堵在巷子里灭口怎么办？"

俞绍道："在塔上我是为了救你，若不先送你下去，你我都得被烧死。东塔已毁，我遁走江湖，你又何必盯着我不放？"

胡不归凑过去低声道："因为我越想越觉得，你身上藏着一个巨大的秘密。这个秘密是解开很多事情的关键，而且与我相关。你跑，说明你不想这个秘密被那些人得到。你把儿子托付给我，就是不想父子二人被人一锅端了，同时也好借我之力保护俞章。你究竟是什么人？"

俞绍道："你很聪明。聪明人总是太过好奇，最后送了性命。"

胡不归道："你也是个聪明人，聪明人总是惜命的，就像你能从东塔里逃出来。东海盟要的宝物，怕是也被你带走了吧！"

俞绍道："你帮我做一件事，我就告诉你原因。"

胡不归道："我要是不答应呢？"

俞绍道："带着我，你会麻烦不断。"

胡不归道："我这个人从来就不怕麻烦。"

俞绍道："那些人根本没把胡家放在眼里。"

胡不归道："你知道我是谁？"

俞绍道："放眼吴越，能把诗文绣在衣服上，也就乐天公子一人了。"

胡不归的虚荣心得到了极大满足，道："说吧，有什么要帮忙的？"

俞绍低声耳语几句。

胡不归听完道："我答应你，不过得委屈你在山上待几天。"

值房中，曹别驾狠狠打了三个喷嚏，接着就听到阵阵鼓声。

很快就有小吏跑来禀报，说是有个小娘在衙门外敲登闻鼓，后头还跟着大批百姓，押着三四个人等在大门口。

女子击鼓？曹别驾一听就头大。唐律规定，有人击登闻鼓，主司须即受。不即受者，罪加一等。吴越承袭唐律，有人登闻击鼓，主官自然不能无视。当地方主官的，最烦的就是击鼓登闻之人。这些人把事情闹得沸沸扬扬，官府又不得不受理，很是被动。不过曹别驾毕竟是见过世面的能吏，并未慌乱，而是吩咐小吏通知司法参军准备开堂，再去通知山阴县令过来。

很快，曹别驾就见到了击鼓的小娘。十七八岁年纪，明眸皓齿、绿衣快靴，模样倒是俊俏，眉宇间那股子狠劲儿却叫人看着不舒服。

"民女胡芷汀，有案上报！"在曹别驾、徐县令、司法参军和一众皂班衙役的审视下，胡芷汀开始陈述案情：几个不明身份之人坐船潜入安昌镇。镇上乡民发现他们暗藏兵器就上去盘问。那几人不但不配合，还拿出兵器要坐船逃遁。乡民们不得已动手将他们击落河中，扣下他们的船只兵器，将他们绑来府衙报官。

胡不归和俞章挤在一大群围观的百姓中听审。胡不归原本是想自己来报案的，不想胡芷汀说她早就想敲一敲衙门口的大鼓，就抢了他出风头的机会。不过由她来登闻击鼓，想来用不了多久，这个案子就会传遍两府，引起某些人的注意。

徐县令清了清嗓子，还没来得及发问，就听胡芷汀喝道："乡亲们，把人押进来给大老爷们看看！"

七八个乡民押着四个被五花大绑的汉子进来，每人给了他们一脚。被绑的汉子被堵着嘴，一看到曹别驾几个就拼命扭动起来，似有无限冤屈。

徐县令指指四个汉子道："你，要告他们？"

胡芷汀秀眉一挑，道："正是。"

徐县令道："他们可曾作奸犯科？"

胡芷汀听出县令是在把她往坑里带呢，只道："把东西拿上来！"

又是两个乡民抬着一个大袋子上来，往地上一放，打开，露出半截兵器来。

曹别驾一看眼就直了，这是……

徐县令道："这是何物？"

胡芷汀道："他们的兵器。大人不妨看看。"

徐县令朝一个皂班衙役使了个眼色。

皂班衙役取了过来在徐县令案上一放。

徐县令一看眼睛也直了，这是……机弩？他朝司法参军看去。司法参军皱起眉头道："是机弩。"

徐县令就算是文官，也知道这机弩是军中利器，寻常直都都没资格装备，民间更是明令禁止持有。持有机弩、甲胄者，以谋反论处。徐县令当官十几年，鸡毛蒜皮的案子办了无数，像此等私藏军械形同谋逆的大案倒是头一回经手，不由为之一振，道："你是原告，有物证，可有人证？"

胡芷汀朝身后一指，道："安昌镇的乡民都是人证。大人若是不信，大可去镇上随便唤几个人来一问便知。"

司法参军道："诉讼断狱，不可只听一面之词。原告说完，当由被告陈词。”

徐县令道：“被告何在？”

胡芷汀走到四个汉子其中一人跟前，拔掉他嘴里的破布，道：“大老爷问你叫什么名字，籍贯哪里，从哪里来，到哪里去，所为何事。”

徐县令心下郁闷，这小丫头，居然抢本县的话。

那汉子恶狠狠地看了她一眼，操着一口中原腔道：“俺叫牛二宝，俺是玄武堂的人。”

徐县令扭头问司法参军道：“玄武堂是在山阴县吗？”

曹别驾暗叹，老徐啊老徐，就你这点儿眼界，难怪混了半辈子还是个县令。

司法参军道：“山阴县并无玄武堂。”

徐县令道：“大胆刁民，山阴县并无玄武堂，尔等究竟从何而来？”

那汉子脖子一梗道：“玄武堂就是玄武堂！”

徐县令也恼了，一通击鼓坏了他的午觉不说，还碰上个属驴的，惊堂木一拍，喝道：“哪里来的玄武堂？”

那汉子道：“大宋，玄武堂！”脸上满是倨傲。

徐县令大笑：“大胆刁民，胆敢欺瞒本县！大宋玄武堂的人怎会跑到越州来？还被乡民给逮了？尔等究竟是何方贼寇，还不速速招来！”

那汉子怒目相向，恨极了胡芷汀这刁妇。

胡芷汀道：“各位大人，且不说这几人是不是什么大宋玄武堂的人。就算是，别国之人，既无凭证，也说不出个由头来，来我吴越作甚？莫不是奸细？如若不是，大宋乃上国，冒充大宋之人私藏兵器、意图不轨，倘若叫大宋知道了，岂不是授人口实，给人兴师问罪的由头？小女子不才，斗胆与众乡民抓了这几个身份不明的奸徒送到府衙来。其中或有隐情，还请诸位大人明察秋毫，给安昌镇众乡民一个说法。”

“对，给大家一个说法！”

“决不能轻饶了奸徒！”

“胆敢冒充宋人，定是有人指使！”

堂下群情激愤，恨不能将这几个疑似奸细的家伙用唾沫星子淹了。

徐知县转过脸去，用目光征求曹别驾的意见。牵扯到邻国之人，他这个小小的山阴县令可不敢擅自做主。既然有上官在，那就让上官来定调子吧。

曹别驾也头疼。玄武堂啊，大宋玄武堂，大宋皇帝亲手组建、比吴越亲从亲卫上右厅还要厉害的组织，你居然不晓得。至于这个牛二宝，他一想就明白了，因为整件事情就是他安排的。他也没想到西府那边会直接派玄武堂的人来接应。他原本是想反对的，玄武堂都是北方人，在江南人生地不熟还都是旱鸭子，奈何胳膊拧不过大腿，他一个别驾，又怎能左右上头的决定？好不容易说服他们接受虚实两路，谁承想玄武堂的人竟会栽在一群乡民手里。关键这事儿还不能明说。玄武堂是厉害，吴越是对大宋称臣，可越州毕竟是吴越腹地，就算是玄武堂也不能拿着明令禁止的军械招摇过市吧？事情没闹大还能暗中处置，偏偏这几个笨蛋被乡民给逮住了，乡民还跑来击鼓登闻，闹得满城皆知，还不得不公开立案审断。我老曹就算有心遮掩，总不能把安昌镇几千乡民统统定个诬告罪吧？要怪就怪玄武堂派来的人太蠢，捅了个大娄子还要自己来擦屁股。曹别驾就忘了，要不是他把消息递过去，西府又岂会派人过来？

这时，曹别驾的心腹匆匆跑来，在他耳边低语几句。

曹别驾听完，面色再变。

堂外的胡不归看到这一幕，戳戳俞章道：“走吧，没什么好看的了。”

俞章的目光落在胡芷汀身上，道：“就这么走了？还没审完呢！也不能叫阿芷自己留在衙门里啊！”

胡不归道：“民情汹汹，人证物证俱在，他们不会为难她的。”还阿芷，死胖子真能套近乎。

俞章眨眨眼道：“事情闹大了怎么收场？”

“收场？”胡不归冷笑，闹大才是他的本意。至于怎么收场，那就要看这一块大石头扔下去，能砸出多少条大鱼来了。

果然，曹别驾权衡一番后，清了清嗓子道：“此事兹事体大，不可妄下定论。原告安昌镇乡民可将诉状和证物留在府衙封存；一应嫌犯，暂且收押；待越州府和山阴县查明真相，择日再行宣判。来人，将嫌犯押下去！”

八个衙役扑上前去，两人一组，将四个被五花大绑的大汉架起。

那自称玄武堂的汉子怒道：“狗官，不分青红皂白，他日定叫你狗头落地！”

“啪！”衙役的水火棍当时就上去了。

四人挨了棍子，挣扎着被拖下堂去。

安昌镇乡民击登闻鼓一事很快就传遍越州城，每天都有看热闹和关心案情进展的热心群众跑到府衙门口来打探消息。胡芷汀和一众安昌镇乡民就住在府衙不远处的客栈里。遵照胡不归的安排，胡芷汀没把所有机弩都交上去，身边留了一把，船上藏了一把，防着有人销毁证物；同时还把安昌镇的三老接来，让他们出面去衙门露了个面。胡不归还写了个条幅挂在客栈门口，上面十一个大字：“恭候大宋玄武堂前来灭口”。字旁边还画了把巨丑无比的刀。俞章更是在胡芷汀房间内外做了三重机关，说只要有人敢来，保管叫他们瘸着滚蛋。

徐县令去看了眼，回来就病了。曹别驾也去看了眼，回来嘴角就长了个泡。乡民们有三老在，赶不得骂不得；那三位七老八十连牙都没了，还义愤填膺地跑来做证，是信不过官府还是怎的？继续由他们这么闹下去，真要叫大宋知道了，还不得闹出邦交纠纷来。

净照私底下说胡不归，就没见过你这等厚颜无耻、唯恐天下不乱之人。胡不归跟他讲道理，说大宋要面子，肯定不会承认那几个是他们的人。官府法不责众，也不敢拿乡民怎么样，又有私藏军械的铁证，肯定得判个结果出来。玄武堂要真的派人来灭口，人死在衙门里，事情传出去他们更说不清楚。除非大宋真不要脸，跑来说人就是我们派的，我们就是敢在吴越横行霸道，人你们必须放。

净照挠挠头，说大宋没准还真就能这么无耻。

胡不归说那样正好,让咱们吴越百姓也看看大宋到底是什么货色。

净照忽地一惊,仿佛从胡不归人畜无害的笑容里看到了他的“险恶”用心。胡八啊胡八，你胆子不小，居然敢给大宋挖坑，也不怕把自己坑进去。玄武堂既是大宋皇帝亲手组建的组织，里头定少不了各路高手,到时候派几个人来找到你这个幕后黑手,直接一刀“咔嚓”了。

岂料胡不归道：“就怕他们不来。”

净照像是想到什么，问他是不是有什么事情瞒着他。

胡不归没说。净照并不知道胡家死了四个堂主，胡不归也不会把这件事告诉他这个有多重身份的家伙。朋友归朋友，有些事情不知道对你更好。

净照是聪明人，聪明人知道什么事情能问，什么事情不该问。胡不归身为胡家嫡子，将来很有机会成为家主掌管这个实力雄厚的家族，很多事情自然要站在家族的立场。钱与胡，共吴越。可钱不是胡，胡也不是钱。钱氏在朝，胡氏在野。钱氏的根基在西府，在钱塘江北；胡氏的根基在东府，在钱塘江南。几十年来，钱氏与胡氏一直保持着微妙的平衡。他与胡不归，一个出家一个浪荡，他们的友谊，要比赤裸裸的政治和利益更能维系两个家族的情分。这一点，他明白，胡不归也明白。两人都很珍惜这份相互妥协下的友谊。

曹别驾忧心的事情可不止一桩。因为他的案头又多了一封信，跟上回那封一模一样，信上只一句话：彼大匠，吾已取之。落款还是桃花山大王。

桃花山，又是桃花山！曹别驾嘴角生疼，一下子明白过来，都是计啊！上回那封信一到，自己怕俞绍出事，就赶忙联络西府那边，要把人送走。这边一动，正中对手下怀，离开府衙才好动手啊！现在好了，不但人丢了，连西府派来接应的几个笨蛋也成了被告。自己一番谋划，居然是被人牵着鼻子走。这个桃花山大王委实可恶，想我与他无冤无仇，他为何要如此算计于我？曹别驾思来想去，觉得不该再轻举妄动，一边吩咐手下继续查桃花山在哪儿，一边将信原封不动地封好，派心腹送去西府。安昌镇的乡民他还能对付，此等明显别有所图的怪事，还是交给那边的人来处置吧。

就在这时，外间嘈杂之声大作，还传来怒骂呵斥之声。曹别驾刚要招人来询问，已有小吏跑来通报，说府衙外来了大队人马，外头的人拦不住，已经闯进来了。曹别驾大怒，什么人胆敢擅闯府衙！一个尖厉的声音刺入耳中："叫你们这儿最大的官出来，吃了熊心豹子胆，敢抓玄武堂的人！"

梅溪村，胡氏宗堂。

胡霸站在堂下，先讲了二郎等人接管明州等四处分堂的情况，又将上次吩咐下去让各处堂口商号收缩准备之事汇报一遍，最后道："照宗堂的吩咐，东府八州各处堂口已全部待命。四郎和六郎传来消息，东海盟的人并未在海上为难我们的船队。"

听他讲完，胡璇道："台州、温州还好，明州、睦州最为紧要。明州那边，东海盟有什么动作吗？"

胡霸道："二郎带人露了一手，东海盟就缩回去了，想必是觉得还没到跟我们翻脸的时候。"

胡璇道："欺软怕硬的家伙，一把火烧了明王寺，什么都没捞着。听说老四家的小子也去插了一脚，还差点被烧死？"

胡霸道："八郎没事，现在越州，刚调拨过越州分堂的人。"

就在这时，堂外忽然传来九郎胡霖的声音："爹，伯父，出大事了！"

胡珩让人放他进来。

胡霖跑进来，气喘吁吁地把胡不归等人在越州闹出来的事情一说，道："我一直盯着越州，现在芷汀跟安昌镇的乡民们以私藏军械的罪名状告大宋玄武堂的人。事关大宋，西府定会派人处置，八哥跟芷汀势单力孤，越州分堂就那么几个人，真要打起来都不够用……”

胡璇和胡琛听完，不约而同想，这事儿闹得还真像胡不归的手笔。不过大宋玄武堂的人为何会在越州？胡不归为何要对他们下手？难道他查出点什么来了？再看胡霖一脸焦急的模样，两人心下了然——胡霖跟胡不归同岁，只比胡不归小了几个月，眼看着几个哥哥都被派出去有事干，他在家里坐不住了，正好借这件事来讨差事。不过胡璇话到嘴边却成了：“让女娃抛头露面，自己躲在后头使坏，他要敢回来，看怎么收拾他！”

胡珩是清楚胡不归为何要闹这一出的，只是没想到他会直接杠上玄武堂。不过他这一闹，就像往油锅里浇了一勺水，正好看看锅里藏着哪些蛤蟆。

胡霸沉稳，问胡霖道：“八郎除了调拨越州分堂的人手，可有求援？”

胡霖摇头。

胡霸道：“既然没有求援，说明事情仍在他掌控之中。八郎素来机智，拿玄武堂开刀，想必已有后手。”

胡霖一听就急了，心想大哥你还是不是自家兄弟啊，到这份儿上了还不想着去帮忙。

胡霸当然看出他的小心思，又道：“不过八郎素爱兵行险招，明王寺一役已是险中脱身。越州之事扑朔迷离，我等现在不便插手，但也不宜叫八郎再陷险境。”

胡霖连忙道：“大哥说的极是！”

胡琛道：“八郎和芷汀两个确实势单，不过二郎几个走后，宗堂人手分去一半，不宜动用太多人手。不如让九郎带几个好手去越州暗中照应，以策万全。”

胡珩道：“九郎毛躁，得叫五郎带着才放心。”

胡霖心想五哥同去就同去吧，五哥是个郎中，跑腿打架的事儿还得自己来。

胡琛微微一笑，岂不明白胡珩的好意。这阵子长房几个儿子都派出去了，他的三个儿子五郎学医、七郎学算、十郎读书，平日里捞不着立功的机会，大哥是在给五郎机会呢。

百花楼，公子钱昱不知是有意还是无意，就坐在当初世子与胡不归点过的甲字二号间里。这段时间明州越州风波不断，叫他这个闲散公子很是好奇，特地赶来一观。不同的是，他非世子，也不在朝中任职，有钱有闲，自然哪里都去得；不但去得，还铺开排场，仆从、护卫、侍女、门客浩浩荡荡五六十人，出手就是一千贯金票，直接把二层这一侧给包下了，闲杂人等不得靠近。

越州城有他的眼线。听完汇报，钱昱挥挥手让眼线下去。与他同来的步留仙道："连玄武堂的人都敢动，还真是胆大包天。"

钱昱道："你觉得玄武堂的人是谁派来的？"

步留仙道："自然是大宋派来的。"

钱昱道："区区一个越州别驾，能搭上大宋的线？"

步留仙道："看来这越州别驾定是拿到了什么玄武堂想要的东西，想搏一把前程。听说那位曹别驾可是个能吏。"

钱昱道："越州这个地方好，也不好，他升不上去，自然要另想办法。"

步留仙道："只是没想到偷鸡不成蚀把米，卖好不成，反被人倒打一耙，骑虎难下。现在那个大匠师又被人给劫走了，只不知西府跟玄武堂会如何处置。"

钱昱看了她一眼，道："我倒是好奇那个大匠师到底有何本事，或是藏了什么宝物，能叫各方出手争夺。"

步留仙道："公子打算追查此人？"

钱昱摇头道："我更好奇那个能叫曹别驾和玄武堂吃亏的人。这样的人才，若不能为我所用，实在是暴殄天物。"

步留仙笑道："状告玄武堂的是个小娘，公子也想收了？"

钱昱道："那小娘不过是幌子，主谋另有其人。不必着急，等玄武堂的人到了，那主谋定会现身。待他们撕个难解难分，我们再下场不迟。”

那位曾经出现在陇西郡公庄上的中使就站在越州府衙的大堂上，两边是三个白面无须的伴当，身后跟着七八个精壮汉子；再外围是二十几个玄衣武士，当初带队搜查百花楼的宁海军节度使沈承礼也在其中。

曹别驾匆匆赶来，一眼就认出外围上右厅的人。再一看，宁海军节度使沈承礼居然也来了。看他站的位置，那中间的又是谁？他的目光落在中使和他的伴当身上，心下有所揣测，却不敢直接发问。能当上一州父母官的都不是傻子。

中使盯着他道：“你就是这里最大的官？速速去把前几日收押的玄武堂之人放出来。”

曹别驾听他的声音，更加确定几分，也愈发好奇，一个中使怎地跑到外头来指手画脚了？现下又不是前唐年间，中使掌兵权、行废立，权势滔天：“本官越州别驾，不知阁下何人，为何强闯府衙？”

中使冷笑，对沈承礼道：“一个别驾也敢出来答话。沈将军，你来告诉他。”

沈承礼道：“鄙人沈承礼。”

曹别驾施礼道：“下官见过沈将军。”

沈承礼道：“这位是大宋来的玄武堂尊使大人，来越州——”他想了想措词，不能直接说捞人，“带几个人走。”

曹别驾心里“咯噔”一下，终于惊动正主儿了。

中使斜了沈承礼一眼，显然对他用如此平和的姿态来捞人颇为不满。

沈承礼也犯难，这位大宋来的中使可不是好伺候的，大王点了他来作陪，既是想用他吴越第一战将的名声来压一压他们，好叫他们收敛些，也是看中他办事周全。来之前他了解过越州刺史和长史的履历，知道这二位都是好说话的，不承想刺史和长史都不在，来的是个从未打过交道、只知道姓曹的别驾。也不知这曹别驾是软是硬，太软了，自会叫中使看轻、折了吴越的颜面；太硬了，把事情闹僵也不好。个中分寸，着实难以把握。

曹别驾也在思量该如何应对。人，想必今天他们是一定要带走的。连沈承礼沈将军都出马了，断没有扣着不放的道理。可直接放了太掉份儿，显不出他这个别驾的存在来。

这时堂下一个声音道："尔等既然自称玄武堂的人，那好，我倒要来问一问，你们玄武堂是大宋的人，跑到吴越来作甚？还有你，是称你尊使呢，还是称你中使？"

众人闻言皆是一惊，纷纷循声望去。但见一个年轻俊朗的白袍公子飘然而来，嘴角挂着似有若无的笑意，叫人眼前一亮。

来者正是胡不归。他本在客栈，见沈承礼陪着一群人气势汹汹地闯进府衙，就料定他们是来捞人的，特地混进府衙来与他们会上一会，不想竟碰上几个宫里的宦官来。

沈承礼认得他，当日在百花楼跟世子一起喝花酒，今天又跑来府衙插一脚，怎么哪里都有你？

胡不归看到沈承礼，施礼道："啊呀，沈将军，这才过了几天，又见面了。"说完给了沈承礼一个意味深长的眼神。

沈承礼心领神会，心想我倒要看看你小子意欲何为。

中使身边的伴当见胡不归完全没把他们放在眼里，指着他道："你是何人？"

胡不归不卑不亢道："本公子既非朝官，也非将吏，宣议郎是也。"

宣议郎，从七品下的文散阶。既非朝官，那就是祖上承荫或是花钱捐来的。不过到了宣议郎这一级，就有资格参与县乡一级的事务，每每由在野名门子弟或是乡绅充当，以帮助官府协理地方。

中使道："一个小小的宣议郎，也敢在本使面前放肆。沈将军，还不着人把他拿下！"

胡不归道："非也非也，本公子一没杀人，二没放火，只不过是看到有人公然强闯府衙，意欲法外徇私，便忍不住过来看看到底是哪里来的狂徒假冒玄武堂来捞人。”

“你！”中使怒指胡不归，他可是大宋皇帝派来的使臣，居然被一个宣议郎说成是假冒的狂徒，简直岂有此理！

曹别驾看了沈承礼一眼，见他没有出言阻止的意思，也不说话了。他们这些有官身的人，很多事情不方便说也不方便做，有胡不归这么个愣头青先来出头，探一探这些人的斤两，他们再来收场也不错。

“怎么，不服？”胡不归盯着中使，趁热打铁，“既不服，好，那就拿出照身驾帖来，先叫别驾大人验明正身。确认尔等不是歹人，再说事不迟。”

曹别驾暗暗点头，这小子看似孟浪，实则深谙刑名之道啊——诉讼之中，原告须得先自证身份，作奸犯科、在逃通缉之人是没有资格举报控告他人的。这几位中使来势汹汹，以为一句“玄武堂”就无往而不利，未必就带着能自证身份的关文照身。连身份都掰扯不清楚，就更不必说捞人了。

果然，中使一听要拿照身出来就不爽了。他倒是有照身，可你一个小小的宣议郎说拿出来我就拿出来，我这大宋中使的脸往哪儿放？再者，他可不想自己宫中宦官的身份被别有用心的吴越人传开去。身边的伴当感同身受，忍不住道：“大胆刁民，见到上国尊使，还不下拜！”

胡不归朝西北方向叉手道：“本公子读圣贤书、受君王恩、拜天地父母、行正道礼仪，岂能参拜汝等身份不明、擅闯府衙之人？汝等既无法证明身份——”他转向曹别驾，“这位大人，按律，这些人是否该暂且收押，待查明身份才能放出来？”

曹别驾十分配合道：“正是。”

沈承礼再次打量胡不归，眼中多了一丝欣赏。

另一个伴当怒道：“下国刁民小吏，还想收押我等？来人，速速将他拿下，我倒要看看是谁收押谁！”

两个玄武堂的人上前要动手。

沈承礼手一抬，横在他们身前，将其拦下。

中使道："沈将军，你什么意思？"

沈承礼道："尊使是来提人的，还是来抓人的？"

中使是知道沈承礼的厉害的，吴越第一战将，带着几千人第一个攻入金陵城，连皇帝都对他颇为赞赏，他自然不敢过于跋扈，就盯着胡不归道："本使给沈将军一个面子，暂且不与你计较。不过沈将军，此人阻挠本使做事，又该当何罪？"

岂料胡不归正色道："你不与我计较，我倒要跟你计较。本公子身为宣议郎。宣者，告知与众也；议者，明法说理也。尔等要是不给安昌镇的乡亲一个交代，今日便休想提走那几个恶徒！"

中使怒极反笑："这越州府衙里头的事，是由二位大人说了算，还是由这个小小的宣议郎说了算？"

曹别驾道："安昌镇乡民上告，人证物证俱在，定案之前，嫌犯不得离开。"

伴当道："混账，他们是玄武堂派出办事的将吏，不是什么嫌犯！"

胡不归反诘："私持军械，意图不轨，被乡民捉拿上告，还不是嫌犯？"

中使冷笑，望向沈承礼："沈将军，看来你们吴越是铁了心不让我们把人带走啊。你这个节度使，我看不当也罢。"说罢就朝手下使了个眼色。

两个玄武堂的人一左一右越过沈承礼，上前夹击胡不归。

胡不归早有防备，脚踏阴阳，轻巧闪过，喝道："某身为宣议郎、宣节校尉，岂容尔等狂徒在府衙撒野！"

中使一愣，道："你不是文阶吗？怎地又成了宣节校尉？"

胡不归道："方才忘了。尔等要动手，本公子才想起来。本公子身为吴越良民，文阶武阶俱在，最看不惯尔等跑来吴越撒野的无根狂徒！"宣节校尉是正八品上的武散阶，是胡不归自己花钱买的。

"无根狂徒……"沈承礼嘴角抽动，这词儿倒是贴切。

曹别驾亦助攻道："若天下多几个公子这般以公义为己任、以律法为准绳的忠直之士，百姓便能少受些刁吏恶霸的欺辱。"

中使算是看出来了，这小白脸就是那黑脸别驾请来捣乱的救兵！

胡不归见中使把他跟曹别驾当成一伙的，就给了曹别驾一个无辜的眼神，是他们自己这么想的，不关本公子的事。曹别驾却还了他一个肯定的眼神，哥哥我也看不惯他们，怼得好！

沈承礼见火候差不多了，再闹下去不好收场，只道："宣议郎虽身为散阶，然身为乡民击登闻鼓状告歹人乃是本分。他若置百姓于不顾，本将才要斩他的人头。曹别驾秉公办事，也无错处。"不等中使发作，话锋一转道，"然玄武堂此行南下，是为了捉拿一个偷盗大宋宫中宝物的江洋大盗，行事仓促，未能通报各地府衙，是本将疏忽。本将作保，那几个玄武堂的人，还请曹别驾带过来，交由尊使带走。至于安昌镇乡民那边，本将也会派人解释清楚。"说完望向胡不归，意思是适可而止。

胡不归道："除非中使答应一件事。"

中使细眉倒立，又要发作。

沈承礼道："你且说来。"

胡不归道："很简单，我写个声明，中使签字画押便可。"

中使讶道："声明，声什么明？"

不等胡不归解释，曹别驾已走回案前，拿起笔墨准备开写。

胡不归走过去，双手负背，低声念词。

曹别驾提笔挥就，一气呵成。写完吹了口气，递给胡不归。胡不归看完，暗赞曹别驾刀笔功夫厉害，又递给沈承礼。沈承礼接过，看完，不置可否，递给中使。中使看完，气得浑身发抖，偏偏人家上头写的都是事实，行文滴水不漏，竟无可指摘。

沈承礼道："曹别驾，待中使签字画押，你就去把人带来。"直接把话说死了。

胡不归从曹别驾手中接过毛笔，递到中使面前："签名，盖印。"

"好，好，本使今天算是开了眼了！"中使夺过笔，签了个谁都认不得的名字，气鼓鼓地掏出印章，重重一按。

沈承礼将公文声明递给曹别驾。曹别驾接过，又盖上越州府的印章，递给胡不归。胡不归看完，一口气吹干，叠好，收进袖中。

曹别驾吩咐人去把那几个倒霉的家伙带上来。

少顷，四个汉子被带上来，身上倒是没有伤，就是全然没了大国上差的精气神儿。曹别驾叮嘱过司法参军，这几个人不许用刑、不许拷问，每天给点水喝，饿不死就行。

中使看着这几个病恹恹、没精打采的家伙，“啪啪啪啪”给了他们每人两记耳光，把被胡不归和曹别驾憋出来的内火都撒在他们身上，怒道：“没用的东西！”

四人被耳光抽醒，知道是来救他们了，羞愤难当。

中使一行人刚要走，就听曹别驾在后头道：“尊使要接的人，已被一个叫桃花山大王的人劫走。”

胡不归眼皮子一跳，好你个曹别驾！

中使收住脚步，扭头盯着他道：“区区一个山贼，居然能在你们眼皮子底下把人劫走，本使也是开了眼了！快说，桃花山在哪儿？本使要亲自出马！”

曹别驾不慌不忙道：“越州城东，坎山之中。”

沈承礼道：“找几个人带路，越州府的人就不必跟着了。”

曹别驾躬身领命。

第十四章

吴越是越不是吴

中使被俘了。

被俘的地方在桃花山，抓他的人自称桃花山大王。

当中使被几个五大三粗的汉子押到山上的五花堂，看到那口底下堆着柴火、正在“咕咚咕咚”冒热气的圆鼎时，他尿裤子了。堂堂大宋皇帝的使臣、代表上国行走东南的上差，只觉腿间一热，本就不甚灵光的尿门彻底失禁，潺潺热流顺腿根而下，在地面上淌出一片奇形怪状的图案来。

这时，一个熟悉的身影走到圆鼎前，正是那个曾在越州府衙公然怼他的白袍公子：此人竟是山贼的人！我明白了，全明白了，在安昌镇设伏抓走四个手下，去越州府衙击登闻鼓，把自己引来，继而激怒本使，把本使引到山上来，是计，统统是计！可恨越州府上下尸位素餐，竟看不出区区雕虫小技，没准他们就是一伙的，里外勾结，坑害本使；还有那个沈承礼，号称吴越第一战将，本使都被抓了，他居然还没赶过来救人。可叹我堂堂大宋使臣，竟着了山贼的道！他却忘了，出了越州城后，是他着急剿匪立威，不顾沈承礼的劝阻，轻敌冒进，在山中迷了路，掉进山贼布下的千桃阵中绕不出去，最后一个接一个掉进陷阱，当了阶下囚。不过在他看来，代表大宋皇帝的他怎么会犯错？一切都是吴越方面的过错！回去之后，他定要在皇帝面前狠狠告上一状，方能一泄胸中悲愤。

胡不归嘴角挂着邪恶的笑容，绕着他转了圈，似乎闻到了那股子气味，掩鼻而走，回到圆鼎旁，用折扇敲了敲鼎耳，问他：“知道这是什么吗？”

中使自然认得，这东西，开封宫中有不少，更大、更繁复精致，乃是国之礼器，祭祀用的，不想这群没文化的山贼却用来煮水。

胡不归道：“这叫鼎，圆鼎。鼎分方圆。天圆地方，圆鼎为天，属牡；方鼎四足为地，属牝。所以祭天的时候用圆鼎，求丰收的时候用方鼎。”

中使心想这厮肚子里还有点儿墨水，估摸是山贼当中的狗头军师。他说的这些，自己还真不知道。

胡不归又敲敲圆鼎中间的一条腿：“圆鼎为牡，公的，三条腿，懂吗？啊呀差点忘了，你就两条腿。”

中使涨红了脸，羞愤难当。好你个斯文败类，居然拿一口鼎来折辱本使，待本使脱身，定要请来大军，将你这小小山寨里的山贼统统切了！

胡不归道：“这圆鼎还有一个用处，想必中使不知。先秦列国纷争，国君要是看哪个前来游说的使臣不顺眼，直接扒光了扔进去，煮成肉羹，赏赐三军。是不是啊，四大王？”

“三哥说得极是！”

中使循声望去，只见那四大王晃悠悠过来，竟是个大胖子，扎头巾，系围裙，腰间还挂了些奇形怪状的东西，不知道的还以为是哪里来的厨子。正是俞章。

俞章走到中使身边，用手里的物件挑起他光溜溜的下巴：“在我们江南，每年都会挑几只牡鸡出来骟了。听好了，是牡鸡，不是母鸡，公的。这被骟了的牡鸡啊，再没心思去想那些乱七八糟的事情，精元不泄、少有损耗，长得便格外肥壮。到年关时一刀宰了，或蒸或腌，口味奇佳。本大王看你细皮嫩肉的，想来是少时被骟，洗干净扔进圆鼎里煮上一煮，也好叫山上八千喽啰尝尝鲜。”

中使一阵天旋地转，八千喽啰，他这百十来斤的身子骨怎么够分？他能混到大宋皇帝御前当差，也不是蠢人，当即道：“二位大王，本使好歹也是上国使臣，你们把我抓了，还要把我煮了，若是叫大宋皇帝知道，一怒之下发兵攻打，这小小的桃花山怕是要灰飞烟灭。”

俞章小眼睛一瞪：“大胆，死到临头，还敢威胁本大王！”说完拔出剔骨尖刀就朝他面上戳去。

中使大叫："留我不死，或可保全山寨。放了我，你们拿钱，假装被官兵剿灭，再寻一处好山头快活不迟！"

胡不归拦下俞章的尖刀，道："你说得好像有那么点道理。"

中使连忙道："你们当山贼，不过是求财，得罪官府的事划不来。我这只牡鸡，很值钱；不杀我，才能拿到钱。"

胡不归点点头："好像也有道理。"

中使趁热打铁道："我的那些人留下来当人质，你们把我放了，我去给你们弄钱。"

俞章看看胡不归道："老三，这厮还杀不杀？"

胡不归装模作样道："看来得请二位哥哥出来商议商议。"

中使忙道："商议商议，商议商议！"

山下，营地。

曹别驾赶来了，一年中有半年在养病的越州刺史来了，平日里只管吟诗作对的越州长史也来了。一人一张小马扎，坐在沈承礼下首。中使和玄武堂的人居然在名不见经传的桃花山下全军覆没，是他们没想到的。事情出在越州境内，他们脱不了干系，幸而有沈承礼在，天塌下来有他顶着。

老刺史摸摸花白的胡子，朝沈承礼道："沈将军，此事非同小可，您可得拿个主意。"

沈承礼道："杜长史，你怎么看？"

挂着两个巨大的眼袋，明显被酒色掏空身子的长史装模作样地想了想道："山贼布置周密，想来蓄谋已久，所图者大。"

沈承礼没指望他俩能给出什么有用的建议来，又望向曹别驾。

曹别驾道："下官怀疑报官之人和山贼是一伙的，已派人将安昌镇乡民控制起来，分别询问。"

沈承礼点头，心想这才是能干事的人。要不是有曹别驾这等能吏在，这越州府还不知被你俩糟蹋成什么样。

老刺史道："本官听说安昌镇三老都来了。那三老本官认得，都是镇上德高望重之人，也过了古稀之年，当不会与山贼勾结。小曹啊，叫下面的人客气点，可不能叫三老动气。"

曹别驾应了。

杜长史又道："我看那些乡民顶多也就是被山贼利用了。当务之急是从山贼手里把上差一行给救出来。耽搁久了，事情就盖不住了。"

曹别驾不说话了。越州出了这档子事，盖是盖不住的，他二人只想着如何保住官职，他倒觉得这件事若是处理好了，未必不是立功的捷径："依下官之见，尊使的安危是第一位的。不管山贼是求财还是另有所图，若调集大军攻山，把他们逼急了，难保他们不会撕票。"

老刺史和杜长史相视一眼，确实最怕山贼撕票。人死了，什么都完了。

沈承礼示意他说下去。

曹别驾道："下官以为，当下可分四步走。其一，刺史大人坐镇州府，控制舆论、安抚百姓。首先我们自己不能乱，更不能叫事情立刻传开去，好为下一步争取时间。其二，杜长史和司法参军带人询问安昌镇乡民，是询问，不是审讯，切不可将人羁押，更不能动刑。能问出来最好，就算问不出什么，也不可叫乡民走掉。若乡民中真有山贼内应，留下他们，便是人质。其三，沈将军可率本部人马，并以司兵参军调集越州戍卒切断桃花山与外界道路，外松内紧，形成包围。桃花山就算有水有粮，几百山贼每天吃喝，也坚持不了多久。最后，下官愿为使者去桃花山与山贼谈判，晓明利害，劝其放人。"

"万万不可！山贼皆是亡命徒，你若去了，他们再把你扣下，如之奈何？"老刺史人是糊涂点，倒也不想看到下属出事，还是最能干的下属。

杜长史跟着道："扣下还好，就怕把你杀了立威。"

曹别驾道："我若不去，如何知道山贼想要什么？"

老刺史道："那就让别人去。"

曹别驾道："我等去，说的话还有些分量；我不去，杜长史去？"

杜长史当即就蔫儿了。

曹别驾望向沈承礼："不入虎穴，焉得虎子，有三位大人在，下官才无后顾之忧，好去探一探山贼的底细。三位大人放心，曹某食君之禄，断不会做出有辱朝廷和这身官服的事情来。"

沈承礼道："要带几个人？"

曹别驾道："伴当一人随我进山，好手一人在外接应。"

沈承礼点头，从怀里摸出两张大额的金票来给他："钱，尽管花。"

老刺史和杜长史也连忙掏出金票来。

圆鼎前，中使战战兢兢，终于等来了另外几位大王。

先是一个头戴皮帽、身穿兽皮、手持三股钢叉的少年汉子跟着那狗头军师二大王出来，皮帽后头还垂了根毛茸茸的尾巴，狠狠瞪了他一眼，喝道："兀那牡鸡，跪好了！"说完一甩头，凶巴巴地站到马扎前，拖长调子高喊，"有请大王！"

正是胡霖。

胡霖和五郎胡原明是在胡不归等人动手前赶到的。胡不归赌那中使会亲自带玄武堂的人来攻山，便提前让净照和俞章带越州分堂和吴成等四明帮的苦力在此布置。胡原明和胡霖带了十几个胡家好手一到，山下的千桃大阵和一连串机关陷阱便提前备好。半天后，玄武堂的人便气势汹汹地来了，还把上右厅的人马丢在后头，不到一个时辰就当了俘虏。

胡不归本想让年纪最大的五哥胡原明当大大王，胡原明说他一个郎中没那气势，净照便主动请缨来当老大，胡原明当二大王、胡不归三大王、俞章四大王、胡霖五大王。另外他们这劫了中使，官府定会怀疑到安昌镇乡民头上，胡芷汀也早早在招财、进宝的接应下开溜。至于安昌镇的乡民，他们只是保卫乡土，拿下恶徒，其他什么都不知道，法不责众，谅官府也不会拿他们怎么样。

中使循声望去，只见一个头顶毡帽、身披大氅、长须三缕的独眼龙缓步而来，手里居然还拿了一本书。

只一眼，胡不归便不忍再看。净照这厮扮起山大王起来还真是别有几分王霸之气。特别是那只黑乎乎圆溜溜的眼罩，也不知是从哪块布上裁下来的，戴上后匪气横生，简直神来之笔。

净照往中间的马扎前一站，第一句就是："怎的还没烹了？"

四大王道："刚才尿了，没洗干净，烹之不美。"

大大王道："老五，扒了！"

胡霖扮演的钢叉五大王大步上前，抬手就去撕中使的衣服。中使大叫："不要哇……"像只受惊的羊羔。

胡霖跟胡不归同岁，跟胡芷汀一样比他小几个月，从小就最喜欢跟着胡不归玩，后头还带着个更小两岁的十郎胡原恺。他对这等角色扮演的把戏很感兴趣，初时还心里没底问胡不归有什么要注意的地方。胡不归想了想说只要别闹出人命，其他随意发挥就好。胡霖立刻就发挥想象力，把五郎和俞章两个老实孩子打扮起来。倒是净照没有劳烦他，自己就把自己打扮成个贼寇模样。

至于桃花山上的这处山寨，几年前确有一伙山贼盘踞，后来在胡家的实战训练中被剿灭了。胡不归参与了这次行动，知道有这么一处地方，直接就拿来用了。

胡霖喊来两个手下将中使绑在堂下柱子上，二话不说将他扒得精光，扒光了还盯着中使两腿间惊呼："原来是这样的啊！"

别说是他，胡不归和俞章都是头一回见。潜心医术的五郎胡原明更是跑出来拿着小棍子对着中使下面好一阵观察，通过刀疤仔细研究宫里头是如何给人净身的，末了也是一声惊叹："原来是这样的啊！"

倒是净照在那里一脸鄙视，心说连这都没见过。

围观好了，胡不归怕把人给冻死，特地让人把圆鼎挪得离中使近些，好给他取暖。

中使光溜溜地被绑着，感受着圆鼎中翻滚的热浪，高呼：“你们折辱本使，就是打大宋皇帝的脸，大宋皇帝不会放过你们的！”

胡不归道：“大宋皇帝要是知道自己派出去的人被山贼抓了，你说他是会救你，还是更想把你灭口？”

中使哑然。皇帝，可是很要面子的。

吴成站在廊下，看着他们折辱中使，想死的心都有了。可他不敢跑，从明王寺到越州再到桃花山，他已对胡不归和净照的组合产生了深深的恐惧。你们就当我不存在，你们玩够了把我一脚踢开就行，我发誓什么都不会说出去的……

就在这时，有人来报，说山口来了两个人，其中一个说是越州别驾，要与桃花山大王一见。

曹别驾被带上山来。他的伴当留在二道山门，他独身进来。一进来，他就看到了光溜溜被绑在柱子上、面前一口滚滚圆鼎的中使。

中使看到他来，投来激动、求援、期许的目光，大喊：“曹别驾，快让他们放了本使，本使重重有赏，保你官升三级！”

“啪！”胡霖一记耳光就叫他闭了嘴。

曹别驾观察了下情势，最后看向胡不归，道：“又是你？”

胡不归对曹别驾印象不坏，笑道：“别驾大人，越州府里比你大的官儿不少，怎的就把你派来了？”

曹别驾不卑不亢道：“沈将军要调兵遣将，腾不出手；刺史大人年纪大了，走不得山路；只好让我这个别驾代劳了。”

中使听到沈承礼在“调兵遣将”，眼中又有了些活泛，刚要开口，被胡霖一瞪，立刻闭嘴。

胡不归道：“别驾大人不是坏人，为越州百姓辛劳多年，我自不吝送大人一份功劳。”

曹别驾一惊，送一份功劳，他什么意思？总觉事情不会这么简单。

胡不归道：“不过能不能立功，还得先看看别驾大人的诚意。”

曹别驾道：“尊使是大宋派来的上差，尔等这般折辱，若是叫大宋皇帝知道，少不了抄家灭门的下场。我劝各位还是先把尊使放下来。”

胡不归道：“放不放有区别吗？”

曹别驾道：“放了尊使，今日之事，我当为各位周旋。”

胡不归道：“此事我说了不算。”

曹别驾道：“谁说了算？”

上首的净照突然咳了一声，敢情老衲费劲打扮那么久，都成独眼龙了，贵气与霸气兼具，竟能被你无视，我不像山大王吗？胡不归那小白脸可是什么都没装扮，你竟把他当老大，真是眼瞎！难怪一把年纪还只是个别驾。

曹别驾这才注意到还有个霸气侧漏的独眼龙存在。再把他跟胡不归一比较，才发现胡不归更像个出谋划策的狗头军师。军师再嘚瑟，还是得看老大脸色的。

曹别驾转向净照，发现这位山贼老大长得颇为奇特，偏偏要摆出一副凶悍的模样来，给人啼笑皆非之感。他在打量净照，净照也必须打量回去，身为大大王，气势上不能㞞。两人就这么你看我我看你对视良久，谁都没憋出下一句来。

胡不归朝净照眨眨眼，大大王，说话啊，放狠话！

净照看到了，心下那个激动啊，当了几年和尚，还不如一天山贼好玩。一激动，就忘词儿了。

胡不归急了，再不说话就要穿帮了。

净照也急，一急就顾不得许多，只喊了两个字：“绑了！”

胡不归扇子一合，跟着大叫：“绑了！”

曹别驾心想本官身为官府代表也不能㞞啊，当即大叫：“谁敢！”

胡霖一脚踹中他腿弯，大喊：“我敢！”打架动粗什么的他最喜欢了，扮山贼果然好玩。饶是曹别驾身子不弱也练过些拳脚，可在胡霖这等比山贼还凶悍的愣头青面前，还是三两下就被放倒。

吼出一嗓子，净照也不紧张了，又蹦出两个字：“扒了！”

胡不归心想好你个六根不净的和尚，扒人衣服还上瘾了。

胡霖让人按住曹别驾，扒掉他的绯红官服银鱼袋，正要扒他的中衣，就听净照说“他没切，不必看”，便给他留下中衣，只绑到柱子上。

曹别驾倒是镇定，他既敢来，就做好了杀身成仁的准备，区区折辱又算什么？

净照把胡不归叫过去，低声耳语几句，像极了老大在吩咐狗头军师。其实他是在说，做坏事你比我在行，后面你接着演，老衲配合你。

胡不归装模作样地点点头，走到圆鼎前，盯着曹别驾道：“敢问曹别驾，此地归哪国所有？”

“吴越。”

“曹别驾领的，又是哪国的俸禄？”

“亦是吴越。”

胡不归朝中使一指，问：“那他，是哪国人，当的是谁的差？”

中使抢着答道：“本使乃大宋使臣，当的是大宋皇帝的差！”

胡不归厉声道：“一个宋国臣子，跑到吴越来颐指气使，对吴越官员呼来喝去。敢问别驾，此时，此地，吴越是吴越的吴越，还是他大宋的吴越？！”

曹别驾哑然，他总不能说，吴越现在是大宋的属国，早晚也会是大宋的辖境吧？

胡不归指着中使道：“派一个阉宦来吴越，是大宋无人，还是看不起我吴越，觉得我吴越跟这家伙一样好欺负？你们当官的能忍，我们乡民不能忍；你们当官的怕得罪他们，我们山贼不怕！吴越是越，不是吴！我等越人，从不怕执戈相向、血溅三尺！我在这里放下话来，玄武堂的人胆敢跨过钱塘江半步，胆敢在东府出没，就别怪我等越人不留情面！”

曹别驾倒吸一口凉气。吴越是越，不是吴。一句话，就道破了为何实力雄厚如南唐者，能平马楚、灭闽国，却拿偏安一隅的吴越无可奈何。正是因为南唐是吴，吴越是越啊！千百年来，吴人几时打得过越人？钱王能立足两浙，靠的不也是彪悍善战的越人子弟？

“好！”胡霖挥舞拳头，与他同来的胡家子弟、越州分堂的人也跟着纷纷叫好。他们胡家立足东府，东府，便是地地道道的越地。钱王为了偏安愿意向大宋称臣认屄，可胡家不认。别说现在吴越还是独立的国家，就算哪天钱王要投降了，他胡家也不会叫那些开封来的家伙在越地作威作福！

俞章目瞪口呆，满脸崇拜。

胡芷汀站在远处，痴痴地望着胡不归挺拔的背影，这才是胡家麒麟儿，我的英雄。

胡原明皱起眉头，八郎这番话，很危险啊……

吴成更是目瞪口呆，这位小爷，你胆子也太大了吧！

唯有净照，仿佛重新认识了胡不归。这还是那个玩世不恭的胡不归吗？是啊，他姓胡，骨子里流淌的是胡家强横不屈的血液。胡家从胡进思开始，哪一个是省油的灯？钱氏称雄两浙时，得靠胡家这等强悍家族来支持；而今时局已变，大宋横扫天下，吴越独木难支。若真到了不得不做出决断的时候，胡家会作何选择？是继续追随钱王，还是……他不愿再想。他出家，除了因为那件伤心事，也是不想面对宗室纷争、国事艰难。真到那时，他，胡不归，还能继续开开心心地在一起路见不平、假扮山贼吗？

胡不归继续道：“我越人素来重英雄，大宋太祖皇帝长拳铁棍打下江山，敢跟契丹叫板，敢放钱王归国，光明磊落，何等胸襟气量？可现在的皇帝呢？登基之后对吴越索要无度，不但把人李后主的皇后给强占了，还派个阉宦来吴越指手画脚。欺我吴越无人吗？”

曹别驾笑了笑，问道：“说完了？年轻人，血性可嘉。殊不知那些有血性的人，每一个都死得很早。”

胡不归凑到曹别驾耳边道：“玄武堂杀了我胡家四位长老，这个仇，不能不报。”

曹别驾道：“玄武堂与你胡家无冤无仇，怎会跑吴越来杀人？”

胡不归道：“因为我胡家是越人，越人，从不是软骨头。”其实胡不归根本就没有证据能证明四位堂主是玄武堂的人杀的。可放眼吴越，就算钱王，也不敢派自己人对胡家下手。大宋皇帝能派人来吴越，钱王自然能让他们帮忙给胡家一点警告，让他们不要在国事上与他为难。胡不归相信自己的分析。势这种东西，一旦把握住了，要比各种细节的证据更加准确。

曹别驾不说话了，他身为越州别驾，自然是清楚胡家在东府的实力的。敢对胡家下手，上来就干掉四个长老，这就能解释胡不归为何要设计引中使和玄武堂入局了。可胡家再厉害，终究不过一介豪族，钱王畏宋如虎，真要被逼急了，焉知不敢下狠手？胡家小子，你这是在赌命啊！

胡不归心说我就是在赌，赌钱王还不敢跟胡家撕破脸；赌大宋皇帝为了招降吴越不敢逼迫太紧。他拍拍曹别驾的肩膀，低声道："一味顺从只会叫人看轻，看看人沈将军，金陵一战登先破城，打出吴越的威风，打得宋军上下都得竖起大拇指说一声服。邦交跟做买卖一样，从来不是委曲求全来的，该亮爪牙时就得亮，可不能叫人当软柿子捏了。诸位大人害怕担责任，那好，我来。"

曹别驾承认他说得有道理，可仍然道："眼前这一关，你打算怎么过？"

"简单。"胡不归转身，喝道，"来人，把人带上来！"

手下将被俘的玄武堂中人一个接一个押上来，正好十六人。

胡不归走到一人跟前，道："除魔卫道，有债必偿！"说完接过进宝递来的短斧，对准一人，狠狠劈落。

血溅三尺，人头落地。

雪白的长袍上，似是忽然绽开红梅点点，触目惊心。

众人都没想到他会突然暴起杀人。连净照都从马扎上站起，差点把贴上去的胡子揪掉。

胡霖拔出直刀，大叫一声，再斩一颗人头。身为胡家子弟，岂能不手刃仇人！

胡原明摇摇头，走上前，用他那把开皮削骨的郎中短刀，抹开第三人的脖子。

胡芷汀奔出来，双剑连击，刺穿两人胸口。

俞章惊呆了，胡家人，太凶残！特别是胡芷汀，娇俏可人的小娘，竟能一下杀两人，比男人还残暴，不过那动作，那神态，太迷人了！

胡不归朝净照微微摇头，示意他别沾血，这是胡家的事。

净照哪里敢杀人。当年他若是勇敢一些，早早表明心迹赢得佳人，又岂会夜长梦多遭人算计？吴越是越不是吴。吴越靠血勇立国，打得南唐不敢向南。可如今呢，数十年的太平光景，除了两年前出兵江南国时的回光返照，哪里还有半点血性？不断地送钱送宝物送女人，只图换来一隅偏安。他能猜到，大王对胡家的态度是复杂的，没有胡进思一怒之下发动政变，他就没有机会登上王位；可胡家的强硬，在面对咄咄逼人的大宋时，就变成了潜在的危险。

剩下的玄武堂汉子们或挣扎，或号叫，或求饶，无奈四肢被绑、嘴被塞住，皆是徒劳。

曹别驾闭上眼睛，不忍再看。杀一个与杀光，也没什么区别。

中使直接被吓晕了，这些越人，到底还是不是人！不就是过路的时候嚣张些吗，至于把人都杀了吗？这叫他如何回去复命啊？如果还能回去的话……

剩下十一个人，被胡家越州分堂的人一人一个瓜分干掉。饶是胡原明医者慈悲，也看出胡不归此举的深意来：杀人便是投名状，从此越州分堂的人只能跟胡家一条心；而对外，胡不归此举便是胡家放出的一个姿态，血债血偿，绝不妥协。此等杀伐决断，才是家主该有的手段。

血腥气弥漫在空气中。

胡不归吩咐手下把十六颗首级收拢，分成四堆，每堆下层三颗、上层一颗，摆在圆鼎的东南西北方向，有如邪阵。

曹别驾盯着胡不归，一时失语。这个年轻人若能度过此劫，他日或成大器，或成大患。

杀了人，几位大王将曹别驾和中使丢在圆鼎前，悉数回到堂中。五郎胡原明是知道胡不归这么做的缘由的，此刻却道：“八郎，我看此事颇有蹊跷，只看那中使和手下的本事，怕是没法在分堂中来去自如、杀人于无形。”

胡霖瓮声瓮气道：“人都杀了，还能怎的！”

俞章道：“难不成杀错了？那中使和别驾怎么办？继续绑着？”

胡芷汀倒是不急，她相信胡不归定有对策。

胡不归摆摆手，道：“我杀他们，就是要把真正的凶手引出来，留着那中使就是饵。九郎，你们去审审那中使，看他到底知道多少。手下死光了，看看能不能叫他开口。俞章，你带越州分堂的人去加强周围的机关陷阱，特别是主寨周围。”

俞章和胡霖领命去了，外头很快就传来中使的惨叫。

胡不归对剩下三人道：“你们有没有想过，玄武堂既是奉命南下，必定肩负重要使命。是什么使命，我已知晓，是为了追回一幅被盗走的后主词作。而四位堂主被杀的时间，与他们南下的时间恰好吻合。追江湖大盗，用中使手下那些人可不顶用。五哥，你觉得他们像江湖中人吗？”

胡原明道：“从身板和指节看，更像军中好手。”

胡不归道：“这就对了。军中好手，体格强健，使军中机弩，用来保护中使这等宦官、执行公开任务最合适不过。可想要刺杀，他们就不合适了。”

净照道：“你是说，他们还有一路高手在暗处。”

胡不归点点头：“凡事皆有阴阳，有的人适合拿来充场面，有的人便见不得光。玄武堂若仅仅是执行出使护卫等任务，直接用禁军便可，何必另起炉灶？玄武堂下，必定还有一支不为人知的隐秘力量，招揽的则是精于各种旁门左道、精于刺杀的江湖人士。这些人独来独往，是不会公开露面的。”

净照道：“你想用中使把他们逼出来，在这里。”

胡不归道：“我从来不愿被牵着鼻子走。这些人杀了人，必定不会留下什么叫人追踪的证据。就算有证据，抓得住他们吗？唯一的办法，就是攻其所必救，叫他们主动现身。”

胡原明道：“这些人可不好对付，他们也会像你一样，不去救人，直接杀人。我看还是再请宗堂派些人手来。”

胡不归道：“若他们直接攻击宗堂呢？”

胡原明哑然。他和二郎等五路人马被派出来后，宗堂的力量已然削弱不少，不能再抽调人手了：“若官兵提前攻山呢？”

胡不归看了净照一眼，心想官兵要是敢攻山，本大王就把和尚推出去，看沈承礼还敢不敢乱来。净照仿佛洞悉他的险恶用心，用一只眼狠狠瞪回去。

“吴成！”胡不归突然叫道。

“在，在！”吴成跌跌撞撞地跑进来，他可不敢偷听这几位大爷说话。

“交代你的事情去做了吗？”

“放出去了，放出去了。小的斗胆问一句，东海盟的人要是真来了，我们还走得掉吗？”吴成小心翼翼问。

“他们要来正好，就怕他们不来。”胡不归胸有成竹。

商议完毕，胡不归等人来到堂外。

中使已被胡霖“折磨”得欲仙欲死，见他们出来，一个劲地讨饶。胡霖说他就是奉大宋皇帝之命来追回一幅后主李煜的词作的，此前一直在杭州，听说手下遇袭还被告官才来越州捞人。正使还在杭州，他手上还有几十个禁军。

胡不归听完，跟胡霖要了一把匕首递给净照。

净照一愣，什么意思？信不过我要投名状？

胡不归道：“废了他一条腿，让他变成个累赘，我们才好抓来救他的人。”

净照还是犹豫，你们一个个都是凶神恶煞，为啥要小僧动手？

胡不归拍拍他肩膀，小声道：“恕我直言，你们家除了二郎都是软蛋。”

净照看着他一脸邪恶的神色，心想你们胡家果然是杀牛出身，一咬牙，拿起匕首朝中使大腿上戳去，不想一下戳歪，没扎进去，反而朝一侧划开去，在中使大腿上拉出一道长长的伤口来。

中使疼晕过去。

胡霖和胡芷汀皆是面露不屑，连捅个刀子都不会。

净照哪受得了这等轻视，反握匕首，狠狠扎落。

这下倒是扎进去了，结果扎得太深，拔不出来了。

中使又被疼醒，心道本使已经少条腿了，你们还要再废掉一条！

曹别驾不忍再看，只道：“要不要在本官腿上也扎个洞？”

净照费劲拔出匕首，顺口道：“好。”

曹别驾吓得半死，老子就随便说说，你还当真了！

胡霖夺回匕首，在曹别驾身上擦干净。

净照道：“怎不扎了？多来几回就熟练了，庖丁解牛嘛……”

曹别驾心说你才是牛，你们胡家都是杀牛的！

胡不归哈哈一笑，让人给中使止血包扎了，吩咐众人照顾好大大王，切不可叫大大王落了单。胡芷汀悄悄问他这和尚到底是什么人。胡不归只说此人身份紧要，关乎此事成败，千万别叫他溜了。胡芷汀让他放心，敢跑就打断他的腿。

胡不归来到大寨后的僻静处，走进一间暗室。

暗室中有人，正是俞绍。遵照俞绍的嘱咐，胡不归并未告诉俞章他也在山寨中，而是把他藏在暗室。

胡不归道：“局我布好了，你答应我的事情，可以说了吧？”

俞绍道：“你不妨猜一猜，我为何要你布这么个局。”

胡不归道：“因为这个局对我们来说很危险，稍有不慎就会全军覆没。可对玄武堂的人来说又是不得不来。如果我猜得不错，区区一个宦官，死了就死了，于我们是幌子，于他们亦是弃子。而你——”他朝俞绍一指，“你的价值，远比一个中使大得多。所以东海盟的人要抓你，而有你的存在，我就有活命的机会。”

俞绍道：“不得不说，胡家像你这么聪明的人真是太少了。你故意吓唬曹别驾说要来把我抢走；曹别驾想升官，就着急把我们这些大匠送去西府邀功；西府那边派人来接应，曹别驾又自作聪明派出两路人马，正中你下怀。可你有没有想过，西府为何要征召大匠？而得到曹别驾的消息后，他们为何会派玄武堂的人过来接应？”

胡不归道：“所以我很好奇，你一个大匠师，到底有什么值得东海盟兴师动众，又能让西府和玄武堂派人过来？”

俞绍指指自己的脑袋。“于是你将计就计，抓了几个玄武堂的人。你怀疑胡家的四个堂主是玄武堂杀的，可你没有证据。没证据不要紧，把不可能的排除掉，剩下的一个就是唯一的可能。你故意安排人去报官，就是要把事情闹大；因为只有把事情闹大，才能惊动更多玄武堂的人。你把我被桃花山山贼抓走的消息放给曹别驾，又当面羞辱中使，让他亲自带人来抢人，被你们一锅端。一套连环计，虽说不怎么高明，不论哪个环节出意外都可能失算，可你的运气真不是一般的好，居然就成了。当你发现中使不过是个草包，他带来的人也根本没本事刺杀胡家堂主，你就把他们都杀了。既是代表胡家向玄武堂宣战，又能惊动真正的玄武堂高手来救人，完成对我的承诺，一箭双雕。可惜啊……”

胡不归承认他说得很对，他就是因地制宜地摆下了这么个不算高明的连环计，可偏偏就成了，只差最后一环：“可惜什么？”

俞绍道：“你太聪明了，聪明到不像胡家的人。”

胡不归道：“你还是没告诉我，你身上到底有什么东西，或是你脑袋里到底知道什么事情，能叫东海盟兴师动众，叫玄武堂投鼠忌器。”

俞绍道：“玄武堂为何派人南下？”

胡不归道：“追回一幅李后主的词作。”

俞绍道：“你可知那幅词作有何玄机？”

胡不归摇头，他没看出来，他爹倒是看出用的是大宋宫中御用宣纸，是陇西郡公真迹，可没有用。

俞绍道：“可曾听过坊间火爆的话本子《乱世英杰传》？”

胡不归只觉耳根子一热，这不正是他写的嘛。想来给吴铁嘴的两个章回也快讲完了，这家伙又得催着自己更新……

俞绍道："那话本子胡说八道者居多，但有一点是真的。大唐传下来的那块传国玉玺，确实是在李从珂手里弄丢了。至于后来去了哪里，石敬瑭没找到，契丹也没找到，偏偏有传言说传国玉玺被人带到了东南。东南之地，最强莫过江南国，而李后主又曾是江南国主。"

胡不归瞪大了眼：难道说大宋皇帝以为能从李后主的词作中找到传国玉玺的线索？而另外有人也想要传国玉玺，所以偷了他新写的一首词作，这才引来追杀，一路逃到吴越。大宋皇帝震怒之下，就派玄武堂的人南下追回。糟了糟了，要是让人知道词作被我拿走，胡家岂不是要遭殃？难道四位堂主之死与词作有关？不对，玄武堂要是查到词作被我拿走，直接来找我便是，何必多此一举去杀几个不相干的堂主？现在玄武堂还不知道词作被我拿走了，我倒好，已经杀了一批玄武堂的人，主动去把他们招来，这事儿乱的……"他们要找词作，跟你何干？"

俞绍道："拿到词作就能找到藏玉玺的地方吗？"

胡不归一下子就明白了，藏玉玺的地方必定机关重重，而想要打开机关，就得征召高明的大匠师。线索、技能，缺一不可。可他还是觉得哪里不对，这个理由太牵强："以你的本事，要去大宋邀功，主动去投便是，何必大费周章？"

俞绍道："送上门的不值钱，抢来的才是宝贝。"

胡不归道："你又为何不与俞章相见？"

俞绍道："有我在，他终究长不大。我身为匠人，一生所求，便是极致的技艺。"他眼中闪过狂热，"当我听说玉玺有可能被藏在一处布满机关的地方时，我就忍不住想去看看那些机关到底是什么样的；而我，又岂能像普通匠人那般主动投效？我是大匠师，大匠师，就要有大匠师的手段。"

胡不归道："既如此，当初在明王寺，你直接让四明帮把你请走便是，为何又让俞章守着东塔，不让他们得手？”

俞绍道：“四明帮算什么东西？不过是被东海盟请来的打手。我可不想被这等不入流的帮派抓去邀功。让俞章这么闹一场，好叫他们领教机关术的厉害。我是俞章的爹，身价自然更高。再者，四明帮是东海盟叫来的，东海盟要宝物也要我，所以不会真的伤害俞章。而你，有本事上来，自然有本事下去，不至于摔死。至于东塔里的宝物，确实被我藏起来了。”

胡不归很是无语，心想你一个大匠师，怎的这么多心眼儿。

俞绍道：“我等匠人，素来卑贱。用之则招来，不用则丢弃，甚至殉葬。要是没点儿保命的本事，被人用完就杀，天下技艺，如何传承？我把《木经》给你，就是不想俞家的技艺失传，想必你已经把东西给了俞章。这小子好学，拿到之后打不开，定会去老宅一探究竟。这就是我留给他的历练。”

胡不归道：“看来你并不想为东海盟效力，更想被玄武堂带走。而我帮你设下的这个局，不过是让你顺其自然提高身价的方式。”

俞绍道：“别说得这么难听，你不也杀了不少玄武堂的人，给胡家报仇了吗？”

话音落，就听外头一阵嘈杂，哨声响起，必有强敌来犯。

第十五章

三公子的山

来者四人，三男一女，一个老头一个老妪，外加瘦和尚、胖道士，很是奇特的组合。吴成带来的人根本挡不住他们，也无心恋战，一个照面就四散溃逃；幸而有胡霖和胡家宗堂的一队好手在，勉强守住圆鼎，叫对手暂时无法靠近中使和曹别驾。胡霖暗暗吃惊，心想五哥和胖子不是在外围布了几重机关陷阱吗？怎的一点预警都没有就让这些人闯进来了？不过他反应极快，在他们闯进来的同时吹响竹哨，惊动了胡不归和净照等人。

中使见来了救兵，顾不得赤条条的，也不管来者是谁，立刻扯起嗓子大喊："本使是大宋使臣，快来救我！"

曹别驾心下感慨，大宋怎么就派了这么个二百五的家伙过来，万一这些人不是来救人而是来灭口的，你这岂不是自报家门？

净照先到，拿了杆竹枪威风凛凛地往那里一站，喝道："尔等何人，胆敢擅闯桃花山？速速报上名来，本大王不杀无名之鬼！"

瘦和尚往前一站："阿弥陀佛，老衲法号相苦，伏牛山莲花寺出家。"

胖道士走上一步："无量天尊，小道法号明真，伏牛山三花观修行。"

净照听他自称老衲，心下搓火："二位皆是出家人，为何无缘无故闯我山门，还打伤本大王手下？六根不净还自称老衲，岂不贻笑大方？"

"俺自称老衲，干你这独眼龙鸟事！来来来，吃我一杖！"瘦和尚说完，也不管胡霖等人，提着禅杖就朝净照冲去。

净照师承名家，武技虽不算顶尖，但眼力是有的，只看瘦和尚手提几十斤重的禅杖仍能健步如飞，就知道大寨外头临时布置的机关陷阱难不住他这等高手。不过还不等净照动手，一道人影就从旁蹿出来，替他接下一招。

但见胡不归站在净照和瘦和尚之间，手中也是一杆竹枪。不过他的竹枪跟净照的不同。净照的是用整根竹子削成，他的则是用三片长条形的竹篾扎成一捆，再用麻绳束紧，顶上还套了个一尺多长的矛尖，连头带尾八尺多长，不像一杆枪，倒像是盛唐年间世家武将们惯用的武器——槊。胡不归用长槊朝瘦和尚一点："你这和尚，定是假冒的。"

瘦和尚一惊，道："何以见得？"

胡不归道："庙里香火旺，每日受善男信女供奉，当是面色红润腹有乾坤，像尔这般尖嘴猴腮皮包骨头的，不是被官府通缉的强盗，便是打着和尚的幌子行欺男霸女之事的恶徒。眼窝深陷、面色蜡黄，我看你也活不了多久。"

瘦和尚被戳穿身份，大怒，禅杖当头劈下。

胡不归这竹槊虽是临时准备的，可三股竹篾韧性极强，加之他从小被胡璇调教，基本功练得极为扎实，竟生生接下这记重劈来，还借助竹槊的弹力逆势反击，将瘦和尚震退半步。

瘦和尚大惊，这小白脸看起来年纪轻轻，竟能接下自己八成功力的一击！

胖道士见瘦和尚受阻，抽出背后长剑，夹击胡不归。

绿影闪过，胡芷汀又抢在净照之前与胖道士交上手。

净照心道："又抢！"转念一想，他是大大王，让手下先出手也是应该，遂把目光投向后头的老头、老妪。直觉告诉他，这俩比那俩更难对付。

不想那老妪见瘦和尚被胡不归三番两次地击退，上前道："后生，又见面了。"

胡不归一看，竟是当日在越州城郊河边抢人，与他跟十七叔过过招的那个老婆子。没想到她竟是玄武堂的人，难怪会来抢夺盗走后主词作的大盗。

老妪拐杖一顿，叫瘦和尚让开，自来对付胡不归。未及出招，就听有人在屋顶道："老太婆，上回没打够，这回接着打。"人影跃下，当头一铲，正是十七叔。

胡不归大喜！十七叔，你终于又来了。

十七叔给了他一个鄙视的眼神，丝毫没有尊老敬老的风度，抡起大铲子一下接一下地朝老妪砸过去。几天不见，招式愈发凌厉。

胡不归也不晓得十七叔为何要鄙视他，难道是因为自己假扮山贼也不换身衣服？可本公子的容貌气质，穿兽皮戴眼罩也不像山贼啊，还不如本色出演。刚走神，瘦和尚的禅杖就招呼过来。

"我来！"胡霖手持双刀冲过来，骤雨般朝瘦和尚一顿猛砍。双刀是他们胡家的成名技，当年先祖胡进思就是靠一对双刀随武肃王钱镠转战两浙，立下战功无数。到了胡璇这里，又把胡进思传下来的刀法加以改进，根据族中子弟的不同特点，又分成双直刀、长短双刀、双手斩马刀、双短刀等。胡芷汀是女子，使的是小号的长短双刀，刀速快，攻守兼备；胡霖手长脚长，使的就是标准的双直刀，既能上阵搏杀，又能单打独斗；而像二郎胡雷那等猛汉，使的就是重型双手斩马刀，特别适合混战打群架。

胡芷汀和胡霖对上胖道士瘦和尚，十七叔截下老妪，剩下一个老头子不像要出手的样子，胡不归就又没事干了，退到净照身边。

净照忽然问："方才你说那瘦和尚的话是什么意思？"

胡不归一愣，他就是随口一说拖拖时间，能有什么意思？

净照不满道："不是每个和尚都脑满肠肥、肥头大耳的！"

胡不归嘴角抽动，都什么时候了还计较这个，你个小心眼儿，嘴上道："是是，不必脑满肠肥，耳朵大就行。"

净照盯着瘦和尚，不满道："就他也敢自称老衲，真真是坏我佛门名声。"

两人在那嘀嘀咕咕，一直没出手的老头子突然动了，空着手径直朝中使走去。无声无息，气势逼人，一脚将面前的人头堆踢碎。

中使见终于有人想到要来救他了，激动得全身颤抖。

胡不归哪能叫他把人救走，撇下净照，一槊刺去。

老头子手一抬，再一甩，简简单单的一掌，就把竹槊的矛尖打开去，离中使又近一步。

净照见状，要了个大大王的帅，也是一竹枪抽过去。

“啪！”又是一掌，竹枪被荡开去，竟然裂了！

胡不归与净照大惊，这老头子的功夫明显比在场所有人都高出一截，他才是真正的大杀器啊！

“小哥哥啊小哥哥，没想到你也有打不过人的时候。”一阵悦耳的女声在屋顶响起。

胡不归听着耳熟，扭头一看，不是别人，正是东海盟的天香上君。今天她穿了一身紫色外袍，头上顶了个夸张的抛家髻，高耸的朵子歪向一边，往那一站便是成熟女子的撩人风情。

胡不归抢先一句：“你是来帮忙，还是来看戏？”

天香上君自顾自在屋脊上坐下，没有要下来插手的意思。

老头子完全无视她的到来，走到中使面前停下。

中使大叫：“快放我下来！”一叫，腿上的伤口崩裂，疼得只好闭嘴。

老头子终于开口：“你个没卵子的东西，也敢乱叫。”

中使先是一呆，旋即大怒：“你是什么人？敢对本使出言不逊？本使是大宋玄武堂的人——”

“俺也是。”老头子打断了他，抬起手，对准他的脖子伸过去。

中使又惊又怕，挣扎道：“你要干什么，我是皇帝派来的，大宋皇帝派来的！”

“大宋没你这等丢人的腌臜货。”老头子的手有如大钳，稳稳扣在中使的脖子上。

胡不归大惊，这阉人可是他留着当人质的，可不能叫他给弄死了！朝净照使了个眼色，两人同时出招，分击老头子两肋。

老头子一只手，“啪”一下将竹枪前端劈折，又“啪”一下荡开矛尖，反手扣住竹槊，一带一拉，顺势一掌拍在胡不归肩头，将他震飞。

胡不归跌落在地，只觉肩头剧痛，半边身子使不出劲来。原来这才是真正的高手！

天香上君起身，直直盯着老头子。

“小乌龟！”胡芷汀见他落地，惊怒交加。惊怒之下，招式散乱，被胖道士寻了个机会一剑刺来。胡芷汀连忙倒退，勉强躲过这一击，正退到胡不归身边，长短双刀守住门户。

胖道士见她模样俊俏，忍不住道：“小娘子，贫道看你天资出众、根骨不俗，不如从了贫道，一道修炼如何？”

胡芷汀大怒道：“呸，你个脑满肠肥的丑道士！”

道士最恨别人说他丑胖，又是一剑刺去。

刺到中途，忽听一个极为洪亮的声音道：“泼货老贼，欺负小孩子算什么本事，要打跟我打！”话音落，但见黑色身影如大鸟般直取胖道士，“嘭”的一声将他击飞。落地后竟不停留，又朝正压得胡霖喘不过气来的瘦和尚轰出一掌，替胡霖解了围。

那厢十七叔与老妪倒是平分秋色，一时间难分胜负。

胡不归与胡霖同时喊道：“怒长老！”

来者身高体壮，须发皆张，一对牛眼不怒自威。正是胡家越州分堂的镇堂之宝，二十年前就靠一双铁掌横行两浙。曾经当过胡进思贴身亲兵的长老——怒。没人知道他的真名，只知他脾气火暴，上阵杀敌冲在第一个，平日里路见不平亦会悍然出手，一双铁掌打得越州悍匪恶霸闻风丧胆。后来年纪大了，就被宗堂安排在越州分堂名下的一处庄园颐养天年。若论功夫，就连人称胡家武功第一的胡璇，也只能说与怒长老打个平手。

天香上君面色一紧，又来个老家伙，看来不用她出手了。

怒长老威风凛凛地往那里一站：“你们几个老东西，不要老脸地跑来救个没卵子的也就罢了，居然还敢欺负我家小孩子，好没羞臊！”

胡不归和胡霖那个激动啊。怒长老是什么人？三十年前跟先祖胡进思带三百人发动兵变，冲进王宫击毙御前两大护卫，直接把忠逊王钱弘倧（今长公子钱惟治的亲爹）从王位上扯下来的猛人，七十多岁了脾气还是一样火暴，见不得胡家人受半点欺负。胡不归和胡霖这些晚辈小子看到他，就跟见了太爷爷一样亲切。

老头子把手从中使脖子上挪开，与怒长老对了一掌。两人各退一步，谁都没受伤，也没占到便宜。

瘦和尚胖道士和老妪同是一惊。老头子的本事他们是清楚的，玄武堂排名前四的高手，居然被逼退了！

胡芷汀扶起胡不归。她听说过族中有怒长老这么个人，但无缘得见。今天看他一出手就逼退强敌，果然名不虚传。

胡不归捡起竹槊，活动了下酸麻的胳膊，还好只是被震了一下，并未受伤。

净照提着短了一截的竹枪过来，小声道："有这么厉害的帮手怎不早说？"

胡不归心说我哪使唤得了怒长老这等镇族之宝，再一想，怒长老为了他这个晚辈居然能跑来跟人动手，心里那叫一个自豪。

怒长老又跟老头子对了一掌，大呼痛快。

岂料老头子居然退了，一言不发，转身就走。

瘦和尚胖道士和老妪看他走了，跟着就闪。

中使醒过来，见他们都要走，大叫："你们不能走，你们走了谁来救我！我是大宋皇帝派来的，我是上差，你们不能不管我！啊……"中使突然没了声音，张大了嘴，头一歪，已然气绝。

老头子微微扭头，纵身跃走。

胡霖跑过去一看，大叫："这阉货死啦！"

胡不归怒视天香上君。

天香上君一脸无辜，以手掩口，故作惊诧道："死了？我就是扔个东西想叫他闭嘴。你杀了玄武堂那么多人，多死一个也无妨。啊呀，这里是不是要打仗了？姐姐我先走一步。"说完往后一跳，跑了。

胡不归怒极，小兵是小兵，中使是中使。杀小兵是吓唬人，杀中使就真没退路了。好你个天香上君，居然来这一手，改天定要把你的香铺子拆了！

曹别驾痛苦地摇摇头，这下少不了又是一场杀戮。

怒长老的到来并未缓解桃花山的危机，很快，山下就传来隆隆鼓声。放哨的人回来禀报，说至少有上千人马在山寨正面集结，还有一路人马正在朝山后迂回，小股散兵已经开始封锁上下山的道路，很快就将完成合围。

众人看着胡不归，他是军师，负责出主意。

胡不归看看净照。净照也看看他，胡不归的算盘，他心知肚明。胡不归让出大大王来给他当，就是备着这一刻。净照也是无奈，上了胡家这条贼船，想逍遥自在都不行，还能不能再愉快地当和尚了……

怒长老倒是很淡定，只一句，老夫只管打架。

有他坐镇，众人心下稍安。

胡不归走到圆鼎前，看着曹别驾。

曹别驾道："你们几十个人，没机会的。"

胡不归解开他的绳索，道："你回去，告诉沈承礼，就说中使死了。"

曹别驾吃惊地看着他，中使可是他们的人质，人虽死了，可山下的人不知道，不知道就是仰仗。把自己放回去说人死了，他打的什么算盘？

胡不归拍拍他的肩膀，道："老曹，你不是个坏人，本公子不想为难你。你来了，该说的都说了，我们不答应，不关你事。我们不但不答应，还把中使杀了，连他手下玄武堂的人也都杀了。"

曹别驾道："你这是逼官兵攻山。"

胡不归道："我是在逼吴越跟大宋撕破脸。"

曹别驾道："对你有什么好处？"

胡不归道："为国谋划，需要好处吗？"

曹别驾道："你会搭上整个胡家。"

胡不归看了眼怒长老："胡家镇族之宝都来了，这就是态度。"说完从胡芷汀手里接过曹别驾的官服递给他。

曹别驾穿好官服，系上银鱼袋，套好靴子，道："你惹出来的麻烦，会叫很多人陪你背锅。胡家若跟大王不是一条心，又怎能在东府立足？"

胡不归微微一笑："别驾大人尽管回去，本公子自有妙计。"

曹别驾摇摇头，十年寒窗苦读，再用十年从基层一步步实干上来，他实在想不明白胡不归这等聪明人为何要置自己于死地。或许世家子弟都是这般模样吧！曹别驾带着遗憾走了，或许他觉得再见时，胡不归不是尸体就是阶下囚。

胡不归倒是一点都不急，让人用长竹竿把十六具无头尸体挑起来，每隔一段路插一根，一直插到通往山外的路口，好叫沈承礼的探子看到。

胡原明将胡不归拉到一边，低声道："八郎，当真要跟官兵一战？"

胡不归道："五哥放心，我自有分寸。"

胡原明叹了口气不说话了，整理起他的急救箱来。若论江湖经验，他是万万比不上胡不归的。他隐隐觉得，胡不归跟那个假扮大大王的和尚一定早有定计，只是时机未到不与众人说罢了。一旦官兵攻山，就是揭晓谜底的时候。

山下营地，曹别驾将他在山上目睹的一切转述给沈承礼。沈承礼听到中使连同手下玄武堂的人都被杀了时，猛地从马扎上站起："你确定中使已死？"沈承礼手按刀把。玄武堂的人死光了，他这趟差事就算砸了。为今之计，唯有攻破山寨，将那群胆大包天的贼人悉数剿杀。

曹别驾道："胡家并不怵与官府为敌，或是有所凭仗。"

"凭仗？"沈承礼冷笑，越州驻军虽不及上直、中直、镇武、镇国等禁军精锐，可对付小小一座桃花山寨还是不在话下的。就算整个胡家的人都来，还能与数千官兵对抗吗？巍峨的金陵城都挡不住他的脚步！

号令声中，官兵开始向山寨挺进。首先映入眼帘的就是用竹竿挂在路边的无头尸体。血滴还在从尸体上落下，说明此人是不久前才被斩首的。那些平日里负责维持治安，连训练都马马虎虎的驻军哪里见过这等血腥场面，顿时就有人跑到一旁大声呕吐。负责督战的上右厅将吏立刻把这些人拎出来赶到后边去，省得他们影响士气，再命人把竹竿砍倒，放下尸体。

可是当尸体接二连三地出现时，官兵的士气不可避免地动摇了。他们本以为循着尸体便可直取山寨，岂料那些无头尸体把他们引向的却是一个个布置得极为隐蔽的陷阱和机关。每前进一步，就会有人掉进陷阱，或被困住，或是受伤，惊叫惨呼此起彼伏。

沈承礼接到禀报后，立刻下令主力暂停前进，转而派出几支小分队先行探路。

重重叠叠的竹林中，胡家宗堂和越州分堂的好手在胡芷汀和胡霖两人的带领下神出鬼没地阻击官兵小分队，也不杀人，只是叫他们受伤难以行动，以此拖累更多官兵。待到沈承礼率官兵主力来到山寨前时，千余人的队伍竟已折损两成，一成受伤，一成留下来掩护并照顾伤员。

寨门上，胡不归手持竹槊，朝官兵大喊：“沈将军，别来无恙啊！”

沈承礼一看又是他，气得胡子直往上翘，直接从亲兵手中取来铁弓，张弓搭箭，对准胡不归。

胡不归也不闪躲，只道：“沈将军若是动手，到时候可别后悔。”

沈承礼冷笑，你小子害老子背个大锅，老子就是把整个寨子屠了，也难消心头之气。

胡不归道：“将军且看他是谁。”话音落，沈承礼的箭已至，从两人当中掠过，没入后头的柱子上，兀自颤动。

“啊呀呀，哪个不开眼的敢射本大王！”净照冒出头来，用一只眼朝外头一瞅，看到手持铁弓的沈承礼，“沈承礼，你好大的胆子！”

胡不归戳戳他：“喂，戴反了。”

净照摸摸眼罩道：“没反啊，不会掉。”

胡不归道：“是右眼，不是左眼。”

净照连忙弯腰把眼罩换到右眼。这一弯腰，正好躲开沈承礼的第二箭。

沈承礼射完，见寨子上又冒出来个瞎了右眼的山贼，长得跟之前那个一模一样，顿时觉得邪门。没错，邪门，整个桃花山都透着邪门。

更邪门的是，众目睽睽之下，那山贼居然一把扯掉眼罩，露出另一只眼来。

前排官兵面面相觑，这是作甚？叫我们看看他不是货真价实的独眼龙？

岂料扯掉眼罩只是开始，那山大王又一把将胡子给扯掉了，露出光溜溜的下巴来。

前排官兵莫不倒吸一口凉气，这得多大的劲道和勇气才能把胡子扯下来……难怪人家能当山大王，自己只能当兵混口饭吃。

扯掉了眼罩和胡子，净照又把那顶又黑又丑的毡帽给扔了，露出光溜溜的脑袋来，紧跟着咧嘴一笑。他这一笑就显出俩梨涡来，惹得旁边的胡不归一阵寒战。

底下的沈承礼也看到了。一个山大王，居然是个秃子，还有梨涡。老子最讨厌男人有梨涡，娘里娘气的。有梨涡还来当山大王，也不怕腻死喽啰。嗯，等等，梨涡，还是光头？沈承礼像是想到什么，再次打量起净照来。

净照朗声道：“沈将军，两年不见，可还记得北新关前相别乎？”

此言一出，沈承礼就不淡定了。两年前，北伐大军出师江南国，前来送行的人当中，就有国师赞宁法师。站在赞宁法师身边的正是眼前这个假山贼，真和尚。

事情麻烦了。沈承礼心念飞转，盘算着事情如何收场。这小祖宗如何会跟姓胡的混在一起？杀害中使等人他可有份？可就算是他，对大宋玄武堂的人下手，恐怕钱王也保不住他。

胡不归盯着沈承礼。净照的身份是他最大的倚仗，他跟净照商量过接下去的应对，相信沈承礼会投鼠忌器，不敢发兵强攻。

胡不归道："沈将军可是为了那些被斩首的贼寇而来？"

沈承礼心道好一张颠倒黑白的利嘴，明明你们是贼寇，反倒诬陷起玄武堂的人来："被尔等杀死的是大宋玄武堂的上差，并非贼寇。"

"非也非也！"净照接过话茬，"律法有云，夜半闯入人家，主人出于防卫，杀死闯入者，不论罪。这一条，沈将军不会不知道吧？"

沈承礼望向一旁的曹别驾。

曹别驾无奈地点点头。"前唐高宗年间确实发生过此类案件，有盗贼闯入他人宅院，主人将其打残，当时并未论罪。"吴越和大宋都沿用《唐律》，既有明文，自当遵循此条。不过曹别驾还是驳斥道，"汝既与沈将军为旧识，想必不是山贼；既不是山贼，此地便不是汝宅院；既不是汝宅院，此条文便不适用。"

"谁说此地不是我的了？"净照胸有成竹，"敢问唐刺史可在？"

"刺史年迈，此间事由沈将军主持，本官协同。"曹别驾道。

"此事唐刺史知晓，你去叫他来，自然能知其中原委。"净照道。

曹别驾与沈承礼相视一眼，这家伙不是在拖延时间吧？

胡不归看净照神色，心想难道他也有后手？

净照道："两位放心，我等就在山寨中不会逃走，只等唐刺史来。"

沈承礼倒不怕他们跑了，也正好趁此机会整顿队伍，稍加休整，吩咐道："去，把唐刺史请来。"

半个时辰后，唐刺史被人抬到山上，一看到净照就高呼：“老臣见过三公子！”

“三公子？！”曹别驾一阵头晕。再看净照，正露出两个甜甜的梨涡朝唐刺史叉手施礼：“辛苦老刺史跑一趟，老刺史别来无恙啊！”

“好，很好，甚是想念三公子！”唐刺史颤巍巍地爬下竹轿，朝山寨还礼。

净照在上头道：“老刺史啊，我就问你一句啊，这座山，是不是我的？”

沈承礼心下一沉，暗叫要糟，老头子你可别犯糊涂。

胡不归和曹别驾同是一惊，难不成还真是他的？

唐刺史皱起眉头想了一会儿，道：“好像……是有这么一回事。”

沈承礼浓眉倒立，提醒道：“唐刺史！”

唐刺史连忙道：“好好，我找找，我找找。”说完在身上摸来摸去，最后竟真从怀里找出一份地契来，打开，眯起眼，仔细看了遍道，“对喽，就是它，两年前的，还好没丢了。”说完递给曹别驾。

曹别驾接过，扫毕。这座山，确实是被一个叫净照的和尚给买下了。

沈承礼夺来地契，瞪了唐刺史一眼，丢还给他。他可没有无聊到再去质疑净照是不是地契上的本尊。人家既然敢拿出来，就不会作假。

胡不归大喜，净照小和尚，你小子果然是全吴越最有钱的和尚，居然把整座山买下来了还不告诉我！现在好了，山是和尚的，山寨也是和尚的，玄武堂的人闯进山里，等于闯进净照家里。按律，不管你是什么人，只要主人不同意，你强闯，就算全都被杀了，主人也无罪。胡不归朝净照肩头重重拍了一记，朝他竖起大拇指。

净照咧嘴，笑容灿烂，梨涡醉人。

钱塘江渡口，有官船靠岸。

上右厅的人用大车载着中使和十六具无头尸体准备装船。

沈承礼站在渡口，眉头紧锁。三公子啊三公子，枉我一直以为你是个老实懂事的孩子，闯祸什么的只有世子能干出来。你倒好，一闯就是个大的，直接把天给捅破了，想给你擦屁股都爱莫能助。一想到回去要面对钱王的怒火和大宋使臣的质问责难，沈承礼跳江的心都有了。

就在这时，外围的亲兵忽然大叫起来。

沈承礼扭头一看，却见净照正在那里朝他挥手：“沈将军啊，你走得好快呀！老衲追了一路，终于追上来啦！快叫你的人让开，老衲来讨口水喝！”

沈承礼头皮发麻，这厮怎地阴魂不散还跟过来？可人家再闯祸也是公子，只好无奈地挥挥手，示意亲兵让开，放他过来。

净照不是一个人来的，后头还跟着个中年常随。他走过来，倒了碗茶水，一口气喝掉一半，道：“沈将军呀，你走得这么快，是怕老衲再给你添麻烦？”

沈承礼心想你知道就好，还是说道：“不敢。三公子也要过江？”

净照放下茶碗：“正是正是，有点私事要去见大王。老衲走得急，没带盘缠，可否借将军的船过江？”

沈承礼当然不好拒绝，被他左一个“老衲”又一个“老衲”说得心烦，心想你都买下一座山头了，还没带盘缠，整个吴越就你这和尚最有钱。

过江后，两人一道进城。净照笑嘻嘻地说沈将军可以先去处理军务，老衲自去宫中探望大王。按理说，沈承礼确实要先去有司安排处理尸体，再想想怎么去跟钱王禀报，可他一看净照兴冲冲的模样，立刻改变主意，挽起净照的手要与他一同进宫。

净照道：“啊呀沈将军，小僧进宫是有私事，待我说完，沈将军再来正好。再说也不好带着这么多尸体进宫去吧？”

沈承礼一听就知道这小子有猫腻，干笑道：“无妨无妨，横竖本官也要进宫见大王，正好与三公子同去，也好有个照应。”你这小子，先是老衲，这会儿又是小僧，嘴里就没一句实话。若叫你先见了大王，把事情往老子身上一推，须知疏不间亲，你们老钱家可以孝悌恭敬的，老子可不想替你背这个黑锅。一同去，当面说清楚。

净照被他拉着挣脱不得，眼珠子一转，就猜到他的顾虑，心想沈承礼啊沈承礼，你堂堂大将，居然以小人之心度老衲之腹，小僧是那种告黑状的人吗？

沈承礼的表情分明在说："是。"

两人手拉手来到宫门口，被当值的亲卫禁军拦下。

净照道："小僧净照，要见大王。"

禁军完全不认得他。笑话，大内是什么地方？出家人就算要进，那也得是得道高僧，就你这嬉皮笑脸胡子都不长的小沙弥，也想见大王？

净照刚要向沈承礼求助，不想沈承礼拔腿就走。

"沈将军，沈将军，你知道小僧是谁的啊！"净照着急大喊。

沈承礼只当没听到，此等先进宫澄清的机会，本官岂能错过。

禁军看看沈承礼，又看看净照，更不让他进了。

净照无奈，只好摸出照身玉牌来丢给那禁军。

禁军接过一看，吃惊道："三公子？"

净照道："我来看看我父王。"

不远处，两个路过小内侍听到"三公子"，立刻走开了。净照的常随看了两个小内侍一眼，又低下头。

议政殿中，吴越王钱俶坐在上首，正在听宰相崔仁冀和长公子钱惟治汇报今年的内政和军务。世子钱惟濬坐在下首，有一搭没一搭地听着。钱惟治道："遵照大王旨意，各军州关隘、城防、道路、河流上的驻守军械已悉数拆除，大王可派人查验。"

钱俶满意地点点头，这是他对大宋表示恭顺的重要举措。吴越连关防都不要了，你大宋总不好意思再挥师攻打吧？

宰相崔仁冀道："以臣之见，只此怕是难以叫大宋满意。"

钱惟濬忍不住道："关防都拆了，还不满意，难道非要我们把军队都裁了，再献出名册图籍？”

崔仁冀道：“大宋平荆湖、收江南，一统天下之势已成，吴越难以与之抗衡。”

钱惟濬拍案而起，指着崔仁冀的鼻子道：“崔仁冀，你当着吴越的官，给大宋说话，赵家是给了你多少好处？”

崔仁冀丝毫不恼，只对钱俶道：“臣之心，大王知晓。”

钱惟濬冷笑两声。

钱俶也很懊恼。在位三十年，他自问亲政爱民，把吴越治理得不错，不但守住了两浙之地，还小有开拓。可大宋就是挂在吴越脑袋上的一把剑，不论怎么恭顺，也只能看着大宋把周围的国家一个个消灭。两年前有人反对他出兵夹击江南国，说什么唇亡齿寒。他岂不知江南国是吴越的屏障？可他有的选吗？若不出兵，大宋扫平江南国后就会立刻挥师南下，到时候吴越拿什么抵挡？牺牲一个江南国，换来几年苟延残喘，已是他能做到的极致。

当王，也是很烦的啊！

就在这时，内侍来报，说宁海军节度使沈承礼求见。

钱俶立刻让内侍带沈承礼进来。沈承礼和钱惟治一样是他最放心的左膀右臂，他这么快就回来，想必是事情已经办妥。

岂料沈承礼进来后就行大礼，高呼：“臣无能，中使和玄武堂的十六个人，都死了！”

钱俶只觉耳中一阵轰鸣，还以为听错了。

“都死了？”钱惟濬难掩兴奋，死得好，死得大快人心啊！

就连一向沉稳的钱惟治都忍不住多看了沈承礼两眼，这不合理啊，放眼吴越，谁敢对中使下手？何况还有沈承礼在。

沈承礼就把他陪中使到越州，碰到有安昌镇乡民击鼓登闻，胡姓公子当场驳斥中使，中使不顾劝阻带玄武堂的人去剿匪，不想全军覆没悉数被杀的经过讲了一遍。末了又补充：“臣本想率军攻山，奈何有人拿出地契凭证，说桃花山已被他买下，中使和玄武堂的人是擅闯私宅。按律，主人可将其当场格杀而不论罪。此事有越州唐刺史为证。臣无奈，只好将中使等人尸首先行运回。”

钱俶听完，第一反应就是此事另有隐情。

崔仁冀听完，高呼：“大王，中使被杀，后果严重，若大宋兴师问罪，如之奈何？！”

钱惟濬揶揄道：“崔大人博古通今，不会连擅闯私宅者，主人杀之无罪都不知道吧？”

崔仁冀反驳道：“被杀的若是盗匪贼寇，自然无罪；而今死的是大宋中使，世子说无罪便当真无罪了吗？”

钱惟濬朝沈承礼一指：“照你的意思，是要把沈将军绑了给大宋去定罪？”

沈承礼知道他是开玩笑，世子最敬重的就是他这等敢在大宋面前亮拳头的悍将。可惜他这个悍将也没什么带兵打仗的机会了，成天为迎来送往跑断腿。

钱俶示意他们安静，问道：“人是谁杀的？原告何在？”

不待沈承礼回答，就听净照在殿门口道：“小僧便是原告。”说完快步上前，在沈承礼身边一站，施礼道，“小僧参见大王！”

不仅钱俶，就连钱惟治和钱惟濬都吃了一惊，居然是老三！

净照又朝崔仁冀和两个哥哥施礼：“崔大人、二位哥哥，想死小僧了！”

一句话就把众人都逗乐了。

钱俶是很喜欢这个三儿子的，虽说他不及老大沉稳、老二明锐、老四机巧，可单是他这副带俩梨涡颇为喜感的长相，就叫人一见欢愉。

净照叹气道：“想想还真是人走茶凉，小僧不过走了两年，都被禁军拦在门口不让进了。不过大王万万不要惩处那几个禁军，有此忠心耿耿之士，方能保父王与诸位兄弟平安。”

钱俶心情好了许多，道：“忠于职守，自是应该，孤自会重赏。三郎啊，这次回来，可是想家了？”

净照扑倒在地：“小僧此来，是有一事相求，望大王恩准！”

沈承礼心想你小子这是闯了大祸，跟你阿爹求情来了。

钱俶道："站起来说。"

净照起身，压根儿就不提中使之事，开门见山道："小僧要还俗，望大王恩准！"

众人惊呆。

什么情况，不是正在说中使的事吗？怎么跑来说还俗了？你是和尚，要还俗也该去找你师父赞宁法师，跑议政殿来岂不是驴头不对马嘴？

沈承礼目瞪口呆，敢情你不是要说桃花山的事啊？闯了那么大的祸，你以为还个俗就能掩盖过去了？

净照还真就没把桃花山的事当回事。山是我的，人已经杀了，爹你还能把我绑了送去大宋论罪不成？

钱惟濬歪着脑袋，是我喝醉眼花，还是眼前的根本就是个假三郎？怎的出家几年，整个人都变得……不正常了？等等，他要还俗？还俗作甚？莫不是想还俗来抢世子？以父王对他的喜爱，他还真不是没有机会……三郎啊三郎，你小子果然六根不净，之前怎么就没看出来！

钱俶定了定神，道："吾儿当真要还俗？"

净照郑重其事道："当真。"

钱俶本就喜欢这个儿子，听他决意还俗，顿时大喜，当即就要答应。

一旁钱惟濬突然道："三郎还俗，所为何故？"

钱惟治、崔仁冀、沈承礼都竖起耳朵，他们也很想知道哇。

净照道："此事容小僧单独向大王禀明。"

钱惟濬道："这里都是父兄，崔大人和沈将军也不是外人，有什么不好说的。莫不是你动了凡心，想要娶妻？"

净照一惊，不可思议地看了看钱惟濬。

钱惟濬心想看我作甚，要还俗的是你又不是我，还遮遮掩掩的不肯明说。

钱俶笑道："吾儿面薄，就算是要还俗娶妻也无不可。二郎，你这个当哥哥的就不要为难他了。”

“他面薄？”沈承礼暗暗腹诽，一口老衲一口小僧的，除了他师父赞宁，就没见过比他脸皮更厚的和尚。

钱惟濬不过随口一说，倒不是真觉得净照还俗是为了娶媳妇：“儿臣有一事不明。僧侣还俗，这事儿得庙里管吧？三郎你跑来找父王，莫不是想父王剃度出家，再允你还俗？”一句玩笑话，却叫崔仁冀和钱惟治心里“咯噔”一下——老三还没还俗，世子就迫不及待地拿话怼他了。钱惟治自己对世子和王位是没什么想法的，他是忠逊王的儿子，再怎么也轮不到他，不过他倒是不想看到两个弟弟因为争世子位而内斗。崔仁冀就不这么想了。世子不喜欢他，他也看不惯世子的做派，若三公子还俗后能得大王青睐，再加上赞宁国师的支持，以他恬淡无争的性子，要比促狭激烈的钱惟濬更适合当世子。不过钱惟濬说得没错，和尚还俗是庙里的事，只有国君答应是不够的。

净照施礼道：“小僧这就去找师父。”说完转身跑了。

沈承礼瞪大了眼，桃花山的事情还没说完呢！你跑了，烂摊子又丢给我！

第十六章

睦州道上

净照入宫表示要还俗时，胡不归等人则正在萧山县闻堰镇的湘湖上船，慢悠悠从越往勾线古城经过，由湘湖水道进钱塘江，逆流而上，向睦州而行。沈承礼和净照一走，唐刺史和曹别驾也没有为难胡不归一行，带着越州驻军就走了。连山头都是三公子的，出了事，自有三公子和沈承礼去处置，他们这些地方官乐得不管。

钱塘江在这一段叫富春江，去睦州有两天的船程，要经过富阳、桐庐等地，最后在睦州州治所在的新安县上岸。出睦州有两条路，一条向北经黄山可去江南国故地，另一条向西经常山县（今浙江开化）出吴越国境，便是他们此行的目的地婺源。

怒长老站在船头，远眺江面，一声怒吼，直抒胸臆。

俞章悄悄问胡不归老爷子这是怎么了。胡不归也很头大，他本不想带怒长老的，人都七十多了，胡家的镇族之宝，万一有个什么闪失，他可担不起这个责任。怎奈怒长老一句话就把他顶回去：我看你小子也是能闯祸的，有老夫在，打架就交给老夫了！胡不归那个愁啊，怎么劝都劝不走，也只能由他跟着，随他在船头怒吼大叫。

胡霖闲来无事，拉了几人在船尾打鱼。打上来的鱼一半给了胡原明——自打见过中使，胡原明就经常一个人拿出小刀来比画。胡不归怕他想不开拿自己来试，索性让他用鱼来练刀，剩下一半给了胡芷汀。胡芷汀虽不像十七叔那般成天背着铲子和大锅，可她会做饭啊，山珍河鲜，随便什么食材到她手里都能变成美味。怒长老和俞章都是贪吃的，一个劲地夸她贤惠，谁娶谁有福气。俞章更是时不时拿些小物件去她面前显摆。

一夜无事。

次日一早，胡不归被一阵嘹亮的歌声惊醒。来到舱门口，但见俞章一脸痛苦地捂着耳朵指指船头。

江风徐徐，怒长老双手叉腰，挺起腰板，猛地一声长啸。

胡不归险些跌倒，老爷子你自己起得早就罢了，非得把大伙儿都弄醒吗？

怒长老年纪虽大，却耳聪目明，听到动静，霍然转身，朝他俩勾勾指头："你们，过来，跟老夫一起做早课。"

俞章转身就跑，他贪吃贪睡，从不早起，最怕练功。

"小胖子，休走，说的就是你！"怒长老一声吼，俞章一屁股坐倒。

胡不归拖着他走到船头："老爷子，起这么早，天气不错啊！"

怒长老揪住俞章，在他肩膀上捏了两把，道："站好了，小胖子！年纪轻轻一身肥肉，不觉得可耻吗？老夫像你这么大的时候，要有你这么一身肉，早被人打死了。老夫也不打死你，从今天起，你就跟着老夫操练。"他又看看胡不归，"你也来。"

胡不归眨眨眼："我的身材很标准啊！"

怒长老扬声道："九郎，别躲了，出来！"

胡霖悻悻然钻出来。

怒长老指指三个年轻人，道："看看你们三个，一个太胖，一个太瘦，一个太高！"

胡霖讶道："长得高也不对啊？"

怒长老直接给了他一脚让他闭嘴，道："太胖的，要减肉，起码减掉三十斤；八郎太瘦，就你这闯祸劲儿，再长十五斤才扛揍；九郎跟我一般高，比八郎还瘦，老夫一脚就踢断了，也得练壮实些。"

胡霖不服道："还有五哥呢！"

怒长老捻须道："他会验尸，你会吗？留着他别有妙用——你们缺胳膊断腿了他好接上。早课之前，老夫要唱一首歌给你们提提神。咳咳——"

俞章目露惊恐。胡霖看看胡不归，咋办？

胡不归也没办法啊，赶又赶不走，打也打不过。

怒长老清了清嗓子开唱："我清早起来，见自己在江上，太阳还没有升，天空还一片蔚蓝……啊，富春江！啊，富春江！啊，富春江！"

中气吧，真是十足；声音吧，勉强不算难听；可这调子吧，实在是不敢恭维……

才唱了一段，就把胡芷汀给惊来了："老爷子，今天想吃啥？"一句话就给三个大男人解了围。

"昨天吃熟鱼，今天吃生鱼。要薄，还得配好酱。"老爷子对生活不是没有要求，吃啥不重要，但每顿要不重样的，也亏得有胡芷汀这上等厨娘在。

胡芷汀朝他们眨眨眼，笑着走了。

三个大男人饿着肚子开始被操练。

怒长老让俞章站在中间，先扎马步看看基本功。胡不归和胡霖从小习武，扎马步不在话下，就是苦了俞章这搞技术的胖子，才一会儿就气喘吁吁，两腿发抖，叫苦不迭。他一叫就挨踢。扎完马步，俞章腿一软就要跌倒，被胡不归和胡霖一人一边夹住。

怒长老站到他们前面，用拳头在胸口捶了两下："像年糕一样捶打，你们身体才会结实，"说完双手叉腰，原地扭动躯干，"身子，要像挂面一样扭起来，才能加强韧性。来，跟老夫一起做！"

俞章觉得自己快要散架了。胡霖觉得自己像个傻子。倒是胡不归，豁出去跟着老头子一通折腾，微微发了一身汗，只觉神清气爽，周身通泰。难怪老头子七十多了还这么硬朗，人生在于折腾啊！

南山，灵隐寺。

净照跪坐在师父赞宁法师跟前，道明来意。

赞宁法师于后唐天成年间在杭州祥符寺出家，清泰初年入天台山受具足戒，后在灵隐寺修行，兼习百家之言，精研南山律，人称"律虎"。两年前永明延寿法师故去后，赞宁法师接替两浙僧统一职，赐“明义示文大师”尊号，成为吴越高僧第一人。

赞宁法师生得面方耳阔，唇厚眉长，年未及花甲，正是年富力强之时。对着净照，他也不虚头巴脑打机锋，直接来一句：“看上了哪家姑娘？”

净照道：“弟子六根难净，愿续四年前未尽之缘。”

赞宁法师闻之了然。四年前那桩旧事若成，江南国与吴越合二为一，天下或许不是现在这般局面。那件事未成，个中缘由无从知晓，却叫净照伤心之余剃发出家。自此吴越少了个痴情公子，他座下多了个率性小僧。

赞宁法师见他心意已决，也不劝他，又问：“那小娘答应了？”

净照一愣。

赞宁何等通透之人，一看就明白了，只道：“敢情人小娘还没答应，你就跑来要还俗；你真要还了俗，人家不答应（这个可能性还很大），丢你自己的脸也就罢了，旁人会说，哎呀呀，赞宁教的好徒弟啊，想要还俗娶媳妇，人家还不答应。为师都快六十的人了，丢不起这个脸。”

净照道：“师父有所不知，徒儿已有计划——徒儿先还俗，还俗可不是换身衣裳就行，还得蓄发啊，头发可不是十天半个月就能长出来的。徒儿就想着，一边蓄发，一边与她培养感情，待徒儿长发成髻，想她也会被徒儿真情打动。到那时发已成，情已至，水到渠成，花好月圆，共赴良宵……啊呦师父，干啥打我！”

赞宁手里拿了个木鱼棒子，一脸的恨铁不成钢：“还花好月圆，还共赴良宵，我看你是色心大动，把持不住了！说，在外头有没有破戒，杀戒、酒戒、色戒，是不是都破了？”说完又朝他头上轻轻敲了一记。

净照连忙道：“没破没破，徒儿守身如玉，也就想想。这不才要先还俗，再娶妻，礼不可废呐！半年，徒儿忍得，忍得！”

赞宁一脸嫌弃道：“你自还俗去，为师没你这等丢人的徒弟。”

净照道：“师父不允，徒儿哪敢还俗。”

赞宁道："人家答应了，我再允你还俗。"

净照急得大叫："光头难获芳心！"

赞宁又拿起木鱼棒子："为师也是光头，怎就没少了——"话到一半，突然打住。

净照瞪大了眼："师父你……"

赞宁立刻换上一副高僧大德的仪态来："没少了人供奉。"

净照心想师父你一定有事瞒着我。不过此刻，他也无暇去深究师父的八卦，看来老家伙一时不会松口，那就从长计议，先办能办的，便道："有一人要求见师父，徒儿冒昧，已经带来。"

赞宁并不摆高僧架子，道："既然来了，见一见也无妨。"

少顷，小沙弥便带了一个人进来，正是净照的那个常随。

常随摘下斗笠，朝赞宁微微欠身："匠人俞绍，见过法师。"

净照心说胡八啊胡不归，你托我的事情我办到了，今后怎样，你我便各展神通吧！

吴越王宫，净心观。

吴越王钱俶的正妃孙氏在世时一直在净心观修行，道号太真。在满国崇佛的吴越，像她这般潜心修道之人并不多见。孙氏是富阳孙家的长房嫡女，其弟孙承祐在朝为官，孙家的两个侄儿又娶了钱王的两个女儿。孙氏仁德节俭，还给钱俶生了世子钱惟濬，深得钱俶敬重，钱俶这才专门在宫中为她修了一座宫观修行。一年前，孙氏随钱俶从开封归来，不久病故。钱俶念旧，便时常来净心观中追思。

钱俶站在孙氏的画像前，想起方才净照退下后又被他叫到偏殿、父子俩的对话来：

"可是看上哪位良家闺秀了？"

"不是闺秀。"

"不是闺秀，莫不是寡妇？"钱俶难得脑洞大了一回。

"岂会是寡妇？"净照暗暗翻白眼，父王当我是啥人呐！

"寡妇也不是，莫不是看上了别人家妻子？嗯……吾儿难得动心一回，真要看上谁家夫人，为父……不，本王也能替你做主！赏赐些财物，再给个官儿给那家主人，叫他们和离，成全吾儿。”

“并非别家夫人。”净照额上隐现青筋，简直要给他爹跪了。

“不是闺秀，不是寡妇，不是人妻。儿啊，你莫不是看上了庙里的尼姑？这个好办，你还俗，她也还俗，还俗当天就把亲事办了。”钱俶大手一挥。

“父王还记得四年前的旧事吗？”净照忍不了他爹的清新脱俗了，干脆挑明。

“四年前……你是说？！”钱俶目瞪口呆。

“正是。她来了，就在东府。”净照一脸温柔。

钱俶回想着三郎的点点滴滴，自言自语道：“爱妃啊，三郎娘亲去得早，他是你带大的；你若还在，当能开导开导他。不管是闺秀、寡妇、人妻、尼姑，孤都能遂了他的意，可他偏偏钟情于那亡国之女。眼下大宋逼迫日紧，我若叫他还俗娶了那亡国之女，叫大宋知晓，定会借机生事。要说生事，三郎居然连大宋中使都敢杀，虽说占了理，可大宋岂会跟我们说理？三郎必是叫痴情冲昏了脑袋，捅出这天大的娄子来。唉唉，四年前惹得三郎伤心出家，如今又让他神魂颠倒闯下祸事，真真是红颜祸水！爱妃啊，你倒是教教孤，该如何处置？”

一阵风过，屋中烛火跃动，画像上的孙氏似在对他温柔浅笑。

钱俶心思千回百转，最后走到屋外吩咐道：“来人，宣沈承礼来见孤。”

儿子闯下的祸，老子说什么都要给兜住。

在胡不归等人乘坐的大船下游十里开外，另有两条帆船相随而行。若仔细观察，就会发现这条船要比钱塘江曹娥江上的普通商船要长，船身更窄，两侧船舷的护板更高。后部船舱有两层，斜梯贯通上下。船头高高翘起，雕刻出飞鸟的造型来，尖细的鸟喙闪动着金属的光泽，船身入水后从两侧急剧向中间收拢，赫然是一条海船。铁锤大汉站在船头，身旁是一尊用防水油布盖起来的庞然大物。抱剑汉子站在船舷旁，警惕地打量着不急不缓跟在侧后方的那条宽底帆船。

细长的快船劈波而来，很快就与海船平行。船上的人是来传话的，说他家公子久仰李公子风采，特邀李公子过船一叙。

李公子，正是在曹娥江畔与胡不归匆匆邂逅，又在明王寺破墙而去，叫胡不归念念不忘、净照口中的那位李龙月。当日破墙之后，李龙月一行便来到明州港口，与从海上赶来的大船会合，这条船就成了他们的移动载具，往来江上，甚是便捷。

李龙月站在护栏前，目视远方，凭风而立。今天他着一身玄底金边外袍，头顶金珠冠，脚踏流云靴，手摇羽扇，腰悬长剑，气度卓绝，有若谪仙。站在他身旁的是一位身着灰袍、须发灰白的长者，未带兵器，却叫人不敢小觑。

黄衫侍女从斜梯上来，禀报说后头船上第三次派人来了。

“叫他跟着吧。”李龙月淡淡道。想见他的人多了，他想见的没几个。当年那些排着队想见他的人，而今还不是一个个朝北面摇尾乞怜。人情冷暖，为利则聚，又有何可多费心思的。现在想见他的，要么就是不知深浅之人，要么就是居心叵测之辈，见了没好处，不见没损失。

一旁的灰袍长者道：“昱公子此人，老夫有所耳闻，诗画文章，颇有造诣。为人远离朝堂，礼贤下士，倒是颇有几分贤名。”

“上上个王的儿子，怎么都轮不到他来当世子，您老费那么大劲打听他作甚？”李龙月一句话就把长者给噎了回去。

长者也不生气，他家公子就是这个脾气，直来直去，懒得拐弯抹角，被他噎死那是家常便饭，他们早就习惯了。“现时的冷灶，未必没有烧热的时候。”长者道，“现在的世子，性情狷狂，酒色不忌，时常口出狂言，诽谤时局，与钱王不是一条心。老夫刚刚得到的消息，钱王三公子要还俗。三公子深得钱王喜爱，他若还俗，世子之位就会出现变数。”

听到“三公子”三个字，李龙月嘴角便勾起一个弧度，想起那光溜溜的脑袋，大大的招风耳，纯真生动的眉眼，塌塌的鼻子，还有嘴角那对销魂的梨涡。可下一瞬，他又丢出一句：“那也轮不到钱昱。”

长者再次噎死。缓了缓道：“明年就是三年之期，届时钱王和世子都要北上开封，而吴越国中不愿归降大宋者大有人在。这些人若趁机起事，必定要推一位德才俱佳的钱氏公子出来主持大局。”

李龙月道：“有长公子留守，还是轮不到钱昱。”

长者再吸一口气，耐着性子道：“事在人为，大可拖长公子下水，也能叫三公子还不了俗。”

李龙月道：“他确还是光溜溜的脑壳更好玩。”

长者听他松口，再接再厉道：“想要有所作为，便要提前布局，早点联络吴越国中各派势力；一旦钱王北上，国中生变，我们就能选一位公子上位。钱昱和长公子，都是备选。”

李龙月道：“即便要选，那还不如选钱三。”

长者受够了李龙月的跳脱：“公子看不上钱昱，也不必勉强；他要见便见，倒是看轻了我等。”

李龙月却改变主意了，吩咐黄衫少女道：“去，跟他们说，要见，就叫他家主人过来。”黄衫少女领命去了。

长者暗暗摇头，小主子啊小主子，老夫当年辅佐先主公时也没这么累过，你何时才能以大局为重，好好听老夫一回啊！

另一条船舱中，江南十大佳公子钱昱正手捧暖炉，刚听完手下的密报，连呼不可思议。手下给他带来了两条消息，第一条是胡不归一行坐船往睦州去了；第二条是净照进宫，要求还俗。得知净照要还俗，他的第一反应跟钱惟濬一样，这厮要去争世子了。可他若真要争世子，最聪明的办法就是跟大宋搞好关系，争取大宋使臣的支持。以钱王的性子，必定顶不住大宋压力，何况他早就对钱惟濬有所不满。可他倒好，拿着桃花山的地契，居然把中使一行人给灭了，这岂不是搬起石头砸自己的脚？大宋又岂会要一个跟自己对着干的吴越世子？作为一个成熟细致的男人，他不能理解净照的所作所为。至于胡不归那小子，他跟净照联手坑了大宋玄武堂一把，现在又跑去睦州，难道是要去追查他们胡家睦州分堂堂主被杀一事？他二人闹出那么大的动静来，莫不是另有图谋？嗯，一定有阴谋。

就在这时，手下回报，说李公子终于答应见他，不过要过船相见。

钱昱霍然起身，抬脚就走。走出两步又转回来，在铜镜前理了理仪容，又整整衣衫，原地转了两圈，觉得满意了，才移步出舱。不想船身一晃，他一头撞在舱门上，撞歪了玉冠。钱昱好生着恼，无奈返回舱中，打开首饰箱，金冠银冠竹冠，又觉临时抱佛脚落了下乘，便只将玉冠扶正，双手扶舱，稳稳走出，带了个青衣小厮登上小船，满怀憧憬地朝前方大船划去。

待到近处，钱昱发现大船在减速，却未停下；想要登船，就得用相同的速度与大船并行，还不能被大船带起的水浪吸住撞上去，这就很是考验了。好在钱昱手下皆是能人，操船的船夫更是从水师中招来的退役将吏，小船稳稳当当地在大船边定住。大船上放下舷梯来。钱昱有些犯难，总不至于叫他一个公子手脚并用地爬上去吧？可不爬就见不到那人，还会叫人家看轻了。这一架舷梯，说不定就是对自己的考验。

患得患失之际，脚下小船忽地摇晃起来。

"有船来了，公子坐下，抓好。"船工一边提醒，一边让小船远离大船。

钱昱急道："为何要走？"

船工朝后方一指。但见后方江面上两条悬挂吴越王旗和水师飞鱼旗的大船飞驰而来，逼得沿途商船纷纷让道。而在前方，也有两条同样的大船挡住去路。

"水师战船！"钱昱暗暗心惊。看样子四条战船都是冲李公子的船来的，只不知他又做了什么大事，居然惊动水师前来。

"回船上。"钱昱当机立断。

很快，四条吴越水师战船就把李龙月和钱昱的两条船围在江上。

李龙月倒是不慌："王长老，这么大排场，钱昱是要来抢亲吗？"

长者姓王名仁辅，是李龙月身边的大管家兼首席智囊。他也没想到见个面而已，还要惊动水师来护航。李龙月一句“抢亲”的戏言倒是让他心里“咯噔”一下：“方才钱昱公子的小船已经先来了，水师战船是后到的，应当不是他安排的。”

李龙月手扶剑柄，玉面森寒：“不是他安排的就是他失算。来人，准备好家伙，他们要打，我们奉陪！”

黄衫少女领命而去，船上的人立刻发动起来。这条船可是集江南国能工巧匠，用最先进的技术打造的海战利器，原本计划造五条，分别以火凤、鹓鸰、青鸾、鸑鷟、鸿鹄命名。无奈大宋兵临城下，鸑鷟和鸿鹄还没造完金陵就被攻破。主持造船的大匠无奈将造到一半的两条船凿沉。而早先下水出海的火凤、鹓鸰、青鸾三船得到消息后立刻驶入大海，以海岛为基地，与海盗交手几次，皆是完胜。李龙月南下后觉得在吴越坐船方便，就把最为轻便迅捷、适合内河航行的青鸾号调来当座驾，将船体更大、火力更猛的火凤、鹓鸰二舰留在钱塘江入海口附近接应。青鸾号在姐妹三舰中体积最小，也有过单挑三四条海盗船的战绩，区区四艘内河战船，李龙月还不放在眼里。

王仁辅当下就急了，连忙劝阻：“公子，情况未明，不宜贸然开战。再说这里是吴越内河，打赢了也只会招来更多战船围堵。公子三思。”

李龙月挑挑眉，道：“打或不打，先准备好再说，总不能刀架到脖子上才想起来要拔剑。”说完扬声吩咐，“把辽国的旗帜升起来。”

另有青衫侍女从箱子里一堆大辽、大宋、高丽等国的旗帜中找出大辽的旗帜来，挂上桅杆。旁边的汉子一声吼，飞快地把大辽旗帜升到顶端。

王仁辅也不劝这小祖宗了，先是装大宋玄武堂，这会儿连大辽都来了，你爱怎么闹就怎么闹吧！

不远处的钱昱、稍远处的沈承礼看到青鸾号上升起大辽国旗，同时惊呆。要知道江南国被大宋灭掉后，大辽就是吴越倾力交好的友邦上国（当然不能叫大宋知道）。无他，想用大辽来牵制大宋，叫大宋无暇南征。钱王巴不得大辽与大宋为了北汉连年开战，至于大辽是不是异族，在国家存亡面前，根本不值一提。无奈大辽太远，就算走海路也得避开大宋在扬州、海州、登州附近的水师，假装去高丽，再折向辽东。在辽东上岸后，能不能找到大辽皇帝还未必，因为大辽皇帝一年四季总在不停地动，运气不好，或等上半年，或无功而返。

而今大辽的旗帜居然出现在富春江上，说明什么？说明人家有可能是肩负使命而来，船上没准还有大辽使臣！

“别妄动，谁动手就砍了谁！”沈承礼果断下令。船上的旗手立刻朝另外三艘船打出旗语。要他这个本该上阵杀敌的大将来处理邦交，确实勉为其难。

“李公子的背后居然是契丹人！”钱昱的眼神变得炽热。契丹啊，那可是连大宋都畏惧的强敌。不，强邻，也必将成为他的强援！

就在两人胡思乱想之际，青鸾号突然加速，船体微倾，在江面上画出一道漂亮的弧线，从前方堵截又不敢动手阻拦的两条战船间钻了过去，带起的水浪将两船撞得东摇西晃。

“将军，船跑了！”有将吏大声提醒。

“追上去！”钱昱反应最快，也顾不上风度了，双手撑在栏杆上，眼睛紧紧盯着越来越小的青鸾号，仿佛那就是他下半辈子的希望所在。

两天后，胡不归的船在睦州治所清溪县码头靠岸（当时睦州古城未被新安江水库淹没，千岛湖只是睦州古城外的一片丘陵地，新安江湾流其间）。倒不是他们不想坐船了，而是新安江到睦州后就进上游山区，大船无法通行，要去婺源就得改走陆路。

下船的时候，怒长老又怒了。无他，只因肥的更肥，瘦的更瘦了，叫他好生挫败，还要继续操练三人。俞章和胡霖拔腿就跑，下了船我们可就有地方躲了。倒是胡不归跟老爷子解释，说俞章这叫压力肥，您操练得越狠，他压力就越大；压力一大胃口就好，没看见这两天在船上他吃得比谁都多吗？胃口一好，能不长肉吗？怒长老听完又要打他，敢情还是我害他长肉喽？

胡不归也跑了。跑的时候发现城里头有不少假装隐藏身份，实则一眼就能看出的江湖客，三三两两，见到他们只看一眼便匆匆离开。俞章凑过来说这些人鬼鬼祟祟的一看就不像好人。胡不归说这些看起来就像坏人的人一定是坏人。胡芷汀深以为然，本想狠狠瞪回去，可一想这样会给小乌龟招惹麻烦，他惹的麻烦已经够多了，就生生忍住，人不犯我我不犯人。

胡不归觉得城里气氛有异，没有投店，而是带着一行人直接前往胡家睦州分堂去找三哥胡霆。睦州分堂在清溪城外临水的一处半山腰，原本就是个村寨，据说是当年孙权派贺齐平山越时驻军的地方。睦州是都城杭州的西大门，从沿海和西府等地过来的商货都要在睦州中转，或北上，或西进。几十年前新安江上出了水匪，胡家出手荡平，并以保护乡民为由买下村寨加以整饬，慢慢将其改造成坚固的山寨堡垒。山后有梯田，寨中有水源，居高临下控制山下的几条道路。

与孔武粗豪的二哥胡雷不同，胡霆为人精干，所以把他派来临近边境，离宗堂最远的睦州。不过胡霆见到胡不归时神情有些怪异，虽说很快就恢复正常，还是叫胡不归敏锐地抓到了。

安顿好众人后，胡不归把胡霆叫到一边：“三哥，可是出了什么事？”

胡霆看看他，问：“你当真不知？”

胡不归摇头。他刚到睦州，能知道什么？

胡霆道：“此事照理不该我多嘴的。”

胡不归道:“三哥你就别吊我胃口了。你不说,我就自己去打听。”

胡霆拉住他,低声道:“你有没有发现,你跟一众兄弟不大一样。”

胡不归想了想道：“确实长得比你们好看……啊呦！”

胡霆给了他一拳，道：“你和四叔，就是不同。”

胡不归心想那是，以我阿爹的容貌，稳稳在江南十大美男中排名前三。至于我，我是我阿爹生的，前十也妥妥的。不过他爹胡琮跟三位伯父还有二叔公，气质确实不同。气质这东西吧，只能意会难以言传，总之一言难尽。“到底什么事，是不是与我有关？”胡不归追问。

胡霆点头。

胡不归还要再问，就有分堂属下有别的事来禀报。胡霆听完，打发人下去，说睦州看似太平，实则暗流涌动。睦州本地的几个帮派对胡家把持睦州郊外的几个场口颇为不满，近期像是要有大动作。

兄弟几个一商量，决定让胡原明和胡霖带宗堂过来的人手留在睦州。至于怒长老，一听说有人要打睦州分堂的主意，当时就要冲出去砸场子，好歹被胡芷汀劝下来，让他留在寨子里当秘密武器，谁敢上门闹事，直接打死。老爷子这才开开心心地端起一份脸盆大小的睦州鱼头汤开吃。

至于送俞章回婺源之事，由于婺源已是大宋领土，此行他们秘密出境，人手不宜太多，胡不归就只带俞章、胡芷汀和招财、进宝四人同去。胡不归跟胡霆、胡原明约定，此去婺源，半个月内就会赶回来跟他们会合。

临行前，胡霆还拍拍胡不归的肩膀，叫他好自为之，弄得胡不归一头雾水。

这厢胡不归一行从睦州出发往婺源去，那厢沈承礼派回去请示的内侍也见到了钱俶。钱俶正在用晚膳，听内侍说完，差点一口汤喷出来——大辽？大辽不远千里地跑吴越来作甚？大辽是什么人？契丹人！契丹人靠什么打天下？弓马！契丹人会放着马不骑，驾着船跑到吴越内河来耀武扬威吗？草原上的契丹人有船吗？他们会划船吗？沈承礼啊沈承礼，枉孤这么信任你，把重要的事情都交给你去办。孤好不容易骗那大宋使臣说中使跟他的手下失踪了，吴越正在倾全国之力寻找。你倒好，一面大辽的旗子，就把你个久经沙场的大将给唬住，还叫人给跑了！跑掉的是谁？那可是吾家三郎看上的小娘，孤的准儿媳！

内侍小心翼翼问：“是继续追下去，还是……”

“追，当然要追！”一向好脾气的钱俶把几案拍得山响，难得地大发雷霆。不追，难道任由那小女子打着大辽的旗号在我吴越招摇撞骗？三郎吾儿啊，痴儿啊，你说你看上哪家闺秀不好，非得看上这么个惹祸精。你阿爹我为了你可是把最得力的大将都派出去了，也是苦了你这没娘的孩子，爹不管你谁管你，“她不是会跑吗？四条船不够，再带四条去！孤倒是要看看，她是属兔子还是属狐狸的！”

内侍屁滚尿流地跑出去了，当差多年，即便被大宋逼着去开封，也不见大王如此失态。可见三公子是多么得大王喜爱。这会儿是找媳妇赐婚，接下去可不就是要让三公子当世子了嘛……谣言就是这么从揣摩上意中诞生的。

两个时辰后，内侍就乘坐快船追上了正在富春江上慢悠悠转悠的沈承礼船队，把钱俶的话原封不动地转述给他：“沈将军啊，大王可真是发怒了啊，您是有赫赫战功护体，我这差事要是办不好，指不定就得掉脑袋。求求您赶紧发兵追上去把人给带回去吧！”

面对内侍的哭丧脸，沈承礼一声令下，命船队全力追击，追过了富阳追到桐庐，追过了桐庐直扑清溪。时值秋冬枯水季，越到上游水越少，他的船队只敢排成一列在江心走，唯恐被江中滩涂搁浅。

到了睦州码头，青鸾号倒是找到了，可要找的人并不在船上。

与青鸾号一并停泊的还有另外两条大船，当然船的主人也不在。

“查，看他们去了哪里！”沈承礼发怒了，最近被大材小用不说，差事当得也不顺当，还被人当猴耍，憋屈上火得嘴角都起了燎泡。

不久，派出去的人回来禀报，说青鸾号上的人已经离开睦州南下，另一条船上的人也追着他们去了。两拨人走了大约有半天。

沈承礼立刻将随行兵卒中的斥候抽调出来，两人一组，一共四组，让他们乔装打扮出境，潜入大宋境内追查李龙月一行动向。他则率大队人马前往开化场接应，船队则留在睦州监视港口的青鸾号。

李龙月的队伍来到开化场。

黄衫少女来报，说钱昱的人还在后头吊着，大约一个时辰的距离。“他要跟便叫他跟着吧！”李龙月看看天色，“胡不归到哪儿了？”

黄衫少女道：“已到开化场。”

不等李龙月发问，身后的青衫少女便解下竹筒，从中倒出一个卷轴来铺开，竟是一幅详细的吴越地图。当然地图上不止吴越，连故江南国的疆域也囊括进去，北至大江、南抵闽赣，十分详细。

“睦州到开化场二百里，再往西，南边是信州，北边是歙州。他会去信州还是歙州？”李龙月盯着地图，一双凤目中精光闪动，仿佛三军在手，挥斥方遒。

王仁辅站在他身侧，并没有再去劝他与钱昱相见，反而对自家主公引而不发的手段很是赞赏。钱昱想要与主公合作，就要拿出更多的诚意来。至于胡不归，早先他还真就觉得他不过是胡家这个在野大族的混世子弟而已，没想到他竟有另一重身份。虽说那重身份仍然存疑，可消息已经传开了，胡不归就有了价值。一个有价值的人，自然值得多一分关注。“皇嗣既出，不论真假，天下震动！此天赐良机，当善图之。老臣恭喜小主子。”王仁辅不忘尽到一个辅臣的责任。

李龙月伸手，修长白皙的手指在地图上一戳，道：“先生倒是提醒我了，这天下间的皇孙可不止一个。”

顺着他手指的方向，王仁辅看到了两个字——婺源。

婺源？信州与歙州之间一个小地方，歙州下面的一个县而已。

“先生忘了同光二年旧事？”李龙月忽然问道。

“同光二年？”王仁辅算了算，距今五十多年前，当时在位的皇帝是唐庄宗李存勖。可王仁辅实在想不起来远在中原的李存勖和婺源有什么关系。

“同光二年，婺源有个人考中了明经科，却因不愿做皇帝的官而没有出仕，从此以后就在乡间教书，人称明经公。”

王仁辅终于想起这个人来。相传此人乃唐昭宗李晔之子，一辈子都隐居在婺源紫阳镇考水村，此人并不姓李，而是跟随他养父，姓胡！

胡，胡？胡！

难道说，此胡和彼胡竟有关联？

难道说，关于胡不归身份的传言竟是真的？

可主公的身份不也是……

“所以他们一定会去那里。”李龙月成竹在胸。他知道王仁辅在想什么，可王仁辅并不知道他的真正用意。他隐隐觉得，胡不归的身世跟他想知道的那件事会有关联。所以他要跟去看看，看看胡不归跟婺源那位到底是何关系，两胡之间到底藏着什么秘密。

第十七章

公子姓胡，还是姓李？

婺源县，紫阳镇，明经堂。

书声琅琅。几十个少年整整齐齐地端坐堂中，摇头晃脑地念着今天刚教的课文，沉醉其间。

几道人影悄无声息地落在院中，老翁老妪、僧道齐全。

正在堂中督导学子的布衣先生似有察觉，不经意地朝外投去一瞥，淡淡道："今天的课就上到这里，回去后好生温习。明天小考，不要迟到了。"

众学子齐呼："知道了。"小考算什么，今天提早放学才是正道。不论大小，都用最快的速度收拾好东西，喊一声"先生再会"，一个接一个地跑了。

待最后一个学子离开，布衣先生这才走到堂前屋檐下，道："几位远道而来，何不现身一叙？"

老妪拄着拐杖颤巍巍地走出来，身后跟着胖道士跟瘦和尚。"你就是大唐皇帝的儿子？"老妪开门见山，上下打量眼前之人。不高不矮，不胖不瘦，不丑不俊，扔进人堆里认不出来的那种，居然是皇嗣。

先生道："你们认错人了。"

老妪道："紫阳镇，考水村，太子桥，叫了几十年，岂会认错？"

先生道："眉轩先生十二年前就去世了。"

老妪道："去世了？"

先生朝东边一指："先生之墓就在考水村中，当年先生病故，千人相送，你一问便知。"

老妪盯着他，像是要把他看穿："他死了，你是何人？"

先生道："承先生遗志，教书育人耳。"

老妪道："胡长安，眉轩先生的儿子。他是皇子，你便是皇孙。"

这时有人在门口叫道："有人吗？我等求见胡长安胡先生。"无人应答。

布衣先生知道书院的几个仆役都被他们制服了。

少顷，影背墙后转出几个人来，为首之人正是胡不归。

胡不归一看又是他们四个，不禁笑道："四位，这么巧又见面了。"

半个时辰前。

胡不归等人坐船来到紫阳镇，把船停在乐安河边，上岸步行。从开化场到婺源县城，他们足足走了四天。只因沿途都是连绵起伏的山地，他们便买了一队驴子，每人一头，另有三头驮行李，还雇了一对猎人叔侄带路，避过开化场的驻军后离开吴越进入大宋境内。猎人把他们带到乐安河就回去了，说沿乐安河逆行北上就是婺源县城，不会再迷路。胡不归又赏了他们一张金票，让招财去雇了条船，把驴子寄存在船东家里，直接包船十天，让进宝操船，撑着竹竿慢悠悠地往上游驶去。

来到婺源县城，找了几处客栈都满了，只好投宿到北边的紫阳镇。客栈的伙计告诉他们，说婺源县城城小地狭，三面都是河，城里头多是官署和富人大宅，早就没地方了。这几年来婺源的商队都会在紫阳镇集散货物，紫阳镇才是乐安河边最繁华热闹的地方；还说紫阳镇里有个明经堂，是当年大唐太子在此隐居时建的，就坐落在镇子东北角的乐安河畔，是镇上最好的书院。

胡不归来了兴致，让招财塞给伙计一把钱。伙计大喜，告诉他们书院建于五十年前，最早不过草屋三间，免费教授穷人家的孩子读书写字。真正让明经堂声名远播的是书院的创始人眉轩先生。相传眉轩先生曾考中明经科，因中原战乱不愿出仕而居乡教书，开办了明经堂。而他的另一重身份，正是大唐昭宗李晔的嫡子！因婺源地处偏远，眉轩先生得以平平安安地在乡间隐居，还出资为乡民在乐安河上修了一座桥，做了不少善事。乡民们为了纪念他，把那座桥起名为“太子桥”，他们可以去走走，沾一沾太子的福气。

“那位太子可还活着？”胡不归最喜欢这等奇闻轶事，那可是写话本子的绝佳素材。

“十多年前就去世啦，那时候我还小，好多人去送呢，就埋在考水村。”

“他可有后人？”

“有啊，现在明经堂教书的长安先生就是他儿子。”

长安先生，李长安，西北望长安，有点儿意思。胡不归又赏了他一把钱，让他带他们去明经堂看看。

俞章道：“喂，不帮我找老宅啦？”

胡不归道：“老宅又不会跑，急啥？先去看看这个长安先生，大唐皇孙啊，指不定还能给我们封个官当当。”

俞章满身肥肉，走了一路累坏了，胡不归就没带他，只是让伙计带自己和胡芷汀去看看。

玄武堂四人看到胡不归几个也吃了一惊，这小子怎么也来了？他身边那个厉害的老头子和大铲子、小和尚怎么不在，莫不是躲在暗处伺机而动？

“小娘子可是想念贫道了？贫道有空，不如再练练。”胖道士一脸猥琐地盯着胡芷汀，他最喜欢这等姿容俏丽、身段娇小的小娘了，修炼起来定是事半功倍。

“又胖又丑，还敢胡言乱语！”胡芷汀挡在胡不归身前，随时准备动手。

胡不归环顾四下，将形势了然于胸，最后望着布衣先生道：“长安先生？”

布衣先生微微欠身，算是承认。

胡不归望向玄武堂四人，再联系长安先生的身份，心中生起疑惑：若想叫大唐皇嗣绝后，晋、汉、周、宋四朝，有的是时间派人来灭口，为何迟不来早不来，偏偏在这个时候来？是赵光义那厮心胸狭窄一听到消息就等不及了，还是另有所图？就算长安先生是大唐皇嗣后人，他们一家几十年来老老实实在乡下教书，没有半点出山复国的意思，又碍着你们什么事了？本公子既然在场，就不能叫尔等伤害无辜。眼下怒长老和胡霆不在，十七叔也不知躲在哪里，单凭他跟胡芷汀两个是打不过他们的，得另想办法。

不想老妪看看胡长安，又看看胡不归，忽然来了一句："你们都姓胡。"听着像是在问他们，偏偏又是肯定的语调。

胡不归和胡长安同是一惊：他也姓胡？

老妪微微一笑，转身就走。

老翁和瘦和尚紧随其后。

剩下胖道士朝胡芷汀挑挑眉梢，丢下一句"小娘子，贫道等你"也走了。

"就这么走了？"胡不归一头雾水。他跟胡芷汀两个，还不至于把玄武堂的四个高手吓跑吧？难道是自己长得太俊，叫他们自惭形秽、无地自容而遁走？嗯，一定是这样的。算了，原谅他们了。

"先生姓胡？"

"公子姓胡？"

胡不归和胡长安同时发问。问完一愣，很有默契地同是一笑。这一笑，迅速拉近了两人的距离，仿佛多年老友重相见，叫人心生暖意。

胡长安侧身，请胡不归入堂。

胡不归还礼，脱鞋，登堂，朝堂中供奉的老子、孔子、墨子画像三拜。

胡芷汀很自觉地守在堂外。

胡不归跪坐于西侧，胡长安跪坐于东侧。

胡不归道："先圣三师，供奉墨子的，只此一家。"

胡长安道："身居乡野，若无一技之长，只靠乡民接济，如何养活自己？连自己都养活不了，又如何教授弟子？明经堂虽读明经，却教不出那等五谷不分的废物来。"

胡不归想起小时候跟着哥哥们挑水、砍柴、遛狗、放羊、编鞋、补衣，学习各种生活技能的日子来，顿时就觉明经堂很接地气，不是那种只教人读书做官的庸俗书院：“那几个人，不是好人。”

胡长安点头：“他们以为我是大唐皇嗣。”

胡不归好奇道：“那先生是也不是？”

胡长安道：“我姓胡，不姓李。”

胡不归心想当年把你阿爹救出来的人完全可以为了保护李唐血脉让你阿爹改姓更名。不过他不能这么说啊，毕竟只是第一次见面，对方还是斯斯文文的教书先生，总不好上来就八卦人家的身世吧？

两人不咸不淡地聊了几句，胡长安总是在胡不归关心的问题周围打转，每次都快聊到了，又云淡风轻地避开去。胡不归灵机一动：不聊你，可以聊我啊！你姓胡，我也姓胡，说不定说了我，你感同身受，自己就交代了。

“要说我阿爹啊，那可是我们胡家首屈一指的美男子。”胡不归一开口就后悔啦，在一个中年大叔面前说自己爹是美男子，感觉有点奇怪。

胡长安很有礼貌地示意他继续往下说。

“我爷爷的儿子里头啊，我阿爹模样最俊，身子却最弱，没法像几个伯父那样去朝中当官，只好隐居山庄养病读书。”

“你爷爷有几个儿子？”胡长安忽然问道。

“四个。”胡不归不假思索道，“我阿爹最小，就我一个儿子。几个伯父就厉害了，儿子生一堆。从小我们兄弟出去打架就没吃过亏。新昌县里土豪恶霸见了我们都要绕着走。”

“新昌胡家？”胡长安眼神一颤，盯着胡不归，像是在他身上寻找什么。

“正是。”胡不归明知第一次见面不宜谈及过多族中之事，可不知为何他就是对眼前这位先生生不出太多戒心来，“要不是离得太远，还以为先生跟我姓出同源。”

“婺源与新昌亦不算太远。”胡长安道。

胡不归只当是客套话了。胡长安跟他们显宗一脉应该是没什么关系的，隐宗二叔公胡庆以下，跟十七叔平辈的几个叔叔比他大不了几岁。看胡长安的年纪，怎么都四十开外了，若是亲戚，至少是跟二叔公平辈的。可先祖胡进思就三个儿子，他爷爷胡璟、二叔公胡庆，还有个出生没多久就夭折的三叔公。想来这位胡先生只是凑巧同姓而已。而他的这个胡姓，极有可能是为了掩藏李唐皇嗣的身份而故意改的。改就改吧，偏偏改姓胡……胡不归觉得胡长安在知道他是新昌胡家人后眼神变得怪怪的，见他没有接着聊下去的意思，只好起身告辞。

胡长安把他们送到书院门口，欲言又止。

两人作别。

胡长安目送胡不归远去，一声轻叹，负手而回。

胡不归听到了这一声轻叹，心下疑窦更甚。

胡长安死了，被烧死在明经书院里。大火惊动了左邻右舍，无数人赶来救火，扑救了三个多时辰，直到辰时才把大火扑灭。连带胡长安和仆役在内，书院上上下下七八口人无一逃脱。婺源县的县令、县丞、官差都来了。官差在废墟里找到了七具尸体，经人指认确定其中一具就是胡长安。仵作简单查验尸体后就断言，这些人确实是被烧死的。

赶来考试的学子们跪在书院外放声大哭。先生走了，他们来送先生最后一程。他们送先生的方式，就是在官差拉起的警戒线前整整齐齐地坐下，铺纸研墨，开始一次只有学生没有老师的考试。官差想上前驱赶，被县令拦下了。十年寒窗，谁知道这批少年当中将来就没有封疆大吏？

胡不归赶到的时候，考试已经进行了一半。没有人去打扰那些学子，反而搬来桌椅，让他们坐下来好好书写。胡芷汀不禁垂泪，为学子们而感动。当那具盖着白布的躯体被抬出来时，胡不归“咦”了一声。

五哥曾说，人活着被烧死和死后被烧死的样子，特别是手脚的形状是不一样的。方才那具尸体躯干笔直，手脚自然垂落，分明是死后才被焚烧！不管仵作是水平太差还是出于别的目的，胡不归无意去找人宋官府的麻烦。可人既然是死后才被焚烧，说明杀死他们的另有其人。

玄武堂，一定是玄武堂那几个老妖怪干的！

胡不归深深自责，明知玄武堂是冲着胡长安来的，当着他的面不敢动手，他居然就这么走了，他应该找个借口住在书院，哪怕被人误会脸皮厚也行。胡长安明显有所隐瞒，而他隐瞒的，正是自己想知道的。他的疏忽，让书院上下惨遭毒手。他要找到他们，跟他们要个说法！

胡芷汀连忙追上。

不远处，李龙月目睹了书院发生的一切，也看到了愤然离去的胡不归。一个胡死了，另一个胡要去为他报仇。事情还真是越来越有意思了。他决定继续尾随观察胡不归。至于那几个玄武堂的人，昨晚他的人就发现了他们的踪迹，不过没有动手。因为对方也是高手，高手与高手间总会保持微妙的平衡，直到有外力介入。胡不归就是这个外力。

为了不让愤怒的小胡把紫阳镇拆了，李龙月让手下用一种很巧妙的方式把玄武堂四人的藏身之地暗示过去。至于小胡能不能发现并且赶过去，就要看他的脑子够不够用了。所幸小胡没有因愤怒而失去智慧，很快就顺着蛛丝马迹找到玄武堂四人的藏身之处，一脚踹开大门。

踹开大门的同时，胡不归就倒飞出去。

在门后守株待兔的正是四人中功夫最强的老头子。

胡不归是第二次被他拍飞了，幸运的是，两次都没怎么受伤，就是摔得一屁股灰。胡不归爬起来，看到瘦和尚正在提裤子，胖道士还压在一条光溜溜的大腿上不停耸动。胖道士见有人闯进来，居然叫瘦和尚替他挡一阵，他一刻钟就好。

“嘭！”伞剑撑开，挡下了屋里射来的暗器。胡不归简直要疯了，先杀人，再奸淫，玄武堂不灭，何以家为！

老妪见来的又是胡不归，只道：“小郎君胆子不小，从来只有我们找别人的麻烦，被人找上门来倒是头一回。”

胡不归怒道：“本公子今天要来给胡先生讨个说法！”

老妪冷笑：“我等已饶他一命，还想怎的？”

胡不归见胖道士还在那里耸动，心下更怒：“尔等杀了胡先生，还跑来此地奸淫女子……”话到一半，竟气得说不下去。

老妪道：“此地乃大宋地界，你一个吴越人，跑大宋来多管闲事，简直不自量力！”

胡不归懒得再废话，伞剑如枪，强攻直刺。

胡芷汀护在他身侧。

老妪往后退了一步，把两人让给老头子和瘦和尚。

瘦和尚拿起禅杖朝胡芷汀扫去。

胡不归知道对手强横，一个打一个占不到上风，立刻给了胡芷汀一个眼神。

胡芷汀心领神会，虚晃一刀，紧跟胡不归退出门外。一道门，一次只能出来一个人，这道门就成了陷阱。四个对手中，老妪一般都在后头，胖道士在干坏事，老头子那样的高手一般不会冲在第一个，所以只剩一种可能。果然，瘦和尚的禅杖从门里伸出来。禅杖长，门框窄，出来的时候无法抡起来出招，这就是机会。

胡不归掉转伞剑，用伞钩钩住禅杖，往后一拉。

胡芷汀的长刀趁势斩向瘦和尚。

瘦和尚想要不被砍到，就只能撒手。

胡不归夺下禅杖，顺势朝门里一顶，正撞在瘦和尚身上，将他逼退。“进宝！”胡不归高呼。进宝从院外冲进来，点火投掷。一捆冒着白烟的爆竹被扔进屋里，发出一声沉闷的巨响。

“再来！”胡不归大喊。这是他准备的秘密武器，不管有没有用，能吓唬一阵是一阵。进宝再次把爆竹扔进屋里。又是一声闷响，有白烟从门里冒出。

“撤！”胡不归见好就收。进宝撒腿就跑。

正在不远处观战的李龙月看到这一幕，心说才抢了根禅杖，怎么就跑了？

胡不归心想我是傻子才会跟四个高手硬碰硬。打架嘛，敌强我弱，自然要边走边打把敌人调动起来，变被动为主动，才能寻找机会逐个击破。

对此李龙月是不屑的，能用实力碾压，直接平推过去就是，何必拐弯抹角耍花招。所以他才好奇，胡不归明明打不过玄武堂四个，为何还会蠢到去硬碰硬。现在来看小胡应该还有后手，不是傻瓜。

胡不归把伞剑往身上一挂，扛起禅杖就跑。胡芷汀原本超过了进宝，见胡不归扛着战利品很吃力的样子，又放慢速度跟他一起。进宝最胖，落在最后。三个人就像洗劫了寺庙的蠢贼，排成一溜撒腿狂奔。

在他们身后，丢了禅杖还被顶了一记的瘦和尚追在最前头；老头子直接把屋顶砸出一个大洞跳了出来，老妪拄着拐杖从门里出来，大声咳嗽；胖道士提着裤子最后出来，骂骂咧咧的不知在说啥。

看到这一幕，李龙月也忍不住嘴角上翘，小胡这一招引蛇出洞还挺有效，一下就让四个对手变成两个，勉强能打一下了。

红衫少女来报，说钱昱的人跟过来了。

李龙月摆摆手，心想这钱昱还挺能死缠烂打，居然一路追到大宋来，也不怕给他叔叔惹一屁股麻烦回去。不过他才懒得理会，来就来呗，由他去吧。

钱昱追李龙月是真心不容易。从钱塘江到富春江，从越州到睦州，从睦州到婺源，水路换陆路，车驾换骑马，七八百里地追下来，人都瘦了一圈，最后人家竟是在看胡家小子打架！他竟对胡家那小子如此关注！醋意顿生。

“李……”钱昱走向李龙月，只是看侧脸一眼，便再次惊为天人——果然是她，比几年前出落得更好了……后头“公子”二字便无论如何也叫不出口了。

“龙……”直呼名字倒是亲近，可人家不见得就愿意。素来潇洒的钱昱开始患得患失，没叫出来。

“月……”直接叫昵称？他二人似乎还远没到那个火候。不急不急，来日方长，以后有的是时间喊。

“昱公子很闲吗？一路追我至此。”李龙月瞧着钱昱那吞吞吐吐的样子，不耐烦的一句话就把胡思乱想的钱昱打回人间。

钱昱心说你也知道我追得辛苦啊，都是旁人苦追本公子，我这还是头一回苦追别人呢，你有没有一点点感动啊？感动了就给个笑脸啊！

李龙月完全没有感动，只觉得他们吴越的公子一个比一个闲，有这工夫还不如去多造几条海船，出海打打海盗。

在绝对的实力面前，胡不归等人还是很快就陷入被动——老头子第一个追上他们，大鸟般挡住胡不归的去路，凌厉的掌风带起阵阵杀机，逼得胡不归和胡芷汀两人连连后退。在他们身后，丢了禅杖的瘦和尚和干完坏事的胖道士也追上来，与老头子一起形成包围圈。老妪站在圈外给他们掠阵。至于招财、进宝，两人不想给胡不归拖后腿，一早就跑开了，也没人去关注他们两个无名小卒。

老妪慢悠悠道：“你们来大宋，还敢招惹不该招惹的人。老头子，好生教训教训这两个不知天高地厚的晚辈。”

胖道士大叫：“女的留给我！”

瘦和尚大叫：“男的留给我！”

胡不归和胡芷汀大怒，舍了老头子分别攻向二人。两人笑嘻嘻地接招，时不时调侃上两句，好叫他们分心。

就在胡不归和胡芷汀陷入被动时，所有人都听到了那个似曾相识的旋律。

七名少女，各持乐器，脚踏七星，身带弦音。或两人，或三人，不断变换阵法，用手中乐器奏出曲乐来，或低沉，或激昂，高低相间、连绵不绝。

“曲子有毒，堵上耳朵！”老妪大喊。她没有经历明王寺东塔一战，却很快找到七星乐阵的关键。奈何乐阵来得突然，等她喊完，胖道士跟瘦和尚已如中魔咒，心神动摇，反应动作变得迟缓。

胡不归心下大喜，这旋律，这乐阵，不是李公子还能是谁？未见其人，自己却斗志重燃，直接将沉重的禅杖朝瘦和尚丢去，高喊：“秃驴，你的兵器！”

瘦和尚浑浑噩噩的就要去接。

胡不归用伞剑挡下老头子的一击，朝胡芷汀使了个眼色。

胡芷汀会意，纵身追着禅杖化作一朵绿云，直接刺中瘦和尚。

瘦和尚闷哼倒地，又被禅杖砸中脚面，疼得清醒过来，哇哇大叫。

“什么人敢插手！”老妪纵身跃出，护在瘦和尚身边，盯着乐声传来的方向。

老头子和胖道士也不打了，只是逼住胡不归和胡芷汀。

乐声更近，七名少女终于现身。众星捧月般，李龙月徐徐策马而至，左边王仁辅，右边钱昱。钱昱身后是他带来的二三十个护卫。王仁辅身边站着风雷双剑、铁锤大汉、抱剑汉子，后面跟着威风凛凛的神箭八骑。

老妪见他们排场不小，看打扮不像寻常江湖客，倒像是出游的世家子弟，看容貌气度更是让人不敢小觑，只好强压怒火，冷冷道：“我等惩戒几个不知天高地厚的小辈，尔等为何插手多管闲事？”

黄衫少女面带戏谑，脆声道：“我家主人的意思，世间多丑人，偏偏爱作怪。你们那么丑，却还要欺负两个长得还算顺眼的人，简直污人眼睛，坏了我家主人的心情，就该打。”

胡不归很想仰天大笑。

丑人多作怪，丑人欺负长得好看的就该打。这是多么英明神武的想法啊！李公子啊李公子，不枉我对你念念不忘，这话可真是说到本公子心坎里去了。

一旁的钱昱忍不住摇头苦笑，如此简单粗暴、强大霸气的理由，闻所未闻。几年不见，她还是那么……有个性。不过似乎也不无道理啊。

而那厢瘦和尚跟胖道士听到这等奇葩理由当即就愤怒了。长得不好看又不是我们的错，长成这样还不忘出家修行，你们应该很感动，再把鲜嫩男女送来给我们修行才是，居然还敢以此打击我等，真真是可忍孰不可忍！不过当抱剑汉子和铁锤大汉双双出手后，他们很快就无暇愤怒了。单论武功，两人与东海盟天香和摩呼两位上君根本不在一个档次上，而抱剑汉子与铁锤大汉是能与天香和摩呼勉强打成平手的。短短数招，胖道士就被铁锤大汉压制得无力反击，原本就受伤两处的瘦和尚更是再中一剑，被老妪堪堪救下。

“你们究竟是何人？！”老妪眯起眼，用拐杖挡下抱剑汉子一击。

老头子撇下胡不归和胡芷汀赶来支援。

“阿牛和剑胆下，剑心上。”李龙月打了个响指，七名侍女停止了奏乐音攻。

铁锤大汉和抱剑汉子立刻退下，转而由风雷双剑上去与老头子过招。

钱昱暗暗心惊，没想到李龙月手下的实力如此强横，眼中期许更盛。

胡不归是知道风雷双剑厉害的，有他们牵制老头子，他跟胡芷汀再次攻出，直取老妪。胖道士过来挡住他俩，岂料正中胡不归算计。胡不归早就看出，老头子武功虽高，却不管事，四人中负责指挥的人是老妪。只要打掉老妪，瘦和尚胖道士跟老头子就会各自为政。正因为老妪是四人轴心，所以她总是最后一个出手，他们攻她，其他人必定会来阻挡。现在老头子被风雷双剑牵制，能赶过来的只有胖道士。胡芷汀早就看这个色眯眯的胖道士不顺眼了，上来就是杀招。

老妪想去支援胖道士，但见李龙月身边大队人马在那里虎视眈眈，又生生忍住。如此年轻貌美一个公子哥儿，手下有此等高手，她竟闻所未闻。“老头子、道士！”她唤道。虽未吩咐什么，可从她的语调中，老头子和胖道士都知道再打下去吃亏的只能是他们，就想要收手。老头子撤下来容易，风雷双剑本就没想跟他拼个你死我活，试试他的功夫而已。胖道士就不行了，被胡不归和胡芷汀逼得越来越远。

老头子要过去解围，结果他一动，风雷双剑也跟着动；他不管，风雷双剑就不动，只盯他一个。至于老妪，早已存了壁虎断尾之心。

很快，胖道士就被胡不归击倒。胡芷汀冲上去，一刀斩在他大腿上，也不知伤到命根子没有。

李龙月又打了个响指。身后神箭八骑纷纷张弓搭箭，对准玄武堂四人。

老妪有些顶不住了，咬牙道：“你等平白无故打伤我们两个人，究竟是何缘由？”

胡不归道：“你们杀害明经堂上下，又是为何？”

老妪皱眉道：“昨日我等已放过他们，又岂会再去杀人！”

胡芷汀道：“不是你们还能是谁？”

老妪盯着胡不归：“有人说他是李唐皇嗣，还有人说你是李唐皇嗣。照老身看，你们谁都不是。李唐都亡了几十年了，皇嗣早就死绝了，像你们这等打着皇嗣旗号招摇撞骗的小子，老身都懒得动手。”

胡不归一阵发蒙，什么李唐皇嗣，你盯着我作甚？我姓胡又不姓李，又怎么招摇撞骗了？

钱昱心想姓胡的小子，这一顶大帽子扣下来，你想逃都没地方逃。

胡芷汀斥道：“你浑说什么李唐皇嗣？不归哥哥姓胡不姓李，不许你胡说！”

“姓李的可以改姓胡，姓胡的也可以改姓李。”老妪望向李龙月，“这位公子，明经堂之事与我等无关。今日你无缘无故打伤我的人，老身暂且记下。你若要继续打，老身奉陪到底。”

李龙月漠然瞥他们一眼，忽然朝胡不归一指，问道："你说的李唐皇嗣，可是他？"

"正是。"老妪应道。

"一派胡言！"胡不归当即否认。他活了十八年，从出生就是胡家的人，跟李唐有什么关系？"你们杀了真的李唐皇嗣，为了掩人耳目，又编出本公子是皇嗣的谣言来转移视线。此等下作伎俩，也就骗骗无知小儿。"他转向李龙月，"李公子，你信吗？"

李龙月迎上胡不归满是期待的目光，无辜地眨眨眼，狡黠道："信呐。"

胡不归差点喷出一口血来。李公子你一定是在逗我，别以为我没看见你那调皮的小眼神儿。

老妪盯着胡不归道："李唐皇嗣，血统高贵。你知道自己身份后，担心胡先生会妨碍你的计划，所以就去找他，不想我等也在，便不好动手。把我等逼走后，你在夜里动手，害死明经堂上下。为了掩人耳目，你还故意找到我们，说人是我们杀的。老身不管你有何图谋，可杀害无辜这等黑锅，老身几个即便是丑点，却是不背的。"

胡不归气得胸膛起伏，好你个丑老太婆，杀人害人不说，居然还血口喷人！

老妪不屑道："怎么，被老身说破，气得想杀人灭口？"

胡芷汀哪受得了有人污蔑胡不归，亮出刀子又要砍人。

胡不归怒极反笑，拉住胡芷汀道："你说我是李唐皇嗣，好，就算我是，那胡先生呢？他是不是？"

老妪没接茬，她才不会掉进胡不归的坑里。

胡不归继续道："若我真是皇嗣，李唐皇嗣啊，我真要把身份一亮，这天下还有大宋皇帝鸟事？我要是大宋皇帝，听到外头居然有活着的李唐皇嗣，管他是真是假，立刻，统统，派人干掉！现在死的是谁？胡先生。为什么胡先生死了而我活着？因为他是真的。而你——"他一指老妪，"你，尔等，汝辈，大宋玄武堂的人！先去吴越搞事情，又跑来婺源杀人。你说本公子是皇嗣，那你为何不来杀本公子，还见了本公子就跑，是做了什么亏心事不敢跟本公子对质吗？”

老妪的口才显然不及胡不归，只道：“老婆子行走江湖几十年，杀人无数，杀了便是杀了，从不抵赖，没杀就是没杀。”说完转身就走。胖道士跟瘦和尚恨恨地瞪了胡不归和胡芷汀一眼，相互搀扶着走了。老头子断后。

“不能就这么让他们走了！”喊归喊，胡芷汀终究还是没敢追过去。

敌人走了，架，自然无须再打。

胡不归走到李龙月马前，叉手施礼，向他道谢。又望向钱昱，讶道：“呀，这位公子好生眼熟，莫不是哪里见过？”

钱昱也认出他来，不就是成天跟在世子身边的胡家小子吗？在越州折腾了一通又跑到婺源来了。“钱昱。”清清爽爽、简简单单的两个字，不带任何前缀介绍。

李龙月感受到钱昱的矜持与倨傲，好奇地看着胡不归，看看他如何应对。

胡不归一笑，道：“你就是钱昱，不像传说中那么老嘛！”

一句话，险些叫钱昱抡起鞭子来抽人。老，我很老吗？三十四岁，正是男人最好、最成熟、最有魅力的年纪。还传说中，难道本公子在外人口中就是个老男人？本公子好歹也是忠献王嫡子，我直呼自己名字那叫自重身份，你直呼本公子的名字就是不识好歹了！不过在李龙月面前，钱昱必须表现出气度跟涵养来，不跟胡不归一般计较。

不想胡不归又来了句：“钱昱，见到本皇孙，还不下马行礼？”

若世子钱惟濬在此，定会为胡不归这句话击节叫好。世子率性，素来最看不惯钱昱这等装模作样之人，每每给他添堵。

胡芷汀惊呆了，小乌龟，你在演戏吗？刚刚你不是还说自己不是，怎么转眼又自称皇孙了？

饶是钱昱见多识广，也被胡不归这一句话闹得一头雾水，这就演上了？

他没动，李龙月却动了，极为优雅地翩然后跨下马，走上几步，朝胡不归抱了抱拳，似笑非笑道：“公子姓胡，还是姓李？”

胡不归第一次与李公子直面，还离得如此之近，不觉呼吸一窒——那张极致完美的脸让他深刻体会了什么叫作不敢逼视，深吸了口气，方道：“需姓胡时便姓胡，需姓李时便姓李。”

钱昱心说世间怎会有此等厚颜无耻之人，节操还要不要了？

胡不归岂能错过此等与李龙月共处的机会，又道：“时候不早，我等在此连场激战，不如由我做东，寻一处上等酒楼，李公子可愿赏光？”

钱昱压根儿没想到胡不归会在这当口提吃饭的事。因为他觉得，李公子肯定是要跟他一起吃饭的啊！胡不归啊胡不归，你小子跟世子一个德性，专门截胡。不过他倒是不担心，觉得李龙月何等身份，必不会答应胡不归所请。

岂料李龙月很是干脆地说了个“好”，半点都没有犹豫。

胡芷汀瞥了李龙月一眼，将双刀重重插回刀鞘。

胡不归招来招财，塞给他一张大额金票，让他找婺源城里最好的酒楼，包场，用最好的料，上最好的菜，千万不要省钱。招财领命去了。胡不归又发现一个问题，他来时坐船，现在步行，没法跟李公子骑马并行，指点江山。

李龙月打了个响指，黄衫少女就从后头牵来一匹马，将缰绳递到他手中。

胡不归心里那个感动啊，李公子果然体恤人，连马都给我备好了。他是会骑马的，当即抬腿踏镫，纵身跃上。进宝很自觉地过来牵马。

胡不归笑吟吟地抬手指路：“李公子，请。”

李龙月亦道：“胡公子，请。”

胡芷汀气鼓鼓地跟在胡不归另一侧，省得看到李龙月的脸。她在找当日在东塔院中抽了她一巴掌的红衫少女。找到后又觉脸形不是当晚那个，难道她们不是每人固定一种颜色的衣服穿？

胡不归一扭头，讶道："呀，钱昱，你怎的也来了？莫不是没带盘缠，要来蹭顿饭吃？"

钱昱当场就要翻脸。

"昱公子一起来吧。"李龙月一语定论。

第十八章
夜探古宅

在吃饭这件事情上，胡不归自认为还是见过世面的，因为他常跟世子混在一起，没少陪世子吃饭。世子爱尝鲜，所以吴越的、江南国的、闽地的、荆楚的甚至南汉国的生鲜食材、特色菜品他都尝过。不同的食材不同的吃法，有的还要配以专门的工具。所以请李龙月吃饭，他是很有自信的。

钱昱同样自信。他身为吴越世子一辈儿最年长的公子，半辈子不当官，半数的心思都放在享受生活上了。吃的是饭，谈的却是食材产地的风物人情，食材背后的典故轶事。他还曾想编一本关于吃的书，名字都想好了，就叫《江南食志》。

一行人浩浩荡荡来到婺源城里最好的酒楼。掌柜的早就带着伙计等在门口，恭恭敬敬地相迎。五十贯的金票砸下去，一切准备就绪，就等贵客上门。

人马一到，分作两路。公子们被请进楼，马匹则被带去后院。李龙月和钱昱有专门的手下照顾马匹。特别是李龙月一行的坐骑都是上等良驹，吃的比人还精贵，直接由各自的骑手送去马棚照料。

二层被清了出来，主桌居中，周围七八个副桌，能容纳近百人。主桌自然是李龙月、胡不归、钱昱三人。李龙月请王仁辅一并作陪，钱昱也请了他的一个心腹幕僚过来。胡不归则叫了俞章和胡芷汀过来。俞章来了，直接在胡不归旁边坐下。胡芷汀心怀芥蒂，不想跟李龙月同席，没理胡俞二人劝阻，自顾跑去跟招财、进宝一桌。他们左邻是风雷双剑、抱剑汉子和铁锤大汉，右邻是钱昱的几个贴身护卫；对面则是李龙月身边的七个侍女，紫粉红橙黄青蓝，唯独没有绿色。侍女们不但衣服颜色不同，连发髻头饰也各不相同，还各背着一件乐器，盈盈款款往那里一坐，当真是姹紫嫣红、赏心悦目。胡芷汀却是看着就来气，几个伺候人的婢女罢了，狐假虎威不说，还个个穿戴打扮得都比自己华丽，妖妖俏俏的是要狐媚哪个？侍女们觉察到胡芷汀不善的目光，其中几个看了她两眼，便浑不在意地挪开了。她们原本是有绿衣的，自东塔院后便无人再穿。绿衣，恰是胡芷汀最爱的。

菜品一道道上来，都是当地名吃和信州、歙州一带的名菜，最惹眼的是一尾红色大肥鲤，头大身圆、尾如腾跃、胡须犹在、富贵逼人。还有一大盆一大盆端上来的螃蟹，个头虽不及吴越太湖附近出产的大闸蟹，可一看背壳上的棱角就是上等老蟹，鲜香扑鼻。主桌的菜品最好，副桌只在菜品本身大小品次上稍有区别，但肉食和主食更多，更适合侍从护卫们填饱肚子。

酒，自然是要有的。店里上的是自酿的十年老窖。

胡不归和钱昱很有风度地请李龙月上座，两人一左一右作陪。李龙月当仁不让，大大方方地坐下。胡不归做东，自然由他说了几句吉祥话开场。钱昱心下不以为然，世子身边的家伙就是不学无术，连开场辞都这般俗气。李龙月倒是全不介意。

原本在副桌的粉衣黄衣两个侍女起身过来站到他身旁，一人托杯，一人斟酒，给李龙月斟酒。斟完后紫衣侍女取出一个皮卷打开，皮卷中插着各式各样细长精巧的工具，但见她取来一只螃蟹，又拿出一件工具，在螃蟹背壳尾部一戳一撬，背壳便应声而开；换上另一件后，将背壳中的蟹膏刮出，盛在粉衣侍女递来的小碟子里。粉衣侍女将蟹膏的碟子摆在李龙月面前，继而将各种调料蘸酱依次点进李龙月右手侧的一排三个一共九个小碟子里。与此同时，紫衣侍女不停更换皮卷中的各种工具，将蟹壳、蟹肚、蟹足、蟹钳剖开，挑出其中的蟹膏、蟹黄、蟹肉，放进粉衣侍女递来的小碟子里。很快，一只螃蟹就被肢解完毕，好东西都摆在李龙月面前。粉衣侍女变戏法似的取出一根银针来，连酒杯在内，一个碟子一个碟子地试毒、清洗、再试毒，全部试过，又递上自备的银质筷子，请李龙月食用。

李龙月举杯。

钱昱的幕僚立刻给钱昱倒了一杯。

钱昱接过，举杯。这次出门走得急，只带了护卫仆从没带侍女，他嫌仆从手脚粗不堪用，索性不让他们伺候了。

胡不归和王仁辅自己给自己倒。

俞章平时不喝酒，三位公子都举杯了，他也只好倒上。

李龙月开始吃螃蟹。动作优雅，每一碟都是浅尝即止。粉衣侍女伺候李龙月，紫衣侍女则在一旁继续剥蟹，一口气剥了三只。

胡不归倒是不用人伺候，螃蟹嘛，从小吃到大，他不用工具都能把蟹腿抽得干干净净。他抓过一只来，想了想，觉得在李公子面前还是吃得斯文些，便先把两只大钳和八个腿掰下，将蟹身放到一边，先吃腿。

俞章早就饿了，他嫌吃蟹麻烦，又不好意思先去动那条完整的鱼，就夹了一大块烧肉过去，填进嘴里，立刻全身都是满足感。

王仁辅年纪偏大，一边慢悠悠地剥蟹，一边挑些清淡的蒸菜吃。

倒是钱昱，看着胡不归和俞章的吃相很是不屑，便放下筷子，他宁可不吃螃蟹，也不能叫人笑话了。他不吃，只苦了他的幕僚也跟着没好意思吃。

胡不归吃螃蟹的水平很高，每条蟹腿两端咬掉，在断口处一吸，就能把整条腿肉吸出来。他吃蟹不蘸酱，就爱原味。解决了八条腿，胡不归剥开背壳，用个小勺子把背壳里的蟹膏刮出来送进口中。剩下一个蟹身，不用工具的话，就只能先用手先把蟹毛去掉，再左右掰开。平日里自己吃，一只手一张嘴一口牙就能吃得干干净净，可现在当着李公子和钱昱的面，吃相难看不说，还会弄得满手满嘴都是油腻，实在是有辱斯文。只好一手拿着，另一手用小勺子刮着吃，刮又刮不干净，看着甚是可惜。

吃完一轮螃蟹，紫衣侍女收拾好工具就回副桌了，换了红衣侍女过来。

胡不归和钱昱本想边吃边聊，奈何李龙月的两个侍女正好将他们跟李龙月隔开，他们也不好隔了个人去聊天。两人发现，不论吃什么，李龙月从来不会自己去夹菜，都是由侍女夹过来、试过毒、切好或摆好后，最后才自己动筷子，整个过程既烦琐又有序。饶是两人一富一贵，也感慨此等不厌其烦的吃法。胡不归更是寻思，李公子到底是何身份，就算是世子，也不见他顿顿要人每道菜地伺候着吃。

钱昱看他神色，心下暗笑：人家是何等身份，举止做派自是讲究皇家风范，岂是你这等乡野土豪能理解的，别以为在衣服上绣几行诗文就能附庸风雅了。

李龙月倒不觉得自己的吃法有问题，因为从小到大都是这么吃的。每个人有每个人的吃法，他从不强求旁人迁就，也不在意旁人看法，我自吃我的，尔等随意。他还有个习惯，每天只吃一顿正餐，一般放在午间。既是正餐，自然要好好吃、慢慢吃，才能吃出每道菜中的妙处。他也根本不穷奢极欲——若论奢靡，当初金陵城的高门权贵们更胜他百倍，一顿饭上万钱不说，还得丝竹相伴，美女环绕，边吃边玩赏，一顿饭吃上几个时辰是常有的事。至于食不言、寝不语，那是从小就要讲的规矩，习惯成自然而已。

胡不归忽然觉得，像世子那般率性固然痛快，可日子过得讲究些，其实也是一种自律。单是餐前试毒一项，就很有必要劝世子执行，别是个美女递过来的酒就往嘴里倒，万一有毒呢？唉，李公子是怎么把用餐做到那么优美的……

钱昱想的是，吴越终究还是小国，钱氏称王不过三代，举止气度衣食讲究还是比李龙月这等金陵贵族差了不少。三代以后，方成贵族，此言不虚啊！欣赏着那妙人儿优雅从容、端严静美的用餐仪态，钱昱没怎么喝酒竟也有些醉了，有点飘飘然地想着，等本公子夙愿得偿，也只有眼前这么高贵的人才配得上坐在身旁……

胡芷汀惊讶于李龙月用餐的排场之余，颇有些愤愤然，吃个饭而已，摆那么大谱给谁看？因为怕在胡不归面前被比得粗鲁，拿着筷子都没敢吃饱……

胡不归见李龙月的七个侍女一个接一个地交替前来伺候，每一个都是礼仪周全、举止得宜，不由羡慕李龙月调教有方。（这七个侍女当然不一般，她们是北宸阁的七星官，精通音律、武艺高强不说，每一个都能识文记账，外放出去都是一方总管的人才。当年金陵城中有个高门公子向李龙月求娶其中一人，李龙月没有拦着，就让被看中的侍女出来与他比试。结果那公子是站着进来，躺着出去。公子家里咽不下这口气，跑到后主李煜那里去告状。李煜直言：谁长得好看谁有理，你家公子长相不佳，连侍女的青睐都得不了，怪谁？比试输了更是技不如人愿赌服输。直接把公子一家噎死。）李龙月听说后深以为然。相由心生，一个人长得丑，从小被周围的人歧视，心里自然扭曲，只要给他机会定会干出伤天害理的事情来；一个人长得美，就要维持美的形象，为了面子也不能去做坏事，至少不会轻易去做坏事。就像玄武堂的四个，看起来不像好人，其实就不是好人；而胡不归，白白净净、器宇轩昂的看着顺眼，果然也有几分侠义心肠。面对陌生人的时候，很难通过一两件事判断其为人，不如索性以貌取人，简单直接。

颜即正义，这就是李龙月的道理。不管旁人怎么看，李公子就是有这个资格和实力。

一个时辰后，李龙月吃饱了，喝了几口汤，将银筷交给蓝衣侍女，被伺候着茶水漱口后用手绢轻轻拭了嘴，身子便往后一靠，不管面前还有多少吃食，都不再动。

胡不归勉强吃了个七分饱，见李龙月停下了，也放下筷子，开始琢磨晚上的节目。

钱昱压根儿没吃多少，尽顾着想入非非了，这等小地方的吃食他也看不上。

俞章看看他们，意犹未尽地放下手里的猪蹄，打算趁他们走后叫伙计把剩下的肉食全都打包带走，回到客栈接着吃。

钱昱问可有下榻之处。李龙月说他已叫人包下了这间酒楼最好的上房，就在这里住下了。钱昱本来也想在此住下，可听李龙月的口气，联想他的作风，一定是把最好的房间全都占了，便打消了近水楼台的念头，示意手下在附近另寻住处。

这时胡不归突然道：“紫阳镇外有座鬼宅，不知李公子可有兴趣同游？”

钱昱差点脱口而出，多大的人了，还去玩鬼宅探险……却不想李龙月眼中一亮，明显很感兴趣。

胡不归指指俞章，说这鬼宅原本是他家的一处老宅子，因为族人都搬走了常年无人居住，经常发出些奇怪的响动来，据说还发生过怪事，久而久之就成了人人谈之色变的闹鬼荒宅。他这次陪俞章回来，就是要去老宅取一件东西。他爹留下遗言，这件东西须得子时才能取出。末了，胡不归还笑着对钱昱道：“昱公子若是有空，大可一道去。”

钱昱撇撇嘴，第一次感觉到自己跟年轻人之间，有代沟。

深秋夜半，寒气逼人。

亥时末，烛火摇曳。胡不归等人准时出现在俞家老宅外。俞家老宅不算难找，就在紫阳镇郊外，门前一条小路，背靠大片竹林，周围是零零散散的民居。来的路上俞章还在吐槽胡不归，凭什么把他家的老宅说成是鬼宅啊？他是来找东西打开木匣的，不是来寻宝的，把李公子叫来作甚？他们那么多人，万一抢了他家的传家宝不还怎么办？胡不归让他闭嘴，只说了一句，李公子才看不上你家宝贝。

俞章想了想李公子的派头，觉得也是，便不再多言，只紧了紧厚实的外袍，还扣上狗皮帽子。素来不怕冷的胡不归也在长袍外头套了一件厚袙，换了双厚底快靴。

胡芷汀手按刀把，警惕地打量四周，嘀咕道：“俞俞，你家祖宗怎么把宅子建在这种地方，阴森森的。”

俞章摇摇头，把他的大背囊往上耸了耸：“我也没来过啊，我阿爹说是就是了。”

子时初，远方路上出现点点光亮，继而汇聚成行，大队人马正在靠近。

李龙月来了，除王仁辅外，七星官、三剑客、大锤、神箭八骑，全都到场。双方打过招呼，李龙月让风雷双剑和神箭八骑在外接应，其他人随他入内。神箭八骑各持火把留在原地。风雷双剑则不动声色地蹿到一棵树上。

胡不归让招财、进宝跟神箭八骑一起留在外头，扭头见李龙月带了那么多人，特别是那七个侍女，还以为是花精树怪化身的，不禁道："李公子，这地方阴气重，恐对女子身体不好。"

七星官一齐对他怒目而视。

胡不归还以露齿一笑："本公子请的是你们主子，你们一大群人跟着算什么？本公子可是怜香惜玉才劝你们留下。"

李龙月道："你们都留下，我自进去。"

"公子！"七星官中的橙衣星官道，"此地凶险，我等断不能离开公子左右。"

李龙月道："区区一座宅子，故弄玄虚，还难不倒本公子。人太多了吓得那装神弄鬼的不敢出来了怎么办？天玑天璇随我，其余人等留下，听天权号令。"橙衣星官领命，命令既下，她们便不再多言。七星官中粉衣和红衣两人走到李龙月身边，其余人等留在原地。

胡不归朝铁锤大汉一指，道："带上他吧。真要被困，也好砸墙。"

铁锤大汉提了提锤子，表示认可。

李龙月头一歪，示意他跟上。

铁锤大汉跟上，悄悄朝胡不归竖起大拇指。

胡不归只带俞章和胡芷汀两人。俞章走在最前头，手里提着一盏经他改造过的气死风灯，照出一小片光亮来。照他的说法，除非是拿一盆水浇下去，否则再大的风也吹不灭他的灯笼。

李龙月那边，李龙月与胡不归并肩而行，天璇、天玑二星官各提一盏宫灯，一个在前一个在侧，铁锤大汉断后。

走了一段，竹林里忽地卷起一阵大风，飞沙走石，叫人睁不开眼。

三盏灯笼在大风中左右摇摆、忽明忽暗，竟没有一盏熄灭的。

“天璇、天玑、右弼！”二星官和铁锤大汉依次喊道，好在看不到的情况下听到他们的方位。

“小乌龟！”

“阿芷！”

胡芷汀和俞章也叫道。

“李公子！”胡不归以手遮眼，心想这阵怪风来得太过诡异，难道俞章家的古宅真是一处鬼宅？

“嗯。”李龙月应了声，并无惊恐。

大风毕，众人睁眼，一个不少。

“啊！”俞章突然叫起来，手指后方。那是他们来的方向，可现在，身后黑漆漆的一片，哪里还有神箭八骑和其他星官照出来充当参照的火光。

众人皆是一惊，神箭八骑的火把和星官手中的宫灯都是特制的，就算在大风中也能不灭不熄地点上两个时辰，怎么可能被一阵怪风给吹灭了？

胡芷汀心细，一把夺过俞章的气死风灯，走到不远处的一棵树前照亮，道：“这棵树不是刚才那棵。”

俞章瞪大了眼，跑过去一看，道：“你怎知道不是刚才那棵？”

胡芷汀道：“刚才那棵枝头偏向那边，可这棵偏向这边。”

此言一出，二星官立刻把李龙月护在中央。

胡不归把胡芷汀和俞章叫过来，问俞章道：“你阿爹没跟你提过老宅的事？”

俞章摇头道：“要不是你说起，我还不知道我家还有个老宅。不过这地方我总觉得哪里不对。”

胡不归把伞剑拿在手里，道：“对不对，进去看看就知道。你阿爹是大匠师，会不会在老宅里布下了什么机关，生人进去就会触动机关，被陷阱、毒箭、毒砂什么的坑了；死的人多了就成了冤魂，散之不去，就变成了鬼宅。”

俞章道：“你别吓唬我啊，好歹也是我家的宅子，先人保佑还来不及，怎会害我？要把你说的给酒楼茶馆当话本子说，一定叫座。”

胡不归心说本公子可不就是写话本子的，畅销得很。这一阵吴铁嘴找不到我估计又等急了。正想着，俞章忽然指向一个方向，脸上满是惊恐：“那，那边……”

胡芷汀最烦一惊一乍的，人那么胖胆子那么小：“那边怎么了？”

“有，有人……”俞章的声音在哆嗦。

众人顺着他手指的方向望去，黑乎乎的一片斑驳，哪有什么人。然而借着月光的影子，胡不归和李龙月同时看到有个东西的黑要比周围更深，好似一尊石像，又像是佝偻在那里的一个……老头子。

两人相视一眼，从对方眼中看到了肯定。

他也看到了。

看到了并不代表要理会，也许那个东西就是要让他们分心。

李龙月朝前方一指，道：“宅子还在，继续走便是。”说完抬脚就走。众人跟上，打起万分精神，唯恐一不留神走丢了。胡不归发现，有李龙月在场的时候，所有人都会不由自主地以他为主心骨。有他在，众人就能心安。

接下来的一段路，除了偶尔刮过一阵怪风，没有再出意外，众人有惊无险地来到宅院大门前。院墙不算特别高，但足以隔绝内外。高大的树冠探出来，投下狰狞的影子。胡不归悄悄朝刚才石像出现的方向投去一瞥，惊讶地发现那一坨深黑居然不见了。

铁锤大汉走到大门前，抡起锤子就要砸门，被俞章喊住。这老宅可是他家的，砸坏了门还得再修。铁锤大汉咧咧嘴，砸门什么的他最喜欢了。

胡不归让俞章上前些，借着光亮打量起大门口的石阶旁的石兽来，看完左边的又看右边的，不禁“咦”了一声。

俞章一惊：“哪里不对？”

胡不归道：“寻常镇宅石兽皆是一公一母，可这两只，非但没有母兽，还刻得面目狰狞貌似凶兽。”

俞章讶道："你咋知道不是公的，检查过？"

胡不归道："母兽带小兽，寓意多子多福。没有母兽和小兽，那就是香火不继、断子绝孙的意思啊！"

俞章大惊，手捂胸口，痛心疾首道："呜呼，修宅子的是要我俞家无后啊！不行，想我堂堂七尺男儿岂能无后，等天亮，先叫人来砸了这对狗男男，破了这绝户的风水，再去寻一门亲事，明天就拜堂！"

二星官立刻投来鄙视的目光。

李龙月越过众人，在大门前停下，抬脚，踏上石阶。

石阶忽地往下沉。

李龙月反应极快，当即一个腾跃向后掠出，落在大门数步外。刚落地，原本紧闭的大门竟悄无声息地开了，开到一半又停住，露出两人宽的一截来，黑洞洞、阴森森，叫人不寒而栗。

胡芷汀推了俞章一把。

俞章提着气死风灯哆哆嗦嗦，就算是自己家，他也不敢第一个进去。

两人还在这儿犹豫磨叽着，粉衣星官已提着宫灯踏上石阶。

借着月色和灯光，胡芷汀认出她正是在东塔院中对自己动手之人！当即喝道："别人的老宅，自然由主人家先进去，你一个外人抢什么先！"

粉衣星官停下，扭头看她，嘴角勾出一抹冷笑。被你认出又怎样？有本事你就来打，打不过你就别叽歪。

李龙月一抬手，示意让她先进，他才懒得在这等小事上纠缠。

胡芷汀推着俞章进去了。胡不归紧随其后。

李龙月和二星官在他之后跨进大门。铁锤大汉断后，倒退着进去。

进门后，众人就被一片巨大的黑影所笼罩。

借着光亮，俞章道："是影壁。这块影壁好大。"

确实很大，而且与寻常影壁不同。

它是弯的。中间向主宅方向凹陷，两侧朝大门延展，高耸的壁身遮挡一切外来的煞气，与门墙一起组成一个半圆形的独立空间。人站在影壁前会生出站在天井的感觉，很是压抑。

李龙月从红衣星官手中接过一盏宫灯，说了两个字：“瓮城。”

胡不归觉得很贴切，如果在影壁上开几个孔，把两边通道封死，可不就是瓮中捉鳖。不对，我跟李公子怎么能是鳖呢？李公子鱼跃龙门，本公子神龟霸下，小小一尊影壁，岂能挡住我等脚步。

“上面有画。”俞章又叫，举高灯笼。

火光在影壁正中映出一个巨大的八卦来，分阴阳，中有鱼。胡不归敏锐地发现这个八卦有问题，乾不在上而在左，坤不在下而在右，像是被人生生拧了小半圈，歪了。

俞章也发现了。他还发现整个八卦并不与墙面齐平，而是往外突出的，像个巨大的齿轮。俞章对机关天生感兴趣，不等细看，就忍不住伸手去摸最下面的离火阳爻。一摸之下，触手冰凉，竟是铜制。那阳爻被他一碰竟然动了，以铜条中心为轴，左侧上扬，右侧下沉，上扬的一端又敲在中间左侧的阴爻上。阴爻被阳爻一碰，发出一声脆响。

脆响被影壁和院墙阻隔，只在“天井”回荡，袅袅不绝。

响声盘旋，时急时缓，如有韵律。

李龙月心下一凛，仿佛猜到了什么。

异响再起，身后的大门重重合上，影壁上的八卦竟然开始动了！

影壁动了，在转动的八卦的带动下，缓缓朝众人压来。

胡不归反应最快，喊了声“走”，想都没想本能地就抓起李龙月的手朝影壁一侧奔去。

“小乌龟！”胡芷汀见胡不归往那边跑，正要去追，忽觉自己的手也被人拉住，硬扯向影壁另一侧。

俞章觉得自己从来没有像此刻跑得这么快过，天下间还有那么多美食没吃过，他还要传宗接代，他可不想被影壁压成肉饼。

胡芷汀挣脱不得，被他抓着手冲过影壁。刚转过来，就听耳旁有风声，立刻大喊：“趴下！”

俞章朝前扑倒，只觉一件巨大的东西从背后掠过，好像还撞到了影壁。

胡不归牵着李龙月，触手之处纤细修长、温润如玉，不由暗赞李公子冰肌玉骨，怎么保养得比女子还好……胡思乱想间，忽听远处飘来一阵似有若无的歌声。说是歌声，偏偏听不清楚在唱什么，时而高亢，时而低缓，不但曲调怪异，就连前后音节都不在一个节拍上，倒像是有人在随兴所至地哼着乡音。胡不归略懂音律，雅乐、唱词、祭祀神曲、乡民对唱，他都熟悉，可就是听不出这首调子属于哪种。就在他依稀找出调子的规律时，声音又飘走了，有如鬼魅，黑夜荒宅里颇为瘆人。

李龙月也听到了，在身后喊道：“上去！”

“上去？”胡不归还没反应过来，就觉李龙月腾空而起，顺着影壁外沿往上蹿去。“我也来！”胡不归本能地相信李龙月的判断，想都不想就跟着往上蹿。

两人跃到影壁上，借着宫灯的光亮，发现周围的一切都在变化。影壁在动，一边朝大门压过去，一边向下沉；影壁两边的通道已经被堵上，胡芷汀和俞章、二星官和铁锤大汉正在原来的通道中往前奔，通道顶部很快就被盖上，再看不到他们的动向。远处，黑压压的屋宇仿佛都在动，像一片黑色的水面此起彼伏，发出沉闷的响动。胡不归压根儿没想到这老宅子居然会动，从眼下的变化看，整个古宅就是一处完整的机关大阵，触发的机关就是影壁上的歪八卦。他在心里暗骂俞绍，明知有机关也不提前说声。还有该死的胖子，没事去碰那阳爻作甚，手贱！

随着他们来到屋顶，那声音又回来了，忽地变得刺耳，又倏忽远去，仿佛在戏耍二人。李龙月快速打量左右，立刻做出判断：“从上面走！”此刻已不是胡不归牵着他，而是他牵着胡不归。之所以是他牵着，只是因为胡不归不肯撒手。很快，李龙月就锁定一个方向飞奔过去。胡不归没想到他轻功如此之好，在崎岖不平、忽高忽低的机关顶部奔走如飞，很快就奔过影壁后的一大片机关，带着胡不归跳进另一方天井中。

天井之中，歌声忽止。

两人落地，李龙月才得以抽回自己的手，狠狠瞪了胡不归一眼，还从没有谁敢拉本公子的手！

李龙月提灯一照，这是一片看起来没有变化的院落，两侧前方都是屋子，中间一尊圆形的三足香炉。香炉？这地方放个香炉作甚？胡不归正在纳闷，三面屋檐下的灯笼齐刷刷亮起来，红彤彤的甚是诡异。

“嘎嘎嘎！”刺耳的金属摩擦声响起。

“退！”李龙月唤道。

胡不归连忙后退，伞剑在手。

“呼！”香炉侧面一只把手下端与炉身连接处突然弹开，亮出尖锐的锋口来，随后另一只把手也跟着弹开，朝前探出；香炉的三只脚也跟着发出“咯吱咯吱”的响动，竟朝他们迈出一步！整个香炉身宽腿短，双钳高举，活脱脱一只大螃蟹。

两人同时反应过来，先前的歌声是在诱导他们到此地来变成大螃蟹的猎物。

“先断它的脚！”李龙月放下宫灯，腰间寒光一闪，软剑出鞘。

胡不归说了声“小心”，当即闪到另一侧。不等他进攻，巨大的蟹钳就当头砸下。胡不归见这玩意儿很是粗大，不敢硬接，身子一矮避开去，想靠近螃蟹腿，又被大钳子一下荡开。大螃蟹仿佛有灵性，知道他们要攻它的腿，每次都能用大钳子将粗短腿护住。

胡不归知道一些机关术的宗要，每个机关，不论是被动触发还是主动驱动的，都会有一个触发的开关，开关连着主轴，通过主轴来控制行动。大螃蟹铜身铁臂、刀枪不入，正面对打不是长久之计，必须要找到控制主轴的开关。他故意跟李龙月用不同的节奏进攻。大螃蟹的动作看起来慢半拍，可每次都能恰到好处地做出反应。胡不归很好奇它是怎么做到一心二用的。

再看李龙月，闪转腾挪身，姿轻捷矫健，一柄软剑神出鬼没，十几招后摸清大螃蟹的出招路数，很快就一个翻身挂到大钳子上。大钳子发疯一样凌空摆动，想要把他甩下来。李龙月稳住身子，踩在大钳子上一点点朝大螃蟹的脑袋就是香炉的盖子靠近。

胡不归立刻明白李龙月也想到了制服它的关键。不过有可能是中轴开关的地方可不止顶上。胡不归顾不上衣服会被地面弄脏，就地一滚，躲开朝他踢来的粗短腿，一下钻到大螃蟹肚子底下。大螃蟹仿佛觉察到了危险，甩开粗短腿就朝一旁挪动。胡不归岂会叫它逃走，瞄准大螃蟹肚子底下那个黑乎乎的圆孔，伞剑重重刺出。大螃蟹被戳中腚门，原本抬起的一条腿凌空乱蹬，整个朝这一侧倒下。胡不归连忙从它肚子底下滚出来，伞剑来不及拔出，被它压在身下。

滚出来后，胡不归看见李龙月站在顶上，手里拿了个正在冒烟的东西，朝已经被踢开的顶盖中扔下去。扔下东西，李龙月一个翻身从大螃蟹头上跃下，奔到数丈开外。胡不归也跟着跑开去。

“轰！”大螃蟹肚子里一声闷响，紧跟着有白烟从顶上冒出。大螃蟹像是被烤熟一般忽然定住，撑起的另两条粗短腿一弯，肚皮下坠，重重砸在地面上；两只大钳无力地垂下，不复骇人的光泽。

解决了？胡不归走近两步。

“解决了。”李龙月掸掸手，整整衣衫，信步上前。

胡不归在大螃蟹的粗短腿上踢了一脚，好痛，忍着道：“是解决了。方才的是什么东西？”

“震天雷。”李龙月跳上大螃蟹的钳子，站在螃蟹肩膀上朝白烟散去的缺口看进去。

“震天雷……”胡不归心说还是你厉害，这等危险品居然随身携带。他抬起头，仰望李龙月，此刻的他仿佛高高在上的征服者，大螃蟹就是他的战利品。

李龙月从大螃蟹上跃下，说肚子里的机关应该被炸坏了，不会再动。说完，丢下硕大的战利品，一个纵跃翻身上了一侧的屋顶。

胡不归从大螃蟹肚子底下扯出伞剑，发现伞面被扯了个大口子，伞骨也有几根弯了，勉强收拢、扎起，等找到俞章再叫他修吧。再看李龙月，正站在屋顶上仰望苍穹。胡不归跟着翻上屋顶，四野昏沉，黑压压的看不到另外两支队伍的光亮。“也不知他们能不能走出来。”胡不归心道。

“不必担心。”李龙月忽然开口，“天总会亮的，他们几个也各有本事。”

真是一语道破梦中人。

是啊，天总会亮的。任何黑暗中的魑魅魍魉，在阳光下都无所遁形。等天亮了，就算是机关重重，是要显出原形的。

月亮出来了，很快又被乌云遮挡。

李龙月坐了下来，在这个没有月光的屋顶上。

他在想什么呢？胡不归望着他的侧脸，似有流光在他眸中闪动。

胡不归在他身旁坐下。

月亮又钻出来，狡黠地在浅云中穿过，隐去大半个圆，只留半圈光晕。

秋夜风凉，胡不归掌心还残存着李龙月手上的余温。他握住拳，似乎想留住什么，回味着方才的奇妙感觉：那只手，不可思议的纤长柔滑，如凝脂似暖玉；他不禁疑惑，一个男子，怎会有如此美好的玉手？李兄还真是个……妖孽。

他与他并肩坐着，鼻端忽然嗅到一缕若有若无的奇香，竟是心神一荡，想了想才反应过来是李龙月身上的香气。女子身上的脂粉香、富贵男子会用的熏香他都不陌生，可这种极其幽微的香气却是头回闻到，感觉竟是如此不可名状。

胡不归脸热了，他仰头望月，觉得今晚的月光是从未有过的皎洁又温柔，连这秋风都不那么冷了。不知怎么就念出来：“闲梦远，南国正芳春。船上管弦江面绿，满城飞絮混轻尘。愁杀看花人。闲梦远，南国正清秋。千里江山寒色暮，芦花深处泊孤舟，笛在月明楼。”正是那首引来无数事端的李煜新词。

李龙月侧头看他，觉得他念的这首词作风格自己非常熟稔，其中流露出来的情绪亦是叫人伤怀，甚至有种心上被戳了一下的痛楚。他不愿流露情绪，便转移话题，问道："胡长安死了吗？"

胡不归一惊，李龙月既有此问，说明他对胡长安之死也心存疑虑。看到尸体那一刻，他发现尸体是死后才被焚烧，就立刻断定是玄武堂四人先杀人，再伪装成火灾掩人耳目。可事后再想，玄武堂的人若真是奉命杀人，总要把尸体带回去复命，再弄一具别人的尸体来充数。可他们身边并没有胡长安的尸体。按照李龙月的分析，大宋皇帝确实没必要派人暗杀胡长安来毁自己的名声。那就只剩一种可能性——胡长安是主动假死，以求脱身。

"他死了就好了。"李龙月道。

"为何？"胡不归问。

"他死了，你就是唯一的皇嗣。"李龙月道，"两个古董花瓶难辨真伪，砸掉一个说是赝品，剩下那个立刻身价百倍。"

"我可不是什么李唐皇嗣。"胡不归也想不明白怎么就突然传出他是李唐皇嗣的流言来，"难不成是我这一阵得罪人太多，有人故意往我身上扣顶大帽子，好叫我变成众矢之的？"

"李唐皇嗣啊，血统高贵、身份卓绝，你不想当？"李龙月语气中带了几分戏谑。

"这是把我往火坑里推。大宋皇帝是什么人？连陇西郡公都不加善待，又岂能坐视眼皮子底下冒出来个李唐皇嗣？"胡不归道，"我呢，从小就在山里长大，生是胡家的人，死是胡家的死人。李唐皇嗣，本公子还不想那么早死。"

听到"陇西郡公"四个字，李龙月不由长睫轻颤，攥紧了拳，默了一瞬，才道："大宋皇帝大抵不会杀你。赵光义最缺的是什么？名声。就算你站到他面前，还能抢了他的皇位不成？杀你容易，可杀了你，天下人会怎么看他？连一个无权无势、无兵无卒的前朝皇嗣都容不下，又岂会善待归降者？他杀了你，寒的是天下人的心，还会叫北汉、吴越惴惴难安；一旦吴越、北汉跟大辽联起手来，他还能睡得着觉吗？所以啊，留着你，把你养得白白胖胖的，对他才最有用。”

胡不归承认他说的有道理。所以玄武堂四个家伙看到他和胡长安并没有着急动手，“你一开始就知道不是玄武堂的人做的？”

“是。”李龙月大方承认，“你是不是觉得他假死是为了脱身？”

胡不归点头。

李龙月道：“他假死，是为了当那只被砸掉的花瓶啊！”

胡不归心想胡长安你也太狠了吧，我就跟你见了那一次，此前都没听说过有你这么一号人，你倒好，居然用假死来让我变成那只仅存的花瓶！

李龙月道：“有你这个李唐皇嗣在，真正的李唐皇嗣才能过上逍遥自在的日子啊……”

胡不归心道：“汝大父啊！胆敢暗害乃公！”

第十九章 越人歌

胡不归很快就调整好了心态。

李唐皇嗣怎么了？横竖大宋皇帝不敢来杀。

李唐皇嗣也不错，至少出去能被旁人尊称一声“皇孙”。

世间若只有他一个李唐皇嗣，那他就是真的，他就能够打着李唐皇嗣的招牌招摇过市、横行乡里、欺男霸女（这个当然是不行的，顶多喝喝花酒不给钱）。

李公子、李兄，跟你聊天还真是叫人身心愉悦啊，简简单单几句话，就为本公子打开了一扇全新的大门。从此以后我胡不归不但姓胡，还姓李。别说钱三儿和钱昱了，就是世子见了本公子，也得尊称一声“皇孙”殿下。感觉不要太好。他侧头，看到一幅绝美的月下剪影。

月下剪影也转过脸，见胡不归就要笑出声来的小样儿，唇角一勾，凤眸里星光闪耀。旁人被这么一顶高帽子砸下来，不是砸晕了就是砸跑了，他倒好，居然甘之如饴。不错，心理素质相当不错，是个顶缸当炮灰的好人才啊。给他一点空间，说不定还能整出更大的惊喜来。

必须整！胡不归心道。

鬼音再次飘来，时远时近。

两人不为所动。

“你们胡家很能打吗？”李龙月忽然问道。

胡不归差点脱口而出必须很能打啊，五百家丁、八千矿徒，从小到大从新昌到邻近县乡，就没人敢招惹胡家。那些来争矿山的家族，几乎每个都被胡家打趴了熬垮了。放眼东府，胡家就是连官府都要敬着让着的存在。可他不能这么说啊，这么说会让李公子觉得胡家是个欺男霸女、横行乡里的恶霸土豪，有损自己的光辉形象，于是道："胡家信奉八个字——有恩必报，有债必偿。"嗯，这下能把胡家的形象拔高不少。

李龙月道："若钱王投降大宋，胡家跟是不跟？"

胡不归心说李公子你的问题也太犀利了吧？此等花好月圆之夜，你我吹吹风、谈谈心、聊聊人生理想岂不好？谈国事，太煞风景。

"若我是家主，不跟。"

"为何？"李龙月追问。

"我越人素来重英雄，大宋太祖皇帝长拳铁棍打下江山，敢跟契丹叫板，敢放钱王归国，光明磊落，何等胸襟气量。可现在的皇帝呢？不但把人李后主的皇后给强占了，还对吴越索要无度，派个阉宦来指手画脚。此等做派，叫人不齿！"胡不归是真看不上现在的大宋皇帝。要是你哥还就罢了，你，哼哼哼！

李龙月开始认真打量起胡不归来，这个越国小蛮子，倒是颇有几分血性。现在的大宋皇帝，确实不是东西。聊了一阵，李龙月许是觉得乏了，手枕在脑后，在屋顶上躺下来。

胡不归也想跟着躺下，可转念一想，他跟李公子似乎还没到他跟净照那般熟稔的程度，跟着躺下来会叫李公子觉得失礼，所以还是坐着，就当是为李公子守夜了。

那鬼音依旧在宅院上空飘荡，仿佛无家可归的幽灵，在讲述不为人知的故事。

李龙月睡着了。

胡不归看看他，心想大半夜的在屋顶睡着也不怕着凉，犹豫了下，脱下自己的厚裆盖在他身上。少顷，寒气入体，他差点打出喷嚏来，连忙用手捂住口鼻。见李龙月睡得香甜，他往稍远处挪了几步，站在屋脊上活动筋骨，好叫身子热起来。

李龙月睁开一只眼，正好看见一个人影鬼鬼祟祟地在那里扩胸、弯腰、伸胳膊、踢腿，动作好不滑稽，嘴角一勾，把厚裆往上拉了拉。嗯，还是挺暖和的，这娃有趣。

不知过了多久，不远处忽然响起一声尖啸。

李龙月猛地惊醒，把厚裆丢还给胡不归。

胡不归套上，朝前方一指："看，那边！"

李龙月也看到了，就在他们所处天井再往前去的地方，两排红灯依次亮起，勾勒出一条橘红的通道来。通道中，有气死风灯闪烁。正是俞章手上的那盏，他们冲出来了！

通道中，俞章提着气死风灯，身上的衣服都破了，发髻也歪在一边，灰头土脸地跑在前头，一边跑一边扭头叫唤："阿芷，快点啊，前头应该就是了！"自打一不小心碰了离火阳爻、触发整个机关大阵后，俞章便带着胡芷汀利用此前习得的机关术一路闯关，一路上没少遇险。还好他人聪明，又能举一反三，每每柳暗花明、绝处逢生，最后在那鬼音的指引下有惊无险地闯出外围阵法，歪打正着地激活了这条通道。俞章也明白过来，他爹之所以不跟胡不归说起此地有机关，就是想用实战来考验他、感受机关大阵的威力和奥妙。

胡芷汀跟在后头，满脸不痛快。好你个小乌龟，出了危险我第一个想到你，你倒好，居然拉了个男人走，敢情我在你心目中还不如那个男人吗？说是男人，长得比女人还妖孽，也不知是真男人还是假男人。不不，一定是真男人，不会是假的……两个男人手拉手，也不嫌恶心。她甩甩那只被俞章拉过的手，更惨的是自己，居然被个死胖子拉了手，恨不能把那只手砍了！

俞章看她一脸不高兴的样子，以为她是被自己抓了手在生气。要说他这还是第一次拉女子的手，拉到的一刻整个人都在发飘——原来女子的手是这等触感，真是好生美妙啊！看她的样子也是第一次被人抓手。喔呵呵呵呵，我是头一次，她也是头一次，我们都是头一次。俞章倒也没忘开导她："阿芷啊，他们走太快，我怕你跟不上，这才把你拉过来。我懂机关术，你跟我在一起更安全。我们这不已经闯出来了。胡兄和那李公子不懂机关术，也不晓得有没有脱险。”

“他们一定没事！”胡芷汀立刻纠正。转念一想，小乌龟没事就好了，至于那个李公子，最好被困住脱不了身，省得出来祸害人，受个伤啥的就更好了，看他那趾高气昂的样子就来气！

两人一前一后正跑着，通道侧面的围墙忽然炸裂开来，碎砖横飞。

俞章立刻张开双臂，宽厚的身躯挡在胡芷汀身前。

碎砖过后，一道人影从缺口处跃进来，手里提了把巨大的锤子，正是李龙月麾下的铁锤大汉。铁锤大汉守在缺口处，后头又是两道人影，一粉一红，挡在俞章和胡芷汀身前，正是天璇、天玑两位星官。三人也是循着那声尖啸过来的，一路上能走则走，不能走就直接用大锤开道，倒是省了不少弯路。

两拨人打了照面，先是一惊，接着就是失望。因为没看到李龙月和胡不归。

“他们没跟你们在一起？”俞章和二星官同时问道。

胡芷汀手按刀把，盯着粉衣天璇星官道：“小乌龟要是出了什么事，我饶不了你们！”

天璇星官冷笑：“不必等他，要打现在就打。”她也看不惯胡芷汀明明打不过还非得每次都来找碴的臭德性。

“唰！”胡芷汀长刀拔出半截。

鬼音再响。

二星官相视一眼，脸上忧虑一闪而过。

俞章连忙站到两人中间，道：“两位公子都没找到，吵什么架啊！”

天璇星官道：“可不是我们要动手。大锤，我们走！”

胡芷汀不甘落后，也道：“俞俞，我们走！”

两拨人沿着橘红色的通道往前飞奔。

一间单层宽大的飞檐屋宇横亘前方。按照俞章的推测，那里应该就是老宅的祠堂，有什么重要的东西都会供奉于此。

果然，进入那飞檐屋宇后，俞章就发现这间屋子另有蹊跷，竟不能直接进去，而是身处九宫格之上。确切地说是十六宫格，要通过不断调整方格的位置，将所处方格的缺口与下一个格子的缺口对上，才能继续往前走。

铁锤人汉抡起锤子就要砸，被俞章拦下。“方格有机关相连，砸坏一个，后面的全都卡死，别说往前走了，连出都出不去。”俞章皱起眉头，这十六宫格可比他小时候玩过的九宫格难多了，横竖各多一排，便多出几十种可能性。

天璇星官让天玑星官和铁锤大汉退出去，她留下来给俞章帮忙，万一他们走不出去，至少还能用锤子来救。天玑星官看了胡芷汀一眼。天璇星官道：“他们两个加起来我也没放在眼里。”把胡芷汀气得半死。天玑星官和铁锤大汉退了出去。俞章晃了晃他那颗硕大的脑袋，开始用手指头计算。

胡芷汀盯着天璇星官，两人互相警惕，唯恐被对方暗算。

很快，俞章就让他们所处的方格挪了一格，正好与下一个方格的暗门对上。“走！”俞章钻进暗门。他发现方格是有时限的，超过时间不动，方格就会自动往其他方向挪走。

三人进入下一个方格后，原先的方格果然挪走了。

胡芷汀见他在原地不停地计算，着急道：“有把握吗？”

“别吵！”俞章难得硬气了一回。算术是他的强项，在他发挥强项的时候，他容不得任何人打扰。

胡芷汀恼火地瞪了他一眼，心想连你都敢吼我。

天璇星官提醒道：“方格子在动了。”

俞章胖手一摆，道：“好了！”说完操控方格朝右侧挪去。

“咣当！”方格子像是撞在一堵墙上，不动了。

“是边！”俞章一下反应过来，眼中自信更甚，在脑海中迅速绘成图案。找到边就有了参照，有了参照就好办了。

半个时辰后，大汗淋漓的俞章终于按照脑海中的图案挪出最后一步。伴随一阵繁复而有节奏的机关响动，他们所处的机关格再次发生变化。先是顶部被抽走，接着是两侧墙壁，最后是前后墙壁，一块接一块退走，最后只剩四根柱子。在他们所在格子的外围，其他十六宫格也在同时退去四壁，留下一根根柱子。当所有的墙壁退去，映入眼帘的是一个巨大空旷的房间或者说殿宇。他们所站的地方位于殿宇中部偏左。在他们斜后方，天玑星官和铁锤大汉还站在他们出发的地方。殿宇前方中央供奉着一尊高大的塑像，布衣赤足，昂首侧观，一手持星盘，一手持矩尺，正在仰望身后墙壁的浩瀚星空。塑像两侧的墙壁上则是巨幅长卷，像是在讲述先贤一生。

俞章心下一松，总算是把十六宫格给解决了。巨大的脑力消耗让他整个人有如虚脱，肚子也不合时宜地叫了两声。

天玑星官和铁锤大汉见前路已通，这就要赶过来跟他们会合。

“别动！”俞章突然大喊。

天玑星官生生收住脚步。难道前方还有机关？

俞章走到离他们最近的一根机关柱前仔细打量，敏锐地发现这些柱子上都有卡槽和被加工过的痕迹，每根柱子上卡槽的朝向并不相同。

是机关柱。

这些卡槽和削面是用来连接墙壁和移动用的。

他走到下一根机关柱前，发现每根机关柱的卡槽朝向都不一样。凭借记忆，他将他们过来时方格子移动的轨迹和机关柱卡槽的朝向加以对比，发现二者竟然一模一样！也就是说，机关柱卡槽的方向，正是方格子正确的移动方向；随着方格子的转向，卡槽也跟着转向。换言之，天玑星官和铁锤大汉如果要过来，就得跟他们刚才一样，顺着方格子移动的轨迹走。不然……他也不知道不按轨迹走会发生什么，总归还是不要试了。

为了测试推断，俞章亲自下场，按照卡槽的朝向一扭一拐地反向走回去，很顺利地来到天玑星官和铁锤大汉身前。“跟我走。”俞章兴奋道。对一个技术人员来说，自己的思考和推断能被证明是对的，是最让人高兴的事情。铁锤大汉朝他竖起大拇指，他最佩服脑袋瓜好使的人。两人随俞章穿过机关柱阵，与胡芷汀和天璇星官会合。

就在这时，鬼音再起。

声音在人殿中回荡，听起来愈发真切，仿佛就在身边游走。

胡芷汀听出了一身鸡皮疙瘩，小乌龟啊小乌龟，你到哪里去了，不会被鬼抓了吧？

俞章挡在她身前，小声道："别怕，我块头大，女鬼要找也是找我。"

胡芷汀白了他一眼道："谁告诉你是女鬼的？"

俞章道："你见过哪个男鬼大半夜唱歌的？啊呦，我怎么觉得它就在大殿里。"

胡芷汀硬着头皮仔细听了一会儿，突然一指塑像方向："在那里！"说完就壮着胆子朝塑像走去。俞章连忙跟上。两人走到一半，就被一声巨响打断。

伴随巨响，大殿顶上被炸出一个洞来，木料瓦片阵阵落下。俞章一把抓住胡芷汀的手，把她拖离危险地带。胡芷汀大怒，死胖子，谁许你又抓本姑娘的手！

两道人影先后从屋顶洞中跃下。

"小乌龟！"胡芷汀又惊又喜。从洞里跳下来的不是别人，正是胡不归和李龙月。不过当她看到李龙月时，面色又不好了，那么多机关怎么就没把你困住？

"主公！"二星官唤道。

李龙月掸掸长袍，气定神闲，微微一笑，颠倒众生。

胡不归呆了呆，赞道："李兄的法宝还真是好用。"

原来两人看到俞章、胡芷汀和二星官、铁锤大汉两路人马都朝大殿奔来后，便选了一条捷径，直接从屋顶上过来，跳到大殿顶上。李龙月拿出另一枚震天雷，直接把屋顶炸了个大洞，也省了破解机关的麻烦。

俞章看看地上的一堆破木碎瓦，又看看屋顶上的大洞，欲哭无泪。这可是他们俞家的祖宅啊，老值钱的啊，弄坏了都要他自己出钱修的啊！

李龙月根本不在意炸出几个洞来，径自走到塑像前，抬头凝视。

胡不归看着旁边的巨幅壁画，其中一幅是一群布衣匠人手持各种器具在城头坚守："孟胜一百八十子，义助阳城偕赴死。"看到这幅画，胡不归就知道大殿中供奉的是谁了。

李龙月当然也看出来了，只见他后退半步，双手合拢，长揖到地。

胡不归把俞章推到中间，与他同行大礼。

伴随他们的动作，鬼音徐徐又起，竟是从塑像前的神龛中传出。

礼毕，李龙月上前几步，细看神龛。

"当心！"胡不归连忙提醒。

胡芷汀一阵烦躁。从跳下来到现在，胡不归眼里只有李龙月，只匆匆看了自己一眼，也不问问自己有没有受伤。

"里面有你家的东西，还是你来取吧。"李龙月唤俞章。

俞章上前，探手入神龛，小心翼翼将取出来的物件拿到众人面前。此物深黑，形状怪异有如太岁，上面还有几个大小不一、看起来随机分布的孔洞。胡芷汀凑过来，只觉这东西黑乎乎的甚是丑陋。

"这是……乐器？"胡不归也吃不准这是什么东西，说它是埙吧，又从未见过这等奇形怪状的款式。

"法器。"李龙月将东西翻过来，伸手在底部摸了摸，并未摸到铭文镂刻。

"法器？"俞章觉得这东西入手颇沉，单手抓不过来，需得双手捧着。他在法器表面摸了摸，发现上面并没有机关按钮之类，是用一块完整的材料制成。祖先为何要将这件东西供奉在钜子像前呢？

思索间，鬼音再起。

众人齐齐朝鬼音响起的方向望去，但见黑色的帷幔下立着一个佝偻的身影，那抑扬顿挫、声调怪异的鬼音正是由它发出的。

"什么人？！"胡芷汀吓了一跳。

身影没有动，鬼音变得低沉，像是在吟唱。

李龙月忽然摇头：“不对。”

“是不对。”胡不归也发现了。他们在外头听到的鬼音要更悠长。

“把东西放回去。”李龙月看了看神龛左右两侧的大殿结构，忽然有了一个想法。

俞章又小心翼翼地把法器放回神龛前原本就属于它的底座中。放下去的同时，法器突然就响了，发出尖锐的啸声。

没错，就是他们在外头听到的尖啸！

尖啸之后便是奇特的声响，与帷幔下佝偻的身影发出的鬼音相和，糅合成怪异的曲调和音质来。

俞章从身后的背囊里取出装木匣的袋子来，取出木匣，将木匣置于法器前：“如果我阿爹要我找的就是这件东西，那么它就是打开木匣的关键。”可他左看右看，法器跟木匣都是完全不相干的两件东西，根本不像是一把钥匙。

这时黑影动了，一边朝他们靠近，一边唱着他们听不懂的词儿。

李龙月问胡不归：“你听不懂吗？”

胡不归摇头。他从未听过如此生涩隐晦的唱词。

李龙月道：“这是越音。如果我猜的没错，这是古代越人部族祭祀时唱的。”

黑影停下，像是在打量李龙月。

李龙月道：“五百年前，孙吴征山越，大将贺齐误入越人山寨，为越音所扰，险些身死。有山越女子认出他就是当初救她一命的恩人，便私下将贺齐放走，并以越人歌相送。不想贺齐回去后即刻调集大军围攻山寨。女子见族人被杀、居所被烧，伤心欲绝，遂在阵前自刎。贺齐收其尸，以后每次出征，都会让人在楼船上演奏越人歌，以悼念越女。而此物，大约便是当年诱导贺齐误入越人山寨的法器。”

胡不归惊叹于李龙月的博学，心想这段越人典故，太适合写成话本子放在茶馆去说了。

李龙月道：“当年助山越抵抗孙吴大军的，想必就有这处宅子的祖先。然山越终究打不过孙吴，山寨被毁、子民被迁，唯有这件法器被留下来，保存在此供奉。此间大殿留有孔洞，但有风过，法器就会鸣奏。”

俞章连忙把法器放回去，果然它又似有若无地响起来。

李龙月朝俞章勾勾手指。俞章将信将疑地把木匣递给他。

李龙月拿起法器，将木匣摆到法器的底座上，取出帕子仔细擦拭法器，又用双手端着法器，放到唇边。

胡不归和二星官暗暗捏了把汗，唯恐法器里突然钻出个蛇形利齿的妖怪来。

法器被吹响。

试了几个音之后，李龙月竟吹奏出了那鬼影唱过的旋律。

黑影和着法器的旋律，徐徐唱诵。

黑影唱诵的，应当就是纯正的古山越腔了。

吟唱咏叹，抑扬顿挫，古老的山越腔回荡在大殿中，引人遐思。

胡不归望着李龙月，他持器吹奏的样子，实在是太让人着迷。

天璇天玑二星官同样精通音律，但在自己主人的渊博敏锐、无师自通前，也只能再一次自叹不如。

大约一曲终了，空旷的大殿中忽然传来“咔嚓”一声脆响。

俞章第一个反应过来，指着木匣叫道：“开了！”说完便扑过去，凑到近前去看。三卷文册静静地躺在木匣中，便是俞绍留给他的《木经》了。

俞章捧起木匣，泪流满面。

爹啊，儿子终于把这东西打开了，儿子定会好好学上面的东西，让爹你在九泉之下也好瞑目。

李龙月停下吹奏，将法器放回神龛。

黑影从暗处走出，原来是个佝偻老头，他踱到俞章跟前，颤巍巍道：“老朽拜见少主。”

“少主？”俞章自己都被这称呼吓了一跳。自从娘亲过世，他就跟着他爹俞绍东奔西跑，吃在路上，住在工地，半年换个地方，学到的东西越多，对吃越来越执迷，人也越来越胖，从小胖子到小木匠，从未有人唤他一声“少主”。

胡不归道：“有了这么大一处宅院，少主自是当得的。”

俞章望向胡芷汀，羞涩地笑笑，心里想的是，我现在是少主了，家中有屋又有田，应该配得上你了吧？

胡芷汀把手放到身后，她可不想再被他肥腻的小胖手抓住。

黑影下的老者盯着俞章手中的木匣道：“此物乃俞家秘传机关盒，至于内中之物——”他扫了众人一眼。

李龙月挑挑眉，旋即走开一段，去看另一侧的壁画。二星官和铁锤大汉也随他过去。

胡芷汀见状也拉着胡不归走远些，边走边道：“别人家的事情，别去偷听。”

胡不归被她拽着，眼瞅着老者跟俞章在那窃窃私语，只道：“别拉别拉，听不到啦！”

胡芷汀把他拉到一边，水汪汪的眼中几分审视，几分委屈。

胡不归讶道：“怎么啦？是不是胖子趁我不在时欺负你啦？”

胡芷汀道：“你以前是不是说过，不管我受了什么委屈，你都会替我出气？”

胡不归点头：“没错。”

胡芷汀一指天璇星官道：“那你帮我去打她一巴掌。”

胡不归讶道：“打她？她跟你无冤无仇的，为何要打她？”

胡芷汀这才把当初在东塔院中挨了天璇星官一巴掌的事情简单一说。胡不归听罢，心想完了完了，难怪她看李公子他们的眼神总是怪怪的，原来竟有这等宿怨。这女人之间的冤仇啊，可比男人跟男人难化解多了。他听世子讲过一个故事，说是他的两个侍妾，一个为了上位，一个为了争宠，费尽心机，阴招百出，还美其名曰女人的逆袭，差点闹出人命。最后还是他那位与世无争的世子妃出面，直接将两个贱人当庭杖毙。世子由此得出结论，身为男人，宠妾宠婢流连花丛都可以，唯独正妻不可动；正妻不动，家门无忧。那些废掉正妻扶小贱人上位的，最后没一个有好下场。你们两个为了一点误会这么闹，就不怕李兄赏你们一颗震天雷吗？啊呦，李兄的脾气，最喜化繁为简，一定会这么做的……啊呸，我在想啥？李兄是男人，芷汀是堂妹。不行，我得去找五哥把把脉，最近老胡思乱想的，是不是得了什么病……

胡芷汀看他目光闪烁像是又走神了，追问："你去是不去？"

胡不归瞅瞅天璇星官，又看看李龙月，憋了半天，总算冒出来一句："我打不过他们啊。"

胡芷汀气结，抬脚就要去找天璇星官的麻烦。

胡不归连忙拉住她，道："这里是胖子的老宅，大殿里供着的都是他家先人，在这里动手是对先人不敬。先人们要是被惊动了，吓唬吓唬你倒还好，若是一气之下每天跟着你，时不时在你耳边吹一口凉气……"

"别说了！"胡芷汀捂住耳朵，好似有什么东西正在朝她吹气。从小到大她最怕妖魔鬼怪什么的，胡不归每次都拿这个吓唬她，百试百灵。

一炷香时间后，老者与俞章聊完。俞章过来邀请众人下榻老宅，还告诉他们，这里之所以被传为鬼宅，是因为不想被太多人盯上。没人敢来，自然就清净了。

胡芷汀连连摇头，她可不想被先人们盯上。

最后，李龙月和胡不归都婉拒了俞章的邀请。胡不归把伞剑递给俞章，说弄坏了让他给修修。俞章接过，说他要留下来，对照《木经》去参悟老宅中大大小小一百零八种机关。待他研习有成，自会再去寻他闯荡江湖。

他们与俞章分别，畅行无阻地回到路口，与在外头等候的众人会合，一同返回紫阳镇。

胡不归做了一个梦。梦见他跟李公子手拉手穿过一片美丽的桃花林，来到一个巨大的蓝色湖边。湖上飞鸟成群，水中鱼群如织，岸边还有一大两小三只麋鹿在喝水！“李兄，我们在水上盖一间大房子如何？”李公子微微一笑，长袖一拂，水面上就真的出现了一间华丽的大屋，还有锦鲤在周围腾跃。胡不归满是憧憬地挽起李公子的手，正要朝大屋跃去，就听身侧一声咆哮，一只硕大的绿毛狐狸从林中窜出来，张嘴就要去咬李公子。胡不归大惊，梦境散去，徒留心悸。

“还好李兄不在，也没有绿毛狐狸。”胡不归低头一看，发现被子被踢掉大半，剩下一小半挂在肚子上，孤芳自赏，遗世独立。胡不归羞耻地拉上被子盖住脸，多次议亲不成无所谓，可偏偏对同是男子的李兄魂牵梦萦的，本公子莫不是真的……

次日胡不归见到李龙月时，面红、耳热、心跳。

钱昱也来了。

他们很有默契地没提夜探老宅的惊险过程，只说一切顺利。

钱昱没多问，请李龙月过去共进早餐。

胡不归一同去了。钱昱没邀请他，可也没拒绝。脸皮算什么？李兄去哪儿本公子去哪儿，大不了早饭的钱我自己出。

席间，钱昱忽然问李龙月接下来有何打算。

李龙月略微歪头思索，像是还没想好。

胡不归突然来了句：“我家新昌风光独好，蝴蝶谷、盘仙谷、天烛湖、穿岩十九峰，还有十里梅溪，百丈高崖。李兄若是有闲，不若去我家中做客，同游山水之间。”

此言一出，胡芷汀顿时气死。好你个小乌龟，睦州分堂的事情还没了呢，你就又开始勾搭男人了！

钱昱倒是不急，嘴角挂着轻蔑且自信的笑容。胡不归啊胡不归，你当人家是什么人，区区乡野景致，就想邀人同游？他相信李龙月不会答应的。李龙月此来吴越，虽未明言，但必是带着使命而来，哪里有工夫去游山玩水，何况还是秋冬，哪里有什么景致可看。

岂料李龙月不假思索地应道：“好。”

胡不归、胡芷汀、钱昱同时怔住，就连伺候李龙月用膳的两个星官也是一脸的不可思议。主人你对外人不是一直很高冷的吗？怎就答应这小子去玩了？

胡不归又惊又喜，他竟然就答应了？想都不想就答应了，从婺源到新昌，少说也得走个七八日，一圈玩下来，再下一场雪，李兄指不定就要留在我家过年。姿容若仙，踏雪寻梅，妙哉妙哉！

胡芷汀一想到李龙月要去，他的那群侍女跟班也要去，每天都要对着可恶的天璇星官，心里就堵得慌。小乌龟啊小乌龟，别以为一句“打不过”事情就过去了，我跟他们没完！

钱昱是又震惊又纠结。惊的是高傲的李龙月竟会答应，胡不归那小子定是使了什么妖术。纠结的是李龙月跟胡不归去游山玩水，自己跟不跟着呢？他可不像胡不归那么不要脸，吃个早饭还得跟着。吃我的早饭也就罢了，还来截我的和，那就不能忍了。

胡不归心情大好，笑嘻嘻地问钱昱：“昱公子可要同去？”

钱昱又是一口血。本公子总不能跟你一样贱兮兮地说“同去同去”。他看了李龙月一眼，就盼着李龙月说一句“昱公子同去”，这样他假意推辞两句也就勉强答应了。可偏偏李龙月说完“好”后就再不发一言，只是仪态万方、慢条斯理地在两位星官的伺候下用膳。

用完膳，李龙月才抬起头来，道：“胡公子是李唐皇嗣，皇嗣相邀，本公子却之不恭啊。”

一句话又把钱昱堵得胸闷。

要说胡不归李唐皇嗣的身份，他还真是……可现在胡长安已经死了，不管真死假死，胡不归就成了仅存的一个花瓶。

考水村，黄杜坞，明经湾。

小雨沥沥。

李龙月一袭玉色锦袍，撑伞走在青石铺就的小路上，路旁的翠柏簇拥，蜿蜒而上，一直延伸到视野尽头。没有石人石马、神道享殿，路的尽头是一座呈“凤”字形的墓地，坐北朝南，群山围拱，云气凝集。墓坐北朝南，墓有八边，墓边用小花砖砌成，墓顶绘有太极阴阳八卦图案。

李龙月在墓碑前停下，墓碑上书：“始祖明经胡公之墓”八个大字。墓的左侧还立有一块石碑，上书：“赠封明经像诰，奉天承运，皇帝诏曰：昌冀奇材，君父王嗣，懿德惟乡，严光并志。大宋太平兴国二年正月”。

这是今年年初由大宋皇帝赵光义敕令重修的陵墓，墓顶上那一块块拇指大小的瓦盖“皇穴”彰显了墓主人的身份。此地埋葬的才是真正的李唐皇嗣、唐昭宗李晔嫡亲骨血。

李龙月淡淡道：“既然来了，何必躲躲藏藏？”

不远处的树后转出一人，手持笤帚，正是当日在明经堂与胡不归打过照面的胡长安。胡长安确是假死，假死是为了不让旁人再来打扰已经故去的人。

李龙月道：“别紧张，我只是来看看你是不是真的李唐皇嗣。”

胡长安道：“是与不是，还能看出来？”

李龙月道：“只消看你的容貌，就知你不是。”

胡长安哑然失笑。

李龙月认真道：“你太丑。”

胡长安僵在那里。这是什么道理？他自问中上之姿，为他明净先生风采气度折服之人不知几多，如今在这年轻人眼里居然成了“太丑”。胡长安好受伤，打量着这个俊美得人神共愤的家伙，想出言反驳却一时词穷，有生以来第一次在内心咆哮：做人要厚道！不是长得好看就能随意拿旁人容貌开玩笑的！

李龙月不再理会他，朝墓碑端正一拜，转身走了，不带半点留恋。

他就是来看一看胡长安长什么样。长太丑的人，是不会有大唐皇室血脉的，更不会是他要找的那个人。